Kim Schneyder

Im Bett mit Brad Pitt

Zu diesem Buch

Na, wenn das kein Zufall ist. Lillys Freundin Emma möchte unbedingt Schauspielerin werden, und als sie eine kleine Erbschaft macht, lädt sie Lilly zu einem Trip nach Hollywood ein. Das trifft sich hervorragend, hat Lilly doch ein Drehbuch anzubieten, und wo ließe sich das besser verkaufen als in der Traumfabrik? Die ersten Gehversuche in Hollywood sind jedoch ziemlich überraschend für die beiden Freundinnen. In der Schauspielschule müssen sie nicht nur Menschen darstellen, sondern durchaus auch mal Teile davon, zwielichtige Drehbuchagenten scheinen weniger an Lillys Buch interessiert als an ihren sonstigen Qualitäten, und nach einem Besuch im Promirestaurant findet sich Lilly am nächsten Morgen als heißblütige Gespielin von Brad Pitt in den Schlagzeilen wieder. Lilly weiß nicht, wie ihr geschieht, und als sie wenige Tage später auch noch mit George Clooney im Pool einer Promibar landet, bläst die Presse endgültig zur Jagd auf das neue »Luder von Hollywood«. Gar nicht schlecht, diese plötzliche Popularität, denkt sich Lilly, kann sie so doch endlich ihr Drehbuch vermarkten. Also lässt sie den Dingen ihren Lauf, bis sie erkennen muss, dass der Medienrummel ihr ganzes Leben zu zerstören droht. Doch nun ist es beinahe zu spät …

Kim Schneyder verbrachte ihre Kindheit in Deutschland und in der Schweiz. Nach einer pharmazeutischen Ausbildung war sie unter anderem als Werbedesignerin, Werbetexterin und Eheberaterin tätig. Heute lebt sie mit ihrem Mann und ihrer kleinen Tochter in Österreich. Nach »Frauen rächen besser«, »Ich und er und null Verkehr« und »Hilfe, ich bin reich!« ist »Im Bett mit Brad Pitt« ihr vierter Roman.
Weiteres zur Autorin: www.kim-schneyder.com

Kim Schneyder

Im Bett mit Brad Pitt

Roman

Piper München Zürich

Mehr über unsere Autoren und Bücher:
www.piper.de

Von Kim Schneyder liegen bei Piper vor:
Frauen rächen besser
Ich und er und null Verkehr
Hilfe, ich bin reich!
Im Bett mit Brad Pitt

Die Autorin ist persönlich zu erreichen unter:
kim.schneyder@utanet.at

FSC
Mix
Produktgruppe aus vorbildlich bewirtschafteten
Wäldern und anderen kontrollierten Herkünften
www.fsc.org Zert.-Nr. GFA-COC-001223
© 1996 Forest Stewardship Council

Originalausgabe
Oktober 2010

Umschlagkonzept: semper smile, München
Umschlaggestaltung: Cornelia Niere, München
Umschlagmotiv: Artwork Cornelia Niere; Jamie Grill / Getty Images (Frau);
CorbisImages (Hund)
Satz: Uwe Steffen, München
Papier: Munken Print von Arctic Paper Munkedals AB, Schweden
Druck und Bindung: CPI – Clausen & Bosse, Leck
Printed in Germany ISBN 978-3-492-26382-5

Prolog

Es ist wie in dem Traum, den ich schon so oft geträumt habe. Ich betrete die Bühne, und sie sind alle da. Ich entdecke auf Anhieb Meryl Streep, Matt Damon, Orlando Bloom, Hellen Mirren, James Cameron, Miley Cyrus und Quentin Tarantino, und das da oben ist doch Jack Nicholson, und Jake Gyllenhaal, und Zac Efron und – ach du meine Güte – George Clooney!

Es ist wie in meinem Traum, und sie starren mich auch genauso erwartungsvoll an. Mit dem klitzekleinen Unterschied, dass ich in meinem Traum soeben den Oscar für das beste Drehbuch gewonnen habe und jetzt dagegen drauf und dran bin, für den größten Skandal in der Geschichte der Oscar-Verleihungen zu sorgen.

Es war ein Fehler hierherzukommen, das wird mir plötzlich bewusst, doch jetzt ist es zu spät, viel zu spät.

Ein hastiger Blick über meine Schulter zeigt mir, dass die Sicherheitsleute mich mittlerweile eingekreist haben und mit grimmigen Mienen auf mich zukommen. Gleich werden sie mich von dieser Bühne schleifen, und Millionen Menschen weltweit werden Zeugen meiner Schande sein.

Ich hebe abwehrend die Hände. »Bitte, geben Sie mir nur noch eine Minute, ich flehe Sie an!«, bettle ich, doch es hat keinen Sinn. Sie sind schon bis auf wenige Meter heran, und ich lasse verzweifelt den Kopf sinken. Ich habe verloren. Es ist aus.

Alles ist aus.

NewAgeMedia
Film&Entertainment AG
Curd-Jürgens-Str. 22
D-80802 München
Creative Executive
Art Gansterer

www.artgansterer@newage.de

Frau Lilly Tanner
Seitenstr. 58
D-80799 München

04.02.2010

Sehr geehrte Frau Tanner,

mit Interesse haben wir das Exposé für Ihr Drehbuch gelesen, müssen Ihnen jedoch mitteilen, dass wir derzeit kein Interesse an »ultimativen Liebesdramen« – wie Sie Ihr Werk nennen – haben.

Dazu möchte ich betonen, dass wir das Gesamtmanuskript NICHT gelesen haben, da wir aus rechtlichen Gründen nur Manuskripte annehmen, die uns von renommierten Filmagenten angeboten wurden.

Daher bedauern wir, Ihnen eine Verfilmung von »Endless love« nicht in Aussicht stellen zu können.

Hochachtungsvoll
Art Gansterer

PS: Ein Tipp: Vielleicht sollten Sie Ihre Titelauswahl noch einmal überdenken.

PPS: Sicher hätten Sie auf dem deutschen Filmmarkt auch bessere Chancen, wenn Sie Ihre Manuskripte auf DEUTSCH verfassen würden.

1

Blödmann! Ist doch wahr. Da wundern sich immer alle, dass die deutschen Filme nicht an die Einspielergebnisse der großen Hollywoodblockbuster herankommen, und dann schickt man ihnen ein Drehbuch mit allem, was es für einen richtig guten Film braucht, und was machen die? Sie *lesen* es nicht mal!

Ich bin richtig aufgewühlt vor Empörung, und einer spontanen Eingebung folgend zerreiße ich den Brief in tausend kleine Schnipsel und schmeiße sie wütend in den Papierkorb. Und trete noch einmal kräftig dagegen, wobei ich allerdings mit der Schuhspitze abrutsche und mir an der Kante kräftig das Schienbein stoße.

»Aua!«, entfährt es mir.

»Nanu, hat da wer Probleme?«, flötet es in diesem Moment zur Tür herein.

Ich fahre herum und will gerade zu einer knappen Antwort ansetzen, da bemerke ich, dass es Emma ist. Emma ist meine beste Freundin, die hin und wieder zum Tratschen vorbeikommt, wenn ich in der Videothek Dienst schiebe, und das ist dann immer eine willkommene Abwechslung zum Filmegucken und Internetsurfen … also, zur harten Arbeit, die ich normalerweise hier verrichte, das meinte ich natürlich.

»Kann man wohl sagen«, gebe ich zerknirscht zurück. »Gerade habe ich eine Absage für mein Drehbuch bekommen. Die haben es nicht einmal gelesen, kannst du dir das vorstellen?«

Emma glotzt mich einen Moment lang an, dann meint sie vorsichtig: »Vielleicht hat es auch damit zu tun, dass es in Englisch geschrieben ist.«

Das darf doch wohl nicht wahr sein. Jetzt kommt sie mir auch noch damit, gleich wie dieser doofe Art-was-habe-ich-doch-für-einen-coolen-Vornamen-Gansterer.

»Emma, das habe ich dir schon tausend Mal erklärt«, sage ich genervt. »Große Drehbücher werden immer in Englisch verfasst, stell dir nur mal *Vom Winde verweht* auf Deutsch vor, oder *Das Schweigen der Lämmer*, oder *Titanic*!«

»Also, ich hätte kein Problem damit. Ehrlich gesagt würde ich sie auf Englisch auch gar nicht verstehen«, gibt sie schulterzuckend zu bedenken.

»Aber du hast doch *Endless love* auch gelesen und alles verstanden, nicht wahr?«

»Tja, um ehrlich zu sein«, druckst sie herum. »Ich habe nicht wirklich *alles* verstanden. Am Schluss zum Beispiel, da wird Jerry ...«

»Jesse!«

»... genau, *Jesse* doch erschossen, nicht wahr ...«

»Er wird nicht *er*schossen, Emma, er wird *an*geschossen«, jaule ich auf.

»Ach, darum«, stößt sie erleichtert hervor. »Und ich dachte schon, er würde später als Geist wieder erscheinen, wie in *Nachricht von Sam*, und das fand ich dann, ehrlich gesagt, schon ein bisschen kitschig ...«

»Aber du hast doch gesagt, du wärst noch niemals so gerührt gewesen wie von meiner Geschichte«, werfe ich ein.

»Ja, das war ich auch«, behauptet sie schnell. »Und vor allem jetzt, wo Jesse nicht erschossen worden ist, gefällt sie mir total. Echt, Lilly, die Geschichte ist super, ganz groß sogar«, beteuert sie, und gleichzeitig läuft sie knallrot an. Oder genauer gesagt, ihre Röte vertieft sich nur.

Ich war vorhin so abgelenkt von dieser ärgerlichen Absage, dass ich es gar nicht bemerkt habe. Doch jetzt fällt es mir auf: Emma sieht völlig verändert aus. Sie ist ganz rot im Gesicht, und ihre Haare sind plötzlich schwarz ..., und sie trägt einen riesigen Sonnenhut – einen Sombrero!

»Emma, wie siehst du überhaupt aus?«, frage ich verblüfft. »Hast du dir etwa die Haare gefärbt?« Ihre natürliche Haarfarbe ist eine Mischung aus Braun und einem undefinierbaren Orange, und ihre Hautfarbe bewegt sich normalerweise im

Käsekuchenbereich mit ein paar vorwitzigen Sommersprossen auf der Nase.

»Endlich fällt es dir auf«, strahlt sie mich an, und gleichzeitig vollführt sie eine schwungvolle Drehung, wobei sie mit ihren ebenfalls neuen und superhohen Boots beträchtlich ins Wanken gerät. Mein Hirn registriert im Bruchteil einer Sekunde diese neuen Stiefel mit Nieten dran, dazu bedenklich enge Lederhosen, die jeden Moment explodieren könnten, eine rosarote Bluse mit Fransen und indianischen Verzierungen und eben diese pechschwarzen Haare, die Emmas tiefrotes Gesicht umranden.

»Ja, also, du siehst irgendwie ganz … anders aus als sonst«, stammle ich.

»Und *wie* sehe ich aus?«, fragt sie mit herausfordernd in die Hüften gestemmten Händen.

Ui, jetzt heißt es vorsichtig sein.

»*Gut* natürlich«, presse ich hervor.

»Das meine ich nicht«, winkt sie ungeduldig ab. »Ich meine den Stil!«

»Den Stil?«, wiederhole ich, und mein Gehirn beginnt zu rotieren. »Ah, ich hab's: *Boho*, wie Sienna Miller, stimmt's?« Gut, dass mir das noch rechtzeitig eingefallen ist. Die rennt ja auch immer in so einem schrägen Cowboy-und-Indianer-Outfit herum und behauptet, das wäre ein eigener Stil.

»Boho?« Emma denkt kurz nach. »Ja, kann sein, das klingt auch gut. Aber ich meinte das Gesamtpaket, mit den schwarzen Haaren, dem Sombrero und der intensiven Bräune …«

Bräune? Ach, sie meint ihr rotes Gesicht.

»… das ist mein neuer *Latina-Look*!«, verkündet sie stolz und wippt dabei auf den Zehenspitzen auf und ab wie ein verlegener Teenager.

»Latina-Look?«, echoe ich ungläubig.

»Ganz genau. Cool, was?« Sie betrachtet ihre Unterarme und Handrücken, die die gleiche Ampelfarbe wie ihr Gesicht haben. »Kaum zu glauben, was so ein Turbobräuner in nur einer Stunde bewirken kann.«

»Eine Stunde?«, wundere ich mich. »Darf man da überhaupt so lange rein?«

»Also, genau genommen nicht«, räumt sie ein. »Aber wenn man drei verschiedene Bräunungsstudios hintereinander aufsucht …«

»Drei Bräunungsstudios?! Aber tut das nicht weh?«

»Schon ein bisschen, ist aber nicht schlimm«, behauptet sie mit zusammengekniffenen Augen.

»Und wozu überhaupt das Ganze, Emma? Ich fand deinen bisherigen Look eigentlich ganz gut.« Emma hat sich bislang eher unauffällig gekleidet, meist in Jeans und Röcken mit Blusen in abwechselnden Farben. Bodenständig, könnte man sagen, was gut zu ihrer Herkunft (Allgäu) und ihrem Äußeren (groß, kräftig, auch irgendwie Allgäu …) gepasst hat.

Emma holt tief Luft, als wollte sie etwas ganz Großartiges verkünden, doch in diesem Moment drängt sich ein Kunde mit einem erstaunten Blick auf sie zwischen uns, und sie atmet notgedrungen wieder aus. Nachdem ich dem Kunden seine DVDs ausgehändigt habe, wende ich mich wieder ihr zu.

»Okay, Emma, raus damit: Was soll das Ganze?«

Sie hat in der Zwischenzeit zwei Cappuccinos aus dem Automaten gedrückt und nippt an ihrem, bevor sie ihren Vortrag beginnt.

»Also, Lilly, wie du ja weißt, arbeite ich seit nunmehr mehreren Jahren hart an meiner Schauspielkarriere …«, holt sie umständlich aus.

»Du bist Sekretärin bei den Oberemminger Bühnen und hattest ein paar Nebenrollen bei euren Aufführungen«, konkretisiere ich.

»Genau«, nickt sie ernst. »Und wie ja allgemein bekannt ist, war die Theaterbühne der Beginn vieler großer Schauspielkarrieren. Deshalb ist es nun auch für mich an der Zeit …«, sie macht mit den Armen eine Raum umfassende Geste, »… den nächsten Schritt zu tun, und du, Lilly, als meine beste Freundin …«, sie sieht mir in die Augen, als wollte sie mich hypnotisieren, »… sollst mich dabei begleiten.«

Ich verstehe nur Bahnhof.

»Ich dich begleiten? Wohin denn?«, frage ich.

»In die Wiege des Films ... ins Mekka der Schauspielerei ...« Sie sucht nach weiteren eindrucksvollen Worten, und als ihr nichts mehr einfällt, platzt sie plötzlich heraus: »Na, wo jeder Schauspieler hin will, nach *Hollywood* natürlich!«

Ein paar Sekunden lang bleibt es ganz still im Raum bis auf die leise Hintergrundmusik, die aus den Lautsprechern dudelt.

»Nach *Hollywood*?«, pruste ich dann los. »Emma, was willst du denn in Hollywood?!«

»Na, was wohl?«, schnaubt sie trotzig. »Ich will Schauspielerin werden, was denn sonst?«

»Aber Emma ...« Ich suche verzweifelt nach den richtigen Worten. Emma ist meine beste Freundin, ich kenne sie schon seit der Grundschule, wie soll ich ihr jetzt erklären, dass sie mit hundertprozentiger Sicherheit niemals eine Hollywoodkarriere machen wird, weil sie ... weil sie ... na, weil sie eben Emma ist!

»Emma«, starte ich von Neuem. »In Hollywood gibt es Hunderte ... was sage ich, *Tausende* von hoffnungsvollen Jungschauspielern, und im Vergleich zu denen hast du doch kaum ...«

»Du vergisst meine Bühnenerfahrung«, wirft sie ein.

»Das waren aber keine besonders großen Rollen, soviel ich weiß ...«

»Jeder muss mal klein anfangen, abgesehen davon kann ich nichts dafür, wenn der Regisseur ein Versager ist. Denk nur an die letzte Aufführung! Jetzt mal ehrlich, wenn der siebte Zwerg größer ist als das Schneewittchen, dann ist doch nicht der Zwerg daran schuld!«, sagt sie gekränkt.

Jetzt, wo sie es erwähnt, erinnere ich mich wieder. Der Regisseur hatte auf Emma zurückgegriffen, weil alle anderen Laiendarsteller plötzlich an einem heimtückischen Virus erkrankt waren, und als Emma als siebter Zwerg auf die Bühne stampfte wie Conan der Zerstörer, fielen die Zuschauer fast von den Stühlen vor Lachen.

»Schon klar«, räume ich ein. »Aber das heißt noch lange nicht, dass die in Hollywood auf eine unbekannte deutsche

Schauspielerin wie dich warten. Abgesehen davon ist das ein weiter Flug, der Unsummen kostet, und wohnen musst du auch irgendwo, und dein Englisch ist nicht das beste, wie du selber gerade zugegeben hast, und …« Ich hole tief Luft, bevor ich meine Argumente auf den Punkt bringe: »Das wird einfach nicht funktionieren, Emma. Du kannst nicht eben so mal nach Hollywood rüberzischen und dort mir nichts, dir nichts Karriere machen. So läuft das nicht.«

Ich kann sie gar nicht ansehen, nachdem ich ihr die bittere Wahrheit so schonungslos um die Ohren gehauen habe, deshalb rühre ich verlegen in meinem Kaffee herum. Bestimmt wird sie jetzt enttäuscht sein, weil ich ihren großen Traum so rücksichtslos zerstört habe, oder, schlimmer noch, sie ist wütend, weil ausgerechnet ich, ihre beste Freundin, nicht an ihr Talent glaube.

Doch keines von beidem geschieht. Stattdessen greift Emma ganz lässig in ihre Handtasche (übrigens auch neu, und auch mit Fransen), holt ein Kuvert hervor und legt es triumphierend auf den Tresen.

Ich riskiere vorsichtig einen Blick. Scheint von einem Reisebüro zu sein. Ich erkenne ein freundlich lächelndes Flugzeug auf dem Umschlag sowie einen Palmenstrand mit lauter glücklichen Menschen im Hintergrund.

»Was ist das?«, frage ich.

»Das sind unsere Tickets in die Zukunft«, erklärt Emma mit leuchtenden Augen. »Zwei Flüge nach Los Angeles, plus Doppelzimmer in einem Hotel mitten in Hollywood, und – halt dich fest – die Abreise ist schon übermorgen! Na, was sagst du jetzt?«

»Wow!« Jetzt bin ich wirklich beeindruckt. »Aber das können wir uns doch gar nicht leisten«, fällt mir dann ein. »Ich jedenfalls bestimmt nicht, und hast du mir nicht erst letzte Woche erzählt, dass dein Konto auch ganz gewaltig in den Miesen ist?«

»Alles Schnee von gestern«, fegt sie meine Bedenken mit einer souveränen Geste vom Tisch. »Geld ist überhaupt kein Problem.«

»Wie, kein Problem? Sag bloß, du hast im Lotto gewonnen«, sage ich ungläubig.

»Nein, nicht im Lotto … obwohl es vom Ergebnis her fast aufs Gleiche hinausläuft«, klärt sie mich auf. »Gestern rief mich nämlich ein sehr freundlicher Notar namens Dr. Müller an und teilte mir mit, dass ich die Alleinerbin meiner Tante Agathe bin.«

»Deiner Tante Agathe? Von der hast du mir nie erzählt.«

»Konnte ich auch nicht, weil ich sie gar nicht kannte … was aber meine Trauer kein bisschen schmälert. Es ist immer schwer, einen geliebten Menschen zu verlieren«, stellt sie schnell fest und versucht sich an einem schwermütigen Gesicht, was aber ziemlich danebengeht.

»Und wie viel hast du geerbt?«, hauche ich fasziniert.

»Also, ganz genau weiß ich es noch nicht, aber die Erbmasse beinhaltet unter anderem ein Haus …«

»Ein Haus? Wahnsinn!«

»Genau«, nickt Emma eifrig. »Also handelt es sich wohl um ein ziemliches Vermögen, sodass wir uns diese Reise mit links leisten können.«

»Und wieso überhaupt *wir*, Emma? Wieso willst du mich mitnehmen?«

»Das liegt doch wohl auf der Hand, Lilly: Du bist meine beste Freundin, und allein darum schon war es für mich eine Selbstverständlichkeit …« Sie verstummt plötzlich und weicht meinem Blick aus.

»Und weiter …?«, hake ich nach.

»Und …? Nichts weiter!« Unsere Blicke treffen sich, und plötzlich sprudelt sie los: »Du kannst perfekt Englisch und ich nicht, und ich war noch nie in Amerika, genau genommen nicht einmal im Ausland außer in Italien und in diesem Klub in der Türkei, wo aber alle Deutsch gesprochen haben, und … komm schon, Lilly, ich brauche dich, ich kann doch nicht ganz alleine nach Amerika fliegen. Sag ja, bitte, bitte!«, verlegt sie sich plötzlich aufs Betteln. Dann fällt ihr noch etwas ein: »Und für dich wäre es auch *die* Gelegenheit, um endlich dein Drehbuch zu verkaufen.«

Mein Drehbuch? Hm, das ist ein Argument.

»Ja, schon, aber das könnte ich vermutlich auch hier an den Mann bringen«, schiebe ich lässig hervor.

»Wo denn, bitte schön? Du versuchst es doch schon seit über einem Jahr!«

»... und es gibt auch noch andere wichtige Dinge in meinem Leben ...«, murmle ich.

»Wie bitte?!« Emma gibt ein hysterisches Kichern von sich. »Seit drei Jahren redest du von nichts anderem, Lilly, du bist geradezu besessen von deiner Schreiberei ...«

»Also gut, ja, sagen wir, es hat eine *gewisse Bedeutung* für mich«, relativiere ich – und gleichzeitig wissen wir beide, dass das die Untertreibung des Jahrhunderts ist. In Wirklichkeit arbeite ich für einen Hungerlohn in diesem Videoladen, anstatt mein Studium voranzutreiben, weil ich mir hier den ganzen Tag lang gratis Filme reinziehen kann, und das hat einen einfachen Grund: Ich bin fasziniert von Filmen, seit ich im Alter von zweieinhalb zum ersten Mal einen bewusst geguckt habe – *Mary Poppins* –, und im Lauf der Jahre hat sich das zu einer regelrechten Manie ausgewachsen, zu einem Tick. Die Wahrheit ist: Ich bin ein absolut besessener Filmfreak, und mein größter Traum ist es, irgendwann einmal ein Drehbuch zu schreiben, das ganz groß verfilmt wird, und wenn sich dann am Ende der Vorstellung das Publikum erhebt und applaudiert und dann im Nachspann mein Name erscheint ...

»Lilly, ich rede von *Hollywood*!«, unterbricht Emma meine wundervolle Vision.

Ich starre sie wortlos an. Hollywood! Wie gern würde ich da hin! Aber im nächsten Moment schon fällt mir ein, dass das gar nicht geht.

»Ich kann nicht, Emma.« Ich lasse enttäuscht die Schultern hängen.

»Und wieso nicht?«, fragt sie verständnislos.

»Weil ich hier nicht wegkann.« Ich deute auf den Laden. »Ich bin die Einzige, die das hier am Laufen hält, verstehst du? Eddie würde die Wände hochgehen, wenn ich von heute auf morgen alles hinschmeiße.«

Eddie ist mein Chef – ein bisschen zwielichtig übrigens, aber insgesamt kein übler Typ –, der den Laden neben verschiedenen anderen Geschäften betreibt. In Wirklichkeit weiß keiner genau, womit Eddie sein Geld verdient, aber trotzdem kann ich ihn nicht im Stich lassen, zumindest nicht so kurzfristig.

»Woher willst du das denn wissen? Du hast ihn doch noch gar nicht gefragt.« Emma gibt sich noch nicht geschlagen.

»Emma, es hat keinen Sinn. Ich weiß es. Okay, ich rufe ihn an«, lenke ich missmutig ein, als ich ihren Blick sehe. »Aber nur, um dir zu beweisen, dass es nicht geht.«

»Und, was hat er gesagt?«, fragt Emma gespannt, als ich zwei Minuten später den Hörer wieder auflege.

Ich kratze mich hastig am Hinterkopf. »Er hat gesagt, dass das eine echte Hiobsbotschaft für ihn ist«, erkläre ich dann bedächtig. »Aber er will mir diese einmalige Gelegenheit nicht verderben und ist angesichts unserer langjährigen Zusammenarbeit bereit, diesen herben Verlust hinzunehmen, weil er mir zu Dank verpflichtet ist, aber insgeheim hofft er natürlich, dass es nicht zu lange dauert, bis ich wieder zurück bin.«

»*Das alles* hat er in der kurzen Zeit gesagt?«, wundert sich Emma.

»Ja.« Ich starre nachdenklich den Hörer an. In Wirklichkeit hat es ein bisschen anders geklungen, nämlich so: »Klar, Lilly, kein Problem, sag einfach den anderen Mädels Bescheid, dass sie deine Schicht übernehmen.« Aber im Grunde genommen kommt es doch aufs Gleiche raus, nicht wahr?

»Das heißt, du kommst mit?« Emma hüpft aufgeregt von einem Bein aufs andere.

»Sieht so aus«, murmle ich, und plötzlich springt ihre Erregung wie ein Funke auf mich über. »Wir fliegen nach Hollywood!«, jauchze ich.

»Super, Lilly!« Emma umrundet die Theke und reißt mich in ihre kräftigen Arme, dass mir die Luft wegbleibt. »Nur gut, dass du jetzt wieder bei deiner Mutter wohnst, dann wird es für Little P auch nicht so schwer«, tönt sie fröhlich.

Au Backe. *Little P*! Den hatte ich ganz vergessen.

Wie konnte ich nur? Little P ist mein Schatz, mein Liebling, ein kleiner West Highland White Terrier, der mit Abstand entzückendste Hund, den man sich nur vorstellen kann. Wie konnte ich auch nur eine Sekunde daran denken, ihn hier zurückzulassen? Aber ihn mit auf diese lange Reise zu nehmen wäre viel zu beschwerlich für den kleinen Kerl, ist er doch erst ein Jahr alt, also ein Baby gewissermaßen. Abgesehen davon gibt es in Amerika bestimmt auch strenge Quarantänebestimmungen oder so was in der Art ...

Ich lasse hoffnungslos die Schultern sinken. Aus, vorbei, der Traum ist ausgeträumt. Ich kann unmöglich weg. Zu groß ist die Verantwortung meinem kleinen Baby gegenüber, bricht es ihm doch jedes Mal fast das Herz, wenn ich ihn nur für ein paar Stunden bei meiner Mutter zurücklasse, um zur Arbeit zu gehen oder in die Uni.

Nein, ich kann nicht mit Emma nach Hollywood fliegen. Es wäre ein zu schwerer Verrat an diesem kleinen Wesen, das mir so treu ergeben ist, das mich so vollkommen und bedingungslos liebt ...

2

Okay, vielleicht haben ja West Highland White Terrier ihre ganz eigene Art, vollkommene und bedingungslose Liebe zu demonstrieren – indem sie zum Beispiel so tun, als wäre sie gar nicht vorhanden.

Anders kann ich es mir nämlich nicht erklären, dass Little P bei unserem Abschied so cool geblieben ist und, anstatt mir bei der Abfahrt hinterherzujaulen, nur immer wieder an Mamis Hosenbein hochgesprungen ist, um ein weiteres Leckerli zu ergattern.

Aber gut, sage ich mir, auch bei uns Menschen gibt es psychologische Mechanismen wie Verdrängung oder Übersprungshandlungen, damit wir nicht durchdrehen, wenn uns das Schicksal mal wieder auf eine besonders harte Probe stellt, wieso also soll sich nicht auch ein kleines Hündchen solcher Hilfen bedienen, um die grausamen Härten des Lebens seelisch unversehrt zu überstehen?

Und ganz sicher war es auch hilfreich, dass wir ihn Schritt für Schritt an meine Abwesenheit gewöhnt haben. Nachdem es nämlich eine gute Stunde gedauert hatte, bis Emma mich überreden konnte, mir wenigstens zu *überlegen*, Little P während unserer Reise bei meiner Mutter zu lassen, und dann weitere zwei Stunden, bis auch meine Mutter mir klargemacht hatte, dass sie den Kleinen ohnehin den ganzen Tag und teilweise auch das Wochenende über bei sich hat (was übrigens ziemlich übertrieben war; ich jedenfalls kann mich nur an ein einziges Mal erinnern, dass ich das Wochenende über weggeblieben bin, und da handelte es sich auch um einen Notfall, weil mich ein äußerst gut aussehender Franzose namens Jean-Claude nach Paris eingeladen hatte) und Little P es somit sicher auch einmal zwei Wochen lang ohne mich aushalten könne.

Ich habe dann schweren Herzens nachgegeben, aber nicht ohne noch einen allerletzten, raffinierten Versuch zu starten: Ich simulierte kurzerhand meine Abreise, indem ich ein paar Sachen aus meinem Schrank in den Koffer schmiss, mich dann theatralisch von Little P verabschiedete, in mein Auto setzte und zu Emma fuhr. Als eine Art Generalprobe verbrachte ich anschließend noch die ganze Nacht bei ihr, wobei ich bis kurz vor Mitternacht stündlich bei meiner Mutter anrief und mich nach Little Ps Befinden erkundigte, und Mami musste mir jedes Mal detailliert Bericht darüber erstatten, wie es ihm ging. Schon klar, dass sie die besondere Dramatik der Situation herunterspielte, indem sie mir weismachen wollte, dass Little P kein bisschen traurig sei und mich überhaupt nicht vermisse. Aber ganz sicher litt der Kleine unter der Trennung ebenso wie ich. Als ich dann am nächsten Vormittag wieder auftauchte, blieb er zu meiner Verwunderung ganz locker (natürlich tat er auch da nur so, das kapierte ich sofort), schleckte mir bloß zweimal über die Hand und trollte sich dann mit den Schmackos, die ich ihm mitgebracht hatte. Aber immerhin, so konnte ich mich schließlich einigermaßen beruhigt zu dem Entschluss durchringen, mit Emma nach Los Angeles zu fliegen.

Was dann folgte, war Stress pur: Internetrecherche über die wichtigsten Adressen in der Traumfabrik; Packen; Reisedokumente zusammenstellen; über Internet die amerikanische Einreisegenehmigung einholen (zum Glück hatte Emma auf Anraten der Reisebüroangestellten schon tags zuvor via E-Mail unsere Daten durchgegeben und die Ansuchen gestellt); dem Bankheini noch eine Erhöhung des Dispokredits aus dem Kreuz leiern (Emma hat mir zwar wiederholt versichert, dass sie für alle Spesen aufkommt, aber dennoch werde ich natürlich auch ein bisschen eigenes Geld brauchen); noch einmal packen, weil Emma bei einem Telefonat beiläufig anfragte, ob ich auch an die Gepäckobergrenze von zwanzig Kilo plus sechs Kilo Handgepäck gedacht hätte; schließlich die Fahrt zum Flughafen und der tränenreiche Abschied von Mami und Little P, der aber vom Anblick einer Cockerspanielhündin so abgelenkt war, dass er gar nicht richtig mitbekam, wie ihn sein geliebtes Frauchen in der Heimat zurückließ; dann der Sicherheitscheck, bei dem ich den verbohrten Beamten nur von der Harmlosigkeit meiner Évian-Flasche überzeugen konnte, indem ich sie auf ex vor seinen aufgerissenen Augen austrank; nach weiteren zwei Stunden Däumchendrehen dann endlich das Betreten unseres Flugzeugs inklusive der ernüchternden Erkenntnis, dass auch der größte Jumbojet in Sachen Sitzkomfort nicht viel zu bieten hat, wenn man gleichzeitig über vierhundert Passagiere in ihn hineinquetscht.

Inzwischen sind sechs Stunden vergangen, gerade einmal die Hälfte der Flugzeit, und ich bin einem Nervenzusammenbruch nahe. Ich habe kaum Platz für meine Beine, die von den Knien abwärts bereits taub geworden sind. Dazu kommt, dass die Sitznachbarin zu meiner Linken entweder während des Essens schmatzt oder beim Schlafen schnarcht (übrigens die einzigen Beschäftigungen, denen sie bisher nachgegangen ist, und insgeheim beneide ich sie dafür) und die Nachbarin zu meiner

Rechten (Emma) dagegen andauernd quasselt, außer es läuft ein Film, denn die laufen in diesem blöden Flugzeug ausnahmslos in Englisch, und ich muss dann jeden noch so unwichtigen Dialog Wort für Wort simultan für sie übersetzen.

Gerade ist *Love Happens* mit Jennifer Aniston und Aaron Eckhart zu Ende gegangen, und ich sinke erschöpft in meine Sitzlehne zurück.

»Toll, dass sie diese Filme spielen«, meint Emma fröhlich. »So vergeht die Zeit wie im Flug, hihihi.« Sie kichert verdächtig lange über ihr Wortspiel, und ich rechne im Kopf nach, wie viele Gin-Tonics sie der Stewardess eigentlich schon abgeschwatzt hat.

Langsam mache ich mir echte Sorgen um meine Beine. Ich kann meine Zehen nicht mehr spüren, und vor gar nicht langer Zeit habe ich gelesen, dass das größte Risiko bei Langstreckenflügen in der Gefahr einer Embolie besteht, weil die Blutzirkulation nicht mehr richtig funktioniert. Abgesehen davon kann man auch Krampfadern bekommen, habe ich gehört. Ich will aber keine Krampfadern!

Mann, wie ich die in der Business Class beneide. Beim Einsteigen wurden wir an deren superbreiten Sitzen vorbeigeschleust. Die haben da echt alles: Liegesitze, breite Armlehnen, für jeden Platz einen eigenen Fernseher, und ich wette, dass dort auch die Mahlzeiten nicht so mickrig ausfallen wie bei uns Normalsterblichen. Ich seufze. Wenn es nur einen Weg gäbe, auf einen dieser Plätze zu gelangen …

Hm. Mal überlegen: Es müsste doch möglich sein … Wenn ich jetzt zum Beispiel einfach … Ja, natürlich, so könnte es gehen!

»Emma, bist du mir böse, wenn ich mich für eine Stunde oder zwei ausklinke?«, frage ich möglichst unauffällig. »Ich brauche dringend ein bisschen mehr Platz.«

»Ausklinken?«, wiederholt sie verständnislos. »Wir sind hier in einem Flugzeug, schon vergessen?«

»Ja, ich weiß, aber ich habe einen Plan«, raune ich ihr verschwörerisch ins Ohr. »Ach ja, und noch etwas: Wundere dich nicht, wenn jetzt gleich ein paar seltsame Dinge geschehen, okay?«

»Okay«, gibt sie zurück, aber es klingt mehr wie eine Frage als eine Antwort.

»Also gut, dann wollen wir mal.« Ich erhebe mich und quetsche mich an ihr vorbei auf den Gang.

Ich mache ein paar unsichere Schritte bis zu dem kleinen Platz vor den Toiletten. Direkt vor mir befinden sich jetzt die Vorhänge der Business Class, die die Stewardessen gleich nach unserem Abflug zugezogen haben, um die reichen Schnösel vor unseren aufdringlichen Blicken zu schützen, doch durch einen verräterischen Spalt an der Seite ist mir vorhin nicht entgangen, dass da noch ein paar Plätze frei sind. Nun denn, da meine finanziellen Mittel nicht ausreichen, um mir diesen Luxus leisten zu können, muss ich jetzt notgedrungen auf eine andere Ressource zurückgreifen, um dahin zu gelangen: meine Phantasie.

Unter Emmas erwartungsvollen Blicken deute ich ein paar Kniebeugen an, bis ich den sympathisch wirkenden Flugbegleiter vom anderen Gang erspähe. Dann, als er professionell lächelnd näher kommt, greife ich mir theatralisch an die Stirn und lasse mich die Kabinenwand entlang langsam zu Boden gleiten, bis ich lang ausgestreckt auf dem Rücken zum Liegen komme, und um die Wirkung zu erhöhen, rolle ich dabei noch meinen Kopf zur Seite und verdrehe ein bisschen die Augen.

Sofort höre ich »Ach, du meine Güte, sie ist ohnmächtig geworden!« von dem beleibten Fluggast, vor dessen Sitz ich meine Turnübungen veranstaltet habe, dann ist der Steward auch schon über mir und starrt mich besorgt an.

Na also, funktioniert doch.

Vorsichtig tätschelt er meine Wangen, bevor er etwas sinnentleert fragt: »Geht es Ihnen nicht gut?«

»Wonach sieht's denn aus?«, liegt es mir auf der Zunge, doch stattdessen blinzle ich nur ein paarmal, während ich ihn aus trüben Augen anstiere, und forme mit scheinbarer Mühe meine Lippen zu einem Wort.

»Kreislauf«, würde mein knapper Text jetzt lauten, doch

bevor ich das Wort noch hauchen kann, wird der Flugbegleiter wie ein Blatt Papier zur Seite gefegt, und das schwitzende Gesicht des dicken Fluggastes erscheint über mir.

»Da hilft nur Mund-zu-Mund-Beatmung«, stellt er mit Kennerblick fest. »Und eine Herzmassage natürlich!« Gleichzeitig wölbt er seine speckigen Hände und macht Anstalten, sie mir auf die Brust legen.

»Bloß nicht!«, entfährt es mir, und ich richte mich hastig auf.

»Wie jetzt?« Der Dicke starrt mich erstaunt an. »Gerade noch sahen Sie halb tot aus.«

»Ja, gerade noch«, stoße ich hervor, und im Hintergrund sehe ich die besorgten Gesichter von Emma und dem Flugbegleiter auftauchen. »Aber so schlecht geht es mir auch wieder nicht, es ist nur meine ...« Ich feuere schnell einen eindringlichen Blick auf Emma ab. »... *Klaustrophobie.* Wenn ich längere Zeit auf beengtem Raum zubringe, spielt mein Kreislauf verrückt, wissen Sie.«

»Sie leiden an Platzangst?«, fragt der Flugbegleiter voller Sorge.

»Echt? Das wusste ich gar nicht«, mischt sich jetzt auch Emma ein. »Seit wann hast du das denn?«

»Seit ... einem Jahr etwa«, improvisiere ich hastig. »Der Psychologe meinte, dass das vermutlich seit frühester Kindheit in mir schlummert und jetzt anscheinend durch irgendeinen Auslöser aktiviert wurde.«

»Von so was habe ich schon gehört«, bestätigt der dicke Mann.

»Was für ein Auslöser denn?«, bleibt Emma dagegen beharrlich. »Und von einem Seelenklempner hast du mir auch nie was erzählt.«

Mann, ist die schwer von Begriff. Ich fühle, wie mir die Hitze in den Kopf steigt.

»Natürlich nicht, Emma«, presse ich mühsam beherrscht hervor. »Das unterliegt ja auch der ärztlichen Schweigepflicht. Das bedeutet, dass man bei so einem Thema *die Klappe halten muss, um zum Erfolg zu kommen, kapiert*?!« Die letzten Worte habe ich extrem langsam und betont ausgesprochen, damit Emma genügend Zeit hat, sie zu verdauen.

Eine gefühlte Ewigkeit vergeht – dann endlich fällt bei ihr der Groschen.

»Ah, ich verstehe … Du hast mir nichts davon erzählt, um deinen Therapieerfolg nicht zu gefährden!«, ruft sie eine Spur zu laut und halb nach hinten, damit es nur ja alle hören können.

»Ja, genau«, murmle ich erleichtert.

»Und wie geht es jetzt weiter?«, fragt der Flugbegleiter. »Ist es in Ordnung, wenn ich Sie wieder zu Ihrem Sitz zurückbringe?«

»Mmh, ich denke schon«, flüstere ich mit Märtyrermiene, dann füge ich hinzu: »Solange kein Anfall kommt, geht es schon irgendwie.«

»Anfall? Was für ein *Anfall* denn?«, fragt er alarmiert.

»Ach, bloß ein bisschen Hyperventilation und so«, winke ich ab, während ich mich hochrapple. »Nichts, was man nicht mit einer ordentlichen Valiumspritze unter Kontrolle bringen könnte.«

»Glauben Sie ihr bloß nicht, sie untertreibt!« Emma zwinkert mir verschwörerisch zu. »Auf unserem letzten Flug nach … Chicago ist sie völlig ausgeflippt, sie hatte weißen Schaum vor dem Mund, und wir mussten sie in eine Zwangsjacke stecken und beinahe notlanden, auf dem offenen Meer, stellen Sie sich das vor!«

Okay, das war jetzt vielleicht *ein bisschen* übertrieben …

»In eine *Zwangsjacke*?« Der Blick des Flugbegleiters beginnt hektisch zu flackern. »Soviel ich weiß, haben wir gar keine Zwangsjacke an Bord … Und das alles nur, weil Ihnen Ihr Platz zu eng ist?«

»Ja, tut mit leid, ich kann es nicht ändern«, zucke ich die Schultern und mache Anstalten, mich wieder zu meinem Sitz zu schleppen.

»Warten Sie!« Der Flugbegleiter greift schnell nach dem Telefon, dann diskutiert er eine knappe Minute lang mit einer Person am anderen Ende der Leitung, wobei seinen Gesten zu entnehmen ist, dass er eine völlig Verrückte beschreibt.

»So, ich habe das mit dem Kapitän abgeklärt«, berichtet er stolz, als er fertig ist. »Aufgrund Ihrer extremen … ähm … gesundheitlichen Umstände kann ich Sie ausnahmsweise in die Business Class upgraden. Dort sollte selbst für Sie ausreichend Platz sein, damit Sie uns nicht ausfli… keinen Anfall kriegen, bis wir in Los Angeles gelandet sind. Was halten Sie davon?«

»In die Business Class? Au ja, das wäre fein. Ich werde mich dort auch ganz unauffällig verhalten, das verspreche ich«, sprudle ich freudig erregt hervor.

Als mich der Flugbegleiter am Vorhang vorbeischleust und dann in einen wirklich großzügig bemessenen Ledersitz platziert, spüre ich die neidischen Blicke der anderen Passagiere in meinem Rücken.

Das ist doch gleich etwas ganz anderes. Mein Blick streift den Bildschirm vor mir, und meine Finger streichen unwillkürlich über das Fernbedienungsmodul auf der Armlehne. Bei dem älteren Herrn, der in derselben Reihe sitzt und mir kurz zunickt, sehe ich, dass diese Fauteuils auch noch über extra bequeme Beinstützen verfügen.

»Möchten Sie etwas trinken, ein Glas Wasser vielleicht nach dem Stress, oder Tee?«, erkundigt sich der Flugbegleiter sichtlich erleichtert darüber, dass er die Situation doch noch so gut in den Griff bekommen hat.

»Nein, bloß kein Wasser«, gebe ich gut gelaunt zurück. »Ich denke, jetzt wäre ein Ginger Ale mit einem klitzekleinen Schuss Bourbon angebracht. Und vergessen Sie das Eis nicht!«

Nachdem er mir mit zusammengezogenen Augenbrauen mein Getränk serviert hat, bringe ich meinen Stuhl in eine bequeme Liegeposition und strecke wohlig die Beine aus.

Also, wenn das nicht entspannend ist! Ist eindeutig besser, als sich da hinten langsam, aber sicher zu Touristenpüree zerquetschen zu lassen. Ich nippe ein paarmal an meinem Glas, dann schließe ich die Augen und lehne meinen Kopf zurück.

Zeit für einen Tagtraum: Mein Drehbuch ist gerade verfilmt worden – mit Brad Pitt in der Hauptrolle und Riesenerfolg natürlich –, und weil ich mich vor weiteren Angeboten kaum retten kann, pendle ich jetzt regelmäßig zwischen München und Los Angeles hin und her, natürlich nur noch Business Class oder, besser noch: erste Klasse, zahlt doch alles das Filmstudio! Jedes Mal, wenn ich an Bord gehe, begrüßt mich der Kapitän persönlich, und sobald wir abgehoben haben, kommt gleich der äußerst gut aussehende Kopilot, um sich ein Autogramm …

Jäh reißt mich tumultartiger Lärm aus meinen Träumen.

Nanu, das kam von hinten. Und war das nicht Emmas Stimme? Mit einem flauen Gefühl in der Magengegend richte ich meine Sitzlehne wieder auf und lausche gespannt nach hinten.

Auf einmal höre ich den Flugbegleiter schreien: »Wie bitte, Sie leiden *auch* an Klaustrophobie?!«

»Ja und, was kann ich denn dafür?«, schreit Emma zurück.

»Das gibt es doch nicht! Zwei Freundinnen, die *zufällig beide* neuerdings an Klaustrophobie leiden?!«

Ich drehe den Kopf und sehe den Flugbegleiter, der sich gerade mit beiden Händen an den Kopf fasst, und ihm gegenüber Emma mit drohend in die Hüften gestemmten Fäusten, die ihn empört anfunkelt.

Mist, Mist, Mist. Sie kann doch nicht … das ist doch völlig hirnrissig … hör sofort auf damit, Emma!

»Wieso, bitte schön, kann ich denn nicht auch Klaustrophobie haben? Lilly und ich kennen uns schon seit der Grundschule, wir sind so etwas wie *Seelenverwandte*«, verlegt sie sich jetzt auch noch aufs Argumentieren. »Und nur zu Ihrer Information: Ich habe die Tickets für uns beide bezahlt!«

Ja genau, wenn *das* kein Grund ist …

Plötzlich ruckt der Kopf des Flugbegleiters zu mir herum, und ich zucke ertappt zurück.

Keine zwei Sekunden später baut er sich drohend vor mir auf.

»Sie haben gar keine Klaustrophobie, stimmt's?« Er fragt das so bestimmt, als hätte er einen Lügendetektor eingesteckt, an den er mich als Nächstes anschließen wird.

»Also, nicht wirklich *akut*«, murmle ich mit eingezogenem Kopf. »Aber es ging mir vorhin wirklich nicht gut, das müssen Sie mir glauben …«

Er antwortet gar nicht, stattdessen weist er nur mit strengem Blick und unerbittlicher Geste Richtung Economy Class.

Schon gut, ich hab's kapiert. Mit hochrotem Kopf und hängenden Schultern trabe ich unter dem Gemurmel und den empörten Blicken der anderen Passagiere zurück an meinen Platz und pferche mich wieder zwischen Emma und den schmatzenden Schnarchsack.

»Hi, Lilly.« Emmas guter Stimmung scheint das kleine Intermezzo keinen Abbruch getan zu haben. »Und, wie ist es da vorne in der Business Class?«

»Glaub mir, Emma, das willst du gar nicht wissen«, antworte ich mürrisch. Dann ziehe ich mir die Decke über den Kopf und schmolle erst mal ausgiebig.

3

»War doch klasse, der Flug, was?«, plappert Emma fröhlich drauflos, als wir den Flughafen von Los Angeles betreten.

Was bin ich froh, endlich aus diesem Flugzeug raus zu sein. Der Flugbegleiter hatte natürlich nichts Besseres zu tun gehabt, als sofort den anderen Stewardessen von meinem kleinen Betrugsversuch zu erzählen, mit der Wirkung, dass die einzige Aufmerksamkeit, die ich von denen ab da noch bekam, vor Verachtung strotzende Blicke waren. Ein Glück nur, dass sie Emma gegenüber nicht nachtragend waren und die weiterhin munter Getränke geordert hat, sonst hätten die mich womöglich noch verdursten lassen vor lauter Empörung. Also echt, als hätte ich den Papst ermordet oder so, dabei wollte ich doch nur ein bisschen bequemer sitzen.

Nachdem ein Zollbeamter die Pässe kontrolliert und unsere Fingerabdrücke eingescannt hat (im ersten Moment dachte ich schon, das sei wegen der kleinen Schummelei an Bord, doch dann bemerkte ich erleichtert, dass die das bei allen so machen), angeln wir unser Gepäck vom Förderband und marschieren ins Freie.

Wow! Wir sind jetzt echt und wahrhaftig in Los Angeles.

Als Erstes fällt mir auf, wie warm es hier ist. Es hat sicher an die zwanzig Grad, und das im Februar, eine willkommene Abwechslung zu den klammen fünf, die am Morgen in München geherrscht haben. Hier ist es gerade Mittag, wegen der Zeitverschiebung, und die Sonne scheint uns mit ihren wärmenden Strahlen willkommen zu heißen.

Irgendwie ist es für mich ein ganz besonderes Gefühl, zum ersten Mal in meinem Leben amerikanischen Boden zu betreten, und feierlich schließe ich die Augen und atme tief die Luft ein – die allerdings besser wäre, wenn nicht andauernd irgendwelche dicken Busse unter Zurücklassung mächtiger Abgaswolken vor unseren Nasen durchstarten würden.

»Wie hieß unsere Leihwagenfirma schnell noch?«, schreie ich Emma an, um den Lärm zu übertönen.

Wir haben vorhin am Schalter erfahren, dass die großen Leihwagenfirmen eigene Shuttlebusse haben, die uns zu ihrem Stützpunkt und damit zu unserem Leihwagen bringen.

Emma blättert in ihren Unterlagen. »Alamo!«, schreit sie dann zurück, und die anderen Reisenden drehen die Köpfe nach uns, weil es in dem Moment wieder ruhig ist, da gerade kein Bus wegfährt.

Es dauert nicht lange, dann erspähen wir auch schon einen Bus von Alamo, der unweit von uns stoppt. Wir wuchten unser Gepäck hinein, wobei uns der Fahrer, ein gut genährter Mexikaner um die fünfzig, zur Hand geht.

»Jetzt kannst du gleich dein Englisch ein bisschen auffrischen«, ermuntere ich Emma, während wir uns auf den vorderen Sitzen niederlassen.

»Meinst du?«, fragt sie unsicher. »Ehrlich gesagt habe ich seit der Schule nicht mehr Englisch gesprochen, könnte also sein, dass da ein bisschen was durcheinandergerät.«

Und sie hatte nur eine gnädige Vier im Abschlusszeugnis, aber das bringe ich jetzt sicherheitshalber nicht zur Sprache.

»Na, dann ist das doch die beste Gelegenheit, den Fahrer siehst du ohnehin nie wieder«, sage ich stattdessen.

»Stimmt.«

Sie wendet sich an den Fahrer, und währenddessen zücke ich meine nagelneue Digitalkamera, um schnell ein paar Fotos zu machen. Wir rollen eine superbreite, schnurgerade Straße entlang, an ein paar großen Gebäuden vorbei, und plötzlich entdecke ich Palmen, riesige amerikanische Palmen, die ich natürlich sofort fotografieren muss.

Emma verwickelt währenddessen den Fahrer in ein Gespräch. Schnell fällt auf, dass der so eine Art Gastarbeiter sein muss und der englischen Sprache auch nicht wirklich mächtig ist, denn die Unterhaltung der beiden klingt ungefähr so:

Emma: »Wir haben tun es noch lange bis zu Wagen?«

Fahrer: »Drei Jahre es bald sind, ich sehr glücklich.«

Emma: »Sie machen Kinder mit mir!«

Fahrer: »Ja, zwei. Junge auch Bus fahren, Mädchen nur Mädchen, ich aber trotzdem glücklich.«

Emma: »Ist es teuer Amerika einzukaufen?«

Fahrer: »Nein, nein, ich wieder zurück nach Mexiko kann, aber nicht will. Ich sehr glücklich hier. Sie Ferien ausgeben hier?«

Emma: »Ja, Hollywood, warum Sie wissen?«

Fahrer: »Oft schon. Viel berühmt: Wockoffämm, Tscheinäsietra, Kotacksietra, alles kennen.«

Emma: »Ich nicht kennen die, das Verwandte von Frank Sinatra?«

Fahrer: »Ah, Frankie-Boy!« Und laut singend: »*Strangers in the night ...*«

Anfangs hätte ich mich beinahe eingemischt, aber die Übersetzerei der Filme im Flugzeug steckt mir noch in den Knochen, daher widme ich mich lieber der Landschaft und lasse die beiden plappern.

Als wir zehn Minuten später vor dem Firmengebäude von Alamo stoppen, verabschiedet sich Emma noch mit einem schwungvollen: »Hasta la vista, Rodriguez, und lassen Sie Ihre Familie mich grüßen!«, dann betreten wir das Büro.

»Tut mir leid«, meint der Angestellte am Schalter, der laut

Namensschild Jack Thomas heißt, freundlich, nachdem wir ihm die Reservierungsbestätigung für unser Auto überreicht haben. »Aus der Full-size-Kategorie kann ich Ihnen leider kein Fahrzeug mehr anbieten, wir hatten mehrere unvorhersehbare Schäden. Vielleicht darf es etwas aus einer anderen Kategorie sein ...« Er schiebt einen bebilderten Prospekt über den Tresen.

Emmas Finger fährt wie ein Blitz auf eines der Bilder herab. »Sieh mal, Lilly, die haben auch Cabrios! Ich will ein Cabrio! Sag ihm, wir nehmen ein Cabrio!«

»Die sind aber um hundert Dollar die Woche teurer«, gebe ich zu bedenken.

»Das ist mir egal, ich will trotzdem eins. Sag ja, bitte!«

»Emma, du musst nicht bei mir betteln, wenn du es ohnehin selbst bezahlst.«

»Ach ja, genau. Also, ein Cabrio!«

»Okay.« Ich wende mich an den Schalterbediensteten. »Wir nehmen dann also ein Cabrio.«

Anstatt sich jedoch darüber zu freuen, dass wir ein teureres Auto nehmen, zieht der nur eine säuerliche Grimasse. »Tut mir leid, die Cabrios sind auch aus.«

»Wirklich? Können Sie uns dann freundlicherweise sagen, welche Kategorie *nicht* aus ist?«, frage ich ein bisschen ungeduldig.

»SUVs«, gibt er knapp zurück.

»Und welche sind das?«

»Diese da.« Er deutet auf einen riesigen Geländewagen im Prospekt.

»Was ist los?«, will Emma wissen.

»Sie haben keine Cabrios mehr«, antworte ich.

»Wie bitte? Zuerst gehen ihnen die Autos aus, die wir gebucht haben, und dann auch noch die Cabrios. Was ist denn das für ein Saftladen? Weißt du was, Lilly, sag ihm ... ach was, ich sag's ihm gleich selber, jetzt, wo ich mein Englisch wieder in Schwung gebracht habe ...« Sie kramt in ihrem Oberstübchen nach den entsprechenden Vokabeln, dann faucht sie Mr. Thomas mit grimmiger Miene an: »Entweder Sie uns Handlungsauto geben, oder wir investieren in ein Cabrio, weil wir kompromisslos sind!«

Der Blick des Schalterbediensteten huscht verwirrt zwischen uns beiden hin und her, als seine Kollegin, eine zierliche Farbige, die unser Gespräch mitverfolgt hat, näher an ihn heranrückt und ihm etwas ins Ohr raunt.

Er sieht sie überrascht an, dann schüttelt er bestimmt den Kopf.

»Was ist?«, übernehme ich wieder das Gespräch. »Ihre Kollegin hat Ihnen doch gerade einen Vorschlag gemacht.«

»Nein, also, ja ...«, druckst er herum.

»Was denn nun?«, nagle ich ihn fest.

»Es ist so: Es gäbe da noch ein Cabrio, aber das ist eigentlich schon ausgemustert ...«

»Na bestens, und wo ist dann das Problem?«

»Also, dieses besagte Fahrzeug ... ich bin mir nicht sicher, ob es Ihrem Geschmack entspricht.« Er windet sich unter meinen Blicken.

»Wieso?«

»Weil ... es nicht mehr ganz neu ist«, würgt er hervor, als hätte er etwas ganz Abscheuliches aussprechen müssen.

»Was ist nicht mehr neu?« Die letzten Worte hat Emma mitbekommen.

»Sie haben doch noch ein Cabrio, aber kein neues«, erkläre ich ihr.

»Das macht doch nichts, Cabrio ist Cabrio. Wir nehmen es«, sagt sie zu Mr. Thomas, und diesmal sogar fehlerfrei.

»Wollen Sie es sich nicht ansehen, bevor Sie sich entscheiden?«, fragt der erstaunt zurück.

»Was will er?«, fragt Emma.

»Er fragt, ob wir den Wagen nicht vorher ansehen wollen.«

»Quatsch, wir haben bereits genug Zeit verplempert. Wir nehmen ihn!«

»Bist du sicher?«

»Klar bin ich sicher. Es ist ein Cabrio, was kann daran schon verkehrt sein?«

So ziemlich alles.

»Das nächste Auto sehen wir uns an, bevor wir es mieten«, sage ich zum hundertsten Mal, damit Emma es nur ja nie wieder vergisst.

»Jetzt hör schon auf, Lilly, so schlecht ist das doch gar nicht«, gibt Emma zurück, während sie konzentriert an dem riesigen Lenkrad sägt, um dieses unsagbare Monster von einem Auto auf Kurs zu halten.

Wenigstens wird uns das eine Lehre sein. Schon als Kleinkind bekommt man eingebläut, dass man sich nicht auf einen Handel einlässt, ohne die Ware vorher genau geprüft zu haben, den Teddybären zum Beispiel, dem vielleicht ein Auge fehlt, oder den Gameboy, der womöglich am Tag zuvor im Pissoir gelandet ist. Und in unserem Fall dieses Cabrio, auf das Emma so versessen war. Als wir den Papierkram erledigt hatten und uns Mr. Thomas zu unserem Wagen führte, der in der hintersten Ecke der Wagenhalle parkte – schätzungsweise, um Familien, die mit kleinen Kindern anreisen, nicht zu erschrecken –, stand ihm das schlechte Gewissen wie eine Neonreklame auf die Stirn geschrieben.

Und als wir dann vor dem Wagen standen, wussten wir auch, warum. Dieses Ding ist nicht einfach nur alt, es ist antik! Dazu riesig, und wenn ich sage riesig, dann meine ich das auch so. Ich habe noch nie in meinem Leben ein derart großes Auto gesehen. Eigentlich ist es gar kein Auto, sondern ein Lastwagen, ein Riesencabrio-Sattelschlepper mit zwei im Verhältnis zur Gesamtgröße lächerlichen Sitzreihen, dazu hat er auch noch ein knalliges Rot und zwei Heckflossen, die genauso gut an einem Jumbojet montiert sein könnten.

Insgesamt ist es das peinlichste Auto, in dem ich je gesessen habe, weshalb ich sicherheitshalber noch vor dem Einsteigen eine Baseballkappe und meine größte Sonnenbrille aufgesetzt habe, obwohl es höchst unwahrscheinlich ist, dass wir hier Bekannte treffen, vor denen ich mich genieren müsste.

»Außerdem …«, redet Emma jetzt weiter, »… ist das ein Klassiker, und noch dazu ein Cadillac, das ist eine Nobelmarke, vergiss das nicht.«

»Emma, er ist *vierzig* Jahre alt«, gebe ich zurück. »Ein Wunder, dass er überhaupt noch fährt.«

»Sag ich doch: Klassiker«, sagt Emma überzeugt. »Und von hervorragender Qualität!«

»Er sieht aus wie der Wagen in *Christine*!«

»Wer ist das? Eine Bekannte von dir?«

»Das ist ein Horrorfilm. Da geht es um ein Auto, das genauso aussieht wie unseres, und es *frisst Menschen.*«

»Kein Wunder, wenn die auch so gemeckert haben wie du«, kommt es pampig zurück.

»Du kannst jedenfalls sagen, was du willst, aber ich fahre mit diesem Wagen keinen Meter«, verkünde ich trotzig.

»Es zwingt dich auch keiner. Ich jedenfalls komme mit diesem Baby bestens zurecht.«

Während sie das sagt, streift sie beinahe einen Kleinbus, und ich schreie unwillkürlich auf: »Emma, pass doch auf!«

»Was hast du denn, da war doch noch jede Menge Platz«, behauptet sie unverdrossen. »Wie wär's mit ein bisschen Musik?« Sie macht Anstalten, am Radio herumzudrehen, wodurch der Wagen sofort ins Schlingern gerät und um uns herum wildes Gehupe einsetzt.

»Konzentrier du dich aufs Fahren!«, rufe ich. »Ich kümmere mich schon um die Musik.« Ich drehe an dem antiken Teil herum, das aussieht wie ein Röhrenradio aus den Fünfzigern, bis endlich Musik ertönt: *Country.*

»Na, das passt ja«, murmle ich.

»*Yiiehaaa!*«, ruft Emma begeistert aus.

Ich werfe ihr einen erstaunten Seitenblick zu. Ich wusste gar nicht, dass sie das kann, dieses … *Cowgirlgejodle.*

»Sind wir noch auf Kurs?«, fragt sie dann.

Ich werfe einen Blick auf das Navigationsgerät. Mr. Thomas hat es praktischerweise gleich für uns angeschlossen und mit unserer Hoteladresse programmiert, und jetzt thront es auf dem Armaturenbrett unseres Schlachtschiffs.

»Sieht so aus«, berichte ich. »Einfach immer weiter die Straße entlang, bis es etwas anderes ansagt.«

Dann lehne ich mich zurück und genieße die Landschaft. Anfangs mussten wir eine wenig ansehnliche Gegend durchqueren, die nur spärlich besiedelt war, aber je weiter wir jetzt in die Stadt hineinkommen, desto mehr Häuser tauchen auf. Mit ihren versetzten Einfahrten und den Grünstreifen vor der Tür wirken sie seltsam vertraut auf mich, und als ich einen dieser typischen gelben Schulbusse entdecke, wird es mir auf einmal bewusst, warum das so ist: Ich kenne diese Umgebung, weil ich genau genommen damit aufgewachsen bin, und weil ich sie auch heute noch beinahe täglich vor Augen habe. Die Filme, die ich mir ständig ansehe, die spielen doch größtenteils in den USA und viele überhaupt gleich hier in Los Angeles. Kein Wunder also, dass mir diese Gegend vertraut vorkommt, obwohl ich noch nie in meinem Leben hier gewesen bin.

Ist das cool, oder was? Da betritt man eine Stadt zum allerersten Mal und fühlt sich gleich wie zu Hause. Also wenn das kein gutes Omen ist. Wir fahren weitere zehn oder fünfzehn Meilen, währenddessen ich alles fotografiere, was mir vor die Linse kommt: Vorstadthäuser, die in diesem Teil der Stadt einen stark mexikanischen Einschlag haben, Donutläden mit riesigen Plastikdonuts auf ihren Dächern, junge Latinos in alten japanischen Autos, die sofort wild zu schreien und zu gestikulieren anfangen, sobald sie uns entdecken, was ich auf unser Riesenauto zurückführe.

Und kulinarisch gibt es alles, was man sich von Amerika erwarten darf: *McDonald's*, *Burgerking*, *Starbucks*, *Jack in the Box* und *Yum Yum Donuts* an jeder Ecke, dazu jede Menge asiatische und mexikanische Restaurants, und Wiener Schnitzel. *Wienerschnitzel?* Ich muss zweimal hingucken, um es zu glauben. Nicht zu fassen, hier gibt es tatsächlich eine Restaurantkette namens *Wienerschnitzel*!

Emma ist das auch nicht entgangen.

»Verhungern werden wir hier nicht!«, meint sie mit zufriedener Miene.

»Abnehmen aber auch nicht«, stelle ich fest.

»Lilly, sieh mal!« Emma latscht plötzlich voll auf die Bremse und bringt den Cadillac schlingernd und mit quietschenden Reifen am Fahrbahnrand zum Stehen.

»Bist du verrückt geworden?«, schreie ich erschrocken auf. Dann folgt mein Blick ihrem ausgestreckten Arm, und ich sehe *es*.

Selbst aus der Entfernung hat es eine geradezu magische Wirkung, es scheint zu leuchten, und eine völlig unsinnige Halluzination gaukelt mir plötzlich Engelsstimmen vor, die »Halleluja« singen – vermischt allerdings mit dem lautstarken Fluchen der Bauarbeiter auf dem Truck, der uns dank Emmas Vollbremsung beinahe aufgefahren wäre.

So ähnlich muss sich Moses gefühlt haben, als er vor dem Gelobten Land stand, denn nichts anderes verkündet dieses Schild für mich: HOLLYWOOD

Tausende Male habe ich es im Fernsehen und in Magazinen gesehen, das Wahrzeichen von Hollywood, das für jeden Filmschaffenden auf der Welt, egal ob Schauspieler, Autor, Regisseur, Kameramann oder auch nur Kabelträger, das Mekka, den *heiligen Ort* bedeutet.

Ich bin selbst erstaunt über meine Ergriffenheit. Verschämt wische ich mir eine Träne aus dem Auge, dann blinzle ich zu Emma rüber, um zu sehen, ob es ihr ähnlich ergeht.

»Das hätten sie ruhig ein bisschen bunter machen können, finde ich«, meint sie mit kritischem Blick. Okay, auf sie scheint die Wirkung nicht *ganz* so magisch zu sein. »Ich habe übrigens Kohldampf. Wie sieht's bei dir aus?«

»Eine Kleinigkeit könnte ich auch vertragen«, gebe ich zu.

Ich schieße schnell eine Fotoserie, dann setzt Emma unseren Dampfer wieder in Bewegung. Wir stoppen beim nächsten *McDonald's*, der bis auf den Umstand, dass man sich bei zwei Schlangen – eine zum Bezahlen, eine zum Burgerfassen – anstellen muss, nicht viel anders ist als bei uns in Deutschland.

Die weitere Fahrt verläuft dann schon viel angenehmer, was einerseits daran liegt, dass ich mich an das sänftenartige Schaukeln des Wagens gewöhnt habe, andererseits aber auch daran, dass ich jetzt satt und träge in den dicken Polstern hocke und mich nicht jedes Mal gleich aufrege, wenn wir wieder einmal um Haaresbreite an einem Verkehrsschild vorbeischrammen oder ein japanischer Kleinbus fast in den Straßengraben flüchten muss, um nicht von unserem Schlachtschiff überrollt zu werden.

Es dauert keine halbe Stunde, dann haben wir unser Hotel erreicht: Das *Beverly Garland Holiday Inn*, so der großspurige Name, ist ein mittelgroßer Bau im Stil der Sechzigerjahre, der über Zimmer in komfortabler Größe, Swimmingpool, Fitnessraum und sogar einen hauseigenen beheizten Whirlpool im Freien verfügt.

Nachdem wir an der Rezeption eingecheckt und unser Zimmer im zweiten Stock betreten haben, beschleicht mich schon wieder dieses seltsame Gefühl. Es ist wie ein Déjà-vu. Wüsste ich es nicht besser, würde ich schwören, dass ich schon einmal hier gewesen bin. Neugierig inspiziere ich das Badezimmer mit dem breiten Waschbecken und der großen Wanne, das bequeme Doppelbett, die künstliche Ziegelwand hinter dem riesigen Fernseher und den Balkon, der zum Innenhof mit den überdachten Sitzecken hinausführt und uns auch einen Blick auf den Swimmingpool und den Jacuzzi gestattet.

»Ist doch schön hier, findest du nicht?« Emma lässt sich auf das Bett plumpsen und streckt alle viere von sich. »Ein bisschen in die Jahre gekommen, aber trotzdem gemütlich. Was steht da?«, deutet sie dann auf ein Schild an der Wand.

Ich fasse es genauer ins Auge, und als ich begreife, was da steht, bekomme ich plötzlich am ganzen Körper Gänsehaut.

4

»Über *siebenhundert* Filme und Serien, kannst du dir das vorstellen?«, schwärme ich.

»Ja, der Wahnsinn«, antwortet Emma, während sie mit zusammengekniffenen Augen den Hollywood Freeway entlangsteuert.

Wir haben uns im Hotel ordentlich aufgebrezelt, ich mit einem schicken Top und einer kurzen Bolerojacke zu einer Designerjeans, Emma dagegen mit ihrer vollen Latinamontur einschließlich Sombrero. Darüber muss ich übrigens bei Gelegenheit unbedingt mit ihr reden, wir sind hier schließlich in Hollywood und nicht auf dem Kölner Karneval. Jetzt sind wir auf dem Weg zum *Hollywood & Highland Center.* Ich habe mich ja vor unserer Abreise im Internet ein bisschen schlaugemacht, und als ich unter »Walk of Fame« stöberte, stach mir sofort dieses nagelneue Einkaufscenter in die Augen. Das Besondere daran: Es liegt nicht nur direkt am Walk of Fame, wo die Sterne der Stars den Bürgersteig zieren, sondern beherbergt auch das legendäre Kodak Theatre, wo jedes Jahr die Oscar-Verleihungen stattfinden.

Und um das Ganze perfekt zu machen, grenzt es noch dazu direkt an das Grauman's Chinese Theatre, wo sich die größten Filmstars aller Zeiten per Hand- und Fußabdruck im Beton verewigt haben. Somit war natürlich klar, was unser erstes Ziel in Hollywood sein würde.

»Deswegen kam mir das auch alles so bekannt vor«, sinniere ich begeistert weiter. »Und dann fielen mir auf einmal diese ganzen alten Serien ein: *Hart aber herzlich, Ein Colt für alle Fälle, Remington Steele, Magnum* und wie sie alle heißen. Ich bin mir sicher, dass davon viele Szenen im *Beverly Garland* gedreht wurden, ich kann mich noch genau an diesen Pool erinnern und an das Café vor dem Hotel, ja sogar unser Zimmer ...« Auf einmal stockt mir der Atem. »Ist dir überhaupt klar, was das bedeutet, Emma?«

»Nee«, gibt sie zurück, während ihr Blick nervös zum Navi rüberflackert.

»Das bedeutet, dass in unserem Bett vielleicht einmal Robert Wagner gelegen hat oder Stefanie Powers, oder vielleicht Tom Selleck ...«

»Wow«, nickt Emma. Und dann: »Sind das Schauspieler?«

Okay, wie's aussieht, ist sie kein großer Fan von alten Serien.

»Schauspieler ist gut, die waren Superstars! Komm schon,

Emma, Tom Selleck musst du doch wenigstens kennen, du weißt schon, *Magnum*, dieser große, dunkelhaarige Detektiv im roten Ferrari …«

»Ah, jetzt klingelt's!«, ruft sie aus. »Aber fuhr der nicht einen Jaguar? Und mir kommt vor, der war beim FBI.«

»Das war *Jerry Cotton*, nicht *Magnum*«, sage ich frustriert.

»Aber der war auch groß und dunkelhaarig.«

»Das war George Nader … aber Pierce Brosnan, den kennst du?«, fällt mir dann ein.

»Klar, wer kennt den nicht?«, gibt sie lässig zurück. »James Bond, stimmt's? Wurde das auch in unserem Hotel gedreht?«

»Könnte sein, zumindest Teile davon … aber zum ersten Mal bekannt wurde Brosnan als Remington Steele, da war er noch ganz jung …«

»Also könnte er auch in unserem Bett geschlafen haben?«

»Schon möglich. Und vielleicht hat er auch in unserer Badewanne gebadet.«

»Der Gedanke hat was«, grinst Emma.

»Nach einer halben Meile rechts abbiegen!«, meldet sich das Navigationsgerät zu Wort, und Emma nimmt das zum Anlass, um den Blinker zu setzen und im selben Moment den Cadillac quer über drei Spuren nach rechts zu ziehen. Reifenquietschen und wütendes Gehupe sind die Folge, und ich überprüfe automatisch, ob mein Gurt richtig sitzt, und ziehe gleichzeitig meine Kappe noch ein bisschen tiefer. Dann werfe ich einen Blick auf den Bildschirm. Die nächste Abfahrt ist Sunset Boulevard, also kann es nicht mehr weit bis zum Hollywood & Highland Center sein. Ein wohliges Kribbeln macht sich in meiner Magengegend breit, und ich sauge die Eindrücke der Landschaft auf wie ein trockener Schwamm.

Nachdem wir die Abfahrt genommen und ein paar Meilen die Highland Avenue entlanggeschwommen sind, erhebt es sich dann plötzlich vor unseren Augen: Das Hollywood & Highland Center, erhaben steht es da mit seinen fünf Stockwerken, überragt nur noch vom angrenzenden Renaissance Hotel, in dem vorzugsweise Promis und Stars absteigen, wie ich gelesen habe.

Wir finden auf Anhieb die Einfahrt zur Tiefgarage, und der freundlich lächelnde Einweiser kann sich gerade noch rechtzeitig in Sicherheit bringen, als Emma fröhlich winkend an ihm vorbeirauscht. Wir ziehen ein Parkticket vor der Schranke, dann müssen wir noch zwei Stockwerke tiefer fahren, bis wir endlich einen freien Platz finden.

»Soll ich dich einweisen?«, biete ich an.

»Nicht nötig, inzwischen bin ich mit dem Wagen praktisch eins geworden«, gibt Emma zurück. »Und falls du es noch nicht bemerkt hast, die haben hier überall versetzte Schweller für die Räder, sodass du die Wand gar nicht berühren *kannst.*«

Während sie das noch sagt, rumst es ordentlich.

»Hoppla«, meint Emma und fährt wieder ein paar Zentimeter vor.

»Scheint so, als hätten sie diese Schweller für Autos aus *diesem* Jahrhundert gebaut«, kann ich mir nicht verkneifen.

»Ja, meckere du nur, ich finde den Wagen trotzdem klasse«, gibt Emma mit glühenden Wangen zurück. »Nur so nebenbei: Das Verdeck schließt vollelektronisch!« Stolz drückt sie auf einen elfenbeinfarbenen Knopf, und ganz weit hinten am Wagen beginnt etwas zu surren.

Wir bleiben fasziniert sitzen, während sich das Dach schließt, was gute fünf Minuten dauert, und die Menschen aus den vorbeifahrenden Autos starren uns an wie seltene Tiere in einem Käfig. Dann steigen wir aus und gehen zum Treppenhaus.

Wir betreten die Rolltreppe und fahren gespannt hoch. Auf der nächsten Ebene entern wir die nächste Rolltreppe, und das Ganze wiederholen wir ein weiteres Mal, bis wir eine Etage erreichen, die auf der einen Seite zu einem sonnigen Platz im Freien und auf der anderen zu einer Art Bogengang führt.

Unschlüssig bleiben wir stehen.

»Wohin als Erstes?«, fragt Emma und rückt ihren Sombrero zurecht, der ein bisschen ramponiert aussieht, weil sie ihn während des Fluges im Koffer verstaut hatte.

»Hm.« Ich versuche mir die Fotos aus dem Internet ins Gedächtnis zu rufen. »Da lang!«, sage ich dann bestimmt und marschiere los. Dieser Säulengang, der sieht doch genauso aus wie ... Bingo!

Nicht zu fassen, wir stehen doch wahrhaftig vor dem Eingang zum *Kodak Theatre.*

Mir bleibt die Luft weg. Zögerlich treten wir vor an die Balustrade und werfen einen Blick auf die Etage unter uns, dann wandern unsere Augen nach oben bis zur Kuppel, die drei Stockwerke darüber thront. Ich erblicke die breite Treppe, die hinaufführt, und die Eingänge auf jeder Etage, vor denen Wachleute stehen, und vor meinem geistigen Auge geht plötzlich ein Blitzlichtgewitter los. Filmstars schreiten herein, lächelnd und winkend und doch auch angespannt, steht doch die Oscar-Verleihung direkt bevor ...

»Sieh mal, da unten gibt es eine Bar«, unterbricht Emma meine Träume.

»Emma, weißt du überhaupt, wo wir hier sind?«, frage ich mit einem Anflug von Empörung in der Stimme.

»Klar, das ist das Hollywood-und-Dingsbums-Einkaufscenter«, gibt sie ungerührt zurück.

»Emma, das ist nicht einfach irgendein Einkaufscenter«, erkläre ich aufgekratzt. »Ums Einkaufen geht es hier am allerwenigsten. Das hier ...«, ich deute auf die schimmernden Messingtüren, »... ist das *Kodak Theatre*, und da drinnen werden in zwei Wochen die Oscars verliehen!«

»Wow!« Jetzt ist auch sie beeindruckt. »Dann sollten wir reingehen und es uns ansehen, meinst du nicht?«

»Denkst du, die lassen uns da einfach rein?«, frage ich skeptisch.

»Keine Ahnung, frag doch mal.«

Tja, warum eigentlich nicht? Fragen kostet ja nichts. Ich nähere mich zögerlich dem Wachmann, einem leicht angegrauten Latino in mittleren Jahren, der uns zwar freundlich, aber auch aufmerksam beobachtet hat.

»Hi«, sage ich, und er antwortet mit einem kurzen Nicken. »Wir würden uns gerne das Theater ansehen.«

»Schlechter Zeitpunkt«, schüttelt er den Kopf. »Normalerweise bieten wir Führungen an, aber im Moment laufen gerade die Vorbereitungen für die Preisverleihungen, deswegen ist alles dicht.«

»Was sagt er?«, will Emma wissen.

»Sie haben geschlossen, weil gerade die Oscar-Vorbereitungen laufen«, murmle ich enttäuscht.

»So, so.« Sie packt mich hastig am Oberarm und zieht mich ein paar Schritte von dem Wachmann weg. Dann angelt sie verstohlen einen Dollarschein aus ihrer Tasche. »Ich weiß, wie das hier läuft. Du musst nur zu ihm hingehen und etwas sagen wie: *Kann Sie vielleicht unser gemeinsamer Freund Mr. Washington überreden?*, dann lässt er uns garantiert rein.«

»Meinst du?«

»Klar, das sieht man in jedem Film, also muss doch auch was Wahres dran sein.«

»Okay, ich kann's ja mal versuchen.«

Der Wachmann beäugt mich misstrauisch, als ich mich erneut nähere und dabei den Dollarschein so halte, dass er ihn sehen kann. »Hören Sie, ich habe mich vorhin wahrscheinlich nicht deutlich genug ausgedrückt, aber sicher kann *Mr. Washington* Ihnen unser Anliegen besser erklären.« Ha, was für ein cooler Spruch. Den muss ich mir unbedingt für mein Drehbuch merken.

»Was ist das?«, fragt der Wachmann mit einem Blick auf den Schein.

»Das ist ein Doll… ähm… *Mr. Washington*«, zwinkere ich ihm verschwörerisch zu.

»Den Sie mir jetzt überreichen wollen?«

»Ja, was denn sonst?« Ich atme auf, als er endlich den Schein nimmt. Das funktioniert tatsächlich. Emma hatte recht, ein kleines Trinkgeld öffnet einem hier wirklich alle Türen…

»Miss, Sie haben soeben den Versuch unternommen, einen Beamten zu bestechen«, leiert der Wachmann plötzlich in strengem Tonfall los. »Normalerweise müsste ich Sie jetzt in Gewahrsam nehmen lassen und anzeigen, aber da ich hier zurzeit unabkömmlich bin, will ich noch einmal Gnade vor Recht ergehen lassen und davon absehen.« Und während er das sagt, steckt er seelenruhig meinen Dollar ein.

Ich starre ihn verblüfft an. »Wie war das?«

»Ich denke, Sie haben mich verstanden.« Er nimmt wieder seine Wachmannhaltung ein.

»Und … was ist mit meinem Dollar?«, frage ich hastig.

»Den behalte ich als Beweisstück«, erklärt er mit undurchdringlicher Miene.

»Was ist nun, können wir rein?«, schubst Emma mich ungeduldig von hinten an.

»Nein, können wir nicht«, zische ich wütend zurück.

»Aber er hat doch den Dollar genommen.«

»Das ist aber auch der einzige Teil deines Plans, der funktioniert. Er sagt, das wäre ein Bestechungsversuch gewesen, aber den Dollar behält er trotzdem.«

»Das darf doch wohl nicht wahr sein! Dieser hinterhältige Schuft!« Entsetzt sehe ich, wie Emma mit ihrer Tasche ausholt, und die Hand des Wachmanns zuckt schon zu seinem Funkgerät, doch in letzter Sekunde kann ich ihr in den Arm fallen und sie von ihm wegdrängen.

»Hör auf damit, Emma, sonst lässt er uns noch verhaften!«

Sie funkelt den Mann wütend an.

»Dieser Schuft. Weißt du was, wir kaufen Kondome und bauen Wasserbomben, und dann …«

»Lass es gut sein, Emma! Dann hat er uns eben übers Ohr gehauen, es ist doch nur ein Dollar.«

»Okay, aber eins sage ich dir: Wenn ich mal berühmt bin, sorge ich dafür, dass der Kerl gefeuert wird.«

»Genau, so machen wir das«, beruhige ich sie, und missmutig machen wir uns vom Acker.

Schade, wie gern hätte ich dieses Theater von innen gesehen, die Bühne, auf der die Oscar-Gewinner stehen, und die Sitze, auf denen die Nominierten den Ergebnissen entgegenfiebern. Und irgendwie kommt es mir auch wie ein schlechter Witz vor, dass wir ausgerechnet *wegen* des Ereignisses, das dieses Theater so berühmt macht, *nicht* hineinkommen.

Doch dann mache ich mir selber Mut. Wer sagt denn, dass wir nicht doch noch eine Möglichkeit finden? Immerhin werde ich in den nächsten Tagen mit einigen Leuten aus dem Showgeschäft wegen meines Drehbuchs verhandeln, und wer weiß, was sich da noch alles ergibt? Als wir den Vorplatz betreten, ist mein Ärger schon wieder verflogen. Ist doch nur ein blöder Wachmann, der einen blöden Dollar abgeräumt hat. Nichts, was mir die Laune verderben könnte, nicht hier in Hollywood.

Wie schön es hier ist.

Mitten auf dem Platz sprüht ein in den Boden eingelassener Springbrunnen in unregelmäßigen Abständen Wasserkaskaden in die Luft, und in einem Kreisbogen rundherum sind auf mehreren Etagen Geschäfte und Restaurants angeordnet. Wir umrunden den Brunnen und betrachten staunend den gigantischen Rundbogen, der auf die Highland Avenue hinausführt, und die riesigen Säulen mit den Steinelefanten auf der Spitze, und gleich dahinter erkennen wir auch wieder das Renaissance Hotel. Ich bin ganz gefesselt von den vielen Eindrücken und entdecke *Victoria's Secret*, *Starbucks*, eine Pizzeria namens *La Trastevere* und weiter oben *The Grill* und *The French Crepe Company.*

Dann fällt mein Blick auf dieses Geschlängel auf dem Boden, von dem ich auch schon gelesen habe: The Way to Hollywood. Ein in den Boden eingelassener Pfad, in dem berühmte Regisseure wie Steven Spielberg und George Lucas in kurzen, poetischen Episoden ihre Erfahrungen mit der Traumfabrik dargelegt haben und der an einem Fernrohr endet, mit dem man wieder das berühmte Hollywood Sign betrachten kann.

Ich bin schon ganz atemlos von dem Herumgerenne, als ich mich wieder dem südlichen Teil des Platzes und der dazugehörigen Treppe nähere. Als mein Blick ihrem Verlauf folgt und ich die Sterne erblicke, durchzuckt es mich wie ein Stromstoß.

»Emma«, flüstere ich ergriffen. »Da unten ist der ›Walk of Fame‹!«

Ohne ihre Antwort abzuwarten, stürme ich die Treppe hinunter, wobei ich fast zu Fall komme angesichts meiner enormen Geschwindigkeit, und dann bin ich endlich da.

Ich, Lilly Tanner, der größte Filmfan aller Zeiten, stehe auf dem Walk of Fame mitten in Hollywood.

»Ich wusste gar nicht, dass du so schnell rennen kannst.« Emma hat mich jetzt erst eingeholt und schnauft wie eine Dampflokomotive.

»Sieh doch nur, Emma!«, rufe ich verzückt aus. »Jeder dieser Sterne steht für einen berühmten Star.« Ich deute auf die Sterne, die in ihrem altrosa Terrazzo und den schimmernden Messingeinlagen aus dem schwarzen Asphalt anmutig hervorleuchten.

Emma mustert den Stern zu ihren Füßen. »Ja, hübsch irgendwie. Wer ist denn Rob Reiner?«, fragt sie dann.

»Das ist der Regisseur von *Harry und Sally*«, kläre ich sie auf. Nicht zu fassen, dass jemand Rob Reiner nicht kennt!

»Ah, den kenne ich. Kommt da nicht diese Szene mit dem vorgetäuschten Orgasmus vor?«

»Genau«, antworte ich und schieße schnell ein Foto. »Meg Ryan hat das gespielt.«

»Ich weiß. Wobei, das mit dem Orgasmus hätte ich besser hinbekommen«, behauptet Emma.

Ich werfe ihr einen erstaunten Blick zu. Emma und ein Orgasmus? Seltsam irgendwie, die beste Freundin kann man sich bei so was am allerwenigsten vorstellen.

Schnell schüttle ich den Gedanken wieder ab, dann nehme ich wie ein Spürhund die Fährte auf und folge der Spur der funkelnden Sterne. »Sieh mal, Buster Keaton!« Ich drücke den Auslöser, und als ich Emmas Blick sehe: »Das war ein Stummfilmstar, wie Charlie Chaplin.« Wir überqueren die Highland Avenue, und in tief gebückter Haltung geht es weiter, während ich andauernd knipse und aufgeregt die Namen von berühmten Menschen ausrufe: »Liberace ... Alfred Hitchcock ... Dean Martin ... Frank Sinatra ... Orson Welles ... Jamie Lee Curtis ... Fats Domino ... Boris Karloff ... Cate Blanchett ... Cameron Diaz ... Fred Astaire ... James Cameron ... Sylvester Stallone ... Arnold Schwarzenegger ... Marilyn Monroe ... Bob Hope ...«, wobei ich Emma bei jedem Zweiten erklären muss, wer das ist.

Wir sind inzwischen auf die andere Seite des Hollywood

Boulevard gegangen und laufen jetzt in die Gegenrichtung. Langsam nähern wir uns wieder dem Kodak Theatre, als ich völlig außer Atem anhalte. Die Sternenreihe ist noch längst nicht zu Ende, aber mir tut der Rücken weh von der gebückten Haltung, und durch die Erzählerei bin ich so ausgepumpt, dass ich dringend eine Pause brauche.

»Wow, du siehst ja ganz fertig aus«, meint Emma stirnrunzelnd. »Wie wär's, gehen wir zwischendurch was trinken? Oh, Steve McQueen, und sieh mal da, Burt Reynolds«, fügt sie dann an, und mein rechter Zeigefinger hämmert ganz automatisch wieder auf den Auslöser. »Da vorne ist ein Starbucks«, kommt dann endlich die erlösende Nachricht.

Nachdem wir uns mit doppelten Cappuccinos und Schokokuchen gestärkt haben, treten wir wieder auf den Bürgersteig hinaus.

»Was ist das da drüben?«, fragt Emma und deutet auf das Gebäude direkt neben dem *Kodak Theatre*, in dessen Vorhof sich eine ganze Menge Leute herumschieben, die Köpfe großteils gesenkt und aufgeregt fotografierend.

Als ich das pagodenförmige Dach erblicke, muss ich nicht mehr weiter nachdenken.

»Das ist das *Grauman's Chinese Theatre*«, sage ich, und gleichzeitig überkommt mich schon wieder ein seltsames Prickeln.

»Und was gibt es da Besonderes?«

»Auf den Betonplatten vor dem Eingang sind die Hand- und Schuhabdrücke von Filmstars.« Während ich das noch sage, überquere ich auch schon die Straße und krame meine Kamera aus der Tasche.

Als ich den Vorhof erreiche und die wohl berühmtesten Betonplatten der Welt erblicke, verharre ich für eine Sekunde in stummer Ehrfurcht, wodurch Emma von hinten auf mich aufläuft.

»Mensch, Lilly, du kannst doch nicht einfach so stehen bleiben«, reibt sie sich vorwurfsvoll den Ellbogen, doch ich nehme sie kaum wahr.

Rock Hudson ist der Erste, dessen Abdrücke ich erblicke, weil sie sich ganz vorne links am Eingang befinden. Dasselbe Spiel wie vorhin mit den Sternen beginnt. Ich fotografiere die Platte, dann schreite ich gebannt weiter. Als Nächstes entdecke ich Jean Harlow, dann Jack Nicholson, Frank Sinatra, Kirk und Michael Douglas, Richard Gere, Al Pacino, Johnny Depp, Kevin Costner. Es ist, als träfe ich lauter alte Bekannte, alles Megastars zwar und für einen Normalbürger unerreichbar, aber für mich aus den Filmen so vertraut, als hätten sich hier alle meine Freunde und Verwandten im Beton verewigt.

Auch Emma scheint beeindruckt zu sein, denn sie folgt mir aufmerksam und redet ausnahmsweise mal fast nichts, außer sie hat Fragen zu irgendwelchen Namen. Wir kommen an Tom Hanks vorbei und Adam Sandler, und dann stoßen wir auf Bruce Willis.

»Ist der Typ cool, oder was?«, ruft Emma aus. »Sieh mal, was er da hingeschrieben hat!«

Yippee yi yay! Emma hat recht. Wenn *Der Bruce* nicht cool ist, dann keiner.

»Schwarzenegger ist aber auch nicht schlecht«, rufe ich. *I'll be back* steht da, natürlich, was anderes wäre vom *Terminator* auch nicht zu erwarten gewesen.

Wir kämpfen uns weiter durch die neugierigen Touristen, die ebenso wie wir nach ihren Idolen suchen und begeistert drauflosknipsen, sobald sie sie gefunden haben.

Wir entdecken noch Hugh Jackman und Tom Cruise, dessen Handabdrücke winzig aussehen, und Sylvester Stallone, der seine Finger ganz weit auseinandergespreizt hat, wohl, damit seine Hände größer wirken, und dann – wow – George Clooney.

George Clooney ist für mich einer der Allergrößten, und ohne darüber nachzudenken, sinke ich in die Knie und lege meine Hände in seine Abdrücke.

»Wer ist das denn?« Emma betrachtet ein paar Schritte weiter stirnrunzelnd eine Platte. »Da steht nur *BP.*«

BP?!

Mit einem Satz bin ich neben ihr.

»Das ist Brad Pitt!«, stoße ich hervor.

»Brad Pitt? Oooh.« Täusche ich mich, oder läuft sie gerade rot an? Bei ihrer verbrannten Haut ist das schwer zu sagen, doch plötzlich wird sie richtig schwärmerisch: »Dieser Mann ist *dermaßen sexy*. Ich verstehe nur nicht, was er an diesem *Klappergestell* findet«, setzt sie dann mit abfällig gekräuselten Lippen hinzu.

Wobei ich ihr insgeheim zustimme. Ich fand ehrlich gesagt auch Jennifer Aniston besser als Angelina Jolie, und was Brad Pitt betrifft: Der ist *definitiv* sexy. Wobei, wenn ich mich zwischen ihm und George Clooney entscheiden müsste ...

Ein paar Sekunden verstreichen, während der wir unseren Gedanken nachhängen. Dann wird mir plötzlich bewusst, wie absurd das Ganze ist.

»Okay, Emma, Schluss jetzt! Wir benehmen uns gerade wie zwei dumme Gänse«, stelle ich fest.

Sie sieht mich verwundert an, als hätte ich sie gerade mitten aus dem Schlaf gerissen. Aus einem Schlaf mit einem sehr, sehr schönen Traum, wohlgemerkt.

»Was meinst du?«, fragt sie.

»Na, unsere alberne Schwärmerei.«

»Schwärmerei? Welche *Schwärmerei* denn?«, fragt sie mit künstlich hochgezogenen Augenbrauen.

»Na, von ihm zum Beispiel ...« Ich deute auf Brad Pitts Initialen.

»Ich bitte dich, Lilly, ich habe doch nicht von ihm *geschwärmt*«, behauptet sie steif. »Aus diesem Alter bin ich doch längst raus ...«

»Wen findest du überhaupt besser, Brad Pitt oder George Clooney?«, falle ich ihr ins Wort.

»Brad Pitt natürlich, was für eine Frage, allein von der Figur her!«, sprudelt sie los, und ihre Augen leuchten wieder, doch im nächsten Moment erkennt sie die Falle. Sie räuspert sich und sagt betont beiläufig: »Also, *eher* Brad Pitt. Wobei ich mir darüber natürlich noch keine großen Gedanken gemacht habe.«

»Natürlich«, pflichte ich ihr bei. »Ebenso wenig wie ich.«

Wir starren uns gegenseitig an, bis wir es nicht mehr aushalten und losprusten.

»Ich denke, wir haben uns jetzt einen Drink verdient«, schlage ich dann vor.

»Sehe ich auch so. Woran hast du gedacht?«

»Hm, ich weiß nicht.« Ich sehe mich nachdenklich um, bis mein Blick an der Rolltreppe zum H & H Center hängen bleibt. »Vorhin, vor dem Eingang zum Kodak Theatre ... da war doch eine Weinbar, eine Etage unter uns, die sah ganz schnuckelig aus.«

»Genau, ein Glas Wein wäre jetzt genau das Richtige.«

»Oder was hältst du von einem Gläschen Sekt? Wir haben noch gar nicht angestoßen auf ...«, ich überlege, warum mir gerade so nach Feiern zumute ist, »... darauf, dass wir beide in Hollywood sind und dass wir hier noch eine ganze Menge erleben werden.«

»Genau, darauf müssen wir anstoßen«, pflichtet Emma mir bei. »Außerdem haben wir noch gar nicht richtig über unsere weitere Taktik gesprochen.«

»Unsere weitere Taktik?«

»Ja, wir brauchen doch eine Taktik. Schon vergessen? Wir wollen doch Schauspieler werden, und dein Drehbuch wolltest du auch anbieten.«

»*Du* willst Schauspielerin werden«, bremse ich sie zurück.

Und was mein Drehbuch angeht ...

Dafür habe ich eigentlich schon einen Plan.

5

In Wirklichkeit muss man für die Vermarktung eines Drehbuchs hier in Hollywood gar kein großes Genie sein.

Denn es ist doch so: In Los Angeles gibt es unheimlich viele Agenten (konkret sind es sogar mehrere Tausend, wie ich bei meiner Internetrecherche ermittelt habe), von denen die besseren vermutlich regelmäßig Kontakt mit Filmproduzenten, Regisseuren, Studios und Schauspielern haben. Wenn man jetzt davon ausgeht, dass vielleicht zehn Prozent dieser Agenten wirklich gut sind und von diesen zehn Prozent wiederum die Hälfte wirklich *topp*, dann bleiben immerhin mehr als hundert Adressen übrig, um mein Buch in der allerersten Liga Hollywoods zu platzieren. *Hundert*, und das bei einer durchaus realistischen und vorsichtigen Schätzung.

Blieb also nur noch die Aufgabe, diese fünf Prozent, diese Crème de la Crème der Hollywoodagenten, aus der ganzen Masse herauszufiltern, und das war überhaupt die allerleichteste Übung. Ich ging einfach mit logischer Rationalität vor, indem ich mir Ausdrucke von denen mit den meisten Google-Einträgen machte. Liegt doch auf der Hand: Je erfolgreicher, desto mehr Schlagzeilen; je mehr Schlagzeilen, desto mehr Einträge, nicht wahr?

So habe ich also diese heiße Liste schon seit Deutschland in meinem Gepäck – plus zwanzig Kopien von meinem Drehbuch, weswegen ich auch die Probleme mit dem Gewichtslimit hatte.

Bloß kann ich heute noch nicht damit loslegen. Dummerweise ließ ich mir nämlich gestern von Emma das Zugeständnis abschwatzen, heute als Erstes eine Schauspielschule zu finden, und irgendwo in meinem Hinterstübchen geistert auch die völlig absurde Zusage herum, mit ihr gemeinsam einen Schauspielkurs zu besuchen. Bleibt mir nur die Hoffnung, dass sie wenigstens das vergessen hat, und nachträglich betrachtet ist mir auch klar, dass sie mich gestern Abend absichtlich abgefüllt hat. Zuerst in der niedlichen Weinbar im H & H Center und danach noch auf dem Balkon unseres Zimmers, wozu sie bei der Heimfahrt extra noch bei einem Seven-Eleven anhielt, um Käsecracker, Rotwein und Schokodonuts zu kaufen.

Nun sitzen wir mit riesigen Sonnenbrillen und einem leichten Brummschädel bei The French Crepe Company im H & H Center und stärken uns mit zwei großen Latte macchiato und frisch gebackenen Erdbeerwaffeln, während wir den weiteren Tagesablauf besprechen.

»Die sind vielleicht lecker«, seufzt Emma. Dann begräbt sie ihre Waffel unter einem Riesenhaufen Schlagsahne, die die chronisch lächelnde asiatische Bedienung gleich dazugestellt hat.

Die Waffel ist übrigens wirklich köstlich. Ich lasse mir ein paar Bissen davon im Mund zergehen, bevor ich frage: »Also gut, an welche Schauspielschule hast du gedacht?«

Auf diese Frage scheint Emma nur gewartet zu haben. Wie aus dem Nichts zieht sie einen Packen Papier hervor und knallt ihn auf den Tisch.

»Was ist das?«, frage ich, obwohl ich die Antwort bereits ahne.

»Das sind die Schauspielschulen, die ich mir übers Internet rausgesucht habe.«

»Und nach welchen Kriterien hast du sie ausgewählt?«

»Nach gar keinen«, bekennt sie freimütig. »Ich habe einfach den Drucker rattern lassen, bis die Farbpatrone leer war.«

Also hat sie streng genommen mein System logischer Rationalität benutzt, ohne es zu wissen. Da sieht man mal wieder, wie sehr sich die Denkweisen von guten Freunden ähneln.

»Okay.« Ich nehme ein paar Blätter von dem imposanten Stapel. »Und wie sollen wir jetzt entscheiden, welche wir uns ansehen?«

»Ich dachte mir …«, sie schaufelt wieder Erdbeeren und Sahne in sich hinein und breitet dann einen Stadtplan von Los Angeles auf dem Tisch aus, »… dass wir einfach mal sehen, welche hier in der Nähe sind, und da fragen wir dann an.«

Ich ziehe überrascht die Augenbrauen hoch. Das klingt ebenso einfach wie vernünftig. Ich schiebe meinen Teller zur Seite, und es dauert gar nicht lange, bis ich Hollywood gefunden habe.

»Mal sehen.« Ich schnappe mir Emmas Ausdrucke und beginne darin zu blättern. Emma hat Dutzende Schauspielschulen ausgedruckt, und einige der Namen kommen mir sogar bekannt vor. »*Beverly Hills Playhouse*, davon habe ich schon mal gehört«, murmle ich nachdenklich.

»Echt? Wo ist das?«

»Robertson Boulevard.« Ich beginne auf dem Stadtplan zu suchen. »Den kann ich hier aber nirgends finden.«

»Vielleicht sollten wir zuerst in der Karte nach Straßen aus unserer Umgebung suchen«, schlägt Emma vor.

»Gute Idee. Also, ganz hier in der Nähe wären zum Beispiel ... der Sunset Boulevard ... Hollywood Boulevard ... und der Santa Monica Boulevard.«

»Alles klar.« Auf einmal federt Emma hoch. »Such du mal weiter, ich muss für kleine Mädchen.«

»Okay.«

Ich stöbere weiter. Als Nächstes kommt mir *Stella Adler – Academy of Acting and Theatre* in die Finger. Der Name kommt mir auch bekannt vor. Wahrscheinlich kamen die in einem Fernsehbericht vor oder so. Auf jeden Fall passt die Adresse: Hollywood Boulevard.

Ich lege die Seite auf dem Stuhl neben mir ab und greife mir die nächsten Blätter.

Hollywood Film & Acting Academy, Highland Avenue.

Super, das ist gleich hier um die Ecke. Ich lege es zur ersten Adresse dazu und schnappe mir das nächste Blatt.

Elisabeth Mestnik Acting Studio, Santa Monica Boulevard.

Der Name klingt ein bisschen seltsam, aber die Adresse liegt in unserem Zielgebiet, daher lege ich es zu den anderen beiden.

Als mein Blick auf die nächste Seite fällt, durchzuckt es mich wie ein Stromstoß: *The Lee Strasberg Theatre & Film Institute.*

Lee Strasberg. Wow! Der Name ist Legende, aus dieser Schauspielschule ist halb Hollywood hervorgegangen: Tom Cruise, Alec Baldwin, Antonio Banderas, Matt Dillon ... die Namen purzeln nur so aus meinem Hinterstübchen. Lee Strasberg ist der Mann, der das Method Acting mit entwickelt und perfektioniert hat, eine revolutionäre Schauspielkunst, bei der man ... okay, um ehrlich zu sein, habe ich nie ganz kapiert, worum es da geht, aber auf jeden Fall ist das eine tolle Methode! Ich bin ganz gebannt von diesem Namen, und wie ich sehe, hat Emmas Drucker mehrere Seiten zu dieser Schauspielschule ausgespuckt. Ich überfliege sie hastig und entdecke, dass sie auch einen Intensivkurs anbieten. Doch dann kühlt sich meine Begeisterung schlagartig wieder ab, als ich den Preis sehe: Die verlangen glatte 1500 Dollar – für einen Drei-Wochen-Kurs! Das ist doch absurd.

Ich meine, nicht, dass es das nicht wert wäre. Das Lee Strasberg Institute ist nicht nur irgendeine Schauspielschule, das ist *die* Schauspielschule! Aber seien wir doch mal ehrlich: Emma – und um sie geht es hier schließlich – wird niemals, nicht in tausend Jahren, eine erfolgreiche Schauspielerin werden. Wozu dann also so viel Geld ausgeben, wo sie doch ohnehin schon die teure Reise für uns beide bezahlt hat?

Schweren Herzens lege ich also die Strasberg-Unterlagen wieder zurück auf den Stapel. Dann sehe ich nachdenklich ein paar Kindern zu, wie sie übermütig über die Düsen des Springbrunnens rennen und dabei versuchen, nicht von den Wasserstrahlen erwischt zu werden. Auf einmal beschleicht mich ein unangenehmer Gedanke: Was, wenn die anderen Schauspielschulen auch so teuer sind? Sicher sind das alles renommierte Institute mit guten Kontakten zur Filmindustrie, und wahrscheinlich lassen die sich das auch entsprechend bezahlen. Ich lasse die Schultern sinken und seufze. Ich weiß, es ist Emmas großer Traum, aber in Wahrheit ist das doch völlig …

»Lilly, ich hab's!« Emma ist zurück, und sie hat ein breites Grinsen auf dem Gesicht.

»*Was* hast du?«, frage ich verwundert.

»Die perfekte Schauspielschule.« Sie wedelt mit einem zerknitterten Zettel vor meiner Nase herum.

»Und wo hast du den auf einmal her?«

»Vom Klo«, verkündet sie stolz.

»Vom Klo?«, echoe ich verständnislos.

»Ja, das ist ein Aufkleber, und er hing direkt über dem Waschbecken. Aber lies doch selbst!«

Sie hält mir den Aufkleber vors Gesicht, und da ich jetzt weiß, wo sie ihn her hat, weiche ich automatisch ein paar Zentimeter zurück. Emma hat ihn von der Wand gepult, deswegen ist er ganz schrumpelig und nur schwer zu entziffern.

It's only 300 Meters to your world career, steht da als Überschrift.

Und direkt darunter: *Madame Genevieve de Castillac Acting Studio.*

»*Es sind nur dreihundert Meter bis zu deiner Weltkarriere*, das steht doch da, oder nicht?«, fragt Emma aufgeregt.

»Ja, das steht da«, stimme ich ihr stirnrunzelnd zu. »Aber woher willst du wissen, ob diese ... Madame de Castillac auch seriös ist?« Werbung in öffentlichen Toilettenanlagen ist nämlich nicht gerade die allerbeste Empfehlung, finde ich.

»Lies doch weiter!« Emma lässt sich durch meinem Einwand nicht aus dem Konzept bringen. »Sieh nur, mit welchen Leuten die schon gearbeitet hat!«

Ich sehe nochmals hin. Da stehen tatsächlich ein paar große Namen: Spencer Tracy, Clark Gable und sogar John Wayne.

Wobei, die aktuellsten Jahrgänge sind das auch nicht gerade, Madame de Castillac dürfte ihre besten Jahre also schon hinter sich haben. Aber da steht noch etwas. Ich kneife die Augen zusammen, bis es mir gelingt, den in winzigen Lettern geschriebenen Satz vor diesen Namen zu entziffern: *... worked almost with ...*

Was soll das denn bitte heißen: ... arbeitete *beinahe* mit ...?

Ich will Emma gerade darauf hinweisen, da fällt mein Blick auf die letzten beiden Worte auf dem Zettel, und in Sekundenbruchteilen klicken in meinem Hirn ein paar Rädchen ineinander.

»Weißt du, was ich denke, Emma?«

»Was?«, fragt sie atemlos.

»Ich denke, du hast vollkommen recht. Das ist genau die richtige Adresse für uns.«

»Tja, mal sehen, mit ein bisschen Glück kann ich euch noch bei einer unserer bestehenden Gruppen unterbringen.«

Genevieve (sie hat uns gleich zu Anfang mit großzügiger Geste erlaubt, sie mit ihrem Vornamen anzusprechen) starrt hinter ihrem riesigen Schreibtisch verkniffen auf den Bildschirm ihres Computers und geht scheinbar endlos lange Listen durch. Sie kann nicht mehr die Jüngste sein, doch ihre Haltung ist kerzengerade und ihr Haar hellblond gefärbt, dazu ist ihr Gesicht verdächtig faltenlos und eine Spur zu grell geschminkt. Sie hat wache Augen und eine strenge, rauchige Stimme, wodurch sie mich frappant an Estelle Getty von den *Golden Girls* erinnert.

»Falls Sie ausgebucht sind und mich nicht mehr aufnehmen können, wäre es nicht schlimm«, füge ich an. »Hauptsächlich geht es um meine Freundin, ihr würde diese Ausbildung wirklich sehr viel bedeuten.«

Emma hat anscheinend alles verstanden und verpasst mir einen Stoß mit dem Ellbogen. Verdammt, kann sie sich also doch noch an mein Versprechen erinnern.

»Nein, nein, wir finden schon was für euch beide«, antwortet Genevieve schnell, und ich versinke resigniert in meinem dicken Polstersessel. Dann muss es also sein.

Eigentlich hatte es sich schon abgezeichnet, so leicht, wie es war, diese Schauspielschule zu finden. Wir mussten nur ein paar Schritte den Hollywood Boulevard hinunter, dann einer grellen Leuchtreklame folgend durch eine wackelige Eingangstür, über einen düsteren Hinterhof, wo wir uns beide spontan an unsere Handtaschen klammerten, dann eine schmale Treppe hinauf, und schon waren wir da.

Genevieve begrüßte uns mit der freundlichen Distanziertheit einer großen Diva, dann machte sie sich sofort auf die Suche nach einem geeigneten Kurstermin für uns.

»Ja, ich denke, das könnte funktionieren«, sagt sie plötzlich und strahlt uns an. »Wir hätten da einen Intensivkurs, der gerade startet. Er geht über zwei Wochen zu je fünf Stunden, das wäre doch der ideale Einstieg für euch, nicht wahr?«

»Und was kostet das?«, frage ich schnell.

»Zweihundert Dollar.«

»Für uns beide?«

»Pro Person natürlich!« Genevieve schnappt empört nach Luft. »Eine derart professionelle und umfassende Ausbildung zu diesem Preis gibt es nirgendwo sonst in Hollywood.«

»Okay, okay«, lenke ich ein. Sie hat ja recht, für hiesige Verhältnisse ist der Preis geradezu lächerlich gering, das *Best Price* auf dem Werbeaufkleber war also nicht gelogen.

Emmas Blick wandert fragend zwischen mir und Genevieve hin und her. «Und, hat sie was für uns?«

»Ja, einen zweiwöchigen Intensivkurs, und er kostet zweihundert pro Person«, kläre ich sie auf.

»... was ausgesprochen billig ist!«, ergänzt Genevieve schnell.

»Das finde ich auch«, stimmt Emma begeistert zu. »Den nehmen wir, ist doch klar.« Und zu Genevieve in Englisch: »Wann er starten?«

»Ihr wollt den Kurs also buchen?«, fragt Genevieve zur Sicherheit noch einmal nach, und auf unser Nicken hin: »Fein, dann bräuchte ich nur noch eure Namen, Adressen und Telefonnummern.« Sie zieht zwei Formulare aus der Schublade und zückt einen Stift.

»Lilly Tanner«, sage ich und diktiere ihr meine Telefonnummer und die Hoteladresse dazu.

»Du bist Engländerin?«, spielt sie auf meine Aussprache an.

»Ich? Nein, nein, mein Vater ist Engländer, deshalb der Akzent«, kläre ich sie auf. »Ich komme aus Deutschland.«

»Okay, *Germany.*« Sie macht eine entsprechende Notiz. »Und dein Name ist ...?«, will sie dann von Emma wissen.

»*Maria Conchita Cojones*«, sagt Emma, ohne mit der Wimper zu zucken. »Aus *Mexiko City.*«

Genevieve und ich reißen gleichzeitig die Augen auf.

»Emma, spinnst du?«, entfährt es mir. Und dann mit mühsam gedämpfter Stimme: »Wie kommst du denn auf diesen dämlichen Namen?«

»Ich bin doch jetzt eine Latina, schon vergessen?«, zischt sie zwischen zusammengepressten Lippen zurück.

»Emma, du kannst doch nicht ... weißt du überhaupt, was ›cojones‹ bedeutet?«, sage ich hastig, während Genevieve uns aufmerksam beobachtet.

»Nein, was denn?«, fragt Emma mit großen Augen.

»*Hoden!* Es bedeutet *Hoden*!«

»Oh … dann nehmen wir wohl besser etwas anderes …« Sie bekommt hektische Flecken auf den Wangen.

»Wie heißt deine Freundin denn nun?« Genevieve klingt schon ein bisschen ungeduldig.

»Sie heißt …«, mein Gehirn läuft auf Hochtouren, »… *Emilia Conzales.*« Super, Lilly, wenn *das* kein toller Name ist. Ich werfe einen ängstlichen Blick auf Emma, doch die reckt zu meiner Überraschung nur den Daumen hoch. »Aber Freunde nennen sie Emma«, ergänze ich schnell. So brauche ich mir wenigstens keine Gedanken darüber zu machen, wenn *ich* sie so nenne.

»Und sie ist aus Mexiko?«, fragt Genevieve neugierig.

»Oh, äh, nein … ihre Mutter ist aus Mexiko«, improvisiere ich schnell. »Daher auch ihr Akzent.« Damit hätten wir dann auch das Thema mit Emmas miesem Englisch vom Tisch, ich sage jetzt nur: Penelope Cruz.

»Okay.« Genevieve trägt alles ein, und Emma bezahlt die Kursgebühr für uns beide, wobei eine peinliche Pause entsteht. Genevieve verstaut den Betrag sorgfältig in einer kleinen Geldkassette, dann steht sie auf und umrundet den Tisch. »Somit heiße ich euch herzlich willkommen als Mitglieder des Genevieve de Castillac Acting Studio«, sagt sie salbungsvoll, dann deutet sie zuerst bei mir und dann bei Emma so etwas wie eine Umarmung an.

Ich räuspere mich. »Fein, wir freuen uns schon darauf. Und wann geht der Kurs los?« Hoffentlich erst in ein paar Tagen, damit ich mir noch eine kleine, aber feine Ausrede zurechtlegen kann.

Genevieve wirft einen Blick auf ihre Armbanduhr. »Ihr habt Glück. In exakt einer Stunde geht es los, aber wir können gleich ins Studio gehen, dann erkläre ich euch schon mal die theoretischen Grundlagen. Ist das nicht toll?«

»Ja, super«, antworte ich lahm, dann folge ich ihr mit hängendem Kopf ins Studio.

Die Kursgruppe besteht aus insgesamt fünf Personen – Emma und mich eingerechnet. Wir haben uns der Reihe nach vorgestellt und mussten dann zur Auflockerung hüpfend und springend im Kreis rennen und gleichzeitig Tierlaute von uns geben. Also echt, als würde ich jemals einen Schimpansen spielen oder einen Hund. Als wir wieder anhalten, bin ich ein bisschen außer Atem, obwohl das Studio nicht besonders groß ist. Genau genommen ist es gar kein richtiges Studio, sondern nur ein größeres Zimmer, das bis auf wenige Requisiten wie einen Tisch, ein paar Stühle, eine Lampe und ein abgewetztes Sofa leer ist.

Greg, der einzige männliche Kursteilnehmer, schlenkert neben mir mit seinen Armen. Er hat rote Haare, trägt Jeans und ein T-Shirt, auf dem »Overworked and underfucked« steht, und stöhnt: »Was hat das denn mit Schauspielern zu tun?«

»Eines will ich gleich klarstellen!« Genevieves Tonfall wird auf einmal unerbittlich, während sie ihn mit ihren eisblauen Augen fixiert. »Wir arbeiten hier nach meinen Regeln, verstanden? Falls jemand ein Problem damit hat, da ist die Tür!«

»Schon gut.« Greg hebt entschuldigend die Hände. »So war das nicht gemeint.«

»Das will ich auch hoffen.« Genevieve funkelt ihn an wie ein knallharter Drill Sergeant von der Army. Dann lockern sich ihre Gesichtszüge wieder. »Gut. Also, wer von euch hat schon Erfahrung als Schauspieler?«

Janet, eine üppige Blondine mit Stupsnäschen, reißt die Hand hoch.

»Ich habe einmal in einem Werbespot mitgespielt«, flötet sie aufgeregt.

»Ah, ein Werbespot«, nickt Genevieve gutmütig. »Und was für ein Spot war das?«

»Es ging um Windeln …«

»Und du hast die Mutter gespielt?«

»Nein, ich war das Baby, aber der Regisseur hat gemeint, ich hätte echtes Talent.«

Genevieves Blick verharrt einen Moment lang wortlos auf ihr, dann fragt sie in die Runde: »Sonst noch jemand?«

Gerade noch rechtzeitig bemerke ich, dass Emmas Hand verdächtig zu zucken beginnt.

»Emma, vergiss es!«, raune ich ihr zu.

»Wieso, ich hab doch Schauspielerfahrung«, raunt sie zurück.

»Aber nicht beim Film. Hier geht es ausschließlich um Film«, behaupte ich, und erleichtert sehe ich, dass sie ihre Hand wieder zurückzieht.

»Gut«, fährt Genevieve fort. »Dann werde ich euch heute mit einer ebenso einfachen wie genialen Schauspieltechnik bekannt machen, die ich selbst erfunden habe: das sogenannte Method Acting.«

Ein paar Sekunden lang bleibt es still, und wir wechseln ratlose Blicke. Dann hebt Vanessa, eine zierliche Halbasiatin, zaghaft die Hand.

»Entschuldigen Sie, Genevieve, war Method Acting nicht ursprünglich von Stanislawski, und dann später hat es Lee Strasberg übernommen?«

»Nein, das ist bloß ein weit verbreiteter Irrtum«, sagt Genevieve, ohne mit der Wimper zu zucken.

»Aber ... Lee Strasberg ist mit dieser Methode *berühmt* geworden«, wagt Vanessa einen weiteren Einwand.

»Ja, obwohl er sie von mir gestohlen hat«, behauptet Genevieve ungerührt. »Ich muss es schließlich wissen, nicht wahr? Und sollte jemand ein Problem damit haben ...« Sie zeigt gleich wieder auf die Studiotür.

»So hab ich das nicht gemeint«, rudert Vanessa schnell zurück.

»Gut, dann können wir ja fortfahren ...« Genevieve feuert noch einen genervten Blick auf Vanessa ab, dann holt sie tief Luft für ihren Vortrag: »Also, wie ihr vielleicht schon gehört habt, geht es bei Method Acting nicht bloß darum, eine Rolle zu spielen, sondern darum, etwas darzustellen, indem man ... Wer weiß es?«, unterbricht sie sich selbst und blickt erwartungsvoll in die Runde.

»... indem man auf seine persönlichen Erinnerungen zurückgreift und sich mit deren Hilfe in die Lage des darzustellenden Objektes versetzt?« Man kann Vanessa ansehen, wie viel Mut es sie kostet, sich noch einmal zu diesem Thema zu äußern.

Genevieve wiegt den Kopf hin und her. »Hm, ja ... so ähnlich. Man kann es aber auch viel einfacher beschreiben. Also, wenn ihr etwas absolut authentisch darstellen wollt, dürft ihr es nicht nur *spielen*, sondern ihr müsst vielmehr dazu *werden*«, rezitiert sie dann mit bedeutungsvollem Blick.

»Das hab ich jetzt nicht ganz kapiert«, flüstert Emma mir zu.

»Sie zeigt uns jetzt, wie man schauspielert«, gebe ich leise zurück.

»Ich werde euch ein Beispiel geben«, kündigt Genevieve an. »Ich werde jetzt etwas darstellen, indem ich mich mental völlig in es verwandle, und ihr müsst erraten, was es ist!« Sie lässt sich zu Boden gleiten, schlingt ihre Arme um die Beine und legt den Kopf auf den Knien ab – und rührt sich dann nicht mehr.

Wir starren sie gebannt an, und als sie nach einer halben Minute immer noch keinen Mucks von sich gibt, tauschen wir ratlose Blicke aus.

»Wir müssen erraten, was das sein soll«, zischt Janet ängstlich in die Runde. »Na los, macht schon!«

Greg wagt als erster einen Versuch: »Ist es *Der Denker* von Rodin?«

»Blödmann, der sieht doch ganz anders aus«, faucht Vanessa ihn an. »Kein Wunder, dass du *underfucked* bist! Es ist natürlich die Meerjungfrau von Kopenhagen«, startet sie dann selbst einen Versuch und erntet nun ihrerseits Kopfschütteln.

»Eine Schildkröte ... in ihrem Panzer?«, kommt es noch einmal von Greg.

»Eine Auster, die sich verschlossen hat«, wage ich einen Ausflug ins Poetische.

»Calimero, bevor er aus dem Ei geschlüpft ist ...«, kommt es von irgendjemandem.

»Ein Sturzhelm?«

»Osama bin Laden in seinem Geheimversteck!«

»Mary Poppins!«

»Mensch, wie sollen wir denn da draufkommen?«, meint Greg nach einer Weile frustriert. »Sie sitzt doch bloß da wie ein Stein ...«

»Genau!« Genevieve federt so unvermutet hoch, dass wir alle

vor Schreck zusammenzucken. Sie strahlt uns an, als hätte sie gerade etwas ganz Großartiges vollbracht. »Seht ihr, dadurch, dass ich diesen Stein nicht nur gespielt habe, sondern mental zu einem *geworden* bin, konntet ihr sofort erkennen, was ich war.«

Wir glotzen sie einen Moment lang an, und Vanessa öffnet den Mund, um etwas zu sagen, lässt es dann aber doch lieber bleiben.

Nur Emma ist beeindruckt, was aber auch daran liegen könnte, dass sie natürlich nicht jedes einzelne Wort verstanden hat. »Stark, was? Die Frau hat's echt drauf«, sagt sie mit glänzenden Augen.

Ich will gerade darauf antworten, als plötzlich die Studiotür aufgeht. Ein Mann tritt herein, und als Genevieve ihn erblickt, klatscht sie vor Entzücken in die Hände und ruft aus: »Jason! Ist das eine Überraschung.« Sie rennt ihm entgegen wie ein junger Teenager und umarmt ihn stürmisch.

»Wer ist das, noch ein Schüler?«, frage ich die anderen.

»Das muss dann aber ihr besonderer Liebling sein«, meint Greg mit einer ziemlichen Portion Neid in der Stimme.

»O mein Gott!« Janet schlägt sich plötzlich die Hände vor den Mund. »Wisst ihr, *wer* das ist?«

»Nein, wieso?« Ich sehe mir den Mann genauer an, kann ihn aber nicht richtig zuordnen. Ich schätze ihn auf Mitte dreißig, er ist schlank und groß, trägt Jeans und dazu ein weißes Hemd und darüber eine halblange, abgetragene Lederjacke. Sein dunkles Haar ist halblang, und mit dem Dreitagebart sieht er irgendwie ... verwegen aus.

»Ach du meine Güte!« Jetzt hat auch Vanessa ihn erkannt. »Das ist *Jason Griffin*«, haucht sie.

»Jason Griffin, der Regisseur?«, frage ich. Über den habe ich schon einige Male gelesen, aber auf den Fotos war er immer glatt rasiert und sah dadurch irgendwie jünger aus.

»Genau der!« Janet sieht aus, als würde sie jeden Moment umkippen vor Begeisterung, und den anderen geht es nicht viel anders. Nur Emma hat natürlich wieder mal keine Ahnung.

»Er ist Direktor? Von welcher Firma?«, fragt sie.

»›Director‹ bedeutet Regisseur«, kläre ich sie auf. »Und Jason Griffin ist ein ganz heißer Tipp in der Szene.«

»Ein Regisseur? Super! Dann kannst du ihm doch gleich dein Drehbuch zeigen«, schlägt sie vor.

»Mein Drehbuch?« Ich denke eine Sekunde darüber nach. »Das hätte wohl keinen Sinn, ist nicht seine Schiene. Er macht nur Thriller, und zwar solche, in denen richtig viel Blut fließt.«

Jason Griffin wurde vor ein paar Jahren praktisch über Nacht mit *The Last Countdown* berühmt, einem Film, den er mit nur einer einzigen Kamera und fünf Laiendarstellern gedreht hat. Es war eine Art Echtzeitthriller, bei dem fünf Teenager während einer Wandertour nacheinander von einer Bestie gefressen wurden, bis nur mehr die Kamera übrig blieb. Genau genommen ein simpel gestricktes und zudem billiges Splattermovie und überhaupt nicht mein Ding, aber er räumte damit mehrere Preise ab, und von da an rissen sich die Studios um ihn.

Und ich muss zugeben, obwohl Jason Griffins Filme überhaupt nicht mein Geschmack sind, bin ich doch mächtig beeindruckt. Ich meine, Emma und ich sind jetzt gerade einmal zwei Tage hier in Hollywood und laufen schon einem total angesagten Regisseur über den Weg.

Während er jetzt in lockerem Plauderton ein paar Sätze mit Genevieve wechselt, hängen wir wie versteinert an seinen Lippen, ohne jedoch zu verstehen, was er sagt.

Dann wendet sich Genevieve wieder an uns.

»Kinder, sicher brauche ich euch nicht zu erklären, wer dieser Mann ist«, sagt sie voller Stolz. »Jason ist ein alter Freund von mir und wird uns jetzt ein bisschen zusehen.«

»Beachtet mich gar nicht«, fügt Griffin hinzu, und seine Stimme klingt weich und kräftig zugleich. »Ich werde mich da hinten in die Ecke verziehen und einfach die Klappe halten.«

Nicht beachten ist gut. Ein Hollywoodregisseur beobachtet unsere ersten Schauspielversuche, und wir sollen ihn *nicht beachten*?

Obwohl mir wirklich nichts an der Schauspielerei liegt, fühlen sich meine Knie plötzlich wie Pudding an, und ein Blick in die Runde sagt mir, dass die anderen sogar noch nervöser sind als ich.

»Also gut!« Genevieve klatscht schwungvoll in die Hände. »Probieren wir gleich mal aus, was ihr heute gelernt habt. Ich werde euch jetzt nacheinander eure Rollen ins Ohr flüstern, und die anderen müssen dann erraten, wen oder was ihr gerade darzustellen versucht. Ich beginne mit ... Greg.«

Sie winkt Greg zu sich heran und flüstert ihm etwas ins Ohr. Der sieht sie überrascht an. »Darf ich dabei auch reden?«

»Selbstverständlich, solange es zu deiner Rolle passt ...«

»Okay ...« Greg macht einen Schritt zur Seite, dann fasst er sich theatralisch mit Daumen und Zeigefinger an die Nasenwurzel und schließt die Augen. So verharrt er einige Sekunden lang bewegungslos, wohl um sich zu sammeln oder so, dann öffnet er seine Augen wieder. Er lässt den Blick über unsere Köpfe schweifen, als stünde er vor einer riesigen Menge, und sagt im Tonfall eines Predigers, der gerade eine ganz enorme Vision zu verkünden hat: *»I have a dream ...«*

Och nö. Geht's vielleicht noch ein bisschen einfacher? Das ist doch Kinderkram.

Ich mache mir erst gar nicht die Mühe, etwas zu sagen, denn von den anderen kommt es wie aus der Pistole geschossen und praktisch gleichzeitig: »Martin Luther King!«

»Bravo, sehr gut, Greg«, lobt Genevieve ihn dafür auch noch, und Greg tänzelt mit stolzgeschwellter Brust und einem verstohlenen Seitenblick auf Jason Griffin wieder zurück in die Reihe.

Als Nächstes ist Janet dran. Nachdem Genevieve ihr etwas ins Ohr geflüstert hat, leuchten ihre Augen auf. Sie stellt sich in die Mitte des Raumes, dann fasst sie sich an den Schritt, gibt ein eunuchenhaftes »Aauu!« von sich und macht ein paar schleppende Schritte nach hinten, was grob geschätzt den *Moonwalk* darstellen soll.

»Michael Jackson!«, schreien alle begeistert, und verblüfft sehe ich, dass auch Emma ganz hingerissen ist von diesem Schwachsinn.

Genevieve spendet wieder reichlich Lob, und dann ist Emma

an der Reihe. Nachdem sie ihre Instruktionen abgeholt hat, breitet sie die Arme aus wie an einem Rednerpult und verkündet mit großer Geste: »*Ick bin ein Börliner!*«

Während die anderen begeistert »John F. Kennedy!« schreien, unterdrücke ich verschämt ein Gähnen, und als ich wieder hochblicke, fällt mein Blick zufällig auf Jason Griffin.

Hoppla! Täusche ich mich, oder grinst der da in seiner Ecke? Nicht, dass es mich wundern würde bei dem Kasperltheater, das hier abgeht.

Andererseits, was kümmert es mich? Ist doch gut so. Mit diesen supereinfachen Kinderübungen können wir uns wenigstens nicht zum Affen machen …

Ach, jetzt kapier ich's erst. Genevieve macht es absichtlich so leicht für uns, damit sie sich mit ihrer Dilettantentruppe nicht vor dem großen Jason Griffin blamieren muss.

Ich atme erleichtert auf. Meine Anspannung ist auf einmal wie weggeblasen, und während Vanessa mit Schmollmund und zuckersüßer Barbiestimme »Happy Birthday, Mr. President …« anstimmt, überlege ich, welche Figur ich spielen soll. Wir hatten bisher Martin Luther King, Jacko, John F. Kennedy, jetzt gerade die Monroe, wen also hat Genevieve sich wohl für mich ausgedacht?

Als sie mich zu sich winkt, neige ich in lässiger Neugier mein Ohr zu ihr hin. Cäsar wäre zum Beispiel gut, ich könnte dann »*Veni, vidi, vici*« sagen, oder noch besser Kleopatra, dann würde ich so tun, als würde mich eine Schlange beißen und …

»Lilly, du bist jetzt eine *Vagina*«, raunt Genevieve mir ins Ohr, und dann nickt sie mir aufmunternd zu.

…?

Ich muss mich wohl verhört haben. Das liegt sicher am Stress.

»Wie war das?«, frage ich deshalb mit einem unsicheren Lächeln nach.

»Du bist eine *Vagina*«, wiederholt Genevieve leise, aber diesmal eine Spur ungeduldiger.

»Wie soll ich *das* denn spielen?«, entfährt es mir, und alle sehen mich überrascht an.

Genevieve mustert mich ohne jedes Verständnis. »Lass dir etwas einfallen, dazu sind wir doch hier! Kindchen, wenn ich sogar einen *Stein* darstellen konnte, dann wird das hier doch wohl nicht zu schwer für dich sein«, fügt sie tadelnd hinzu, als hätte sie mir aufgetragen, ein Kätzchen zu spielen oder ein Huhn.

»Aber Genevieve, im Vergleich zu den anderen ist das …«, starte ich einen Protest, doch sie schneidet mir einfach das Wort ab.

»Lilly, Lilly, ich sehe schon, du hast das Wesen der Schauspielerei noch nicht richtig begriffen«, holt sie aus. »Bei jedem Film und bei jeder Aufführung gibt es verschiedene Rollen, und mit denen ist man mal zufrieden, mal nicht. Aber auch, wenn dir deine Rolle heute keine Freude bereitet, so muss sie doch gespielt werden, damit das *Ganze* funktioniert. *Pars pro toto*, verstehst du? Jeder muss seinen Beitrag leisten, das ist das Grundprinzip jeder Inszenierung.« Sie legt eine kleine Pause ein, dann schiebt sie mit beunruhigendem Blick hinterher: »Das ist doch kein Problem für dich, oder?«

Ein Problem? Für mich?

Natürlich ist das ein Problem, weil ich verdammt noch mal keine blöde Vagina spielen will! Weil ich eigentlich überhaupt nichts spielen will und weil ich auch gar keine Schauspielerin werden möchte, sondern bloß meine beste Freundin hierherbegleitet habe …

Am liebsten würde ich losschreien vor Wut und alles hinschmeißen, doch dann sehe ich Emmas flehenden Blick.

Mist. Ich habe ihr ein Versprechen gegeben, und sie hat mir diese superteure Reise bezahlt. Ich blicke in die Gesichter der anderen, die mich gespannt anstarren, und ich sehe rüber zu Jason Griffin, der sich jetzt erwartungsvoll nach vorn gebeugt hat.

Ach, was soll's? Spiele ich eben diese doofe Vagina, mir doch egal. Sollen sie ihren Spaß mit mir haben, juckt mich überhaupt nicht. Diese blöde Schauspielerei interessiert mich nämlich kein bisschen, und Jason Griffins Meinung kann mir eigentlich auch gestohlen bleiben.

Ich atme tief durch, dann denke ich einen Moment lang nach, bis ich endlich eine Idee habe, und setze mich auf das alte Sofa.

Ich werfe einen letzten Blick in die Gesichter der anderen, dann strecke ich meine Arme und Beine nach vorn und spreize sie weit auseinander, wozu ich ein erfreutes Gesicht mache.

Die anderen beginnen sofort drauflos zu raten, und ich höre »Oprah Winfrey empfängt Barack Obama«, »Totenkopfschmetterling«, »Erblühende Rosenknospe«, »Auster, die gegessen werden will« und noch einiges mehr.

Okay. Und jetzt Teil zwei meiner Vorstellung. Ich verziehe mein Gesicht, als müsste ich plötzlich weinen, dann schließe ich schlagartig meine Arme und Beine wieder.

Eine Sekunde lang könnte man eine Stecknadel fallen hören, dann raten sie wieder wild drauflos: »Oprah, nachdem Obama abgesagt hat ... eine fleischfressende Pflanze, die die Fliege verfehlt hat ... überhaupt eine Fliegenklatsche ... eine Behinderte, die bitte, bitte sagt und trotzdem kein Eis kriegt ...«

Ich wiederhole alles noch mal von vorn, und erneut raten sie wüst durcheinander, dann merke ich, wie ihnen die Ideen ausgehen, und auch bei mir ist langsam die Luft draußen. Enttäuscht breche ich ab und lasse die Schultern hängen.

»Was war es denn nun?«, fragt Greg voller Ungeduld.

Ich erwidere erschöpft seinen Blick. »Es war eine Vagina«, sage ich hohl.

»Eine *Vagina*?« Alle glotzen mich an, und aus Griffins Ecke kommt ein Laut, den ich nicht deuten kann.

»Ja. Und zwar Marilyn Monroes, um genau zu sein.«

»Und was sollten diese seltsamen Bewegungen?«, bohrt Janet nach.

»Die erste war ihre Freude, wenn John F. Kennedy vorbeikam ...«, versuche ich eine Erklärung, »... wo wir den doch gerade vorher hatten.«

»Und die zweite?«

»Das war nach dem Attentat in Dallas, da muss sie doch ganz traurig gewesen sein ...«, murmle ich, und gleichzeitig beginnt mein Gesicht zu brennen vor lauter Scham.

Ich wage gar nicht, die anderen anzusehen, und für einige Sekunden ist es mucksmäuschenstill im Raum.

Dann auf einmal höre ich: »Das war genial!«

Mein Kopf ruckt ungläubig hoch. Das ist von Greg gekommen. Er sieht mich bewundernd an, dann hebt er langsam seine Hände und beginnt zu applaudieren. Die anderen stehen einen Moment lang wie vom Donner gerührt, dann schütteln sie ihre Erstarrung ab und beginnen ebenfalls zu klatschen, und sogar Genevieve macht auf einmal mit.

Ich kann es gar nicht fassen. Es hat ihnen gefallen.

Vielleicht habe ich ja tatsächlich das Zeug zu einer Schauspielerin, vielleicht ist das sogar meine wahre Berufung oder meine zweite neben dem Drehbuchschreiben … Wie praktisch, schießt es mir durch den Kopf, dann könnte ich ja gleich selbst die Hauptrolle in meiner Geschichte spielen …

Doch dann unterbricht ein ganz und gar unpassender Ton meine wundervollen Gedanken. Was war das? Das kam doch aus Griffins Ecke. Ich drehe den Kopf zu ihm, und schlagartig erstarre ich vor Empörung.

Ich fasse es nicht. Er *lacht*. Dieser Mistkerl lacht mich aus!

Das darf doch wohl nicht wahr sein. Was bildet sich dieser Brutalo-Action-Möchtegern-Regisseur überhaupt ein?

Wütend springe ich auf und gehe auf ihn zu, und sofort bemüht er sich um ein ernstes Gesicht.

»Was?«, schreie ich ihn an. »Ich habe Marilyn Monroes Vagina dargestellt, na und? Die anderen fanden es gut!«

Er hebt abwehrend die Hände und ringt sichtlich um Fassung. »Ja, ja, schon gut, Lilly … so heißen Sie doch? – Ich wollte Ihnen auch nicht zu nahe treten, und Sie haben das wirklich ganz toll gemacht. Es ist nur …« Jetzt kämpft er schon wieder gegen einen Lachkrampf an. Langsam geht mir der Kerl echt auf die Nerven.

»Was denn?«, fauche ich noch einmal.

»… das Attentat auf Kennedy geschah 1963…«

»Ja, und?«

»… und da war Marilyn schon über ein Jahr tot.«

6

Als ob mich Jason Griffins Meinung interessieren würde!

Überhaupt, was geht mich amerikanische Geschichte an? Die Sterbedaten von irgendwelchen Präsidenten und Filmsternchen, wer will die schon wissen? Ich jedenfalls bestimmt nicht.

Weil ich nämlich Wichtigeres zu tun habe. Viel Wichtigeres sogar.

Einen Topagenten für mein Drehbuch zu finden, zum Beispiel, und irgendeine Stimme flüstert mir zu, dass heute ein ganz besonders guter Tag ist, um so ein Genie zu finden.

Die Sonne hat uns schon früh geweckt, und mein Ärger über Griffin ist mittlerweile komplett verflogen. Gestern hat er sich gleich mit einer fadenscheinigen Entschuldigung aus dem Staub gemacht, als er sah, wie wütend ich war, und wir anderen sind dann noch in ein gemütliches Pub an der Ecke gegangen. Wir haben Bier getrunken, und dann habe ich so lange über Griffins Filme gelästert, bis wir schließlich alle darauf anstießen, dass Griffin nicht nur ein schlechter Regisseur, sondern der *schlechteste* überhaupt ist.

Das hat richtig gutgetan. Wenn man mit jemandem ein Problem hat, gibt es nichts Besseres, als hinter seinem Rücken über ihn zu lästern. Dabei kann man Dampf ablassen und muss sich dennoch keinem Streit stellen, praktischer geht's doch gar nicht.

Später sind dann noch ein paar andere Leute zu uns gestoßen, und wir haben dann so eine Art Filmquiz gespielt, bei dem jemand einen Filmtitel nannte, und die anderen mussten möglichst viele Mitwirkende erraten, und zur allgemeinen Verwunderung schnitt ich dabei mit Abstand am besten ab. Irgendwann machte mich Emma schließlich darauf aufmerksam, dass ich eigentlich gar kein Bier vertrage, und als mir dann partout nicht mehr einfallen wollte, wer der Regisseur von *Arsen und Spitzenhäubchen* gewesen ist, fand ich es an der Zeit, unsere Zelte abzubrechen. Wir genehmigten uns auf der Heimfahrt noch einen

Burger bei *Jack in the Box*, dann hockten wir uns im Hotel in den beheizten Whirlpool im Freien und gingen anschließend zeitig schlafen.

Schätzungsweise ist das auch der Grund, weshalb ich mich heute wieder fit wie ein Turnschuh fühle.

Nachdem wir bei *The French Crepe Company* Omelettes gefrühstückt und Kaffee getrunken haben, nähern wir uns jetzt der ersten Adresse, die ich mir in meiner Liste von Drehbuchagenten angestrichen habe.

»Sie haben Ihr Ziel erreicht!«, verkündet die Stimme des Navigationsgeräts in diesem Moment, und Emma stoppt vor einem zweigeschossigen Ziegelbau Ecke Hollywood Boulevard, La Brea Avenue.

Schon vom Auto aus können wir es sehen: Barry Gracen Scriptwriter Agency, prangt es von einem Messingschild direkt neben dem Eingang. Mir wird ein bisschen flau im Magen, und ich schnappe mir eine Kopie meines Drehbuchs von der Rückbank. Es ist also so weit.

»Am besten wartest du hier im Wagen …«, beginne ich zögerlich.

»Nichts da, ich komme mit!«, protestiert Emma sofort. »Sonst ziehen die dich womöglich noch über den Tisch, und du verhökerst deinen Bestseller für ein Butterbrot.«

»Wie du meinst.« Ehrlich gesagt kann ich sogar ein bisschen moralische Unterstützung gebrauchen. Mein Blick fällt auf die Parkuhr an der Bordsteinkante.

»Wir brauchen Vierteldollars für die Parkuhr. Hast du welche?«

Wir kramen gleichzeitig in unseren Handtaschen und stellen fest, dass wir beide kein passendes Kleingeld haben.

»Dann geh doch bitte rüber zu diesem Drugstore und wechsle ein paar Dollar. Ich gucke inzwischen mal, ob dieser Mr. Gracen überhaupt da ist«, schlage ich vor.

»Okay.« Wir steigen aus dem Wagen. »Wie heißen diese Dinger noch mal, diese Vierteldollar?«, fragt Emma.

»*Quarters.*«

»Okeydokey.« Sie trollt sich.

Ich warte, bis sie auf der anderen Straßenseite angekommen ist, dann drehe ich mich zu dem Gebäude um. Ich streiche meinen Rock gerade und hole tief Luft. Dann wollen wir mal.

Er ist bloß einer von Hunderten, rede ich mir vor, während ich das Stiegenhaus betrete. Egal, wie das hier läuft, es gibt noch genügend andere Agenturen, die sich um dein Buch reißen werden, Lilly. Kein Grund also, nervös zu sein.

Dennoch zittert meine Hand beträchtlich, als ich an der dunkelrot lackierten Tür läute, die das gleiche Messingschild wie draußen ziert. Der Türöffner summt, und ich trete ein. Ein blondes junges Mädchen mit Stupsnäschen und enormer Oberweite wirft mir von ihrem Schreibtisch aus ein freundliches Lächeln entgegen. »Hi, ich bin Lucille«, trällert sie fröhlich. »Was kann ich für dich tun?«

»Hi, ich ... äh ... bin Lilly, und ich wollte zu Mr. Gracen wegen meines Drehbuchs ... dieses hier!« Ich halte das Drehbuch wie ein Schutzschild vor mir hoch und mache zaghaft ein paar Schritte auf sie zu.

»Ein Drehbuch? Sieh mal einer an, ganz was Neues«, grinst sie. »Hast du einen Termin?«

»Nein, tut mir leid«, sage ich eine Spur zu hastig. »Ich bin erst seit drei Tagen in der Stadt, deswegen dachte ich, Mr. Gracen könnte mich vielleicht dazwischennehmen.«

»So, dachtest du? Okay, mal sehen, was ich für dich tun kann.« Sie greift sich ihren Telefonhörer und drückt einen Knopf. »Barry, hier ist eine ...«, ich flüstere ihr schnell meinen Namen zu, »... *Lilly Tanner* mit einem Drehbuch. Sie hat keinen Termin und dachte, du könntest sie vielleicht dazwischennehmen ...« Lucille lauscht kurz in den Hörer, dann wandert ihr Blick wie ein Scanner an mir hinunter und wieder rauf. »Geht so«, meint sie dann.

Und nach ein paar weiteren Worten ihres Gesprächspartners wieder zu mir: »Okay, du kannst reingehen.« Sie deutet auf eine Tür zu ihrer Linken.

Ich bin platt. Das war ja viel einfacher als gedacht.

»Wirklich? Danke schön, vielen Dank!«, stoße ich hervor. Hastig fummle ich mein Haar zurecht und will gerade die Tür zu Mr. Gracens Büro öffnen, als sie schon von innen aufgeht. Ich sehe mich einem Mann in einem dunklen Zweireiher gegenüber, der dunkelbraun gebrannt ist und das weißeste Lächeln hat, das ich jemals gesehen habe.

»Ah, Lilly Tanner, sehr erfreut! Ich bin Barry Gracen.« Er spricht meinen Namen aus, als sei ich bereits eine berühmte Persönlichkeit, gleichzeitig ergreift er meine Hand und führt mich in sein Büro. Meine Stimmung hebt sich augenblicklich. Meine Augen erfassen einen riesigen Schreibtisch, zwei Besuchersessel davor und einen breiten Ledersessel dahinter, dazu ein paar Aktenschränke und ein rotes Sofa in der Ecke.

»Setzen Sie sich doch! Darf ich Ihnen etwas zu trinken anbieten?«

»Danke, nein ... oder vielleicht doch ein Glas Wasser, wenn es keine Umstände macht?« Ich nehme zögerlich in einem Besucherstuhl Platz.

»Lucille, Schätzchen, ein Wasser und einen Kaffee, bitte!«, ruft Barry ins Vorzimmer hinaus, dann vollführt er eine elegante Drehung und schwingt sich lässig vor mir auf den Schreibtisch.

»Also, Mr. Gracen ...«, beginne ich.

»Barry!«, unterbricht er mich sofort mit einem Augenzwinkern.

»Okay, *Barry* ... also vielen Dank, dass Sie mich so ganz ohne Termin empfangen. Ein Agent wie Sie hat sicher genug um die Ohren ...«

»Völlig richtig«, nickt er mit staatstragender Miene. »Aber als Profi muss man auch in der Lage sein, rasch zu handeln, wenn sich eine günstige Gelegenheit bietet, und dementsprechend seine Prioritäten setzen.«

»Sie halten mein Drehbuch für eine günstige Gelegenheit?«, entfährt es mir überrascht. »Aber Sie kennen es doch noch gar nicht!«

»Nein«, antwortet er und muss dabei seinen Blick von meinen Beinen losreißen. »Aber ich kenne *Sie*, oder besser gesagt, ich bin dabei, Sie kennenzulernen. Sie sind Engländerin?«

»Oh, nein, mein Vater ist Engländer. Ich bin aus Deutschland.«

»Eine Deutsche mit englischem Background also. Das klingt äußerst interessant.« Er schenkt mir einen intensiven Blick. »Wissen Sie, Lilly, durch meine langjährige Erfahrung als Agent kann ich schon am Wesen eines Autors erkennen, ob seine Bücher etwas taugen oder nicht, und bei Ihnen hatte ich auf Anhieb ein gutes Gefühl.«

»Ehrlich?« Mir wird ganz schwindelig vor Glück. Ich wusste es! Es war absolut richtig, mein Drehbuch in Englisch zu schreiben, weil der einzige Ort der Welt, an dem man es entsprechend umsetzen kann, Hollywood ist. Und jetzt sitze ich hier vor diesem Vollprofi, und er hat ein gutes Gefühl!

Doch Vorsicht. Meine Persönlichkeit ist jetzt gefragt. Ich muss ihm beweisen, dass ich eine starke und intelligente Frau bin, aber auch sensibel genug, um große Gefühle in einer Geschichte zu verpacken, die das Publikum mitreißen und bewegen kann. In eine Geschichte, die das Zeug zu einem echten Blockbuster hat.

»Ich meine, Sie haben völlig recht«, bemühe ich mich um einen abgeklärten und zugleich warmherzigen Tonfall. »Mein Buch reflektiert tatsächlich in hohem Maße meine Weltanschauung und natürlich auch meine persönlichen Empfindungen …«

»Ihr Buch, genau!« Es klingt, als würde ihm gerade wieder einfallen, worüber wir hier eigentlich reden. »Kann ich mal sehen?«

»Sicher.« Ich überreiche es ihm, und dabei überkommt mich ein ganz merkwürdiges Kribbeln.

Ein Drehbuchagent aus Hollywood nimmt *mein* Buch entgegen!

»*Endless love*«, liest er mit hochgezogener Augenbraue. »Eine Liebesgeschichte?«

»Ja, es geht um ein junges Paar, bei dem …«, beginne ich eifrig.

»Ich werde es mir später in Ruhe ansehen«, unterbricht Barry mich und wirft das Buch dabei achtlos auf einen ziemlich hohen Stapel. Also, wenn er sich die noch alle ansehen will, dann hat er aber viel zu lesen in nächster Zeit. Andererseits, mein Buch liegt ganz oben, und als Profi verfügt er sicher über eine ganz enorme Lesegeschwindigkeit ...

»Wichtig ist vorerst, dass wir beide uns besser kennenlernen«, erklärt Barry mit samtweicher Stimme, und sein Blick wandert dabei über meine Hüften. »Ich muss versuchen, Ihr Wesen in seiner Gesamtheit zu erfassen, ich muss in Ihr Innerstes vordringen und ...«

Laute Stimmen aus dem Vorzimmer unterbrechen seine dramatische Ansprache, und gleich darauf kommt Lucille durch die Tür. Sie balanciert ein Wasserglas und eine Tasse Kaffee auf einem Tablett, und in ihrem Windschatten betritt Emma den Raum.

»Da ist noch eine ... Dame«, erklärt Lucille und verdreht dabei die Augen. »Sie sagt, sie sei Schauspielerin und gehöre zu ihr.«

»Hi, ich bin Emma, und Sie Barry sein müssen.« Emma fackelt nicht lange herum, sondern schüttelt gleich kräftig Barrys Hand, dann lässt sie sich in den zweiten Besucherstuhl neben mir plumpsen. »Und, wie läuft's?«, zwinkert sie mir dann zu.

»Gut, glaube ich. Barry wollte mir gerade seine übliche Vorgehensweise veranschaulichen ...«

»Heißt das, er ist interessiert?«

»Mhm, sieht so aus.« Er ist sogar definitiv interessiert – nur bin ich mir im Moment nicht mehr ganz sicher, *woran*.

»Super, Lilly!« Mit leuchtenden Augen wendet sie sich an Barry, der jetzt irgendwie nicht mehr so gut gelaunt wirkt wie gerade eben noch. »Ich Sie sagen, dass Buch von Lilly sehr phantastisch ... und modern in die Moment ... schwul ja Riesenrenner ... und *Endless Love* viel schwul, und viel Liebe, nix kann schiefgehen«, versichert sie ihm mit eindringlicher Miene.

Barry guckt völlig verdattert drein, und sein Blick springt fragend zwischen mir und Emma hin und her.

»Sag mal, wovon redest du überhaupt, Emma?«, fahre ich sie überrascht an.

»Na, von deinem Buch, wovon denn sonst?«, gibt sie empört zurück.

»Aber in *Endless Love* geht es nicht um Schwule!«

»Wie, nicht um Schwule?«, fragt Emma aufgewühlt. »Und was ist mit Sam und Jesse? Sind die kein Paar, oder was?«

»Sam ist eine *Frau*!«

Emma starrt mich aus großen Augen an. »Oh«, sagt sie dann. Und weiter: »Bei diesen verdammten englischen Namen kann das doch kein Mensch wissen!«

»Hören Sie, Barry«, übernehme ich das Gespräch wieder. »Meine Freundin hat da etwas missverstanden. Bei *Endless Love* handelt es sich in Wahrheit um eine klassische Liebesgeschichte, bei der ...«

»Schon gut, Lilly, wie gesagt, ich werde es mir bei Gelegenheit ansehen.« Er schneidet mir erneut das Wort ab, dann zieht er ein Papier aus einer Schublade. »Ich würde vorschlagen, dass wir als Erstes einen Agenturvertrag machen, und wie es der Zufall will, hat ein Freund von mir ein Strandhaus in Malibu. Falls Sie heute Abend also Zeit hätten, könnten wir dann alles Weitere in Ruhe besprechen, nur wir beide. Wie finden Sie das?«

Ich erwidere verblüfft seinen Blick. Er hat mein Buch nicht einmal aufgeblättert, und er will auch gar nicht hören, wovon es überhaupt handelt. Stattdessen will er mich näher kennenlernen. *In mein Innerstes vordringen*, wie er es vorhin genannt hat. Als mir bewusst wird, was er damit gemeint hat, überkommt mich plötzlich ein Frösteln, und ich muss mich zusammenreißen, damit meine Stimme nicht versagt.

»Gestatten Sie mir ein Frage, Barry?« Ich stehe auf und nähere mich seinem Schreibtisch.

»Nur zu.«

Ich nehme mein Buch wieder von dem hohen Stapel und sehe mir die Namen der anderen Autoren an, indem ich eines nach dem anderen nach unten lege. Dachte ich mir doch, es sind lauter Frauennamen. Dieser schleimige Mistkerl!

»Diese ganzen Bücher da... haben Sie die überhaupt gelesen?«

Er beobachtet mich argwöhnisch und zuckt dann die Achseln. »Selbstverständlich noch nicht alle...«

»... oder ging es Ihnen bei denen auch nur darum, die Autorin ins Bett zu kriegen?«

Er läuft dunkelrot an, schafft es aber nicht, meinem Blick standzuhalten. Stattdessen verzieht er sich wieder hinter seinen Schreibtisch. »Diese Unverschämtheit muss ich mir nicht gefallen lassen«, zischt er mich wütend an. »Sie kennen den Weg nach draußen, und vergessen Sie bloß Ihre Freundin und Ihr dämliches Buch nicht!«

»Keine Sorge, das wäre auch viel zu schade für Sie. Komm, Emma, wir gehen!«

»Du meine Güte, Lilly.« Für Emma war der letzte Wortwechsel zu schnell, um alles zu verstehen. Sie wirkt ganz bedrückt. »Habe ich das jetzt verbockt?«

»Nein, Emma, mach dir deswegen keine Sorgen. Wenn schon, dann hast du mir eher die Augen geöffnet, was diesen feinen Herrn betrifft.«

»Übrigens, Miss Tanner...«, Barry Gracens Stimme erreicht mich noch, ehe ich durch die Tür bin, »... da Sie gerade meine Professionalität angezweifelt haben, will ich Ihnen noch eine kleine Prophezeiung mit auf den Weg geben: Für so eine Schnulze werden Sie hier in Hollywood niemals einen Produzenten finden, nicht in tausend Jahren, das verspreche ich Ihnen.«

Ich erwidere trotzig seinen Blick. »Wir werden ja sehen!« Dann knalle ich die Tür hinter mir zu, dass die kleine Lucille fast von ihrem Sessel fällt, und Emma und ich machen uns vom Acker.

»So, Miss Tanner, sie haben also eine Liebesgeschichte geschrieben«, meint Barbara Bowen nachdenklich und wiegt dabei mein Buch in der Hand.

Ich kann es kaum glauben. Endlich eine Person, die mit mir in aller Ruhe und ganz seriös über mein Buch redet.

Auf den Riesenreinfall bei Barry *Lustmolch* Gracen war nämlich noch eine ganze Reihe weiterer Enttäuschungen gefolgt. Bei mehr als der Hälfte der Agenturen wurden wir gar nicht erst vorgelassen, und langsam hege ich den unangenehmen Verdacht, dass ausgerechnet das die Guten sind, die sich nicht mit jeder x-beliebigen Möchtegernautorin abgeben.

Dann gab es auch welche, die anscheinend jeden unter Vertrag nehmen, ganz nach dem Motto, je mehr Vermittlungsverträge, desto höher auch die Wahrscheinlichkeit, dass eine von diesen Nieten es doch noch irgendwann schafft und sie dann an deren Erfolg mitnaschen können.

Andere wieder schlugen gleich die Hände über dem Kopf zusammen, als sei es die größte Zumutung von allen, dass ihnen jemand ein Drehbuch anbietet, wo der Markt doch schon dermaßen übersättigt ist.

Den Vogel abgeschossen hat aber ein alter Haudegen namens Tex Bannister, der, nachdem ich meinen Vorstellungstext heruntergeleiert hatte, nur wortlos die Tür zu einem Nebenraum öffnete, in dem sich Hunderte – ach, was sage ich, *Tausende* Manuskripte zu wahren Bergen türmten, und sich dadurch jede weitere Erklärung ersparte, warum er kein Interesse an meinem Buch hat.

Doch jetzt, nachdem wir beinahe schon aufgegeben hätten, scheinen wir endlich bei einer guten Adresse gelandet zu sein. Barbara Bowen ist eine Frau mittleren Alters, die wie ihr ganzes Büro einen sehr aufgeräumten und seriösen Eindruck macht, und mit ihr kann ich endlich ein vernünftiges Gespräch über mein Buch führen.

»Ja.« Ich räuspere mich. »Wissen Sie, ich kenne mich ein bisschen aus bei Filmen, und das ist es, was ich seit Langem vermisse: eine berührende und zugleich auch dramatische Liebesgeschichte.«

»*Endless Love.*« Sie betrachtet nachdenklich mein Manuskript. »Erinnert mich an *Love Story*. Aber wahrscheinlich kennen Sie den gar nicht, dafür sind Sie noch zu jung.«

»Natürlich kenne ich *Love Story*. Ali McGraw und Ryan

O'Neal, die beiden waren ein großartiges Paar«, gerate ich sofort ins Schwärmen.

Sie sieht mich überrascht an. »Und Ihre Geschichte ist ähnlich?«

»Ja … das heißt nein, eigentlich nicht …«

Barbara Bowen lehnt sich zurück. »Wenn Sie Ihre Geschichte in einen einzigen Satz packen müssten, wie würde der lauten?«

»In einen einzigen Satz?« Ich denke nach. »Also, Sam und Jesse sind ein glückliches junges Paar, und als sie erfahren, dass Sam schwer herzkrank ist, versucht Jesse verzweifelt, Geld für ihre Operation aufzubringen, und als ihm das endlich gelingt, gibt es gerade kein geeignetes Spenderherz, deshalb beschließt er, sich für sie …«

»Stopp!« Sie unterbricht mich unerbittlich. »Zu lang, Miss Tanner. Ich wollte nur einen einzigen Satz hören.«

»Das geht aber nicht«, protestiere ich. »Die Geschichte eines ganzen Films kann man nicht in einen Satz verpacken, dafür ist sie doch viel zu … *groß*. Versuchen sie doch mal, *Love Story* in einem Satz unterzubringen«, fordere ich sie im Gegenzug heraus.

Ich sehe, dass ihr eine scharfe Antwort auf der Zunge liegt, doch dann denkt sie über meine Worte nach. »Hm, vielleicht haben Sie recht«, räumt sie dann ein. »Möglicherweise ist diese alte Regel inzwischen überholt. Endet ihre Geschichte wenigstens tragisch?«

»Nein, ganz im Gegenteil, am Schluss gibt es ein unerwartetes Happy End«, sage ich schnell. Darauf bin ich nämlich besonders stolz. Meiner Meinung nach gehört zu jedem guten Film ein Happy End, sonst will ihn doch keiner ein zweites Mal ansehen.

»Schlecht, sehr schlecht, denn damit haben wir keinerlei Aussichten auf irgendwelche Filmpreise. Wären sie unter Umständen bereit, das zu ändern?«

»Nein, ganz bestimmt nicht, das würde doch den ganzen Zauber der Geschichte zerstören«, antworte ich erschrocken.

Barbara Bowen lässt ihren Blick für ein paar Sekunden auf mir ruhen, dann schiebt sie mein Buch beiseite und beugt sich zu mir vor. »Miss Tanner, ich will ganz ehrlich zu Ihnen sein. Sie haben es sicher auch schon bei anderen Agenturen versucht, und da Sie jetzt hier bei mir sitzen, nehme ich an, dass Sie auch dort keinen Erfolg hatten. Um es kurz zu machen: Ich glaube nicht, dass sie mit einer Geschichte wie *Endless Love* eine Chance auf dem modernen Filmmarkt haben. Heute will das Publikum verrückte Storys, Spezialeffekte und möglichst viel Sex, und je schräger ein Film, desto besser.«

»Das glaube ich nicht«, widerspreche ich spontan. »Und wenn, dann gilt das nur für einen Teil des Publikums. Ich bin mir sicher, dass sich viele Menschen zwischendurch auch wieder einen richtig altmodischen Film wünschen würden, einen Film, der sie nachdenklich macht und der sie zum Weinen bringt, bei dem sie letzten Endes aber doch glücklich aus dem Kino gehen.«

Sie zögert ein paar Sekunden lang, dann breitet sie bedauernd ihre Arme aus. »Tja, Miss Tanner, es tut mir leid, dass ich Ihnen nichts Besseres in Aussicht stellen kann.« Und als sie die Enttäuschung in meinem Blick sieht: »Auf mich persönlich wirken Sie sehr sympathisch, und ich hätte Ihnen gerne weitergeholfen.«

»Wollen Sie es denn nicht wenigstens lesen, bevor Sie sich entscheiden?«, starte ich einen allerletzten Versuch.

»Tut mir leid, Miss Tanner, aber dafür glaube ich zu wenig an den Erfolg Ihres Konzepts.«

Ihre Worte treffen mich wie Keulenschläge, und ich sacke innerlich zusammen.

Das war's. Es hat keinen Sinn. Ich gebe auf. So, wie es aussieht, ist es selbst hier in Hollywood unmöglich, einen Agenten zu finden, der mein Drehbuch anbieten will.

Es gelingt mir, den letzten Rest von Würde zu bewahren, indem ich Barbara Bowen die Hand schüttle und mich mit kratziger Stimme für ihre Mühe bedanke.

Dann halte ich gerade noch bis zum Lift durch, doch als sich dessen Türen schließen, bricht die Enttäuschung auf einmal ungehemmt aus mir hervor, und Emma hat ziemlich lange zu tun, um mich wieder zu beruhigen.

7

Schön. Von mir aus. Habe ich eben kurz die Fassung verloren. Kann doch jedem einmal passieren, nicht wahr?

Überhaupt sollte ich mir nicht so viele Sorgen machen. Weiß doch jeder, dass am Anfang jeder großen Karriere zuallererst ein paar kräftige Rückschläge stehen. Erst neulich habe ich gelesen, dass sogar Stephen King am Anfang von allen Verlagen abgelehnt wurde. Ich meine, Stephen King! Nicht vermarktbar, hieß es bei ihm, und das war haargenau das, was auch Barbara Bowen gestern zu *Endless Love* gesagt hat. So gesehen habe ich doch noch alle Chancen, nicht wahr?

Jedenfalls ist das überhaupt kein Grund, jetzt für alle Zeiten den Kopf hängen zu lassen. Das wäre nämlich der größte Fehler, wegen ein paar Rückschlägen gleich aufzugeben. Wichtig ist jetzt nur, kühlen Kopf zu bewahren, und ich muss mich entspannen, damit meine grauen Zellen wieder frei werden für neue Ideen.

Deshalb haben Emma und ich beschlossen, den heutigen Tag ganz locker angehen zu lassen. Schauspielschule haben wir keine, und im Hotelprospekt haben wir entdeckt, dass das *Beverly Garland* sogenannte *Celebrity Tours* anbietet, das sind Busrundfahrten, die einen nach Beverly Hills zu den Häusern der Superpromis führen, und zum Rodeo Drive, der teuersten Einkaufsstraße der Welt, wo reiche Tussis wie Paris Hilton und Nicole Richie in den angesagten Nobelläden ihre Kreditkarten glühen lassen.

Natürlich haben wir uns für diesen Anlass mächtig in Schale geworfen. In der Welt der Megastars wimmelt es sicher nur so von Paparazzi, und es wäre doch ziemlich doof, in abgewrackten Klamotten und mit verlausten Haaren geknipst zu werden, während einem zum Beispiel gerade Orlando Bloom ein Autogramm auf den Handrücken kritzelt oder einem Jennifer Aniston um den Hals fällt, weil man gerade ihr Hündchen vor einem außer Kontrolle geratenen Rolls Royce gerettet hat.

Ich habe mich für mein teuerstes Top von Armani samt kurzer Bolerojacke zu einer schicken Fendi-Jeans entschieden und Emma natürlich wieder für eines ihrer Latina-Outfits, wobei ich sie diesmal wenigstens dazu überreden konnte, statt des Sombreros einen einfachen weißen Cowboyhut zu nehmen, den sie sich gestern bei *The Hollywood Experience* gekauft hat.

Der Bus hat mittlerweile an mehreren Stationen Gäste aufgesammelt und ist bereits ziemlich voll geworden, aber da wir als Erste eingestiegen sind, haben wir bequeme Fensterplätze mit ausgezeichneter Sicht durch die überdimensionalen Seitenscheiben.

Als wir uns Beverly Hills nähern, wird die Unruhe der Fahrgäste beinahe fühlbar. Gerade haben Emma und ich unsere Kameras schussbereit gemacht, als der Bus plötzlich abbremst und in eine Seitengasse einbiegt.

»Nur die Ruhe, Herrschaften, wir sind noch nicht in Beverly Hills«, ruft Jeff, unser Reiseführer, ins Mikro. »Ich möchte Ihnen nur etwas zeigen. Sehen Sie das Haus auf der rechten Seite?«

Wir glotzen auf ein unscheinbares graues Häuschen mit weiß umrahmten Fenstern und grünen Balken, vor dem der Bus gehalten hat.

»Erinnern Sie sich! *Freitag, der 13.*, Jamie Lee Curtis, die Balkonszene ... Na, klingelt's?«, fragt er theatralisch.

Wow. Jetzt, wo er es sagt. Dieses Haus sieht wirklich haargenau so aus. Obwohl ...

»Und gleich das nächste ...«, fährt Jeff fort. »Wer erkennt die rote Tür ...? Keiner? Freddy Kruger, *Nightmare on Elm Street* ... Naa, klingelt's?!«

Ich muss zweimal hinsehen, um es wiederzuerkennen. Jeff hat recht, dieses Haus ist wirklich ...

Obwohl ...

»... und das dritte Haus, bitte sehr! Wer kennt es?« Er sieht erwartungsvoll in die Runde.

Ich drücke wie die anderen auf den Auslöser, dann fasse ich das Haus genauer ins Auge. Augenblick mal, das ist doch ...

Nein, ist es nicht. Doch, ist es! Die Fensterläden, die grüne Tür, das Rankengitter …

Doch wieso …?

»*Der Vater der Braut!*«, kommt es wie von selbst über meine Lippen.

»Ganz hervorragend, die kleine Lady kennt sich aus.« Jeff nickt mir anerkennend zu.

»Das kann aber nicht sein«, widerspreche ich mir im nächsten Moment selbst. »Dieses Haus ist viel zu klein, und der Vorgarten … nein, unmöglich, das kann nicht dasselbe Haus sein!«

»Doch, ist es!«, behauptet Jeff. »Aber gut beobachtet, es wirkt im Film tatsächlich wesentlich größer. Womit wir gerade etwas gelernt haben: Kameras – und besonders die Kameras von Hollywood – lassen alles viel größer erscheinen, als es in Wirklichkeit ist.« Er verzieht sein Gesicht zu einem schadenfrohen Grinsen. »Jeder, der mal Tom Cruise gegenübergestanden ist, weiß das. So, und jetzt zu den wirklich großen Häusern!«

Noch bevor Jeff es ankündigen kann, entdecken wir das Schild: *Beverly Hills!* Es hat die Form eines Wappens, und die goldenen Buchstaben sind braun unterlegt. Jeff erklärt uns, dass es insgesamt nur vier von diesen Schildern gibt, und als wäre das das Stichwort, biegt der Bus nach rechts ein und klettert eine Steigung hoch, bis er irgendwann stoppt.

»Diese bescheidene Hütte da rechts oben …«, unsere Blicke folgen Jeffs ausgestrecktem Arm, »… gehört niemand Geringerem als der entzückenden Jennifer Aniston.«

Atemlos bestaunen wir das riesige Haus auf dem Hügel, und die Finger hämmern in schnellem Stakkato auf die Auslöser.

Unter aufgeregtem Geschnatter geht die Fahrt weiter, und wir kommen an ein Haus ganz in Weiß, das Eddie Murphy gehört, und dann zu einem unauffälligen Flachbau, den Courtney Cox bewohnt.

Dann rollt der Bus auf ein imposantes Anwesen zu, das wie ein mittelalterliches Schloss aussieht.

»*Greystone Manor!*«, verkündet Jeff mit großer Geste.

»Eines der imposantesten Anwesen in Beverly Hills und Drehort für unzählige Filme und Serien wie *Batman*, *Spiderman* …«

Ich erkenne es. Ich erkenne es. Ich habe dieses Haus schon so oft in Filmen gesehen, dass die Szenen wie ein Wirbelsturm durch mein Gehirn fegen … *Bodyguard*, *Was Frauen wollen*, *Richie Rich*, *Gilmore Girls*, *Ein unmoralisches Angebot* …

Plötzlich haben alle die Köpfe zu mir umgedreht, und Jeff nickt wieder anerkennend. Hoppla, habe ich das etwa *laut* gesagt?

»Nicht schlecht, kleine Lady. Scheint so, als hätten wir eine echte Expertin an Bord. Würden Sie uns Ihren Namen verraten?«

Ich bekomme ein bisschen Farbe im Gesicht. »Lilly … ähm … Tanner. Tut mir leid, ich wollte Sie nicht unterbrechen …«, murmle ich.

»Ich bitte Sie, Lilly, wir sind hier in Hollywood. Menschen, die sich mit Filmen auskennen, werden bei uns *heiliggesprochen*.«

»Cool.« Emma rammt mir begeistert ihren Ellbogen in die Seite. »Du hast sie gerade mächtig beeindruckt.«

»Ja, kann sein.« Ich reibe mir mit möglichst cooler Miene die Seite, aber ich muss zugeben, dass ich schon auch ein bisschen stolz bin.

Wir fahren weiter und bekommen die Häuser von Al Pacino, David Beckham und Frank Sinatra zu Gesicht, dann nähert sich der Bus im Kriechtempo einem gigantischen Anwesen. Wir bestaunen einen unendlich langen Zaun, hinter dem ein hohes weißes Gebäude aufragt. Der Bus stoppt vor einem schweren schmiedeeisernen Tor, an dem Blumengebinde hängen.

Jeffs Tonfall wird auf einmal ganz ehrfürchtig: »Dieses Haus gehört eigentlich Christian Audigier, aber im letzten Jahr hatte es der King of Pop gemietet …« Er lässt die letzten Worte nachwirken, bis die ersten begreifen.

»Heißt das, dass er *hier* gestorben ist?«, fragt eine Frau ergriffen.

Jeff nickt und produziert einen andächtigen Seufzer. »Ja, in dieser Toreinfahrt tat er seine letzten Atemzüge.«

Ein Raunen und Seufzen geht durch die Gruppe, und ein paar beginnen sogar zu weinen. Emma und ich wechseln erstaunte Blicke.

Also ehrlich, jetzt übertreiben die aber ein bisschen.

»Was haben die denn?«, raunt Emma mir zu.

»Hier ist der King of Pop gestorben«, raune ich diskret zurück.

»Elvis?«

»Nein, Michael Jackson. Elvis war der King of *Rock*.«

»Ach so.« Emma knipst schnell ein paar Fotos. »Das ist zwar tragisch, aber dass die deswegen gleich so ein Theater machen … Sieh mal, da drüben ist ein Verkaufsstand«, deutet sie auf einmal in die entgegengesetzte Richtung. »Da könnten wir uns was zu trinken holen.«

Am Straßenrand gegenüber sitzen zwei Teenager auf Klappstühlen unter einem Sonnenschirm, und neben ihnen steht eine Art Truhe. Ich gucke genauer hin, bis ich das Schild darauf entziffern kann: *Starmaps!*

»Das ist kein Erfrischungsstand«, kläre ich Emma auf. »Die verkaufen hier Straßenkarten mit den Adressen der Stars.«

»Ach so, schade.« Emma macht ein enttäuschtes Gesicht. »Schön doof, mit Getränken würden die mehr Geschäft machen. Wer braucht schon so eine Karte, hier kommen doch alle mit Reiseführer her.«

Sie hat recht, dennoch mache ich auch von den beiden Mädchen ein Foto, als wir weiterfahren.

Die nächste Station ist Bel Air, praktisch das Nobelviertel im Nobelviertel. Wir passieren einen Torbogen mit uniformierten Sicherheitsmännern, und das erste Haus, das Jeff uns zeigt, ist das aus der Serie *Der Prinz von Bel Air*. Als Nächstes passieren wir Paris Hiltons Luxusdomizil, dann die Häuser von Keanu Reeves und Richard Gere und schließlich noch die von Janet Jackson, Ronald Reagan und Aaron Spelling.

»Aaron Spelling, wer ist der denn?«, will Emma wissen.

»Ein berühmter Filmproduzent«, antworte ich, während ich die gigantische Villa fotografiere. »Er hat vor allem Serien gemacht, *Drei Engel für Charlie* zum Beispiel und *Denver Clan, Beverly Hills, 90210, Melrose Place* und was weiß ich noch alles.«

»Ehrlich?« Emmas Augen leuchten auf. »Schade, dass du dein Drehbuch nicht mithast, das wäre genau die richtige Adresse.«

»Zu spät, er ist vor ein paar Jahren gestorben. Außerdem kann ich ja schlecht anläuten und mal eben fragen, ob die nicht zufälligerweise einen Stoff für einen Liebesfilm bräuchten, nicht wahr?«

»Hm, stimmt auch wieder.«

Wir fahren weiter und sehen noch viele weitere Traumhäuser von weltberühmten Stars, darunter Simon *Mistkerl* Fuller von *American Idol*, Bela Lugosi, dem berühmten Dracula-Darsteller, den natürlich wieder nur ich kenne, Hugh Hefners Playboy Mansion und Christina Aguileras Palast. Als wir schließlich den Rodeo Drive erreichen, ist es bereits Mittag, und wir haben uns die Finger wundgeknipst.

»Und hier nun der Rodeo Drive …«, Jeff klingt, als würde er gerade die Hauptattraktion in einem Zirkus ankündigen, »… die berühmteste und teuerste Einkaufsstraße der Welt. Ich will Ihnen nicht zu viel versprechen, aber wenn Ihnen hier kein Star über den Weg läuft, dann haben Sie in Ihrem vorigen Leben irgendetwas falsch gemacht.«

Schlagartig sitzen wir kerzengerade.

Was hat er gesagt? *Stars? Über den Weg laufen?*

»Können wir auch aussteigen?«, stellt ein pickelgesichtiger Junge die Frage, die uns allen auf der Zunge liegt.

»Klar, Kumpel!« Jeff gibt dem Fahrer ein Zeichen, und der fährt rechts ran. »Okay, Leute, geradeaus kommt ihr zum *Beverly Wilshire Hotel*, das kennt ihr vielleicht aus …«

»… *Pretty Woman* …«, ergänze ich automatisch.

»… äh, richtig, und gleich um die Ecke findet ihr den Canon Drive mit dem weltberühmten *Spago*. Ihr habt eine Stunde, ist das okay?« Zustimmendes Gemurmel geht durch die Reihen, und Jeff entlässt uns auf den Bürgersteig.

Unsicher wie ein Rudel soeben in die Freiheit entlassener Raubtiere machen wir die ersten Schritte, dann zücken alle gleich wieder die Kameras, und mit staunenden Gesichtern und Lauten der Bewunderung setzen sie sich in Bewegung.

Als Emma ihnen folgen will, halte ich sie am Ärmel zurück.

»Warte, Emma.«

»Was hast du?«, fragt sie verwundert.

»Überleg doch mal«, deute ich auf die anderen. »Wenn wir mit denen mitmarschieren, können wir uns auch gleich ein Plakat mit der Aufschrift *Vorsicht, frei laufende Touristen!* an die Stirn tackern.«

»Aber wir sind doch Touristen.«

»Ja, schon, aber stell dir vor, du wärst ein Promi und siehst diese Truppe daherkommen, was würdest du tun?«

»Ich würde schleunigst abhauen«, meint Emma.

»Genau, und deshalb werden wir uns von denen schön fernhalten. Am besten wechseln wir überhaupt auf die andere Straßenseite.«

Dort angekommen, sehen wir uns erst mal in Ruhe um. Der Rodeo Drive ist eine wirklich hübsche Einkaufsstraße mit breiten, einladenden Bürgersteigen, zwei stattlichen Palmenreihen links und rechts und natürlich einer ganzen Reihe von funkelnden und glitzernden Geschäften.

»So, ich denke, jetzt können wir gehen«, sage ich und setze mich langsam in Bewegung. »Und vergiss nicht, Emma, immer schön cool bleiben, okay? Und solltest du einen Promi entdecken, ja nicht ausflippen, sonst läuft er uns davon!«

»Ich doch nicht«, gibt Emma betont lässig zurück und lässt dabei ihren Blick scheinbar gelangweilt umherschweifen, als würde sie jeden Tag hier herumspazieren. »Sieh mal: *Ralph Lauren*!«, sagt sie dann doch ein wenig hastig und schießt ein Foto.

»Und *Bottega Veneta*!«, entfährt es mir.

»Da: *Armani*! Und *Hermès*!«

Mit jedem weiteren Schritt löst sich unser raffinierter Coolnessplan mehr und mehr in Luft auf.

»*La Perla … Boss … Guess … Chanel …*« Emma gerät ganz außer sich, während sie lauthals mitkommentiert, was sie alles fotografiert, und mir geht es nicht viel besser.

»… und da drüben: *Salvatore Ferragamo … Gucci … Cavalli … De Beers … Miu Miu … Dolce & Gabbana … Jimmy Choo …*«

Längst schon rennen wir und können gar nicht mehr an uns halten vor lauter Begeisterung. Wir bekommen kaum mit, wie wir unsere Kollegen aus dem Bus auf der gegenüberliegenden Straßenseite überholen, unsere Köpfe fliegen nur so hin und her, und wir knipsen, als müssten wir einen neuen Weltrekord aufstellen.

»… o mein Gott, *Omega …* und *Dior … Tiffany …*«

»… *Yves Saint Laurent … Luis Vuitton … Versace …*«

Es ist regelrecht verrückt. Es gibt mit hundertprozentiger Sicherheit keine Nobelmarke auf der Welt, die es hier nicht gibt, und als wir zehn Minuten später den Wilshire Boulevard erreichen, sind wir ganz außer Atem und müssen erst mal eine Pause einlegen.

Als wir uns wieder ein bisschen beruhigt haben, zupfen wir unsere Haare zurecht und lassen die Kameras in unseren Taschen verschwinden. Eine peinliche Pause entsteht.

»Okay«, bin ich dann die Erste, die wieder Worte findet. »Das hat jetzt nicht ganz so funktioniert, wie ich mir das vorgestellt hatte.«

»Mhm«, nickt Emma. »Wieso bist du denn auf einmal so losgerannt?«, fragt sie dann plötzlich.

»Ich?« Mir bleibt die Spucke weg. »*Du* hast doch damit begonnen!«

»Stimmt doch gar nicht. Ich wollte dich nur auf ein paar Namen hinweisen, die du möglicherweise noch nicht kennst, und dann bist du auf einmal losgerannt …«

»Ja, klar, woher sollte ich auch Armani und Hermès kennen!«, fauche ich sie an.

Einen Moment lang schweigen wir, dann treffen sich unsere Blicke, und im nächsten Moment prusten wir beide los.

»Okay, wir sollten uns verziehen, bevor unsere Kollegen uns noch einholen«, sage ich, als wir uns wieder eingekriegt haben.

»Gute Idee«, nickt Emma. »Und wohin?«

»Ich weiß auch nicht. Ich habe Hunger, und Durst. Wie steht's bei dir?«

»Geht mir genauso. Ich bin völlig ausgetrocknet.«

»Okay, mal sehen …« Ich mache ein paar Schritte, um mich zu orientieren. »Jeff hat doch vorhin das *Spago* erwähnt. Sieh mal, da drüben ist das *Beverly Wilshire Hotel*!« Ich zeige auf den majestätischen Bau auf der anderen Straßenseite.

»Und da willst du rein?«, fragt sie mit skeptischer Miene. »Sieht ein bisschen protzig aus, meinst du nicht?«

»Ja, stimmt, und wahrscheinlich lassen sie auch nur Hotelgäste rein.« Mein Blick wandert suchend umher, dann entdecke ich das nächste Straßenschild. »Sieh mal, da ist ja der Canon Drive!«

»Ja, und?« Emma schaut mich fragend an.

»Da ist auch das *Spago*!« Ich trabe sofort los.

Emma folgt mir. »Ist das dieses Promirestaurant?«

»Ja, genau, und vielleicht treffen wir dort endlich eine echte Berühmtheit. Sieh mal, da drüben ist es schon!«

Wir verlangsamen unsere Schritte und beäugen neugierig das Gebäude. Offen gestanden bin ich ein bisschen enttäuscht. Von außen kann man nur eine efeuüberwucherte Mauer erkennen, an deren Seite sich unter einem grünen Baldachin eine dunkle Holztür befindet. Gäbe es nicht die Aufschrift *Spago* darüber, würde man nie im Leben darauf kommen, dass sich gleich dahinter das vielleicht berühmteste Restaurant Hollywoods befindet. Nur die Autos vor der Tür sind ziemlich auffällig: Ich erkenne einen Ferrari und noch eine andere ultraflache Flunder, und gleich dahinter parkt eine riesige Limousine.

»O nein«, kommt es plötzlich von Emma.

»Was hast du?«, frage ich.

»Siehst du die beiden vor der Tür?«

Jetzt bemerke auch ich die Uniformierten. »Türsteher. Nicht gut.«

»Genau«, nickt Emma frustriert. »Ich kann mir kaum vorstellen, dass die zwei Würstchen wie uns ohne Reservierung reinlassen.«

Mist, sie hat recht. Doch dann habe ich eine Idee.

»Mir fällt da etwas ein, Emma. Das *Spago* gehört doch diesem Österreicher, Wolfgang Puck ...«

»Ja, und?«

»... und ich habe mal gelesen, dass der sich immer freut, wenn Landsleute bei ihm vorbeischauen ...« Ich zwinkere ihr zu.

»Dumm nur, dass wir keine Österreicher sind«, wendet sie ein.

»Aber das wissen die doch nicht, Emma! Überleg doch mal, Österreich und Bayern, wo ist da der Unterschied? Beides ist deutschsprachig, und die Dialekte sind sogar ziemlich ähnlich.«

»Du meinst ...«

»Genau! Wir zwei Mädels aus Österreich fragen jetzt einfach mal, ob Wolfgang zufällig da ist. Komm mit!«

Wir schlendern betont unauffällig über die Straße, und als wir uns dem Eingang nähern, sage ich deutlich vernehmbar auf Deutsch zu Emma: »Sieh mal, Emma, ist das nicht das Restaurant unseres Landsmannes Wolfgang Puck?«

Und Emma antwortet in voller Lautstärke: »O ja, Lilly, du hast recht, das ist das Lokal von Wolfgang, der Österreicher ist wie wir!«

Okay, das war jetzt vielleicht *ein bisschen* dick aufgetragen ... Andererseits, vielleicht glauben die ja, dass Österreicher immer so klingen.

Jedenfalls setze ich ein gewinnendes Lächeln auf und wende mich an den riesigen Schwarzen in grüner Uniform, der links neben der Eingangstür steht: »Guten Tag, wie geht es Ihnen?«, beginne ich. »Meine Freundin und ich kommen aus Österreich und wollten fragen, ob unser Landsmann Wolfgang zufällig da ist.« Ich verwende bewusst einen Akzent, wie ich ihn bei Arnold Schwarzenegger gehört habe.

Der Türsteher zieht überrascht eine Augenbraue hoch, und

auch sein Kollege in der roten Uniform auf der anderen Seite der Tür ist jetzt auf uns aufmerksam geworden.

»Aus Österreich, sieh mal einer an.« Der Schwarze erwidert mein Lächeln. »Kommt da nicht auch *The Sound of Music* her?«

»Äh, ja?«, antworte ich verblüfft.

»Sie kommen aus Österreich, und sie wollen zu Wolfgang«, erklärt er seinem Kollegen, als hätte der gerade nicht zugehört. Dann wird er schwärmerisch: »*The Sound of Music* ... Was für eine Geschichte ... die Trapp-Familie ... *Edelweiß, Edelweiß*«, beginnt er plötzlich zu singen, und Emma und ich reißen die Augen auf. »Und die konnten so schön ... wie heißt das schnell noch, dieses *Joladijola* ...?

»Meinen Sie *Jodeln*?«, rate ich völlig perplex.

»Ja, genau!« Er strahlt übers ganze Gesicht. »Und dieses Gehüpfe, wo sie sich gegenseitig schlagen ...«

»Schuhplatteln?«

»Ja, genau, Jodeln und Schuhplatteln ...«

Es klingt zum Schießen, wie er es ausspricht, und ich muss an mich halten, um nicht laut loszulachen.

»Dafür seid ihr Österreicher doch berühmt!«

»Äh, ja, klar, bei uns in Österreich ist das ganz schwer angesagt«, stimme ich schnell zu, um das Gespräch in Schwung zu halten.

»Was redet er da?«, zischt Emma mir zu.

»Ich bin mir auch nicht ganz sicher ...«, murmle ich.

Der große Schwarze wendet sich jetzt wieder an seinen Kollegen: »Diese Mädchen sind aus Österreich, wo sie alle jodeln und schuhplatteln, und sie wollen zu Wolfgang.«

Sein Kollege nickt wieder nur, doch diesmal hat er wenigstens ein leichtes Lächeln auf den Lippen.

»Dann macht doch mal«, sagt der Schwarze auf einmal.

»Was?«, frage ich.

»Na, jodeln und schuhplatteln! Ihr seid doch aus Österreich, also zeigt uns, was ihr draufhabt«, fordert er mit einem breiten Grinsen.

»Was will er?«, fragt Emma.

»Er will, dass wir… *jodeln* und *schuhplatteln*! Nicht mit mir, ich mache mich doch hier nicht zum Affen«, schiebe ich gleich nach.

»Wie kommt er denn ausgerechnet *darauf*?«

»Er glaubt, dass jeder Österreicher das kann, und jetzt will er eine kleine Kostprobe von uns.«

Emma hält meinen Blick ein paar Sekunden lang gefangen. »Und dann dürfen wir rein?«

»Ich weiß nicht… Und dann können wir rein?«, vergewissere ich mich bei dem großen Türsteher.

»Wenn ihr das macht, könnt ihr alles von mir haben«, grinst er. Und zu seinem Kollegen: »Mädchen, die jodeln und schuhplatteln, kann ich einfach nichts abschlagen.« Der Kollege nickt wieder, und jetzt grinst auch er ziemlich breit.

»Egal, ich mache das trotzdem nicht«, stelle ich noch einmal klar.

»Ach, komm schon, Lilly, es ist doch nur ein bisschen Singen und Tanzen. Ich würde so gerne da rein, jetzt, wo wir schon mal hier sind«, quengelt Emma mit einem sehnsüchtigen Blick auf die Tür.

»Du willst also wirklich…?«

»Ja, was soll's? Kennt uns doch keiner hier, und vielleicht finden die das sogar cool oder so«, zuckt sie die Schultern.

»Und wie geht das? Hast du das schon mal gemacht?«

»Nein, natürlich nicht!« Sie stößt ein reichlich gekünsteltes Lachen hervor. »Aber bei unserer Trachtengruppe hab ich schon öfter zugesehen. So schwer ist das gar nicht, mach einfach das Gleiche wie ich!«

Sie stellt ihre Handtasche auf den Boden und tritt zwei Schritte zurück. Nach einem kurzen Zögern stelle ich mich neben sie. Die Türsteher sehen jetzt aus, als könnten sie es kaum erwarten, dass wir endlich loslegen.

»Also gut«, schnauft Emma und rückt ihren Hut zurecht. Dann legt sie los: »*Holadaholaradiriaholaradiodioholaradiriahola…*«

Ich starre sie ganz fasziniert an. Woher *kann* sie das?

»Los, mach mit«, fordert sie mich auf und beginnt im Takt in die Hände zu klatschen.

Zögernd klatsche ich in die Hände, und dann falle ich in ihr Gejodle ein: »Holadaholaradiriaholaradio ...«

Es geht. Ich kann es. Unfassbar. Wir stehen hier wahrhaftig vor dem *Spago* in Beverly Hills, und wir *jodeln*!

Nicht genug damit, beginnt Emma jetzt auch noch auf und ab zu hüpfen und sich dabei auf die Schenkel und die Waden zu klatschen. Ich ahme sie nach, so gut ich kann, und gleichzeitig jodeln wir, was das Zeug hält. Die beiden Türsteher klatschen begeistert im Takt mit. Emma kommt jetzt richtig in Schwung und stößt einen Jauchzer aus, und fassungslos merke ich, wie sie mich mitreißt und dass das Ganze irgendwie ... *Spaß macht*?

Es ist verrückt. Es ist das Verrückteste, was ich in meinem ganzen bisherigen Leben gemacht habe. Emma legt jetzt ein paar Drehungen ein und klatscht mir zwischendurch auf den Hintern, und ich haue kräftig zurück, wie sich das gehört beim Schuhplatteln. Dabei registriere ich, dass sich inzwischen Schaulustige eingefunden haben, die unser seltsames Treiben beobachten, darunter auch unsere Truppe aus dem Bus, die natürlich auch fotografieren und filmen. Egal, sage ich mir, in ein paar Minuten haben wir einen Platz im *Spago* und die nicht, aber die wissen natürlich nichts von unserem kleinen Deal mit dem Türsteher ...

... der sich in diesem Augenblick die Kappe vom Kopf reißt und einen Diener macht, weil ein kleiner dicker Mann samt rehäugiger Begleitung aus dem Lokal kommt und sagt: »Können wir dann, James?«

»Selbstverständlich, Sir, ich habe den Wagen schon vorgefahren!« Mit diesen Worten hechtet der Schwarze förmlich zu der großen Limousine und reißt den hinteren Schlag auf.

James? Sir? Wagen? Vorgefahren?

Ich stoppe verblüfft. Emma hat nicht mitbekommen, dass da etwas gehörig aus dem Ruder läuft, und haut mir noch einmal mit einem Jauchzer auf den Allerwertesten, aber ich starre nur fassungslos diesen ... *Chauffeur* an.

»Wo wollen Sie hin?«, schreie ich ihm empört nach. »Wir hatten eine Vereinbarung!«

»Aber klar«, gibt er grinsend zurück. »Von mir aus könnt ihr sofort rein, ich fand eure Show klasse.«

»Sieht so aus, als hätte James mal wieder jemanden reingelegt«, höre ich noch von dem dicken Mann, und seine Begleitung stößt ein albernes Kichern aus, bevor die Türen zugehen.

»Wieso fährt er denn weg?« Auch Emma steht jetzt mit in die Hüften gestemmten Armen da und versteht die Welt nicht mehr.

»Dieser Mistkerl hat uns geleimt!«, rufe ich außer mir. Dann wende ich mich an den anderen Uniformierten. »Aber Sie sind doch wenigstens echt, nicht wahr, ich meine, Sie gehören doch hierher zum *Spago*?«

»Selbstverständlich.« Das ist das erste Wort, das ich von ihm höre.

»Tja, dann ... also, wegen unsere Vereinbarung ... dass wir hineindürfen, wenn wir ... die gilt doch noch, oder?«

»Tut mir leid«, zuckt er die Achseln. »Wir sind voll.«

»Aber wir hatten einen Deal«, protestiere ich.

»Nicht mit mir, ich habe kein Wort gesagt.« Womit er allerdings recht hat.

Ich starte einen letzten verzweifelten Versuch: »Ich werde mich bei Wolfgang beschweren!«

»Das können Sie natürlich ...«, räumt er ein, »... sobald er wieder in der Stadt ist. Zurzeit ist er in New York.«

Meine ganze Energie zerbröselt zu einem Häufchen Asche. Ich lasse die Schultern sinken und drehe mich enttäuscht um. Na, das passt ja wieder. Unser Publikum ist in der Zwischenzeit zu einer beträchtlichen Menge angewachsen, und lauernd warten sie, was die zwei Verrückten als Nächstes tun werden.

»Wir haben uns gerade voll zum Affen gemacht, ist dir das klar?«, sage ich zu Emma.

»Na ja, wie man's nimmt. Ich finde, wir waren gut.« Sie schiebt trotzig das Kinn vor.

Ich deute hinüber zu unseren Kollegen aus dem Bus. »Was

hast du schnell noch gesagt, was du als Promi tun würdest, wenn die auftauchen?«

»Schleunigst abhauen?«

»Jep. Und genau das werden wir jetzt tun!«

8

»Checken wir sicherheitshalber, ob wir auch alles haben.«

»Okay … da wären Wasser, Sonnencreme, Sonnenbrille, Kamera, zwei Snickers … und drei von meinen Drehbüchern«, zähle ich die wichtigsten Utensilien in meiner Handtasche auf.

Es ist elf Uhr vormittags, die Sonne scheint wie verrückt vom Himmel, und wir stehen direkt vor einer Tour durch die berühmten Universal-Filmstudios.

»Drehbücher?«, wundert sich Emma. »Ach, darum die riesige Tasche.«

»Ja, sicher, was denkst du denn? Das ist ein Filmstudio, was ja wohl bedeutet, dass es da nur so wimmelt von Regisseuren und Schauspielern.«

»Ah, jetzt verstehe ich auch, warum du unbedingt diese erweiterte Führung machen wolltest.«

Emma war der Meinung gewesen, dass die Standardführung reicht, aber als ich entdeckte, dass es auch Führungen gibt, bei denen man den einen oder anderen Blick hinter die Kulissen bekommt, war meine Entscheidung gefallen, und die siebzig Dollar Aufpreis habe ich sogar höchstpersönlich beigesteuert.

»So, Herrschaften, da kommt schon unser Wagen!« Diesmal heißt unser Führer Gary, ein smarter Puertoricaner, der unsere Gruppe von circa dreißig Personen direkt bei der Information abgeholt und über mehrere Rolltreppen herunter zum Tourstart gelotst hat.

Ein Bus hält direkt vor uns. Er ist ziemlich breit, an den Seiten offen und verfügt über zehn oder zwölf Sitzreihen, auf die wir uns verteilen. Emma und ich haben wieder Plätze ganz am

Rand, damit wir nur ja nichts verpassen, und als wir lostuckern, machen wir als Erstes wieder unsere Kameras schussbereit. Wir rollen ein paar Serpentinen hinunter, dann kommen wir an einem Feuerwehrhäuschen vorbei, das alle ganz automatisch für eine Filmkulisse halten, bis Gary darauf hinweist, dass es zu den wenigen Sachen auf diesem Gelände gehört, die echt sind.

Dann aber ist es so weit: Die ersten Filmkulissen tauchen vor uns auf, prächtige Häuserzeilen, deren Wände sich aber als nichts anderes als Holzgerüste mit Plastikverkleidungen herausstellen. Kurz darauf erreichen wir eine riesige Halle, an deren Wand ein Schild prangt: *Stage 24*. Gary erklärt uns, dass das die Produktionshalle von CSI ist, Grund genug, um sofort begeistert die Außenwand zu fotografieren. Wir kommen zu weiteren Produktionshallen, und Gary überschüttet uns regelrecht mit Namen und Titeln von allen möglichen Filmen und Serien, die hier gedreht werden, und mit jedem werden wir ein kleines bisschen aufgekratzter.

Dann tauchen plötzlich ein paar unscheinbare graue Bungalows zu unserer Linken auf.

»Das hier sind übrigens keine Schauspielerwohnungen, wie die meisten Besucher glauben ...«, tönt Garys Stimme aus den Lautsprechern, »... sondern die Büros der Produktionsfirmen. Hier werden wichtige Entscheidungen getroffen, welcher Stoff verfilmt wird, zum Beispiel, und mit welchem Budget, und vor allem auch, mit welchen Schauspielern ...«

Ein Tausend-Volt-Stromstoß hätte nicht elektrisierender auf mich wirken können als diese Worte.

»Hast du das gehört, Emma? Da muss ich unbedingt hinein!«, zische ich ihr zu.

»Wo denn?« Sie hat Gary nicht zugehört oder seine Worte nicht verstanden, denn sie guckt in die verkehrte Richtung. »Sieh doch nur, da ist das Auto von *Columbo*!« Sie fotografiert ein völlig verrottetes altes Cabrio.

»Das da sind die Büros der Produktionsfirmen. Wenn ich da reinkomme, brauche ich gar keinen Agenten, verstehst du? Dann bin ich sozusagen direkt an der Quelle!«

»Vielleicht lässt Gary uns ja aussteigen.«

»Vergiss es, die lassen uns hier ganz sicher nicht einfach so herumlaufen«, überlege ich fieberhaft. »Nein, ich muss versuchen, mich aus dem Staub zu machen, wenn wir irgendwo anhalten. Ich glaube nicht, dass es auffällt, wenn jemand aus der Gruppe fehlt.«

»Du meinst zwei! Ich komme mit, die können sicher auch Schauspieler brauchen«, stellt Emma mit zusammengezogenen Augenbrauen klar.

Für den Bruchteil einer Sekunde schießt mir durch den Kopf, wie sie Barry Gracen die Vorzüge meiner *schwulen* Liebesromanze darlegen wollte.

»Das wäre keine gute Idee, Emma«, antworte ich deshalb vorsichtig. »Wenn wir beide abhauen, würde es mit Sicherheit auffallen. Und dich kann ich auch später noch ins Spiel bringen, wenn ich erst die richtigen Kontakte geknüpft habe.«

Sie denkt kurz darüber nach, und dann nickt sie: »Ja, ist vielleicht wirklich besser so.«

»Ganz sicher. So, jetzt müssen wir nur noch abwarten, bis wir irgendwo rauskönnen.«

Dummerweise macht der Fahrer jedoch keine Anstalten, stehen zu bleiben, sondern startet im Gegenteil wieder kräftig durch. Wir kommen an eine Flussdurchfahrt, an der eine Miniaturfilmkulisse von *King Kong* aufgebaut ist, und als Nächstes manövriert uns der Fahrer in eine dunkle Halle mit einer nachgebauten U-Bahnstation. Wir tuscheln und drehen erwartungsvoll die Köpfe, als plötzlich ohne jede Vorwarnung alles fürchterlich zu beben und zu wackeln beginnt. Als Nächstes stürzt eine Sturzflut zur Seite herein, ein U-Bahn-Waggon und ein Sattelschlepper kommen wie aus dem Nichts auf uns zugeschlittert, und als auch noch rundherum Flammen auflodern und Rauch aufsteigt, setzen ängstliches Gekreische und heftiges Fluchen ein.

Als wir danach wieder ins Freie gelangen, hat Gary ein breites Grinsen aufgesetzt, und insgeheim muss ich zugeben, dass ich ganz schön beeindruckt bin von diesen Kulissen.

Wir tuckern weiter eine Steigung hinauf und passieren ein

Westerndorf und dann die Kulisse von *Der Grinch*, die aussieht, als wäre sie durch und durch aus Zuckerguss, was uns wiederum an die Schokoriegel in unseren Taschen erinnert. Anschließend zuckeln wir durch ein von Rauchschwaden überzogenes Trümmerfeld aus Flugzeugteilen, angekokelten Autowracks und beschädigten Häusern, und zu einem entsprechenden Filmausschnitt auf den Monitoren über unseren Köpfen erläutert uns Gary, dass es sich hierbei um ein Set aus *Krieg der Welten* mit Tom Cruise handelt.

Alle sind schwer begeistert und schnattern aufgeregt durcheinander, und auch Emma stupst mich von der Seite an. »Irre, was?«, meint sie, während sie sich den letzten Rest ihres Riegels in den Mund schiebt, und ich nicke zustimmend.

So toll diese Tour aber auch ist, ich sitze wie auf Nadeln. Ich will hier raus und wieder zurück zu diesen Bungalows, das ist im Moment das Einzige, was mich wirklich interessiert. Einen Moment lang erwäge ich, Gary um einen Pinkelstopp zu bitten, doch dann verwerfe ich den Gedanken wieder. Hinterher würde es ihm nur umso mehr auffallen, wenn ich nicht wieder an Bord gehe. Stattdessen bleibe ich unauffällig und äußere mich nicht einmal, als er Fragen zu verschiedenen Filmen stellt, die ich mit Leichtigkeit beantworten könnte, und ertrage das dilettantische Geschwafel der anderen. Irgendwann, sage ich mir, *muss* dieser Bus doch stoppen.

Aber vorerst muss ich mich in Geduld üben. Die nächste Station ist *Amity Island*, und jetzt stecke auch ich neugierig meine Nase aus dem Wagen. Wer so wie ich alle Folgen von *Der weiße Hai* mindestens fünf Mal gesehen hat, *kann* bei dieser Kulisse einfach nicht ruhig bleiben. Gary erzählt über die Filme, während hinter ihm auf dem künstlichen See ein Plastiktaucher von der Bestie in die Tiefe gerissen wird. Dann fängt auf einmal ohne ersichtlichen Grund die Tankstelle neben unserem Gefährt zu brennen an, und während wir noch die Köpfe danach verdrehen, schießt plötzlich völlig unvermutet eine furchterregende Haiattrappe direkt neben uns aus dem Wasser und jagt uns einen gehörigen Schrecken ein.

Unsere Herzen pochen wie wild, als wir weiterfahren, und ein paar von den Fahrgästen sind ganz bleich geworden, aber alle sind restlos begeistert wegen dieses gelungenen Gags.

Der Bus nimmt wieder ein paar Kurven, und gerade als wir die Haiattacke halbwegs verdaut haben, taucht ein flaches, L-förmiges Gebäude vor uns auf, das mir verdächtig bekannt vorkommt. Als ich das Haus auf der Anhöhe dahinter erblicke, müsste Gary eigentlich gar nichts mehr dazu sagen.

»Und hier haben wir das *Bates Motel* ...«, verkündet er, und ich muss mir auf die Lippen beißen, um nicht laut »Psycho« zu schreien, »... bekannt aus dem legendären Film *Psycho*«, vollendet er den Satz. »Aber was ist das?«, ruft er dann in gespielter Überraschung aus. »Scheint so, als wäre Norman Bates zurückgekehrt!«

Ein Mann kommt aus dem Motel. Er sieht wirklich aus wie Anthony Perkins damals, groß, hager, mit dunklem Haar und dem gleichen braunen Sakko, und er wuchtet etwas, das wie ein in einen Vorhang eingerollter menschlicher Körper aussieht, in den Kofferraum eines großen amerikanischen Wagens. Dann tut er so, als würde er uns erst jetzt bemerken, und plötzlich zückt er ein Messer und kommt drohend auf unseren Wagen zu.

»Echt unheimlich, der Typ«, meint Emma.

»Das ist doch nur ein Schauspieler«, lache ich.

»Ein Grund mehr, ihm nicht zu trauen«, murmelt sie. »Weiß doch jeder, dass die meistens zugedröhnt sind. Sieh dir nur seine Augen an!«

»Quatsch, Emma!« Obwohl ich zugeben muss, dass er seine Sache ziemlich gut macht. Sein Blick ist starr auf uns gerichtet, das Messer hoch erhoben, und er ist nur noch wenige Meter entfernt ...

Okay, der Fahrer könnte jetzt weiterfahren. Der tritt auch schon aufs Gas, aber es dauert, bis sich der Wagen wieder in Bewegung setzt, und jetzt ist der Schauspieler bereits ganz nahe heran. Er hat die Augen wild aufgerissen und stößt einen knurrenden Laut aus, gleichzeitig reißt er das riesige Messer noch ein

Stück höher, als würde er jeden Moment zustechen. Die Leute schreien auf, und aus den Augenwinkeln sehe ich, wie Emmas Hand in ihre Tasche zuckt, und dann … schreit der Schauspieler auf! Er lässt das Messer fallen und schlägt sich die Hände vors Gesicht, gleichzeitig sinkt er auf die Knie und gibt einen ziemlich unchristlichen Fluch von sich. Entsetzt sehe ich, wie Emma eine kleine Spraydose wieder zurück in ihre Tasche steckt.

»So, das hat er jetzt davon«, sagt sie voller Genugtuung.

»Emma, sag bloß, das war …«, stottere ich.

»Pfefferspray«, ergänzt sie stolz.

»Aber woher hast du … seit wann …?«

»Den habe ich schon ewig«, erklärt sie. »Und ich ahnte schon, dass ich ihn hier in Los Angeles würde brauchen können.«

»Aber das war doch nur ein Schauspieler … ein ziemlich furchterregender zwar, aber trotzdem …«

»Egal, ich traue solchen Kerlen nicht«, sagt sie trotzig. »Und beim nächsten Mal wird er es sich zweimal überlegen, harmlose Leute zu erschrecken.«

Harmlose Leute? Fragt sich nur, wer da harmlos ist. Die anderen Fahrgäste tauschen murmelnd Meinungen aus und werfen dabei ängstliche Blicke auf Emma, und auch Gary meldet sich über sein Mikro. »Würden die Damen bitte damit aufhören, unsere Statisten mit Pfefferspray zu besprühen, sonst bekommen wir noch Probleme mit der Schauspielergewerkschaft«, meint er mit trockenem Humor, und ich bin heilfroh, dass er nicht weiter auf der Sache herumreitet.

»Bitte lass das in Zukunft«, zische ich Emma möglichst unauffällig zu, »ich will nicht noch mehr auffallen.«

»Ja, ja, schon gut«, meint sie, doch ich kann ihr ansehen, dass sie sich keiner Schuld bewusst ist.

Der Wagen nimmt jetzt eine kleine Kurve, und auf einmal geht ein Raunen durch die Gruppe.

»Die *Wisteria Lane*, meine Damen und Herren!« Gary ist aufgestanden und weist mit der Hand auf die Häuser hinter ihm. Dann springt er aus dem Bus und lässt den Sicherheitsbalken neben unseren Sitzreihen herunter. »Diesmal stelle ich die Frage verkehrt herum: Wer kennt sie *nicht*? Bitte sehr, Sie können nun aussteigen und sich alles in Ruhe ansehen.«

Alle klettern mit großen Augen aus dem Wagen, und auch ich bin ganz gebannt. Die *Wisteria Lane*, die Straße der *Desperate Housewives*. Ich liebe diese Serie, und ich erkenne die Häuser sofort wieder. Das gelbe da, das gehört *Gabrielle Solis*, und dort drüben, das muss das von *Bree Van De Kamp* sein, und das da ist *Susan Mayers*, die mag ich ganz besonders, weil sie so wunderbar chaotisch ist.

Wir strömen auseinander, und kleine Gruppen bilden sich, die die einzelnen Häuser abgehen und dabei angeregt diskutieren und Fotos schießen.

»Sieh mal, Emma, da hinten ist das Haus von *Edie Britt*!«, rufe ich aus. »Schade, dass sie die sterben ließen, ich fand Nicollette Sheridan klasse ...«

»Lilly, das ist *die* Gelegenheit«, sagt Emma mit gedämpfter Stimme.

»Gelegenheit? Wozu denn?« Ich höre ihr gar nicht richtig zu, stattdessen schreite ich wie eine Schlafwandlerin die Straße entlang und fotografiere nach allen Seiten.

»Hallo, hörst du mir überhaupt zu?« Emma stellt sich mir in den Weg, mit dem Ergebnis, dass ich direkt in sie hineinrenne. »Von hier aus kannst du dich aus dem Staub machen, wie du es vorhattest, schon vergessen?«

Benommen sehe ich sie an. Aus dem Staub machen? Genau, das wollte ich doch. Und wozu? Ach ja, mein Drehbuch.

Schnell sehe ich mich um. Emma hat recht, das ist wirklich eine perfekte Gelegenheit. Ich könnte zum Beispiel hinter eines der Häuser verschwinden und dann warten ... Was aber, wenn da ein Kojote oder so lauert? Und sind diese Häuser überhaupt zugesperrt?

Vorsichtig nähere ich mich dem Solis-Haus, das gleich vorne links steht und an dem die anderen schon vorbei sind. Ich trete auf die Veranda, weiter zur Tür, drücke auf die Klinke und ... es ist offen! Mit angehaltenem Atem schiebe ich die Tür einen Spaltbreit auf, stecke dann den Kopf hinein – und stoße enttäuscht die Luft aus. Da ist nur ein großer, kahler Raum und sonst gar nichts. Nicht unbedingt der beste Ort, um sich zu verstecken. Vorsichtig schließe ich die Tür wieder.

»Und, wie sieht's da drinnen aus?«, fragt Emma, die an der Treppe Schmiere gestanden hat.

»Es ist leer, da kann ich mich nirgendwo verstecken. Versuchen wir's bei einem anderen.«

Wir schieben uns unauffällig wieder an die anderen heran, und auf einmal höre ich, wie Gary zu zwei älteren Damen sagt: »Die meisten Häuser sind gar nicht eingerichtet, sondern dienen nur als Außenkulisse. Nur das Haus von Edie Britt ist vollständig ausgestattet und das der Van De Kamps hier zum Teil.«

Mehr wollte ich gar nicht wissen. Emma und ich trippeln schnell weiter, bis wir beim Haus von Edie Britt angekommen sind.

»Okay, Emma, wir machen es folgendermaßen: Ich verschwinde jetzt da hinein und verstecke mich, und sobald ihr weiterfahrt, schickst du mir eine SMS, damit ich weiß, dass die Luft rein ist. Dann schlage ich mich zu Fuß bis zu den Bungalows durch und sehe, ob ich irgendwo reinkomme. Danach melde ich mich wieder bei dir. Alles klar?«

Emma sieht sich um wie eine Geheimagentin. »Klar doch, bereitmachen zum Vorrücken!«

Vorrücken? Könnte es sein, dass sie das hier ein bisschen zu ernst nimmt? Egal. Ich tue so, als würde ich mich für ein Foto vor die Haustür stellen, und als gerade niemand hersieht, reiße ich sie auf und husche blitzschnell hinein.

»Wow!«, entfährt es mir.

Das Haus ist vollständig eingerichtet, mit Wohnzimmer und Küche und allem, was dazugehört, und eine Treppe führt sogar ins Obergeschoss. Ob es da auch eine Einrichtung gibt, ein Badezimmer zum Beispiel? Das wäre nämlich ganz hervorragend, müsste ich doch gerade ganz dringend für kleine Mädchen. Zögernd taste ich mich die Treppe hoch, und zu meiner Erleichterung finde ich ein komplett ausgestattetes Obergeschoss vor. Ich reiße nacheinander die Türen auf, bis ich endlich das

Badezimmer gefunden habe, und lasse mich erleichtert auf die Toilette nieder. Ob Nicollette Sheridan auch hier gesessen hat?, schießt es mir durch den Kopf. Warum eigentlich nicht, sofern die Spülung funktioniert ... Ups, die habe ich gar nicht ausprobiert. Ich drehe meinen Oberkörper und drücke vorsichtig den Hebel am Spülkasten – Gott sei Dank, *das* wäre vielleicht peinlich gewesen.

Ich habe gerade meine Jeans wieder hochgezogen, als mein Handy summt. Die SMS von Emma!

Ziehen gerade ab! Kannst ausschwärmen! Over!

Sie sind weg. Großartig. Ich werfe noch einen wehmütigen Blick auf die Schränke, in die ich nur zu gerne noch einen Blick geworfen hätte, begnüge mich dann aber damit, mir schnell die Hände zu waschen, und husche wieder hinunter ins Wohnzimmer. Beim Spiegel im Vorraum richte ich noch mein Haar zurecht, dann reiße ich die Tür auf und – pralle zurück, als wäre ich gegen eine Wand gelaufen.

Ein Touristenbus parkt vor mir, und diesmal nicht nur der Bus, sondern dahinter auch noch drei Waggons, die an ihm dranhängen, und sie sind gerammelt voll mit Touristen.

»Sieh mal, Papi, eine Schauspielerin!«, kommt es von einem kleinen Mädchen. Köpfe werden herumgerissen, und ein kollektives »Aaaah« ertönt. Mindestens hundert Kameras nehmen mich ins Visier.

Auch der Tourführer guckt erstaunt. »Wer sind *Sie* denn?«, fragt er, und durch sein umgehängtes Mikro können es alle bis in die letzten Reihen hören. »Ich wusste gar nicht, dass heute hier gedreht wird.«

»Spielst du jetzt auch eine verrückte Hausfrau?«, will das Mädchen wissen.

»Die sind nur *verzweifelt*, Meredith, nicht verrückt«, korrigiert ihre Mutter sie.

»Ich? Tja, also ...« Ich werfe einen Hilfe suchenden Blick auf das Haus, als könnte es mir soufflieren. »Ja!«, improvisiere ich dann. »Ich bin die Neue, der Ersatz für Edie Britt, weil die ja leider in diesen Mast gedonnert ist ...«

»Und wie ist Ihr Serienname?«, fragt ein Teenager mit Zahnspange.

»Lill… äh … *Lillifee …*« Mein Blick streift die Wasserflasche einer älteren Dame. »… *Springwater*!«

Für Sekundenbruchteile gaffen mich alle schweigend an, dann schnattern sie aufgeregt durcheinander.

»Habt ihr gehört, sie ist neu in der Serie …«

»Lillifee Springwater, ich kannte mal eine, die hieß auch so …«

»Sie kommt aus England, das höre ich …«

»Edies Titten fand ich besser …«

Der Tourführer meldet sich jetzt auch wieder zu Wort: »Und was tun Sie hier so ganz alleine?«, fragt er mit einem Anflug von Misstrauen in seiner Stimme.

»Ich … stimme mich auf die Umgebung ein«, behaupte ich. »Das ist enorm wichtig, um mich später richtig in die Rolle hineinversetzen zu können, wenn der Dreh dann losgeht mit Teri, Marcia, Felicity und meinen anderen neuen Kollegen …«

Unfassbar, was für einen Müll ich da rede. Ich bin inzwischen natürlich knallrot angelaufen, der Schweiß rinnt mir in Bächen den Rücken hinunter, und ich weiß, dass ich das nicht mehr lange durchhalten werde. Da meldet sich mein Handy wieder. Eine Ablenkung, Gott sei Dank! Ich zerre es hastig hervor und lese die Nachricht:

Nicht ausschwärmen! Nicht ausschwärmen! Großer feindlicher Trupp im Anmarsch! Over!

Gut nur, dass ich diese Nachricht schon jetzt bekomme! Wütend stopfe ich das Handy wieder zurück in die Tasche.

»Ich sehe gerade, dass ich weg muss zu … einer Drehbesprechung mit dem Regisseur. Sie sehen mich dann ja … im Fernsehen.«

»Sie können bei uns mitfahren«, bietet der Tourführer an.

»Nein, danke, ist mir zu langsam.« Und als mir bewusst wird, wie blöd sich das anhört, schiebe ich schnell nach: »Ich wollte nämlich noch ein bisschen joggen, damit ich dann richtig in Form bin für den Drehstart.«

Damit stürme ich los, an den Leuten vorbei, die mich um Autogramme anbetteln, die *Wisteria Lane* entlang bis zur Einfahrt, dann biege ich auf die Straße ein und renne bergab, als wäre der Teufel hinter mir her. An der nächsten Abzweigung bleibe ich stehen, einerseits, um Atem zu holen, und um mich andererseits zu orientieren, und zu meinem Schrecken sehe ich, wie der Tourbus oben am *Housewives*-Set gerade um die Kurve biegt und geradewegs auf mich zukommt. Ich bin eindeutig zu langsam, die werden mich gleich einholen, und auf Dauer kann ich ihre lästigen Fragen nicht beantworten, ohne Verdacht zu erregen.

Mir bleibt keine Wahl, ich muss eine Abkürzung nehmen. Mit einem schnellen Blick versuche ich die Richtung auszumachen, in die ich muss, dann schlage ich mich kurzerhand seitwärts in die Büsche. Zweige schlagen mir ins Gesicht, als ich eine Böschung hinunterstolpere. Ich habe alle Mühe, nicht zu Fall zu kommen, dennoch werde ich nicht langsamer, sondern presse nur meine Tasche an mich und renne weiter, ohne mich umzublicken. Meiner Einschätzung nach müssen mindestens fünf Minuten vergangen sein, als ich vor mir wieder eine asphaltierte Fläche erkenne. Ich schlage die letzten Äste zur Seite, trete aus dem Dickicht heraus ins Freie – und staune.

Da soll noch einer sagen, wir Frauen hätten keine Orientierung. Ich habe die Richtung so genau getroffen, dass direkt vor mir dieser alte Wagen steht, den Emma vorhin fotografiert hat, und gleich dahinter sind die Produktionshallen und direkt daneben die Bungalows.

Halleluja, ich hab's geschafft!

»Dürfte ich erfahren, was Sie hier machen, Ma'am?«, reißt mich eine tiefe Männerstimme aus meinen Jubelträumen.

Der dazugehörige Mann steht auf einem dieser Roller, wie ihn Kevin James in *Der Kaufhaus-Cop* hatte, und auch er trägt eine Uniform mit der Aufschrift *Security*.

O nein, bitte nicht! Nicht jetzt, wo ich so knapp vor meinem Ziel stehe!

»Es ist Ihnen nicht gestattet, sich von Ihrer Gruppe zu entfernen«, hängt er gleich eine strenge Rüge an. »Das wissen Sie doch?«

»Ja … äh … nein, ich meine, ich bin doch keine *Touristin*«, würge ich zusammen mit einem künstlichen Lachen hervor. »Ich bin Drehbuchautorin und war gerade auf dem Weg zu meinem Termin mit Mr … *Johnson* von … *Constantin Films*«, nenne ich die erstbeste Produktionsfirma, die mir einfällt.

Die Augen des Wachmannes werden ganz schmal, und ein paar Sekunden lang stehen wir uns wie bei einem Revolverduell gegenüber. Dann sagt er mit unheilvoller Ruhe in seiner Stimme: »*Constantin* hat hier gar kein Büro.«

Okay, der lässt sich keinen Bären aufbinden. Dann eben Plan B.

Ich mache auf dem Absatz kehrt und renne los, was das Zeug hält. Ich muss nur vor ihm bei den Produktionshallen sein, dort werde ich ihn schon irgendwo abschütteln können …

Hinter mir höre ich ein leises Surren, das vermutlich von seinem Roller stammt, und ich höre, wie er über Funk Verstärkung anfordert: »Pete, hier ist Jack. Wir haben hier ein Problem …«

Ich habe die erste Halle beinahe erreicht, doch ich kann hören, wie er immer näher kommt. »Ma'am, bleiben Sie sofort stehen!«, ruft er, doch ich denke gar nicht daran.

Da! Eine Tür an der Hallenwand geht gerade auf, und ein junger Bursche mit einem Tablett in der Hand kommt heraus. Ich halte auf ihn zu, er reißt die Augen auf und ruft: »Moment, Sie können da nicht rein, die drehen gerade!«, aber ich ignoriere das und schlüpfe blitzschnell ins Innere, bevor die Tür hinter mir ins Schloss fällt.

Zitternd lehne ich mich gegen die Wand und schnappe nach Luft. Das Licht hier drinnen ist gedämpft, und nach dem grellen Sonnenlicht brauche ich ein paar Sekunden, bis ich überhaupt etwas erkennen kann. Von innen ist die Halle riesig, und seltsamerweise riecht es intensiv nach frischem Kaffee. Irgendwo in der Mitte entdecke ich eine Gruppe von Leuten, umgeben von Kameras und großen Scheinwerfern. Die scheinen tatsächlich was zu drehen, schade nur, dass ich keine Zeit zum Zugucken habe. Stattdessen schiebe ich mich vorsichtig weiter die Wand entlang, um von dieser Tür wegzukommen, und im selben Moment höre ich schon, wie sich jemand daran zu schaffen macht. Dieser Jack scheint ja ein besonders Hartnäckiger zu sein. Verzweifelt sehe ich mich um. Der riesige Schuppen muss doch einen zweiten Eingang haben, durch den ich mich aus dem Staub machen kann. Dann werde ich mich einfach wieder nach oben in den Themenpark begeben, ein oder zwei Stunden vergehen lassen, bis Jack und Pete die Suche aufgegeben haben, und dann kann ich ja immer noch …

Ach du meine Güte, die Tür geht auf! Jack kommt in geduckter Haltung herein, in der Rechten eine große Stablampe wie die Cops in den Filmen. Wie es scheint, hat auch er Probleme mit dem Lichtwechsel, und während er noch orientierungslos herumtappt, nutze ich die Zeit, um mich weiter abzusetzen.

Irgendwo bei den Kameras ruft jemand: »Und Action!«, und als wäre das sein Stichwort, heftet Jack plötzlich seinen Blick auf mich. Er macht ein grimmiges Zeichen, das im besten Fall heißen kann, dass er mich jetzt schnappen wird, dann kommt er mit entschlossener Miene auf mich zu. Ich haste weiter und suche mit zunehmender Verzweiflung nach einem Ausweg. Ein kurzer Blick zurück zeigt mir, dass Jack auch ohne seinen Roller ganz schön schnell ist. Ich renne beinahe gegen einen großen Blechkasten, der sich plötzlich vor mir auftut, und direkt vor meinen Augen sehe ich eine Vielzahl von Schaltern und Knöpfen, darunter auch ein großer Schiebeschalter, auf dem *Hauptsicherung* steht.

Jack ist jetzt beinahe in Reichweite, und verzweifelt reiße ich in letzter Sekunde den Schalter nach unten. Es gibt einen Knall, und mit einem Mal ist es stockdunkel.

»Verdammte Scheiße! Welcher Vollidiot war das?« Drüben bei der Filmcrew scheint jemand mächtig sauer zu sein, aber darauf kann ich im Moment keine Rücksicht nehmen. Vorsichtig mache ich ein paar Schritte zur Seite, damit Jack mich nicht noch im Finsteren zu fassen bekommt, und versuche die ungefähre Richtung zurück zur Tür einzuschlagen. Drüben beim Aufnahmeteam hat jetzt ein lautes Stimmengewirr eingesetzt, das ich zu meiner Orientierung nutze. Erst nach mehreren Schritten wird mir bewusst, wie lächerlich meine gebückte Schleichhaltung in dieser Dunkelheit ist, und ich richte mich wieder auf. Besser, viel besser, so bin ich wesentlich schneller.

Schon kann ich die Umrisse des Türrahmens erkennen, durch dessen Spalten einzelne Lichtstrahlen dringen. Nur noch ein paar Schritte, dann heißt es *Hasta la vista, Jack*. Ich lege an Tempo zu, bin schon ganz nahe bei der Tür, da geht plötzlich wieder das Licht an.

»Halt, bleiben Sie endlich stehen!«, ertönt es unmittelbar hinter mir.

Ich erstarre, und als ich mich umdrehe, sehe ich einen Mann, der den Hauptschalter wieder nach oben geschoben hat, und ich sehe auch Jack, der keine zwei Meter von mir entfernt ist und sich nun drohend vor mir aufbaut. »Hi, Jack«, sage ich unsicher. Im selben Moment geht die Tür hinter mir auf, und ein zweiter Uniformierter versperrt mir den Weg nach draußen. »Und Sie müssen dann wohl Pete sein, nehme ich an«, murmle ich, und er glotzt mich verblüfft an.

»Sie werden jetzt schön brav mitkommen«, sagt Jack streng, während er mich am Arm packt.

»Verdammt, Jack, wie ist denn diese Verrückte hier hereingekommen?« Der Mann, der das zu uns herübergebrüllt hat, muss der Regisseur sein, denn er hat ein Megafon in der Hand und trägt sogar hier in der Halle eine Sonnenbrille, was ich einigermaßen lächerlich finde.

»Tut mir leid, Sir, wird nicht wieder vorkommen«, gibt Jack unterwürfig zurück. »Sie wissen ja, wie diese verrückten Fans sind, die tun alles, um in die Nähe eines Stars zu kommen.«

Stars? Welche *Stars* denn?

Plötzlich schiebt sich eine schlanke Gestalt in einem gut sitzenden grauen Anzug neben den Regisseur.

Der sieht ihn an und sagt: »Tja, dumm gelaufen, George. Was meinst du, können wir noch einen Take machen?«

George? Der meint jetzt aber nicht *den* George, oder?

Nein, das kann doch gar nicht sein.

Aber verdammt ähnlich sieht er ihm schon …

Ich kneife meine Augen zusammen, um das Gesicht des Mannes gegen den hellen Hintergrund der Drehkulisse besser erkennen zu können, und im nächsten Moment bin ich froh, dass Jack und Pete mich von beiden Seiten gepackt halten, sodass ich nicht zusammenklappen kann.

George dagegen setzt sein unverschämt gut aussehendes Lächeln auf, dann zwinkert er mir zu und sagt: »*What else?*«

9

»Ich kann es mir trotzdem nicht vorstellen.« Emma kann manchmal so was von stur sein. Wir streiten gerade zum hundertsten Mal darüber, ob ich bei den Universal-Studios wirklich George Clooney begegnet bin oder nicht.

»Und ich sage dir, er war es«, beharre ich genervt. »Ich habe ihn doch gesehen, Emma. Er hat mir sogar direkt in die Augen geschaut!«

»Und warum haben die Wachleute das dann nicht bestätigt?«, entgegnet sie aufsässig.

»Weil sie mich rausgeschmissen haben, ohne viel herumzureden, das habe ich jetzt oft genug erklärt«, sage ich wütend.

Es war wirklich so. Als Jack und Pete mich mit einer Art Golfwagen vom Studiogelände eskortierten und ich anfangs dagegen protestieren wollte, meinte Jack nur knapp, dass er mich auch gerne dem Sheriff übergeben könne, wenn ich nicht sofort still sei. Ab da hielt ich dann natürlich meine Klappe, denn die Geschichten über die amerikanische Justiz kennen wir doch alle. Ich weiß gar nicht, was schlimmer wäre, die Vorstellung, als Sexsklavin eines tätowierten Muskelpakets namens Berta Moskovic hinter Gittern zu enden, oder vom Studio auf eine Milliarde Dollar Schadenersatz verklagt zu werden, weil ich ihnen für eine halbe Minute das Licht abgedreht habe.

»Von mir aus, dann war er es eben«, meint Emma in ihrem fiesesten Lilly-spinnt-mal-wieder-Tonfall.

»Ja, er war es!«, schnaube ich. »Können wir jetzt bitte das Thema wechseln?«

»Natürlich, wie Madame wünschen.« Emma zieht den Wagen in einer abenteuerlichen Kurve in die nächste Abbiegung, wie es das Navi ihr angezeigt hat.

»Sind wir bald da?« Ich muss mich am Türgriff festklammern, um nicht auf ihren Schoß geschleudert zu werden.

Sie wirft einen Blick auf das Navi. »Ich glaube, das da ist es schon!« Sie lässt den Wagen an der Bordsteinkante des Sunset Boulevard ausrollen, bis wir direkt vor einem riesigen Gebäude aus Chrom und Glas zum Stehen kommen. *Directors Guild of America*, prangt es von einem funkelnden Schild über der Tür, und in meinem Magen beginnt es schlagartig zu rumoren.

»Nun mach schon, Lilly, ich kann hier nicht ewig stehen«, reagiert Emma auf das wütende Hupen der Autos, die an uns vorbeirollen.

Ich schnappe mir die Tasche mit den Kuverts vom Rücksitz und steige aus. »Also gut, ich rufe dich an, sobald ich was weiß!«

»Und lass dich nicht wieder von irgendwelchen Wachleuten schnappen!«, lässt sie mir noch als Empfehlung zurück, bevor sie wieder aufs Gas steigt.

Okay, dann bin ich jetzt also auf mich allein gestellt. Zaghaft mache ich ein paar Schritte auf das imposante Gebäude zu. Als wir das vorhin besprochen haben, hat es noch ganz einfach geklungen, aber jetzt bin ich mir auf einmal nicht mehr sicher, ob es eine gute Idee war hierherzukommen.

Dabei ist es eigentlich so naheliegend: Als wir gestern Abend nach der Schauspielschule noch mit den anderen etwas trinken waren und ich nebenbei erwähnte, dass ich ein Drehbuch geschrieben habe, meinte Greg, dass er es einfach bei der *Directors Guild* abgeben würde. Im ersten Moment waren wir alle verblüfft, weil es so logisch war. Wo wäre ein Drehbuch wohl besser aufgehoben als bei der *Vereinigung der Regisseure*? Passender geht's doch gar nicht. Als wir es dann allerdings ausführlicher diskutierten, wurde auch klar, dass es dabei schon ein paar Probleme geben könnte, aber letzten Endes haben wir uns dann auf einen ziemlich ausgeklügelten Plan geeinigt.

Und so stehe ich nun hier in meinem schicken grauen Assistentinnenkostüm, die Haare hochgesteckt, eine falsche Brille auf der Nase und mit diesen Kuverts in der Tasche. Und jetzt soll ich da hineingehen und … O Gott.

Wird schon schiefgehen, Lilly, spreche ich mir selbst Mut zu. Ich streiche zum ungefähr fünfzigsten Mal meinen Rock glatt, dann atme ich tief durch und schreite mit dem Mut der Verzweiflung auf die gläserne Tür zu.

Briefkasten!, schießt es mir durch den Kopf. Wieso zum Teufel ist hier kein Briefkasten? Es wäre so einfach. Ich müsste die Umschläge bloß einwerfen und abwarten, ob sich jemand bei mir meldet. Aber ich habe schon befürchtet, dass es nicht so leicht werden würde.

Also gut, dann eben doch die Botennummer.

Ich drücke die Tür auf und gelange in eine riesige Lobby aus Marmor und poliertem Messing. Zwei Wachleute sitzen hinter einem Pult zur Rechten und streifen mich mit gelangweilten Blicken. Gut, sehr gut. Die packen mich wenigstens nicht und schmeißen mich raus wie Jack und Pete.

Dafür hebt jetzt die Frau hinter dem Empfangstresen ihren Blick und mustert mich prüfend durch ihre Hornbrille. »Was kann ich für Sie tun?«

»Guten Tag …« Ich lege die paar Schritte bis zu ihr mit entsetzlich klappernden Absätzen zurück, dann lege ich meine Tasche vor ihr ab und ziehe fünf Umschläge daraus hervor. »Ich soll hier etwas abgeben«, sage ich in möglichst gelangweiltem Tonfall, als wäre das ganz alltäglich für mich.

»Abgeben?« Sie setzt sofort einen distanzierten Blick auf. »Für wen denn?«

»Mal sehen, die sind für …«, ich nehme die Umschläge hoch und tue so, als müsste ich die Adressaten selbst erst ablesen, »… Catherine Hardwicke … James Cameron … Ron Howard …

Nora Ephron und … ah ja, Rob Reiner.« Wir hatten gestern noch bis spät in die Nacht beratschlagt, an welche Regisseure wir die Umschläge adressieren sollen. Dabei wurde uns schnell klar, dass wir nur eine kleine Auswahl treffen durften, um kein unnötiges Aufsehen zu erregen, und es mussten vor allem Leute sein, die großes Gefühlskino in Szene setzen können.

Der Blick der Frau wandert zwischen mir und den Umschlägen hin und her. »Und wie kommen Sie darauf, dass Sie diese Personen hier antreffen?«, fragt sie kühl.

Die nimmt mich auf den Arm. »Wie wohl? Das ist doch die *Directors Guild of America*, nicht wahr?«

»Ja, aber das bedeutet nicht, dass diese Leute hier ihre Büros haben, oder so«, sagt sie mit einem mitleidigen Lächeln. »Das wäre auch ein ziemlich schwieriges Unterfangen bei vierzehntausend Mitgliedern, meinen Sie nicht?«

Okay, über diesen Punkt haben wir vielleicht ein bisschen zu wenig nachgedacht bei unserem Superplan.

»Das weiß ich natürlich …«, bemühe ich mich um einen souveränen Tonfall. »Aber *Jennifer* meinte, dass Sie sie zu den Leuten schicken könnten.« Ich lasse die Kuverts so auf den Tisch gleiten, dass sie den Absender sieht.

Kaum hat sie den Namen entdeckt, zuckt sie zusammen, und ihre Augen werden ganz schmal. Ha, wusste ich doch, dass das wirkt.

»Jennifer Aniston, Hillcrest Road?«, liest sie. »Diese Kuverts sind von *Jennifer Aniston*?«

»Ja, genau.« Ich betrachte beiläufig meine Fingernägel. »Die sind von *Jen*.«

»Und wieso schickt Miss Aniston diese Briefe dann nicht gleich selbst an diese Leute?«, fragt sie aufsässig.

»Das müssen Sie sie schon selber fragen«, gebe ich forsch zurück. Jetzt nur nicht klein beigeben, das würde sie nur noch stärker machen.

»Das würde ich auch, hätte ich ihre Telefonnummer«, sagt die Ziege. »Aber Sie müssten sie doch haben, nachdem Sie so gut bekannt sind mit … Jen, nicht wahr?«

Wir messen uns mit Blicken. »Klar habe ich *Jens* Nummer«, sage ich dann gepresst. »Nur leider habe ich mein Handy gerade nicht bei mir.«

»Was Sie nicht sagen, welch unglücklicher Zufall. Eine Frage, Miss …«

»Tanner.«

»… Miss Tanner … Sie sind sich also ganz sicher, dass Sie diese Kuverts von Miss Aniston übergeben sollen …« Sie legt eine kunstvolle Pause ein, und ihr Blick erzeugt ein mulmiges Gefühl in meiner Magengegend. »… und nicht etwa in betrügerischer Absicht versuchen, unseren Mitgliedern ein paar unverlangte Drehbücher unterzujubeln?«

Ihre Worte treffen mich wie Schmiedehämmer, und ich fühle, wie mir das Blut ins Gesicht schießt.

»Natürlich nicht, wie kommen Sie nur auf diese völlig absurde Idee …« Verzweifelt suche ich nach geeigneten Worten, um meine Empörung möglichst echt wirken zu lassen, gleichzeitig reiße ich die Kuverts wieder an mich und stopfe sie hastig in meine Tasche.

Auf einmal ertönt ein sanftes Klingeln vom Lift. Ich will dieser aufgeblasenen Empfangstussi gerade noch etwas richtig Gemeines entgegenschleudern, als sich die Türen öffnen und zwei Männer heraustreten. Sie sind in ein Gespräch vertieft, und als ich den einen erkenne, verkrampfe ich mich am ganzen Körper.

Ach du Scheiße, was macht *der* denn hier? Das ist so ungefähr der allerletzte Mensch, dem ich hier begegnen will, nach allem, was beim letzten Mal passiert ist.

Ich muss schleunigst Land gewinnen.

»Wissen Sie was …«, jetzt erst fällt mir das Namensschild auf dem Revers der Ziege auf, »… Mrs. Bergheimer …«

»*Miss*, wenn ich bitten darf«, fällt sie mir spitz ins Wort.

»… *Miss* Bergheimer, ich werde jetzt diese Kuverts an *Jen* retournieren, aber ich bin mir sicher, dass sie sehr enttäuscht sein wird von Ihrer Arbeitseinstellung.«

»Tun Sie das, und richten Sie bei der Gelegenheit schöne Grüße von mir aus.« Ihre Stimme trieft nur so vor Hohn.

Die zwei Männer kommen jetzt immer näher, aber zum Glück sind sie so in ihr Gespräch vertieft, dass sie mir keine Beachtung schenken. Jetzt aber nichts wie weg, bevor er mich noch …

»Nanu, was machen Sie denn hier?«

Zu spät. Er hat mich entdeckt. Ich merke, wie mir erneut das Blut ins Gesicht schießt. Er verabschiedet sich mit ein paar knappen Worten von dem anderen Mann, dann kommt er lächelnd auf mich zu.

»Lilly, nicht wahr? Freut mich sehr, Sie wiederzusehen«

»Ja, Mr. Griffin, mich auch«, würge ich hervor und schüttle seine Hand.

»Sie kennen sich?« Miss Bergheimers Blick wandert unsicher zwischen uns hin und her.

»Natürlich kennen wir uns«, antwortet Jason Griffin. »Lilly ist eine äußerst talentierte Nachwuchsschauspielerin.« Ich sehe ihn überrascht an, doch er verzieht keine Miene.

»Eine Schauspielerin, *sie*?«, entfährt es Miss Bergheimer.

»Ja, glauben Sie es ruhig«, nickt er. »Ich sah erst neulich eine Probe ihres Könnens, und die war wirklich außergewöhnlich.«

Er spielt auf meine Vaginadarstellung an. Ich fasse es nicht, der Mistkerl nimmt mich auf die Schippe!

Ich würde ihm am liebsten gegen die Schulter boxen, aber ich bin mir nicht sicher, wie die Wachleute darauf reagieren würden.

»Sie haben übrigens meine Frage noch nicht beantwortet«, fährt Griffin fort. »Was führt Sie hierher?«

»Ach, ich wollte nur etwas abgeben …«

»… von *Jennifer Aniston*«, führt Miss Bergheimer meinen Satz fort.

»Tatsächlich? Sie kennen sie?«, fragt Griffin überrascht.

»Ja … äh … allerdings.« Ich produziere ein reichlich gekünsteltes Lachen und werfe dann einen schnellen Blick auf meine Uhr. »So, jetzt muss ich aber … Mr. Griffin, es hat mich gefreut …«

»Ich bin auch schon am Gehen«, meint er. »Ich begleite Sie noch bis zum Ausgang. Bye, Miss Bergheim.«

Mit Genugtuung registriere ich die neidischen Blicke der Ziege, und ich kann es mir nicht verkneifen, mich bei Griffin unterzuhaken, als wir das Gebäude verlassen.

»Also dann, Mr. Griffin…« Sobald wir im Freien sind, löse ich mich wieder von ihm.

»Warum so förmlich? Nenn mich doch Jason.« Jetzt erst habe ich Gelegenheit, ihn eingehender zu betrachten. Aus der Nähe ist er größer, als ich ihn von unserer ersten Begegnung in Erinnerung hatte, er hat wieder diese Bartstoppeln im Gesicht und trägt sein Haar ebenso zerzaust wie damals. Und er hat grüne Augen.

»Also gut, *Jason* … ich muss dann jetzt …«

»Kennst du das *Shelly Café*?«, fragt er plötzlich.

»Nein«, antworte ich überrascht.

»Du hast zwar gesagt, du hättest keine Zeit, Lilly«, fährt er schnell fort, als hätte er Angst, ich könnte ihn unterbrechen. »Trotzdem wollte ich fragen, ob du vielleicht Lust hättest, einen Kaffee mit mir zu trinken.«

Ich sehe ihn überrascht an. »Du willst mit mir Kaffee trinken?«

»Ja.« Er zuckt die Achseln.

»Und wieso?«, kommt es mir über die Lippen.

»Wieso?« Er schmunzelt. »Na, weil du Jennifer Aniston kennst, ist doch klar.«

Ich falle beinahe darauf herein, doch dann sehe ich das spitzbübische Funkeln in seinen Augen und muss lachen.

»Ah, daher weht der Wind. Hätte ich mir eigentlich denken können.« Ich überlege kurz. Emma ist im H & H-Center ganz gut aufgehoben, da kommt es auf eine halbe Stunde mehr oder weniger auch nicht an. Und wie oft hat man schon die Gelegenheit, mit einem Hollywoodregisseur Kaffee zu trinken – auch wenn man seine Filme mies findet.

»Also gut, Jason, auf einen Kaffee. Unter einer Bedingung …«

»Und die wäre?«

»Dass wir nicht die ganze Zeit über *Jennifer* reden.«

Er lacht. »Einverstanden. Wird mir zwar nicht leichtfallen, aber ich kann's ja versuchen.«

Das *Shelly Café* befindet sich am Hollywood Boulevard unweit vom Kodak Theatre, und als Jason mich hineinführt, habe ich schon wieder ein eigenartiges Déjà-vu-Erlebnis.

»Erkennst du es?«, fragt er, als er mein Zögern bemerkt.

Ich sehe mich um. Das Café ist winzig, und die Einrichtung, die eigentlich nur aus ein paar Tischen und billigen Stahlrohrsesseln besteht, ist abgenutzt und alt. Es ist das schäbigste Café, in das ich jemals einen Fuß gesetzt habe, und dennoch ... fühle ich mich hier wie zu Hause.

»Ich weiß nicht ... es kommt mir bekannt vor ...« Ich mache ein paar Schritte und drehe mich – dann klingelt es. »*Million Dollar Baby*«, rufe ich aus. »Es sieht genauso aus wie das Café, in dem Hillary Swank gearbeitet hat ... doch nein, das kann nicht stimmen ...« Mein Blick fällt hinaus auf die Straße. »Im Film lag es an einer Strandpromenade ...«

»Nein, du hast schon recht«, lächelt Jason. »Der Strand wurde nachträglich hineingeschnitten. Das hier ist wirklich ein Originaldrehort von *Million Dollar Baby*.«

»Tatsächlich?« Ich bin beeindruckt. An *diesen* Tischen, auf *diesen* Sesseln saßen Hillary Swank, Clint Eastwood und Morgan Freeman und bastelten an ihrer Boxerkarriere, durch die sie dann gelähmt wurde und ... starb. »War ein toller Film, nur das Ende fand ich doof«, sage ich.

»Weil es kein Happy End gab?«

»Genau.«

»Möchtest du nur Kaffee oder auch was zu essen?«

Mein Blick fällt auf den schmuddeligen Tresen und den abgetretenen Holzboden. »Nein, nur Kaffee für mich, nichts zu essen ... aber eine Fliegenklatsche wäre vielleicht gut.«

Jason lacht, dann bestellt er zweimal Kaffee und für sich noch ein Steaksandwich und Schokoladenkuchen.

»Kennst du noch andere Promis außer Jennifer Aniston?«, fragt er grinsend, nachdem wir uns gesetzt haben.

»Ja, erst gestern habe ich George Clooney kennengelernt.« Ich beiße mir auf die Lippen, kaum, dass es draußen ist.

»Wirklich?« Er zieht überrascht eine Augenbraue hoch. »Den würde ich auch gerne mal kennenlernen, aber leider hatte ich noch nicht das Vergnügen.«

»Na ja, wir kennen uns nicht wirklich *gut*…«, winde ich mich. »Sagen wir, unsere Wege haben sich gekreuzt, ähnlich wie vorhin bei uns beiden…«

»Ja, genau, *vorhin*…« Er beißt mit nachdenklichem Blick von seinem Sandwich ab, das im Gegensatz zum Rest des Ladens ganz appetitlich aussieht. »Wolltest du da wirklich etwas für Jennifer Aniston abgeben?«

Okay, das wird jetzt ein bisschen peinlich. »Ja… also, *nein*…« Ich werfe schnell einen prüfenden Blick in seine Augen. Mann, sind die grün! »Um die Wahrheit zu sagen, habe ich sie nur als Absenderin auf die Umschläge geschrieben, damit sie überhaupt zu den Adressaten gelangen.«

»Und wer sind diese Adressaten?«

Ich zähle ihm die Regisseure auf, die wir ausgewählt haben.

»Wie kamst du ausgerechnet auf die?«, fragt er.

»Na ja, es handelt sich um ein Drehbuch, genauer gesagt um eine Liebesgeschichte…«, ich klopfe auf meine Tasche, »… daher mussten es Regisseure sein, die gefühlvolle Geschichten umsetzen können.«

»Sag bloß, das Buch ist von dir?«

»Ja, ist es.«

»Wow.« Entweder ist er ein guter Schauspieler, oder er ist wirklich beeindruckt. Ich fühle, wie ich vor Stolz aufblühe. »Okay, auf Catherine Hardwicke kamst du wegen *Twilight*, nehme ich an…«, fährt er fort.

»Genau, das ist doch im Grunde genommen auch eine Romanze…«

»Stimmt. Rob Reiner leuchtet mir auch ein wegen *Harry und Sally*, Nora Ephron hat *Schlaflos in Seattle* gemacht…«, zählt er auf. »… aber wieso Howard und Cameron, die sind doch nicht gerade berühmt für ihre Liebesgeschichten?«

»Das stimmt gar nicht«, widerspreche ich sofort. »Von Ron Howard ist zum Beispiel *A Beautiful Mind*, und in *Sakrileg* gab es auch einige sehr geschmackvolle Szenen ...«

»Okay ...« Er mustert mich nachdenklich. »Und wieso Cameron? Sag jetzt nicht, dass dich *Terminator* zu Tränen gerührt hat.«

»Nein, nicht *Terminator.* Aber beim Schluss von *Titanic*, als Leonardo DiCaprio im Wasser hängt und Kate Winslet zusehen muss, wie er ihr wegstirbt, da habe ich geheult wie ein Schlosshund.«

Sein Blick ruht einen Moment lang auf mir. »Du kennst dich ziemlich gut aus bei Filmen«, stellt er dann fest.

»Ja, ich bin ein echter Freak, schätze ich.«

»Die beste Voraussetzung, um in diesem Business eine Chance zu haben. Aber bei Miss Bergheimer hast du auf Granit gebissen, nehme ich an?« Er sticht einen Bissen von seinem Schokokuchen ab und schiebt ihn sich in den Mund.

»Ja, die kam mir vor wie Zerberus, der Höllenhund.«

Jason lacht. »Ja, sie ist knallhart. Zu ihrer Verteidigung muss ich aber sagen, dass sie auch schon einiges erlebt hat. Du würdest gar nicht glauben, was für schräge Typen da oft mit den absurdesten Vorschlägen daherkommen ...«

»Du meinst, Typen wie ich?«, falle ich ihm ins Wort.

»Nein, versteh das nicht falsch. Du hast immerhin ein fertiges Drehbuch ...« Er unterbricht sich. »Wenn du möchtest, könnte ich ja mal einen Blick hineinwerfen«, bietet er dann an.

»Du würdest es lesen?«, frage ich überrascht.

»Warum nicht?« Er zuckt mit den Achseln. »Ist zwar nicht mein Metier, aber wenn ich zwischendurch Zeit finde ... Worum geht es denn in der Geschichte?«

Ich hasple aufgeregt herunter, worum es in meinem Buch geht.

Als ich fertig bin, nimmt Jason nachdenklich einen Schluck Kaffee. »Die Geschichte erinnert mich an *Love Story*, nur mit Happy End«, meint er dann.

»Ja, das Grundkonzept ist ähnlich«, räume ich ein. »Aber in *Endless Love* gibt es wesentlich mehr Dramatik. Vergiss nicht, Jesse ist sogar bereit, sein Leben für Sam zu opfern.«

Jason nickt zustimmend. »Hast du's schon bei Drehbuchagenten versucht?«

»Ja, habe ich.« Ich berichte ihm von meinen Erfahrungen bis hin zu meinem Gespräch mit Barbara Bowen.

»Womit sie leider auch recht haben dürfte«, meint Jason behutsam, als ich fertig bin. »Niemand will heutzutage noch ein Happy End. Es muss entweder gleich eine schräge Komödie sein oder richtig tragisch, damit die Leute weinen können. Nimm das hier ...« Er deutet auf den Gastraum. »*Million Dollar Baby*. Mit einem Happy End hätten die niemals vier Oscars gewonnen, und Eastwood wusste das auch.«

»Aber das stimmt doch gar nicht«, widerspreche ich energisch. »Ihr Filmemacher *glaubt* nur, dass die Leute das wollen, weil ihr ihnen gar keine andere Wahl lasst. In Wirklichkeit gäbe es viele, die sich einfach wieder einen richtig altmodischen Film wünschen«, behaupte ich.

»Woher willst du das wissen?«, fragt er überrascht.

»Ich weiß das, weil ich nebenbei in einer Videothek arbeite und viel mit unseren Kunden rede«, entfährt es mir, und im selben Moment wird mir bewusst, wie lächerlich das jetzt klingen muss. Wenn einer einem erfolgreichen Hollywoodregisseur das Filmgeschäft erklären kann, dann doch wohl eine Videothekenaushilfskraft, nicht wahr?

»Ich weiß, das klingt dumm«, schiebe ich etwas ruhiger nach. »Aber es ist die Wahrheit. Den Produzenten fehlt einfach der Mut, um wieder etwas Neues zu probieren. Stattdessen produzieren sie lieber tonnenweise Schrott mit möglichst vielen Toten, weil sie damit sicheres Geld verdienen.«

»Womit wir jetzt bei *meinen* Filmen wären«, schließt Jason, und plötzlich hat seine Stimme einen rauen Unterton.

»Damit meinte ich doch nicht dich«, sage ich erschrocken. »Ich wollte nur allgemein ...«

»In meinen Filmen gibt es aber viele Tote und reichlich Blut, und sie spielen gutes Geld ein.« Ich kann spüren, wie er plötzlich auf Distanz geht.

»Ich weiß, Jason, und du hast ja recht.« Ich fasse mir an die Stirn. »Wie komme ich überhaupt dazu, jemanden wie dich zu kritisieren? Ein naives Lieschen, das meint, mit einer kitschigen Liebesromanze die Filmwelt auf den Kopf stellen zu können. Das war wohl reichlich dumm von mir.«

»Nein, Lilly, so hart darfst du nicht zu dir sein«, lenkt er ein. »Aber Fakt ist, dass Filme eine Menge Geld kosten, und da lässt sich niemand gern auf Experimente ein.«

Es ist unheimlich nett von ihm, das zu sagen – und dennoch ist die Stimmung jetzt völlig hinüber.

»Mein Angebot steht übrigens noch: Ich sehe mir dein Buch gerne an«, meint er, aber es klingt, als fühlte er sich verpflichtet, das zu sagen. »Trotzdem solltest du noch einmal darüber nachdenken, ob du das Ende nicht besser umschreiben solltest.«

»Nein, Jason, dann wäre es nicht mehr *meine* Geschichte, verstehst du?« Ich schüttle traurig den Kopf. »Und ich glaube auch nicht, dass es Sinn hätte, wenn du es liest, weil ich glaube, dass solche Geschichten einfach nicht dein Ding sind.«

»Vielleicht schätzt du mich auch nur falsch ein«, gibt er zu bedenken.

»Tue ich das? Dann beantworte mir eine Frage: Worum geht es in deinem nächsten Projekt? Oder besser: Wie viele Tote dürfen es denn diesmal sein?«

Er sieht mich schweigend an, ohne zu antworten.

»Siehst du, Jason, das meinte ich. Ich glaube, dass unsere Vorstellungen von einem guten Film einfach zu unterschiedlich sind«, sage ich mit belegter Stimme. Dann stehe ich auf und raffe meine Tasche an mich. »Ich muss jetzt wirklich los, meine Freundin wartet sicher schon. Und danke für den Kaffee.«

»Gern geschehen.« Er steht auf, und irgendwie wissen wir jetzt beide nicht, was wir tun sollen.

»Vielleicht sehen wir uns ja wieder in der Schauspielschule«, murmle ich. Als ich die Tür öffne, ertappe ich mich bei der Hoffnung, dass er mich zurückruft.

Aber nichts kommt. Natürlich nicht.

Was möglicherweise auch daran liegen könnte, dass Regisseure es nicht mögen, wenn man ihre Filme gleich beim ersten Date als Schrott bezeichnet.

10

Glaubt man den Gerüchten, dann wimmelt es in Hollywood nur so von Promis. Ist man aber selber dort, merkt man schnell, dass Gerüchte oft eben nur Gerüchte sind.

Wir schreiben Tag sieben unseres Aufenthalts, und da wir bisher außer Jason Griffin niemand Prominenten getroffen haben (abgesehen von meiner Begegnung mit George Clooney, die Emma mir übrigens immer noch nicht abnimmt), sind wir heute definitiv und ganz gezielt auf Promijagd.

Am Vormittag hatten wir Schauspielschule, wo wir die berühmte Totenkopfszene aus *Hamlet* nachspielten. Mangels Totenkopf musste jeweils einer von uns als Schädel herhalten, und als ich Emmas Kinnlade hielt und ihr pathetisch »Sein oder Nichtsein, das ist hier die Frage …« entgegenschrie, hat sie vor Lachen ihren Kaugummi verschluckt, aber ansonsten war Genevieve mit unseren Fortschritten sehr zufrieden. Als Vanessa dann mitbekam, dass wir ein paar Promiläden aufsuchen wollten, hat sie sich uns angeschlossen, was praktisch ist, weil sie sich hier besser auskennt und so unsere Fremdenführerin spielen kann.

»Wohin wollt ihr als Nächstes?«, fragt sie nun. Wir hocken zu dritt auf der Vorderbank unseres roten Riesenwagens und rollen den Sunset Boulevard entlang.

Ich studiere eine Liste mit In-Lokalen, die sie mitgebracht hat. »Auf jeden Fall nichts, wo es was zu essen gibt«, stelle ich klar. »Ich platze gleich.«

Das ist keine Übertreibung, denn wir haben mittlerweile schon drei Lokale hinter uns. Als erste Station hielten wir an der *Saddle Ranch*, das ist ein Riesenschuppen im original Westernlook, wo wir uns auf Vanessas Empfehlung hin Buffalo Chicken Sandwiches mit Bier reinzogen. Sosehr wir aber Ausschau hielten, Promis konnten wir keine entdecken, dafür aber einen elektrischen Bullen. Emma gab dann keine Ruhe, bis wir uns alle nacheinander auf dieses Ungetüm hockten. Vanessa hielt sich mit einundzwanzig Sekunden bereits ziemlich gut, aber als Emma sich dann über eine Minute im Sattel halten konnte, war das Publikum völlig aus dem Häuschen. Ich wollte dann natürlich noch eins draufsetzen, hatte aber ausgesprochenes Pech, und natürlich wollte mir hinterher niemand glauben, dass etwas am Sattel kaputtgegangen war und ich nur deswegen auf der anderen Seite gleich wieder herunterpurzelte, noch bevor das Ding überhaupt losging.

Als Nächstes lotste uns Vanessa zu *Carney's*, das ist ein Restaurant in einem abgestellten Eisenbahnwaggon direkt am Sunset Boulevard, wo es natürlich auch keine Promis gab, dafür aber sensationelle Thunfischwraps.

Schließlich fuhren wir noch zu *Pink's Hot Dogs*, das ist eine Hotdogbude, in der sich die Stars ihre ganz eigenen Kreationen zusammenstellen dürfen. Dort gab es zwar Hunderte von Stars, die lachten aber auch nur von den Porträts an den Wänden. Ich war zu diesem Zeitpunkt schon mehr als satt, aber Vanessa bestand darauf, dass wir die Pastrami Burritos kosten müssten, und es half dann wenig, dass ich dazu nur eine Diätcola trank.

»Wie wär's mit dem *Whisky a Go Go*?«, schlage ich jetzt vor.

Vanessa sieht auf ihre Uhr. »Erst sechs«, sagt sie. »Ich glaube, das hat um diese Zeit noch gar nicht geöffnet.«

»Und das *House of Blues*?«

Sie schüttelt wieder den Kopf. »Auch noch zu. Außerdem kommen Promis dort nur hin, wenn wirklich gute Bands spielen, und dann muss man sich stundenlang anstellen, und wenn du Pech hast, kommst du trotzdem nicht rein.«

»Okay, dann mach du einen Vorschlag«, sage ich leicht gereizt.

»Was gibt's denn noch hier auf dem Sunset?«, fragt sie.

»Mal sehen ...« Ich fahre die Liste mit dem Zeigefinger ab. »Die *Sky Bar.* Warst du da schon mal?«

»Nein. Ich hab's ein paarmal versucht, bin aber nie reingekommen, war immer schon zu voll.«

»Dann wär's doch vielleicht ein Vorteil, dass es jetzt noch so früh ist, oder?«

»Da könntest du recht haben.«

Wir tippen die Adresse ins Navi ein, und es führt uns zu einem weißen Hochhaus nur ein paar Kilometer weiter. Wir parken in einer Seitengasse, dann schlendern wir auf das Gebäude zu.

»Das Lokal wird wahrscheinlich oben auf dem Dach sein, daher der Name *Sky Bar*«, mutmaße ich.

»Von dort muss man ja einen irren Ausblick über die Stadt haben«, meint Vanessa freudig erregt.

Der straßenseitige Eingang ist nicht schwer zu finden. Es ist eine kleine weiße Tür mit einer einfachen Aufschrift darüber, und davor steht ein farbiger Türsteher in einem schneeweißen Anzug.

»Ladys«, nickt er freundlich, als wir auf ihn zusteuern.

Emma übernimmt das Wort, ehe ich noch etwas sagen kann: »Wir wollen hoch hinauf hinein in die Bar, aber wir nicht sicher jodeln!«

Der Türsteher glotzt verwundert, und ich ergänze schnell: »Wir wollen einfach nur in die *Sky Bar.*«

»Hoch? Hinauf? Hinein?«, grinst er, dann mustert er unsere Outfits, und sein Blick bleibt ein bisschen an Emmas nietenbesetzten Fransenstiefeln hängen. Schließlich sagt er cool: »Geht klar.« Er öffnet die Tür für uns. »Immer den roten Teppich lang.«

Wir folgen neugierig dem roten Läufer, der ein paar Stufen *hinunter*führt, dann nach links und gleich darauf wieder nach rechts, bis wir schließlich einer Empfangsdame in einer schicken roten Uniform in die Arme laufen, die uns wieder ein paar Treppen hoch in die Bar führt.

»Das sieht ja vielleicht cool aus«, murmelt Emma, während ihre Augen herumwandern.

Auch Vanessa und ich blicken uns staunend um. Die Bar ist auf zwei Ebenen angelegt. Auf der unteren, auf der wir jetzt stehen, befinden sich in der Mitte ein Swimmingpool und rundherum bequeme Liegen, die zum Teil an Fenstern stehen, von denen aus man einen phantastischen Blick auf die Stadt hat. Zu unserer Rechten führen mehrere breite Stufen zur eigentlichen Bar hinauf, und wir erkennen einen meterlangen Tresen und gemütliche Sitzpolster mit kleinen Tischchen an den Seiten.

Da die Bar nur halb voll ist, haben wir freie Wahl, und wir entscheiden uns für eine Sitznische unter einem weißen Baldachin unweit vom Pool. Nachdem Vanessa drei Margaritas bestellt hat, machen wir es uns gemütlich.

»Also, das nenne ich mal eine coole Bar«, sage ich. »Aber warum sie *Sky Bar* heißt, ist mir immer noch nicht klar.«

»Ich schätze, darum.« Vanessa deutet nach oben.

Alles klar. Das Dach der Bar besteht nur aus durchsichtigem Plastik, sodass man sich fühlt, als wäre man unter freiem Himmel.

»Und, habt ihr schon einen Promi entdeckt?«, fragt Emma, während ihr Blick wie ein Radar herumwandert.

Auch Vanessa und ich nehmen die Gäste unter die Lupe, können aber kein bekanntes Gesicht entdecken.

»Sieht nicht so aus, und wahrscheinlich wird auch keiner kommen«, meine ich achselzuckend. »Langsam habe ich überhaupt den Verdacht, dass sie diese Gerüchte nur streuen, um Touristen anzulocken.«

»Was hat Emma übrigens vorhin zu dem Türsteher gesagt? Ich meinte das Wort *jodeln* zu hören«, meint Vanessa.

»Du hast richtig gehört.« Ich erzähle ihr kurz von unserer Tanzeinlage vor dem *Spago*.

Vanessa muss lachen, dann meint sie: »Aber um bei Wolfgang Puck zu essen, müsst ihr gar nicht ins *Spago*. Probiert lieber das *The Grill* im H & H-Center, das gehört auch zu seiner Kette, und dort ist das Publikum wesentlich jünger.«

»Danke für den Tipp. Hast du gehört, Emma? Das machen wir gleich morgen, was meinst du?«

»Gute Idee«, nickt Emma.

Der Kellner serviert unsere Margaritas, und Vanessa bringt einen Toast aus: »Trinken wir darauf, dass eines Tages *wir* die Promis sind!«

Wir trinken, dann lassen wir uns träge in die Polster zurücksinken.

»Sagt mal, ihr beiden«, beginnt Vanessa dann von Neuem. »Ihr wohnt doch momentan im Hotel, nicht wahr?« Wir nicken. »Für wie lange habt ihr dort gebucht?«

»Unser Arrangement läuft eigentlich bis morgen, aber wahrscheinlich werden wir verlängern. Was meinst du, Emma?«

»Unbedingt«, nickt Emma.

»Das trifft sich ja gut.« Vanessa setzt sich auf. »Ich wohne nämlich in einer WG nicht weit von der Schauspielschule, und bei uns ist letzte Woche ein Pärchen ausgezogen. Wie wär's, wenn ihr beide bei uns einzieht?«

»In eine WG? Vanessa fragt, ob wir in ihre Wohngemeinschaft ziehen wollen«, übersetze ich für Emma, die nur einen Teil verstanden hat.

»Klar, warum nicht?« Sie ist sichtlich angetan von der Idee. »Das ist sicher lustig, und Geld sparen wir auch noch. Das machen wir.«

»Wie hoch wäre die Miete für uns?«, erkundige ich mich bei Vanessa.

»Wir teilen das nach Zimmern, und für euch käme es auf 250 Dollar pro Monat. Ist das okay?«

Da brauche ich nicht lange herumzurechnen. »Auf jeden Fall, ist gar kein Vergleich zum Hotelpreis. Wir sind im Geschäft!«

Wir prosten uns erneut zu, dann beginnen wir sogleich Pläne für unseren Umzug zu schmieden. Die Zeit vergeht schnell, und eine Stunde und zwei Margaritas später ist das Lokal ziemlich voll geworden. Die Dämmerung ist hereingebrochen, und allmählich zeichnet sich über unseren Köpfen ein wundervoll klarer Sternenhimmel ab. Wir diskutieren gerade über Vanessas Erfahrungen in Hollywood, als plötzlich eine spontane Unruhe unter den Gästen ausbricht. Sie stecken die Köpfe zusammen und tuscheln, während alle Blicke plötzlich auf den Eingang gerichtet sind.

»Nanu, was ist denn da los?« Auch Vanessa ist es aufgefallen, und als sie den Blicken der anderen folgt, schlägt sie sich die Hand vor den Mund. »Ich werd verrückt! Seht nur, wer da kommt!«

Emma und ich drehen uns um, und als ich ihn erblicke, verkrampft sich mein Magen schlagartig zu einem unlösbaren Knoten.

»Ist er das wirklich?«, fragt Vanessa mit aufgerissenen Augen.

»Frag Lilly, die kennt ihn nämlich«, raunt Emma ihr mit einem Grinsen zu.

»Was, *du* kennst *George Clooney*?«, staunt Vanessa.

»Nein, nicht wirklich!«, bremse ich.

»Ha, wusst ich's doch!«, ruft Emma triumphierend aus.

»Hör doch mal auf, Emma!« Ich werfe ihr einen scharfen Blick zu und wende mich dann an Vanessa: »Also, die Wahrheit ist: Ich bin ihm vorgestern begegnet, aber das war nur ein kurzer Blick, und die Situation war ein bisschen peinlich ... daher wäre es mir lieber, wenn er mich hier nicht sieht.« Gleichzeitig drehe ich meinen Kopf halb zur Seite und lege eine Hand an meine Schläfe, damit er mich nicht erkennt.

»Die Geschichte muss ich unbedingt hören«, sagt Vanessa, während sie gebannt mitverfolgt, wie sich George Clooney langsam durch die Menge schiebt. Er schüttelt hie und da eine Hand, beantwortet lächelnd ein paar Fragen und begibt sich dann hinauf auf die obere Ebene und nimmt am Tresen Platz, wobei er uns jetzt den Rücken zuwendet und mit einem grauhaarigen Mann in einem dunklen Anzug ein Gespräch beginnt.

Ich habe ihn durch meine Finger hindurch natürlich auch beobachtet, und seit ich ihn erblickt habe, sind meine Knie schon wieder zu einer merkwürdig weichen Puddingmasse geworden.

»Ist er nicht *göttlich*?« Vanessa schickt einen schwärmerischen Blick nach oben, und als ich mich umsehe, entdecke ich mindestens fünfzig Frauen, die das Gleiche tun, während ihre Partner zum Teil betretene Gesichter machen. »Und jetzt erzähl, wo hast du ihn getroffen?«, will sie dann von mir wissen.

Ich erzähle ihr die Geschichte, ohne jedoch ins Detail zu gehen, damit ich ein bisschen besser wegkomme.

»Also hat er dich kurz angeguckt, als du irrtümlich in diese Halle geraten bist?«, fasst sie zusammen, als ich fertig bin.

»Ja, so in etwa«, murmle ich.

»Wow!« Sie legt nachdenklich den Kopf zur Seite. »Hast du dein Drehbuch eigentlich dabei?«

»Ja, habe ich, rein zufällig ... Wieso?«

»Na, dann könntest du ihn ja fragen, ob er es sich vielleicht ansehen würde.«

»Vanessa hat recht, Lilly«, baut sich auch Emma ein. »Geh hinauf und rede mit ihm.«

»Ich? Niemals!«, weigere ich mich sofort. »Erstens möchte ich ihm nicht unter die Augen treten, und zweitens tut man das nicht. Die werden uns höchstwahrscheinlich rauswerfen, wenn wir einen Gast wie George Clooney mit so etwas belästigen.«

»Wieso denn *belästigen*?«, sagt sie eindringlich. »Du weißt doch noch gar nicht, wie er reagieren wird. Vielleicht *freut* er sich ja sogar, dass ihm jemand ein Drehbuch anbietet.«

»Ja, sicher, Emma, weil dem armen Mann sonst *niemand* einen Filmstoff anbietet. Also echt ...« Ich tippe mir mit dem Finger an die Stirn.

»Wenn du nicht gehst, mach ich es!« Sie springt plötzlich hoch und grapscht nach meiner Handtasche.

Mich durchläuft es siedend heiß. Ein Bild zuckt durch mein Gehirn, wie sie George Clooney mein Buch unter die Nase hält: »... gar nix schwul, ganz viel gut Geschichte ...«, und ich schreie sie an: »Gib mir sofort meine Tasche zurück!«

»Jetzt beruhigt euch«, versucht Vanessa, uns zu bremsen. »Die Leute starren uns schon an.«

Sie hat recht. Einige haben schon die Köpfe nach uns gedreht und mustern uns mit vorwurfsvollen Blicken.

»Außerdem geht er schon wieder«, meint Vanessa dann. »Euer Streit hat sich also erübrigt.«

»Siehst du, jetzt geht er!«, zischt Emma mich an, als wäre es meine Schuld, dass George Clooney das Lokal verlässt.

Ein schneller Blick zeigt mir, dass er wirklich aufgestanden ist und Geld auf den Tresen legt. Als er sich umdreht, wende ich schnell wieder meinen Kopf zur Seite und verdecke mein Gesicht mit der Hand.

»Sagt mir, wenn er weg ist«, murmle ich. So aufregend es ist, diesem Mann zu begegnen, so froh bin ich auch, dass er geht. Ich würde mich in Grund und Boden schämen, müsste ich ihm noch einmal gegenübertreten.

»Jetzt weiß ich, wie wir's machen!«, ruft Emma plötzlich aus.

»*Was* machen?« In mir schrillen sämtliche Alarmglocken.

»Stell dir Folgendes vor: Er kommt die Treppe herunter, und ganz zufällig liegt das Drehbuch vor ihm auf dem Boden, und er denkt sich: *Nanu, ein Drehbuch, worum es da wohl geht?*, hebt es auf, nimmt es mit nach Hause, liest es ...«, faselt sie drauflos.

»Und wie soll es *ganz zufällig* vor ihm zu liegen kommen?«, frage ich, während ich durch meine Finger hindurch beobachte, dass er schon die Treppe herunterkommt.

»Ganz einfach: *So!*«

Und dann muss ich fassungslos mit ansehen, wie Emma ausholt und mein Drehbuch mit einem Schwung über die Köpfe der Gäste hinweg auf die andere Seite des Pools wirft. Das Buch flattert ein bisschen, dreht sich dann um die eigene Achse, stabilisiert sich in der Luft und landet dann genau dort, wo George Clooney seinen rechten Fuß beim nächsten Schritt hinsetzt. Was er normalerweise hätte bemerken müssen, aber genau in diesem Moment ruft eine magersüchtige Rothaarige seinen Namen, und er winkt ihr fatalerweise höflich zu, anstatt achtzugeben, wohin er tritt.

Ich will gar nicht hinsehen, aber ich *muss*. Wie in einer unwirklichen Superzeitlupe sehe ich, wie sein Fuß auf *meinem* Buch wegrutscht, das Buch selbst dadurch in hohem Bogen ins Wasser geschleudert wird und der gute George eine halbe

Drehung macht, sich dann im allerletzten Moment zu fangen scheint, ein paar Sekunden lang heftig mit den Armen rudert, dann doch Übergewicht bekommt und mit einem lauten Klatschen der Länge nach auf der Wasseroberfläche aufschlägt und untergeht.

»O mein Gott! Emma, sieh nur, was du angerichtet hast!«

Auch durch die anderen Gäste ist ein Aufschrei gegangen, die meisten sind aufgesprungen und reden und gestikulieren jetzt wild durcheinander, und ein paar – zeigen auf uns!

»*Die* waren das! Sie haben ihm was vor die Füße geworfen!«, kreischt jemand hysterisch.

»Au Backe!« Jetzt hat auch Emma kapiert, dass ihre Aktion vielleicht doch ein kleines bisschen voreilig war. »Schnell, hauen wir ab, bevor die uns noch lynchen! Gott sei Dank kennt uns hier keiner.«

Auch Vanessa und ich sind aufgesprungen, und Vanessa wirft schnell etwas Geld auf den Tisch. Im selben Moment taucht der bedauernswerte George wieder aus dem Wasser hoch. Er prustet und schüttelt sich und sieht sich verwirrt um: »Was zum Teufel …«

Emma fasst mich an der Hand. »Mach schon, Lilly!«

Ich will gerade durchstarten, da durchläuft es mich. »Das Buch, Emma!« Ich zeige auf das Buch, das ganz unschuldig auf der Wasseroberfläche vor sich hin schaukelt.

»Vergiss das blöde Buch, du hast doch noch andere!«

»Darum geht es nicht, aber … da steht mein Name drin!«

»Au weia, nicht gut!«

Wir starren entsetzt auf das verräterische Stück Papier. Dann fasse ich einen Entschluss. »Halt das!« Ich drücke Emma meine Tasche in die Hand, dann springe ich mit dem Mut der Verzweiflung in den Pool. Als Erstes registriere ich, wie warm das Wasser ist, und es geht mir nur bis zur Brust, sodass ich nur ein paarmal hopsen muss, um bis zu meinem Buch zu gelangen.

»Hi, George!«, rufe ich ganz automatisch, als wir uns für den Bruchteil einer Sekunde gegenüberstehen, und er starrt mich an, als würde er ein Gespenst sehen.

Ohne seine Reaktion abzuwarten, drehe ich mich um, hopse zurück zum Beckenrand und klettere blitzschnell wieder heraus. Emma und Vanessa warten schon mit ängstlich aufgerissenen Augen am Treppenabsatz auf mich, und dann rennen wir, so schnell uns unsere Füße tragen. Wir nehmen die ersten beiden Ecken, dann hasten wir den roten Teppich hoch bis zum Ausgang, als wäre der Leibhaftige hinter uns her.

Da, die weiße Tür, endlich! Ich reiße sie auf, taumle hinaus auf den Bürgersteig und – renne geradewegs in einen großen Mann hinein, der gerade im Begriff war einzutreten.

Ich pralle zurück, murmle eine Entschuldigung – und würde am liebsten auf der Stelle in den Boden versinken.

»Hi, Jason«, sage ich und versuche ein Lächeln, was aber gründlich danebengeht.

»Lilly!« Er sieht an mir herab, bemerkt mein durchnässtes Kleid. »Du meine Güte, was ist denn mit dir geschehen?«

»Kennst du die etwa?« Jetzt erst bemerke ich die auffallend hübsche Frau neben ihm, die mich mit ihren verächtlichen Blicken durchbohrt, und auch der Türsteher weiß nicht, wie er auf meinen Anblick reagieren soll.

»Ja, natürlich, das ist Lilly Tanner«, gibt Jason geistesabwesend zurück. Und dann wieder zu mir: »Kommst du etwa aus der Bar? Was war denn da los?«

»Oh, das.« Ich starte einen hoffnungslosen Versuch, mein Kleid zurechtzuzupfen. »Eine kleine Poolparty, weiter nichts. George ist übrigens auch da. Bye.«

Damit gehe ich, und diesmal bin ich verdammt froh, dass er mich nicht zurückruft.

11

Die Einrichtung entspricht genau der Vorstellung, die man von einem Hollywood-Schickimicki-Restaurant hat: dunkles Holz, Messing, dunkelrotes Leder, eine äußerst diskrete Beleuchtung (als uns der Typ vom Empfang zu unserem Tisch führte, bin ich zweimal gegen ein Stuhlbein gerannt, so finster ist es hier), und die Tische sind durch hohe Sitzlehnen und verschnörkelte gläserne Raumteiler so voneinander getrennt, dass man weder die anderen Gäste sieht noch selber gesehen werden kann. Keine Frage, das *The Grill* ist wirklich eine der Topadressen, ganz, wie Vanessa es gesagt hat. Und das Beste daran: Wir sind ganz ohne Reservierung hineingekommen, einfach so.

Kaum ist der Empfangstyp weg, taucht aus dem Dunkel ein wieselflinker Kellner mit Speisekarten auf, und als wir uns für Rotwein als Getränk entscheiden, leiert er in Rekordgeschwindigkeit alle Weinsorten herunter, die sie führen – und das sind schätzungsweise so ziemlich alle, die es auf der Welt gibt. Ich wähle den letzten aus seiner Aufzählung, weil ich mir sonst keinen gemerkt habe, woraufhin er meinen exquisiten Geschmack ausdrücklich lobt und sich verkrümelt.

»Toller Schuppen, was?«, meint Emma, während sie ihre Speisekarte aufschlägt.

»Ja, und die Beleuchtung, so dezent«, stimme ich zu. »Was nimmst du?«

Ich sehe, wie sie die Augen zusammenkneift, um die Karte lesen zu können, und beginne ebenfalls zu blättern. Okay, ein *bisschen* mehr Licht wäre vielleicht nicht schlecht, damit man zum Beispiel diese kleinen Buchstaben besser entziffern könnte. Und die Speisen … also, um ehrlich zu sein, kannte ich die teilweise noch gar nicht.

Da, ich habe etwas gefunden.

»Ich denke, ich werde einen Caesar's Salad als Vorspeise nehmen«, sage ich.

»Daran dachte ich auch schon«, nickt Emma. »Und als Hauptspeise?«

Gute Frage. Haben die überhaupt nichts *Normales*, ein Schnitzel zum Beispiel, oder einen Burger? Ah, da.

»Steak«, rufe ich erfreut aus. Und dann etwas leiser: »Ein leckeres Steak passt immer, finde ich. Sieh mal, die gibt es sogar auf *New Yorker Art.*« Sogar bei den Steaks geht die Auswahl über eine ganze Seite, und mangels genaueren Wissens nehme ich einfach das mit dem coolsten Namen.

»Ganz deiner Meinung«, meint Emma mit konzentriertem Blick auf ihre Karte. »Das nehme ich auch.«

Kaum haben wir die Karten beiseitegelegt, steht der Kellner wieder neben unserem Tisch. Er serviert den Wein sowie ein Tablett mit Brot, eingelegtem Gemüse und Butter, dann erkundigt er sich, ob wir die Steaks mit Kartoffeln oder Karotten wollen, und verschwindet ebenso schnell wieder, wie er gekommen ist.

Ich erhebe mein Glas. »Also, worauf wollen wir anstoßen?«

»Auf die WG, würde ich sagen!«

»Einverstanden, auf die WG!«

Wir haben nämlich heute Vormittag aus dem *Beverly Garland* ausgecheckt und sind in die WG übersiedelt. Eigentlich gab es nicht viel zu tun, hatten wir doch nur unser Gepäck in unser Zimmer zu räumen. Vanessa ging uns zur Hand und hat uns auch gleich unseren neuen Mitbewohnern vorgestellt, die wir schon von unserem ersten gemeinsamen Abend nach der Schauspielschule flüchtig kannten: Susan, eine quirlige kleine Maskenbildnerin und Visagistin mit dunklem Wuschelkopf, und Kimberly, eine Drehbuchautorin wie ich, die auf den ersten Blick ein bisschen unterkühlt wirkt und auf den zweiten … eigentlich auch.

»Meinst du, wir vertragen uns mit denen?«, fragt Emma.

»Mit Vanessa gibt's garantiert keine Probleme, und Susan scheint auch ziemlich nett zu sein …«

»Die sieht dir übrigens ähnlich, weißt du das?«

»Findest du?« Darauf wäre ich nicht gekommen. Susan ist kleiner als ich und dünner, und im Verhältnis zu ihren Haaren ist ihr Gesicht winzig klein.

»Und was hältst du von Kimberly?«

»Die hält sich für was Besseres, glaube ich.«

»Ja, den Eindruck hatte ich schon bei unserer ersten Begegnung«, nickt Emma. »Deswegen hat sie wohl auch ihr eigenes Zimmer.«

»Ja, wahrscheinlich.«

Mein Handy meldet den Eingang einer SMS. Ich rufe sie auf und lese:

Hallo, Lilly-Schatz, uns geht's gut, danke der Nachfrage.
Little P vermisst dich natürlich, aber er lässt sich nichts anmerken. Mach dir also keine Sorgen.
Hoffe, euch geht es auch gut, Küsschen, Mami.

»Von wem ist es?«, will Emma wissen.

»Von meiner Mutter. Ich habe ihr heute Morgen eine Nachricht geschickt, das kommt billiger als Telefonieren.«

»Und, alles okay zu Hause?«

»Ja, scheint so«, murmle ich mit einem nachdenklichen Blick auf das Display.

Auf einmal steht der Kellner wieder neben uns. Geschickt lässt er die Teller mit den Salaten und den Steaks auf den Tisch gleiten. »Wünsche den Damen einen guten Appetit!« Und weg ist er.

»Wow, die sind ja riesig!«

Emma hat recht, die Steaks sind wirklich riesengroß, und daneben türmt sich ein regelrechter Karottenberg.

»Na, wenn die auch so schmecken …«

Wir kosten. Eine Weile kauen wir am ersten Bissen, dann schiebe ich mir eine Karottenscheibe in den Mund.

»Köstlich«, meint Emma nach einer Weile.

»Ja, exquisit«, gebe ich der Umgebung angemessen gestelzt zurück. »Ein bisschen Salz könnte vielleicht nicht schaden.«

»Ja, eine Kleinigkeit. Und eine Prise Pfeffer vielleicht auch.«

Wir würzen vorsichtig nach, dann kosten wir erneut. Während wir kauen, treffen sich unsere Blicke.

»Wieso hast du die Steaks eigentlich auf New Yorker Art bestellt?«, fragt Emma schließlich.

»Na, weil … ich es so mag«, antworte ich und schneide zur Bestätigung noch einen großen Bissen ab.

»Ach so.« Emma kaut tapfer weiter. »Kann es sein, dass New Yorker Art *ungewürzt* bedeutet?«

»Äh, ja … also *wenig* gewürzt, soviel ich weiß.« Ich würge meinen Bissen hinunter, dann treffen sich unsere Blicke wieder – und ich kapituliere. »Keine Ahnung«, gestehe ich glucksend. »Es klang einfach so cool.«

Emma kichert drauflos. »Das schmeckt wirklich nach gar nichts, was für eine Pleite.« Dann macht sie sich über ihren Salat her. »Der ist aber gut, probier mal.«

Sie hat recht, der Salat schmeckt wirklich ausgezeichnet. Nachdem wir ein bisschen davon gegessen haben, meint Emma: »Sag mal, diese SMS vorhin … stimmte da was nicht?«

»Was meinst du?«

»Ich weiß auch nicht, du hast so … bedrückt gewirkt.«

»Bedrückt, ich? Aber woher denn. Wieso sollte ich auch, zu Hause läuft doch alles prima«, versichere ich ihr.

Sie mustert mich prüfend. »Bist du dir sicher?«

»Ja, klar.« Ich kaue nachdenklich auf einem Salatblatt herum. »Es ist nur …«

»Heimweh?«, rät sie.

»Nein, kein Heimweh, es ist …« Ich horche in mich hinein, um mir über meine Gefühle klar zu werden. »*Little P.* Ich vermisse ihn, und durch die SMS ist mir das erst richtig bewusst geworden.«

»Verstehe. Er ist dir richtig ans Herz gewachsen, was?«

»Das kannst du laut sagen.« Ich ziehe schnell ein Foto von dem kleinen Kerl aus meinem Portemonnaie und betrachte es mit einem Anflug von Zärtlichkeit. »Er ist noch kein Jahr bei mir, und doch könnte ich mir ein Leben ohne ihn gar nicht mehr vorstellen.«

»Aber eines habe ich damals nicht richtig mitbekommen. Du nanntest ihn doch am Anfang Brad Pitt, oder nicht?«

Ich nicke.

»Und wieso hast du ihn dann plötzlich umgetauft?«

»Hab ich gar nicht, er heißt immer noch so. Aber nach einiger Zeit ist mir aufgefallen, wie auffällig der Name ist. Geh zum Beispiel durch den Park und ruf nach *Brad Pitt*, da drehen sich sofort eine Million Menschen nach dir um und glotzen dich an.«

Kaum habe ich das gesagt, raschelt es hinter Emma, und in dem Spalt zwischen ihrer Lehne und der Glaswand taucht ein Augenpaar hinter einer Brille auf, das sofort wieder verschwindet, als es meinen Blick bemerkt.

»Siehst du, hier ist es genauso«, lächle ich. »Kaum ist der Name gefallen, hat jemand vom Nebentisch rübergelinst... obwohl wir Deutsch reden.«

»Echt?« Emma dreht sich um, kann aber niemanden entdecken.

»Er hat sich schon wieder verzogen.«

»Verstehe«, nickt sie. »Da ist Little P natürlich unauffälliger. Aber wie bist du ausgerechnet auf Little P gekommen?«

»Ganz einfach: P wie Pitt, und Little, weil er kleiner ist als die anderen.«

»Ach deswegen.« Sie schiebt ihren Teller mit dem Steak beiseite. »So, genug von diesem Rindvieh. Nehmen wir noch ein Dessert?«

»Ja, gute Idee. Vorhin habe ich etwas von einem Schokokuchen gelesen.«

Wir müssen nicht lange warten, dann wieselt der Kellner herbei, und wir bestellen Schokokuchen und zwei Cappuccinos.

»Und wie ist das überhaupt?«, fährt Emma dann fort. »War er schwer zu erziehen?«

»Nein, gar nicht. Am Anfang brauchte es natürlich schon ein bisschen Strenge, bis er die Spielregeln begriffen hat...«

»Welche Spielregeln?«

»Ach, einige... dass er nicht ins Bett pinkeln darf, zum Beispiel...«

»Er hat ins Bett gepinkelt?« Emma kichert.

»Ja, stell dir vor. Ich habe ihn dann natürlich gleich rausgejagt und ordentlich mit ihm geschimpft. Weißt du übrigens, wie ich ihn nenne, wenn er etwas angestellt hat?«

»Nein, wie denn?«

»*Bradley!* Ich sage das dann ganz streng, und sobald er das hört, zieht er sofort den Schwanz ein und verzieht sich in die nächste Ecke, aus Angst vor einem Donnerwetter.«

»Bradley? Ist ja ulkig. Und die Versöhnung ist dann umso schöner, nehme ich an?«

»Ja, meistens schleckt er mir so lange die Füße ab, bis ich aufgebe und ihn wieder zu mir lasse. Ich kann ihm gar nicht lange böse sein, du weißt doch, wie niedlich er guckt.«

Der Kellner serviert zwischendurch Kaffee und Kuchen, und wir machen uns darüber her.

»Jedenfalls ist mir vorhin erst bewusst geworden, wie sehr ich ihn vermisse, obwohl es jetzt gerade eine Woche her ist, dass wir uns das letzte Mal gesehen haben.«

»Ja, das kann ich verstehen.«

»Verrückt, auf was für Gedanken man so kommt, oder?«

Wir essen und hängen unseren Gedanken nach, dann meint Emma: »Übrigens, besonders viele Promis habe ich hier auch noch nicht gesehen.«

»Ehrlich gesagt habe ich hier drinnen insgesamt nicht viel gesehen«, sage ich, und wir müssen beide kichern.

»Na ja, wenigstens haben wir es versucht.« Sie sieht auf ihre Uhr. »Erst halb sieben. Was machen wir mit dem angebrochenen Abend?«

»Hm.« Ich überlege. »Du wolltest doch unbedingt ein paar Promis treffen, nicht wahr?«, sage ich dann.

»Ja, klar.« Ihre Augen werden größer. »Sag bloß, du hast eine Idee?«

»Lilly, das ist kindisch.«

»Jetzt zier dich nicht so, gib ihm schon ein Küsschen!«

»Also gut.« Sie stellt sich auf die Zehenspitzen und drückt Hugh Jackman einen Kuss auf die Wange, während ich fotografiere.

Wir sind in Madame Tussauds Wachsfigurenkabinett, die sicherste Möglichkeit, um hautnah an einen Star heranzukommen – auch wenn das nur Pappkameraden sind.

»Na bitte, Emma und *Wolverine*, Hollywoods neues Traumpaar. Wie sollen wir euch nennen, *Emmerine*?«

»Haha, sehr witzig.« Sie wischt sich die Lippen ab. »Ich

möchte nicht wissen, wie viele den heute schon geküsst haben.«

»Egal, bei Hugh Jackman darf man nicht wählerisch sein. Los, fahren wir nach oben.«

Wir nehmen den Lift ins obere Stockwerk, wo sich die eigentliche Ausstellung befindet.

»Sieh mal, dein Freund *George*«, spottet Emma, als wir auf eine schlecht gemachte George-Clooney-Kopie stoßen.

»Der wird dem Original aber nicht gerecht, was meinst du?«

»Nicht mal annähernd. Egal, ein Foto machen wir trotzdem.«

Diesmal stelle ich mich neben die Figur, und Emma fotografiert, und anschließend machen wir es umgekehrt.

»Dort drüben ist Will Smith, und da hinten Beyoncé!« Wir gehen weiter und warten, bis die anderen Besucher ihre Fotos gemacht haben, bevor wir neben den Figuren unsere Fotoposen einnehmen.

Wir trippeln weiter, stellen uns neben Salma Hayek, die man hinter einen Fensterrahmen positioniert hat, dann deutet Emma einen Zungenkuss bei Britney Spears an und bohrt mit dem Zeigefinger in Zac Efrons Ohr herum wie ein verliebter Teenager.

»Also, wenn das nicht gemein ist!«, sagt sie dann plötzlich empört.

»Was denn?« Ich folge ihrem Blick.

»Jennifer Aniston. Sieh nur, wie sie die hingestellt haben!«

Jetzt erkenne ich, was sie meint. Die Witzbolde haben die gute Jennifer so hingestellt, dass ihr Blick genau auf Brad Pitt und Angelina Jolie gerichtet ist, die eng beieinanderstehen und fröhlich vor sich hin grinsen.

»Echt fies«, befinde ich. »Egal, Foto!«

Ich warte, bis die Figuren von Brangelina frei sind, dann stelle ich mich hinter sie und stecke meinen Kopf zwischen die beiden, wozu ich mich auf die Zehenspitzen stellen muss. »Ob die in echt auch so groß sind?«

»Kann schon sein, vergiss nicht, sie war immerhin Lara Croft in *Tomb Raider*. Zeig ihr mal die Zunge!«

Ich strecke Angelina die Zunge heraus, und Emma schießt ein Foto.

»Und jetzt küss ihn!«

Ich küsse Brad auf die Wange, und sie drückt wieder ab.

Emma gibt weiter Kommandos, während sie fotografiert. Inzwischen sind auch andere Besucher auf uns aufmerksam geworden, und ein kleiner kahlköpfiger Mann mit Nickelbrille, der mir irgendwie bekannt vorkommt, fotografiert sogar eifrig mit.

»Und jetzt Hasenohren bei ihr … halt ihm die Nase zu … reib dich an ihm und zeig ihr die Zunge … jetzt reib dich an *ihr* und zeig *ihm* die Zunge … jetzt pack ihn bei den Kronjuwelen!«, ruft Emma begeistert.

»Wie bitte? Das kannst du vergessen. Du bist jetzt dran!«

Wir tauschen die Positionen, und Emma geht noch toller ran als ich. Als sie fertig ist, sehen die Figuren ziemlich ramponiert aus, und wir verkrümeln uns vorsichtshalber auf die andere Seite des Raumes, bevor noch ein Sicherheitsmann auftaucht.

Wir lassen uns auf einem Sofa neben Mel Gibson nieder, dann strecken wir die Füße von uns und atmen erst mal tief durch.

»Das hat Spaß gemacht«, grinst Emma. »Hast du was zu trinken mit?«

»Ja, ich habe eine Flasche Mineralwasser in meiner Tasche.«

Wir trinken, dann lassen wir unsere Blicke träge umherwandern.

All diese Stars … während ich sie so vor mir sehe, überkommt mich plötzlich ein ganz eigenartiges Gefühl – es ist eine undefinierbare Mischung aus Ärger und Hilflosigkeit.

»Was hast du?«, fragt Emma, als sie meinen Gesichtsausdruck bemerkt.

»Ach, ich weiß auch nicht …« Ich überlege, wie ich es am besten beschreiben kann. »Diese ganzen Berühmtheiten hier … ich muss andauernd daran denken, wie es wäre, wenn die mein Drehbuch lesen würden. Verstehst du, was ich meine?«

»Nicht wirklich«, gesteht sie achselzuckend.

»Weißt du, ich bin fest davon überzeugt, dass es ihnen gefallen würde. Es müssten ja nicht alle sein, aber wenigstens ein paar davon … das würde schon reichen. Bloß, wie kann ich es anstellen, dass solche Leute es in die Hände kriegen … und dass sie es dann auch noch lesen?« Ich fahre mir mit einer resignierenden Geste durch die Haare.

»Tja, ich weiß auch nicht …« Emma wirft einen Blick auf Mel Gibson, als könnte der uns einen Rat geben.

»Man müsste es ihnen irgendwo zuspielen, wo sie Zeit haben, und Ruhe …«

»Bei ihnen zu Hause zum Beispiel«, spinnt Emma meine Gedanken weiter.

»Ja, daran dachte ich schon, als wir diese Bustour machten.«

»Und wenn wir noch einmal nach Beverly Hills fahren und ihnen die Bücher einfach in die Briefkästen stecken?«

Ich schüttle den Kopf. »Die meisten der Häuser haben außen gar keinen Briefkasten, ich habe extra danach geguckt, und wenn, dann können wir davon ausgehen, dass die Post von irgendeinem Dienstboten vorsortiert wird.«

»Na gut, der Briefkasten scheidet also aus …« Emma reibt sich die Nasenwurzel und denkt angestrengt nach. »Angenommen, du wärst so ein Promi, und es ist schönes Wetter … was würdest du dann bei dir zu Hause machen?«

»Ich würde am Pool liegen …«, überlege ich. »Ich wäre auf jeden Fall irgendwo im Freien … auf der Terrasse … oder sonstwo auf dem Grundstück …«, lasse ich meiner Phantasie freien Lauf.

»Das ist es!« Emma klatscht so laut in die Hände, dass ich zusammenzucke und einige der anderen Besucher mit mir. Sie strahlt mich an. »Lilly, ich habe die Lösung! Ich weiß, wie wir diese Leute dazu bringen, dein Buch zu lesen.«

»Echt?« Ich werde vor Aufregung ganz kribbelig. »Wie, sag mir, wie?«

Sie sieht sich um, als wollte sie sich vergewissern, dass uns niemand belauscht, dann senkt sie die Stimme und sagt mit konzentrierter Miene: »Alles, was wir brauchen, sind genügend

Kopien, dazu eine dieser Karten mit den Adressen der Stars ... und ein Cabrio, das wir dank *meiner Hartnäckigkeit* bereits haben ...« Sie sieht mich voller Genugtuung an. »... *und* wir brauchen vor allem ...«

»Was?«, hauche ich atemlos. »Köpfchen?«

»Nein, im Gegenteil. Wir brauchen vor allem *das da.*«

Damit schiebt sie den Ärmel ihrer Bluse hoch und zeigt mir ihren eindrucksvollen Bizeps.

12

Auf den ersten Blick mag Emmas Plan vielleicht ein bisschen verrückt klingen ... na gut, er klingt sogar *völlig* verrückt – aber was hat man nicht schon für Geschichten über die Traumfabrik gehört? Da wurden Superstars als Kellner entdeckt, Stoffe für Megaseller auf Toiletten von Schwulenbars weitergereicht, und kahlköpfige Zwerge mutierten von heute auf morgen zu Topschauspielern.

Was ich damit sagen will: Hier in Hollywood ist eigentlich *alles* möglich. Und wenn man auf geradem Weg nicht zum Ziel kommt, ist es manchmal eben nötig, einen Umweg zu nehmen – der sich letztendlich dann vielleicht sogar als Abkürzung erweisen könnte, wer weiß.

Wir haben den halben Vormittag im Copyshop mit dem Vervielfältigen meines Manuskripts zugebracht, und jetzt haben wir stolze fünfzig Exemplare davon in Kartons auf unserem Rücksitz liegen. Wir haben sie in Kuverts gesteckt, und diesmal waren wir bei der Beschriftung besonders listig: *Mr. Jerry Bruckheimer, Project X, Top Secret!*, haben wir mit großen Buchstaben draufgemalt, und dahinter steckt messerscharfes psychologisches Kalkül. Jerry Bruckheimer ist nämlich einer der erfolgreichsten Filmproduzenten in Hollywood – was sage ich, auf der ganzen Welt –, also was würde zum Beispiel ein Schauspieler tun, wenn er ganz zufällig ein streng geheimes Manuskript für dessen nächstes Multimillionenprojekt in die Finger kriegt?

Genau, er würde es lesen, *alle* würden es lesen, schließlich will doch keiner den nächsten Megaseller verpassen. Und dann wird sich wie ein Lauffeuer das Gerücht verbreiten, dass es ein streng geheimes Projekt von Jerry Bruckheimer gibt, *Projekt X*, ein Liebesdrama mit Happy End, und ganz Hollywood wird sich darum reißen wie eine Horde Schiffbrüchiger um die letzte Packung Knäckebrot.

Jetzt geht es nur noch darum, die Kuverts an die Adressen dieser Stars zu verteilen, und da war Emmas Idee wirklich Gold wert.

Der Plan ist so einfach und logisch, dass es eigentlich ein Wunder ist, dass wir nicht schon längst darauf gekommen sind. Es muss uns schließlich nur gelingen, die Kuverts irgendwie auf die Grundstücke der Stars zu befördern, alles Weitere müsste sich dann eigentlich von selbst ergeben.

Also haben wir uns heute wieder nach Beverly Hills begeben, und als Erstes versuchten wir, uns an die Route der Celebrity Tour zu erinnern, um zu dem Haus zu gelangen, wo sie diese Pläne mit den Staradressen verkauft haben. Die erste Einfahrt war nicht schwer zu finden gewesen, da sie sich unmittelbar beim ersten der vier Ortsschilder befindet, aber jetzt kurven wir schon eine geraume Zeit herum, ohne die besagte Adresse gefunden zu haben.

»Hier sieht irgendwie alles gleich aus«, meint Emma, während sie den Wagen um eine enge Kurve manövriert. »Ist das da nicht das Haus von Keanu Reeves?« Sie hält vor der Einfahrt zu einer flachen Villa.

»Nein, ich glaube nicht. Keanus Haus war heller, bilde ich mir ein.«

»Sieh mal, da kommt ein Tourbus.« Emma deutet auf einen kleinen Bus, der im Schneckentempo den Berg hochklettert. »Ob wir den Fahrer nach dem Weg fragen?«

»Ich habe eine bessere Idee: Wir fahren ihm einfach nach, bis wir an diesem Haus vorbeikommen.«

Als der Bus an uns vorüberkriecht, drücken die Passagiere sich neugierig die Nasen an den Scheiben platt, was natürlich an unserem auffälligen Wagen liegen könnte oder auch daran, dass man in so einer Gegend automatisch für einen Promi gehalten wird, wenn man in einem Privatwagen herumkurvt. Als er vorbei ist, wendet Emma, was bei der Größe unseres Wagens selbst auf dieser breiten Straße ein umständliches Manöver erfordert. Sie kurbelt heftig am Lenkrad, stößt mehrere Male vor und zurück, und zwischendurch kracht es einmal mächtig in unserem Heck. Als Emma den Wagen endlich in der gewünschten Richtung hat und das Gaspedal durchtritt, um den Bus wieder einzuholen, bemerke ich hinter uns einen verbogenen Hydranten, aus dem seitlich eine Wasserfontäne hervorschießt.

»Emma, du hast einen Hydranten umgefahren«, rufe ich erschrocken aus.

»Wie kommst du denn darauf?«, fragt sie entrüstet.

»Na, weil er ganz schief steht und das Wasser seitlich herausläuft.«

Sie wirft einen schnellen Blick in den Rückspiegel und zuckt kurz zusammen, fängt sich dann aber sogleich wieder. »Ach, *den* Hydranten meinst du.« Sie macht eine wegwerfende Geste. »Der ist mir auch aufgefallen … der war schon vorher so schief.«

»Nein, war er nicht.«

»Doch, war er!«

»Und das Wasser, kam das auch schon vorher da raus?«

»Ja, klar, das machen die hier so, um die Straßen zu reinigen … und um der Brandgefahr vorzubeugen. Kalifornien ist ziemlich trocken, da brennt es oft, weiß doch jeder.« Sie hält den Blick stur geradeaus gerichtet und vermeidet es, mich anzusehen.

Ich will noch etwas sagen, als wir wieder auf den Tourbus auflaufen, der jetzt nach links in eine Gasse einbiegt und dann vor einem schmiedeeisernen Tor hält.

»Warte, das Haus erkenne ich wieder«, sage ich aufgeregt. »Wenn mich nicht alles täuscht, gehörte das Frank Sinatra, und dann müsste das nächste schon das von Christian Audigier sein, wo sie beim letzten Mal diese Karten verkauft haben.«

Emma betrachtet das Haus, dann nickt sie. »Ja, könntest recht haben. Sollen wir den Bus gleich überholen oder ihm lieber nachfahren?«

»Überhol ihn. Wenn ich mich recht erinnere, müssten wir schon nach der nächsten Abzweigung die lange weiße Mauer sehen.«

»Okay.« Emma gibt Gas, und als wir an dem Bus vorbeidampfen, schießen die Insassen aufgeregt Fotos von uns. »Siehst du, die stehen auch auf mein Outfit«, meint Emma und rückt sich ihren Hut zurecht.

»Ja, so was sieht man auch nicht alle Tage.«

»Sag ich doch. Jetzt nach rechts?«

»Genau.«

Emma biegt schwungvoll in die nächste Straße ein, und schon sehen wir die hohe Mauer. Wir fahren an ihr entlang, biegen dann nach links ein und erblicken vor uns den Verkaufsstand.

»Na, wer sagt's denn.«

Emma bringt den Wagen zum Stehen, und zwei Minuten später sind wir stolze Besitzer einer kleinen Mappe, in der sämtliche Adressen der Hollywoodstars in Beverly Hills und Umgebung aufgelistet sind.

»Jetzt musst du ans Steuer.« Emma steigt auf ihrer Seite aus und umrundet den Wagen. Ich rutsche hinüber auf die Fahrerseite, wie wir es ausgemacht haben, und kaum habe ich das riesige Lenkrad in den Händen, überkommt mich eine gehörige Portion Panik.

Emma hat sich auf die Beifahrerseite gewuchtet und die Karte aufgeschlagen. »So, mal sehen ... Wie wär's mit Leonardo DiCaprio für den Anfang?«

»Leo DiCaprio? Der wäre super als Jesse.«

»Ganz deiner Meinung.« Sie tippt die Adresse in das Navi ein, dann wartet sie wie eine Wahrsagerin vor ihrer Kugel, bis es meldet: »Ziel gefunden!«

»Kann losgehen«, ruft Emma abenteuerlustig. Und als ich keine Anstalten mache loszufahren: »Hast du gehört, Lilly, wir können starten.«

Ich sitze wie erstarrt. »Ja, und wie?«

»Wie wohl?« Sie langt herüber und schiebt einen elfenbeinfarbenen Hebel am Lenkrad nach oben. »So, jetzt musst du nur noch Gas geben und lenken … und später natürlich wieder bremsen«, schiebt sie vorsichtshalber mit zusammengezogenen Augenbrauen nach.

»Okay …« Ich drücke vorsichtig auf das Gaspedal. Nichts rührt sich. Ich steige ein kleines bisschen fester drauf, und jetzt kommt es mir so vor, als hätte sich das Motorgeräusch verändert. Gleich muss es losgehen. Ich starre ganz gebannt auf die monstermäßige Motorhaube, deren Ende ich nicht einmal erahnen kann.

»Jetzt mach schon, bevor wir hier noch Wurzeln schlagen.«

Wann fährt denn dieses Mistding endlich? Auch die Teenager von dem Verkaufsstand stecken jetzt schon tuschelnd die Köpfe zusammen, und ich verliere die Geduld. Ich latsche ordentlich drauf, und auf einmal macht der Wagen einen mächtigen Satz nach vorn. Ein spitzer Schrei entringt sich meiner Brust, und ich trete mit aller Kraft auf das breite Bremspedal, woraufhin wir mit quietschenden Reifen wieder zum Stehen kommen.

»Ui, der geht aber ab«, versuche ich ein Lächeln, das aber zu einer Grimasse verkommt.

»Mensch, Lilly, ich hätte mir fast den Kopf gestoßen«, meckert Emma. »Also noch einmal, aber diesmal mit ein bisschen mehr Gefühl.«

»Bitte sehr, genug Gefühl?«, frage ich eine Minute später mit stolzgeschwellter Brust. Wir fahren. Wir *fahren*. Und ich sitze hinter dem Lenkrad und steuere dieses Ungetüm von einem Auto ganz alleine.

»Ja, aber es wäre noch besser, wenn du nicht andauernd Gas geben und dann wieder abbremsen würdest«, meint Emma.

»Ach komm, Emma, ich fahre diesen Wagen erst seit fünf

Minuten, da brauche ich natürlich noch ein bisschen Eingewöhnungszeit. Abgesehen davon muss ich meine Geschwindigkeit auch an den Verkehr anpassen, nicht wahr?«, rechtfertige ich mich.

»Welcher Verkehr denn?« Emma starrt auf die einsame Straße vor uns.

»Ja, jetzt, aber gerade vorhin war ganz schön was los«, bringe ich zu meiner Rechtfertigung vor.

»Das war *ein* Wagen, und der wäre uns fast hinten draufgekracht, weil du ohne jeden Grund gebremst hast.«

»Ja, wenn man nur das Negative sehen will ...«

Sie wirft mir einen skeptischen Blick zu. »Da vorne rechts«, kommandiert sie dann nach einem Blick auf das Navi, bevor die Computerstimme noch die Anweisung geben kann.

Ich zirkle den Wagen um die enge Kurve und merke, wie sich auf meiner Stirn kleine Schweißtropfen bilden.

»Da vorn, die große gelbe Villa ... fahr am Tor vorbei und dann nahe an den Zaun ran!«

Ich tue, wie mir geheißen, dann vergewissere ich mich, dass die Luft rein ist. »Und ab die Post! Worauf wartest du noch?«

Emma hält einen Umschlag in der Rechten, und ihr Blick pendelt vorwurfsvoll zwischen dem Zaun und mir hin und her. »Ich sagte *nahe* ranfahren, oder etwa nicht?«

Ich recke den Kopf ein bisschen in die Höhe, um die Entfernung bis zum Zaun abschätzen zu können. Zugegeben, drei Meter sind wirklich nicht besonders nahe. »Ich weiß, aber so ist es besser ... wegen der Flugbahn«, murmle ich mit glühendem Kopf. »Meinst du, du schaffst es übers Dach?«

»Ich werd's versuchen.« Sie zieht sich mit der Linken am Scheibenrahmen hoch, dann holt sie mit der Rechten weit aus und wirft ...

Wow.

Ich habe gewusst, dass Emma kräftig ist, aber mit diesem Wurf könnte sie locker bei einer Speerwurfolympiade mitmachen. Der Umschlag steigt hoch in die Luft bis über das Dach des Hauses, senkt sich dann in einer eleganten Parabel wieder

Richtung Erde und verschwindet hinter dem Giebel aus unserem Blickfeld.

»Volltreffer«, rufe ich voller Bewunderung. »Ich wusste gar nicht, dass du so gut werfen kannst!«

»Ja, geht so«, meint sie lässig, während sie den Arm hin und her schlenkert. »Ich bin noch nicht ganz warm, aber fürs erste Mal war's nicht schlecht. Machen wir also weiter.« Sie stöbert in der Liste. »Was hältst du von Tom Cruise?«

»Tom Cruise? Der ist megascharf. Und seine Katie würde auch eine gute Sam abgeben.«

Sie tippt die Adresse ein, und wir machen uns erneut auf den Weg. Diesmal ist es schon beinahe Routine. Ich lasse den Wagen an die riesige Villa heranrollen, und Emma zieht voll durch. Diesmal geht der Wurf sogar noch weiter als beim ersten Mal, und ich nicke anerkennend.

Die nächste Adresse gibt Emma gleich ein, ohne mich um meine Meinung zu fragen.

»Wen hast du da?«, werde ich neugierig, als ich ihre leuchtenden Augen sehe.

»Orlando Bloom. Hast du Einwände?«

»Nicht die geringsten.«

Zwei Stunden später sind nur noch sechs Umschläge übrig. Emma sieht ein bisschen abgekämpft aus, was kein Wunder ist bei dem Arbeitspensum, das hinter ihr liegt. Ich habe mir gar nicht alle Namen gemerkt, die wir mit unserem Buch beglückt haben, aber es kommt mir vor, als wäre so ziemlich alles darunter, was in Hollywood Rang und Namen hat.

»Okay, das da vorne noch.« Emma stemmt sich tapfer hoch, ich gleite an das Grundstück heran, und sie wirft.

»Wer war das?«

»*Rocky*«, verkündet sie mit glühenden Wangen.

»Sylvester Stallone?«, frage ich überrascht.

»Genau. Der ist klasse.«

»Äh … ja, sicher, aber findest du ihn nicht ein bisschen zu alt für die Rolle von Jesse?«, frage ich behutsam.

»Alt? Der ist doch nicht alt«, widerspricht sie vehement. »Er kann doch gerade mal vierzig sein. Außerdem könnten Sam und Jesse ja auch ein reiferes Paar sein«, gibt sie dann zu bedenken. »Stell dir nur vor: Sylvester Stallone als Jesse, und Meryl Streep spielt seine Sam …«

Und die Handlung verlege ich dann ins Seniorenheim, oder wie?

Ich behalte meine Meinung aber lieber für mich, weil Emma anscheinend ein Faible für *Rocky* hat.

»Und wohin mit den restlichen fünf?«, frage ich stattdessen.

»Hm.« Emma geht die Liste noch einmal durch. »Die hier in der Gegend wohnen, haben wir so ziemlich durch. Aber drüben in Malibu gäbe es noch einige.«

»Das zahlt sich heute nicht mehr aus. Da können wir ein andermal mit neuer Munition hinfahren, falls wir Lust haben. Ich würde sagen, wir suchen uns jetzt einfach fünf beliebige Häuser aus, und bei denen laden wir den Rest ab. Vielleicht haben wir ja Glück, und es ist ein Filmproduzent oder Regisseur darunter, was meinst du?«

»Okay. Und hinterher suchen wir uns ein gemütliches Restaurant, einverstanden?«

»Spitzenidee, mir knurrt schon der Magen.«

Wir rollen langsam weiter und lassen unsere Blicke suchend umherschweifen.

»Sieh mal, das da drüben sieht schweineteuer aus.« Emma zeigt auf einen riesigen Palast schräg gegenüber.

Ich lasse den Cadillac leise an die meterhohe Hecke des Gebäudes herangleiten.

»Und ab damit.« Emmas Kraft hat durch die vielen Würfe ein bisschen gelitten, und der Umschlag schafft es gerade noch so über die Hecke.

Im nächsten Moment ertönt ein Schwall heftiger Flüche auf der anderen Seite, und wir sehen uns erschrocken an.

»Was sagt er?«, fragt Emma.

»Keine Ahnung, das muss Spanisch sein. Wir hauen lieber ab.«

Ich drücke das Gaspedal durch, und wir brausen davon.

»Meinst du, das gibt Ärger?«, fragt Emma unbehaglich, nachdem wir ein paar Gassen weiter sind.

»Nein, das kann ich mir nicht vorstellen«, schüttle ich den Kopf. »Er hat Spanisch gesprochen, und Spanisch sprechen in solchen Häusern nur die Gärtner.«

»Oder durchgeknallte Drogenbarone«, fällt Emma ein, und ein kaltes Frösteln durchläuft mich. »Okay, die letzten beiden noch. Das nächste Haus suchst du aus.«

»Gut, dann nehmen wir gleich das da drüben.« Ich drossle die Geschwindigkeit vor einer ultramodernen, vor Glas und Chrom blitzenden Villa, und Emma vollführt ihren Wurf. Wir lauschen mit angehaltenem Atem, doch zu unserer Erleichterung bleibt es diesmal auf der anderen Seite der Mauer ruhig.

Wir fahren weiter, und wieder segelt ein Umschlag über die Mauer einer Millionenvilla, und dann noch einer.

Dann wiegt Emma den letzten Umschlag in der Hand. »Nur noch dieses eine Baby, dann ist unser Job erledigt.«

»Unser letzter für heute, dafür suchen wir uns etwas Besonderes aus.«

Es dauert ein paar Minuten, bis wir es gefunden haben. Wir erreichen gerade eine Anhöhe, von der man einen wunderbaren Stadtblick hat, als uns ein mächtiges, leuchtend weißes Herrenhaus im Kolonialstil ins Auge springt.

»Das ist es«, kommt es uns gleichzeitig über die Lippen, und ich manövriere den Wagen in die optimale Wurfposition.

»Na dann…« Emma nimmt ein letztes Mal ihre Kräfte zusammen, holt weit aus und wirft.

Der Umschlag rotiert ein paarmal um die eigene Achse, dann stabilisiert sich seine Flugbahn, und er gleitet in einem eleganten Bogen über die Mauer und landet dahinter…

… auf etwas, das *aufjault*!

Wir reißen erschrocken die Augen auf und sehen einen weißen Pudel, der hinter der Mauer hervorspringt und mit schaurigem Geheul und fliegenden Ohren davonhetzt, als wäre eine Meute chinesischer Köche mit Hackebeilen hinter ihm her.

»Au Backe«, meint Emma. »Vorhin der Gärtner, jetzt der Hund – gut, dass wir keine Umschläge mehr haben. Wer weiß, wen wir beim nächsten Wurf erwischen würden.«

Ich steige schnell aufs Gas, bevor sich noch jemand Gedanken darüber machen kann, wer denn sein Hündchen so heftig erschreckt hat.

»Immer noch besser der Hund als sein Frauchen. Ein doofer Pudel kann uns wenigstens nicht auf eine Million Dollar verklagen, nicht wahr?«

Wir müssen lachen, dann meint Emma: »Jetzt brauche ich dringend was zu trinken.«

»Ja, das haben wir uns redlich verdient.«

Plötzlich läutet mein Handy.

»Wer ist es?«, fragt Emma.

»Keine Ahnung, es ist eine amerikanische Nummer.« Ein merkwürdiges Gefühl beschleicht mich.

»Denkst du, das könnte etwas mit dem Gärtner von vorhin zu tun haben?«, fragt sie zaghaft.

Hm. Ich habe zusätzlich zu dem Copyrightvermerk auch noch meine E-Mail-Adresse und die Telefonnummer angegeben, es wäre also durchaus möglich …

»Oder gar mit dem Hund?«, legt Emma nach.

»Nein, das mit dem Hund ist noch nicht lange genug her … *oder*?« Ich werfe Emma einen unsicheren Blick zu.

»Ich weiß nicht … wenn gerade jemand im Garten war und den Umschlag gleich aufgerissen hat …«

»Was soll ich tun?« Panik schwappt in mir hoch.

»Nicht abheben!«, rät Emma eindringlich. »Abheben wäre in so einer Situation der größte Fehler.«

»Was meinst du mit *so einer Situation*?« Ich halte unsicher das Handy in der Hand, das immer noch läutet. »Ach, was soll's«, gebe ich mir dann einen Ruck und nehme das Gespräch an. »Ja, hallo?«, sage ich mit angehaltenem Atem.

»Spreche ich mit Lilly Tanner?«, höre ich vom anderen Ende der Leitung, und obwohl die Verbindung schlecht ist, kommt mir die Stimme bekannt vor.

»Ja, am Apparat«, sage ich zögernd.

»Hier ist Jason Griffin.«

Mein Herz macht einen Hüpfer, und ich atme auf. Gott sei Dank, es ist bloß Jason und nicht irgendein kolumbianischer Drogenbaron, der es überhaupt nicht witzig findet, wenn man ihm ein Drehbuch an die Birne knallt. »Es ist Jason«, flüstere ich zu Emma, und auch ihr ist die Erleichterung anzusehen.

»Hi, Jason«, flöte ich eine Spur zu freundlich ins Telefon, und sofort bemühe ich mich wieder um einen sachlicheren Tonfall. »Ich meine, was gibt's denn?«

»Es geht um unser letztes Treffen ...«, beginnt er.

»Das vor der *Sky Bar*?« Ich merke, wie mir heiß wird, und bin froh, dass er mich im Moment nicht sehen kann. »Ich weiß, das muss dir merkwürdig vorgekommen sein, aber in Wirklichkeit ...«

»Ich meinte nicht die *Sky Bar*, sondern das *Shelly Café*. Unser Gespräch ... das lief plötzlich in eine völlig verkehrte Richtung, und das wollte ich nicht.«

Er wollte das nicht. Womit er eingesteht, dass er schuld war! Plötzlich wird mir ganz warm ums Herz.

»Ich wollte das auch nicht, Jason«, sage ich schnell.

»Deswegen dachte ich mir, dass wir vielleicht noch einmal ganz von vorne beginnen sollten, was meinst du?«

»Und was schlägst du vor?«

»Hättest du heute Nachmittag Zeit?«

»Heute Nachmittag ...?« Ich werfe einen Blick auf meine Uhr. »Emma und ich wollten noch einen Happen essen gehen, und ich müsste mich noch umziehen, aber ab vier ginge es.«

»Großartig. Und wo?«

»Lass uns beginnen, wo alles geendet hat«, sage ich schwülstig, um im nächsten Moment draufloszukichern. »Wie wär's gleich mit dem *Shelly Café*?«

»*Lass uns beginnen, wo alles geendet hat?* Aus welchem Film ist das denn?« Ich höre, dass er auch lachen muss. Dann sagt er: »Okay, dann um vier vor dem *Shelly Café*. Ich werde pünktlich sein.«

13

Für eine Frau bedeutet es eine immense Herausforderung, das passende Outfit für ein Date zusammenzustellen. Das gilt schon für Verabredungen, bei denen zum Beispiel feststeht, dass es in die Oper geht oder auch nur zum Italiener um die Ecke, aber richtig schwierig wird es, wenn man gar nicht weiß, was der Datepartner für den bevorstehenden Abend überhaupt geplant hat.

Nach langem Hin und Her habe ich mich letztendlich für eine schwarze Jeans und ein halblanges blaues Wickeltop mit Strassapplikationen entschieden, weil mir das in Kombination mit meinen neuen schwarzen Wildlederstiefeln für jeden Anlass passend erscheint. Emma hat mich ein paar Minuten vor vier vor dem Shelly Café abgesetzt, und nachdem ich mich vergewissert habe, dass Jason nicht schon drinnen auf mich wartet, stehe ich nun vor dem Eingang und warte auf ihn.

Echt blöd, dass ich nicht gefragt habe, was er mit mir vorhat. Höchstwahrscheinlich wird er mich zum Essen ausführen, ein Hollywood-Insider wie er kennt sicher ganz tolle Restaurants, in die man als Normalbürger gar nicht reinkommt, oder wir gucken einen Film … Hm, unwahrscheinlich, so unterschiedlich, wie unsere Geschmäcker diesbezüglich sind.

Ich weiß ja nicht einmal, ob er zu Fuß kommt oder mit dem Auto. Und wenn ja, welches Auto könnte ein Mann wie er wohl fahren? Ich überlege. Ich habe ihn bisher dreimal getroffen, und jedes Mal war er leger gekleidet gewesen, wie jemand, dem Bequemlichkeit und Zweckmäßigkeit wichtiger sind als Styling und Angeberei. Welcher Wagen könnte wohl zu so einem Mann passen? Ein Kombi vielleicht, oder nein, ein Geländewagen, das wird es sein. Jedenfalls ganz sicher keine große Limousine oder gar ein protziger Sportwagen wie der, der jetzt gerade heranrollt, das sagt mir meine Menschenkenntnis.

»Pünktlich auf die Minute, sehr gut. Willst du noch einen Kaffee trinken, bevor wir starten?«

Okay, das mit der Menschenkenntnis ist vielleicht doch nicht ganz mein Ding, denn der Mann in dem pechschwarzen, superflachen und megaprotzigen Sportwagen *ist* Jason. Er trägt eine große Sonnenbrille, hinter der ich ihn fast nicht erkannt hätte, und mit seinem unverschämten Grinsen sieht er … eigentlich ziemlich cool aus.

»Hi, Jason«, sage ich, nachdem ich meine erste Überraschung abgeschüttelt habe. »Von mir aus können wir gleich starten.«

Er öffnet die Beifahrertür für mich, und ich gleite auf den Sitz.

»Hi«, lächelt er mich an. »Gut siehst du aus.«

»Vielen Dank.«

Für einen winzigen Moment zögern wir beide, dann lege ich den Gurt an, während Jason den Blinker setzt und in den rollenden Verkehr hinauszieht. Ich mustere ihn verstohlen von der Seite. Sein Haar ist durch den Fahrtwind noch zerzauster als sonst, und zu meiner Überraschung ist er diesmal glatt rasiert.

»Was hältst du von einem Trip nach Malibu?«, fragt er.

»Das wäre toll, da war ich noch nicht … nur sag jetzt bitte nicht, dein Freund hätte dort ein Strandhaus, in das du mich bringst.«

»Nein, wie kommst du darauf?«, fragt er überrascht.

Ich erzähle ihm die Geschichte von Barry *Lustmolch* Gracen, und er setzt ein verbittertes Lächeln auf.

»Wenigstens hast du ihm die richtige Antwort gegeben«, sagt er. »Solche Kerle nutzen ihre Position schamlos aus, und leider fallen immer wieder hoffnungsvolle Nachwuchstalente darauf herein.«

»Ja, und diese Hoffnung löst sich dann wahrscheinlich schnell in Luft auf.«

»Wo wir gerade beim Thema sind, Lilly …« Er wirft mir einen kurzen Blick zu, bevor er sich wieder auf den Verkehr konzentriert. »Ich war letztes Mal vielleicht etwas zu direkt, was dein Drehbuch angeht. Das wollte ich nicht, und das steht mir auch gar nicht zu. Ich habe es weder gelesen, noch kenne ich mich bei solchen Stoffen sonderlich gut aus, daher hätte ich mir auch kein voreiliges Urteil darüber bilden dürfen.«

»Du musst dich nicht entschuldigen, Jason. Wenn jemand Mist gebaut hat, dann ja wohl ich. Ich weiß gar nicht, was da in mich gefahren ist, deine Filme zu kritisieren.«

»Nein, nein, ist schon gut. Du magst solche Filme nicht, und ich respektiere deine Meinung.«

»Ehrlich?« Ich sehe ihn überrascht an. »Ist es für einen Hollywoodregisseur nicht ein bisschen sonderbar, wenn ihn eine Videothekenaushilfe kritisiert?«

Er schüttelt den Kopf. »Damit habe ich kein Problem. Tarantino hat auch in einer Videothek gearbeitet, bevor er mit dem Filmemachen anfing, wusstest du das?«

»Du nimmst mich auf den Arm.«

»Nein, und er hat auch eine logische Erklärung dafür: Nirgendwo sonst hätte er die Möglichkeit gehabt, sich Filme anzusehen und gleichzeitig auch noch Geld zu verdienen.«

»Aber das ist bei mir genau das Gleiche«, stoße ich überrascht hervor. »Ich bin so versessen auf Filme, dass ich lieber in der Videothek jobbe und Drehbücher schreibe, anstatt endlich mein Studium voranzutreiben.«

»Ja, man muss schon ein bisschen verrückt sein, um sich für die Filmbranche zu entscheiden. Und man muss sich auch vergegenwärtigen, dass es nur die Wenigsten schaffen.«

»Du bist einer dieser Wenigen. Wie war es bei dir?«

»Ich hatte Glück«, bekennt er frei heraus. »Ich war damals Student an der Filmakademie, und als Semesterarbeit drehte ich mit ein paar Kollegen *The Last Countdown*. Ein Freund von mir hat das Band dann ohne mein Wissen beim *Sundance Film Festival* eingereicht, und den Rest kennst du ja.«

»So einfach war das?«

»Ja. Erstaunlich, nicht wahr?«

»Allerdings.« Ich hänge kurz meinen Gedanken nach. »Hast du schon mal daran gedacht, etwas anderes zu machen?«

»Du meinst andere Filme?«

»Ja, ohne Blut und ohne Tote, zum Beispiel?«

»Wenn ich ehrlich sein soll, nein. Mit dem, was ich mache, bin ich bekannt geworden, und darin bin ich auch gut. Wozu sollte ich meinen guten Ruf aufs Spiel setzen und einen Flop riskieren?«

»Das ist allerdings eine gute Frage.«

»Was nicht heißen soll, dass ich nichts für anspruchsvolle Filme übrig habe«, fährt er fort. »Gute Komödien mag ich übrigens auch.«

»Echt? Welche zum Beispiel?«

»*Selbst ist die Braut* fand ich zum Beispiel gut.«

»Stimmt, der war klasse. Was hältst du von Serien?«

»Du meinst witzige?«

»Ja.«

»Mal sehen ... mein Favorit ist im Moment *King of Queens* ...«

»Au ja, Kevin James und Leah Remini, die finde ich großartig ...«

»Nicht zu vergessen Jerry Stiller als *Arthur* ...«

Ohne dass wir es bemerken, verselbstständigt sich unser Gespräch, und plötzlich finden wir uns in einer Unterhaltung wieder, die so selbstverständlich abläuft, als wären wir alte Bekannte, die sich regelmäßig zum Kaffeeklatsch treffen. Die Zeit vergeht wie im Flug, und wir erreichen Santa Monica, wo wir an einem Strandcafé halten. Wir trinken Eiskaffee, und Jason kauft geflochtene Strandhüte gegen die jetzt schon tiefer stehende Sonne. Dann rollen wir die palmengesäumte Strandpromenade entlang Richtung Norden, und Jason erzählt mir, dass die meisten Szenen von *Baywatch* hier und gar nicht in Malibu gedreht worden sind.

»Und wieso hat man das so gemacht?«, will ich wissen.

»Aus zwei Gründen: In Malibu gibt es nur einen öffentlichen Strand, den Yuma Beach, und der ist zu klein, um eine Serie zu drehen, und verkehrt herum hätte der Beititel *Die Rettungsschwimmer von Santa Monica* auch nicht viel hergemacht.«

In diesem Moment kommen wir an eine superbreite achtspurige Straße.

»Das ist der Pacific Coast Highway«, erklärt Jason. »Wollen

wir mal sehen, was dieses Baby so hergibt?« Er klopft auf das Lenkrad.

»Wieso, weißt du das denn nicht?«

»Was?«

»Na, was der so hergibt. Du musst doch wissen, wie schnell dein Wagen geht.«

»Ach so, jetzt verstehe ich.« Er lacht. »Der Wagen gehört nicht mir, der ist bloß geliehen. Roger, der Produzent meines neuen Films, hat die Garage voll mit solchen Raketen.«

»Ach, darum …«

»Was, *darum*?«

»Vorhin habe ich überlegt, was für ein Auto du wohl fährst, und ich war mir ziemlich sicher, dass es kein Sportwagen ist.«

»Und wieso warst du dir da so sicher?«

»Na ja, so wie du dich kleidest …«

»Du meinst altmodisch?«, legt er mir grinsend in den Mund.

»*Leger*«, betone ich. »… und deiner Frisur nach …«

»… die eigentlich gar keine ist …«

»… die *praktisch* ist …«, kratze ich elegant die Kurve, »… hätte ich am ehesten auf einen Geländewagen getippt, aber ganz sicher nicht auf so eine …« Ich suche nach dem richtigen Wort.

»*Machokarre?*«, hilft er mir weiter.

»Ja, genau.«

Er lacht, und jetzt entdecke ich zum ersten Mal diese hinreißenden Grübchen an seinen Wangen.

»Soll ich dir was verraten?«, sagt er dann.

»Was denn?«

»Du hast absolut recht, dieser Wagen *ist* eine Machokarre, und ich würde mir so was auch nicht kaufen …«

»Ha, wusst ich's doch.«

»Andererseits muss ich zugeben, dass so ein Ding auch verdammt viel Spaß macht. Halt mal deinen Hut fest!«

Damit drückt er plötzlich aufs Gas. Der Wagen brüllt auf, und ich werde tief in meinen Sitz gepresst, während wir uns an den anderen Wagen förmlich vorbeizoomen. Ich halte den Atem an, und einem ersten Impuls folgend will ich heftig protestieren, doch dann merke ich, wie ich mich an die Geschwindigkeit gewöhne und … dass es Spaß macht. Ich habe noch nie in so einem schnellen Wagen gesessen, und Jason lenkt ihn souverän und mit ruhiger Hand, als wäre das gar nichts Ungewöhnliches für ihn. Nach etwa zehn Minuten haben wir das Ortsschild von Malibu erreicht, und Jason nimmt wieder Gas weg.

»Ist doch nicht so schlecht, diese Machokarre. Das hat doch was, oder?«, fragt er grinsend.

»Es ist in erster Linie kindisch«, merke ich an. »Aber ich gebe zu, dass es auch ein kleines bisschen Spaß gemacht hat. Hast du eigentlich keine Angst wegen der Tempolimits? Ich dachte, hier in den Staaten wären die Polizisten besonders streng.«

»Das sind sie normalerweise auch, aber als Regisseur hat man in dieser Gegend einen Vorteil. Wenn sie mich aufhalten, sage ich immer, dass ich zu einem unglaublich dringenden Drehtermin muss, und wenn das auch nichts hilft, stelle ich ihnen eine kleine Nebenrolle bei meinem nächsten Film in Aussicht, das hilft immer.«

»Polizisten sind Fans von deinen Filmen? Also, das finde ich jetzt wirklich bedenklich«, grinse ich. »Wo genau fahren wir überhaupt hin?«

»Nach Paradise Cove. Schon mal davon gehört?«

»Nein. Was ist das?«

»Eine Bucht. Sie wird dir gefallen, da bin ich mir sicher.«

Die Straße führt jetzt ein Stück bergauf, dann gelangen wir an eine Abzweigung. Jason biegt nach links ab und folgt einer schmalen Straße, die in mehreren engen Kurven steil nach unten führt, bis wir eine kleine Bucht erreichen, die sich malerisch vor uns ausbreitet. Ich sehe einen weißen Sandstrand und einen Holzsteg, der aufs Meer hinausführt, und inmitten einer Palmengruppe befindet sich ein Gebäude aus Stein und Holz, hinter dem Jason jetzt einparkt.

»Und, was sagst du?«, fragt er.

»Es ist wunderschön. Kein Wunder, dass es Paradise Cove heißt«, schwärme ich.

Wir steigen aus und nähern uns dem Gebäude. *Beach Café*, lese ich über dem Eingang, und seitlich vor der Tür hängt eine alte Schiffsglocke.

»Hat die Glocke eine besondere Bedeutung?«, frage ich.

»Allerdings. Wenn man sie reibt, darf man sich etwas wünschen.«

»Hast du schon ausprobiert, ob es funktioniert?«

»Klar, schon oft«, behauptet er mit bierernster Miene. »Und jetzt kennst du auch das wahre Geheimnis meines Erfolgs.«

»Okay, wenn das so ist …« Ich gehe zu der Glocke und reibe ein paarmal über das kühle Metall.

»Und, was hast du dir gewünscht?«, will Jason wissen.

»Das verrate ich doch nicht, sonst geht mein Wunsch nicht in Erfüllung«, gebe ich lachend zurück.

»Hier steht aber nichts davon, dass man seinen Wunsch geheim halten muss«, meint er und deutet auf die kleine Tafel neben der Glocke.

»Das ist allgemeiner Standard bei Wünschen, deshalb haben sie das gar nicht erst hingeschrieben«, kläre ich ihn auf.

Abgesehen davon würde ich ihm meinen Wunsch sowieso nicht verraten, aus Angst, dass er mich auslacht. Ich habe mir nämlich gerade die Oscar-Nacht vorgestellt, der Preis für das beste Drehbuch wird vergeben, und ich stehe in einem umwerfenden Kleid auf der Bühne des Kodak Theatre, während alle klatschen und …

»Was du nicht sagst«, unterbricht Jason meinen kleinen Traum. Er mustert mich schmunzelnd mit in den Hosentaschen versenkten Händen. »Wie sieht's aus, hast du Hunger? Die haben hier Spareribs vom Kobe-Rind.«

»Ich bin nicht hungrig, aber eine kleine Erfrischung könnte ich schon vertragen … und vielleicht etwas Süßes, falls es hier so was gibt?«

»Jede Menge sogar.«

Die Einrichtung des Cafés ist gemütlich-rustikal mit viel Holz und dunklem Leder, und die Wände zieren Surfbretter und Fotos von bekannten Persönlichkeiten, die hier zu Gast waren.

Wir haben einen Platz auf der Terrasse bekommen, von wo wir freien Blick auf die sich sanft brechenden Wellen und den Strand haben, und ein paar Meter weiter entdecke ich wieder breite Liegen mit großen blauen Matratzen, wie sie mir schon in der *Sky Bar* aufgefallen sind. Langsam bestätigt sich mein Verdacht: Amerikaner kuscheln gern.

Jason hat für sich die Rippchen bestellt, und ich habe mich aus einer enormen Auswahl an verlockenden Süßspeisen für Pancakes mit geriebenen Walnüssen und Ahornsirup entschieden, die der Kellner wenig später verführerisch duftend vor mir abstellt.

»Die sehen gut aus«, befindet Jason mit einem Blick auf meinen Teller.

»Deine Rippchen aber auch. Darf ich kosten?«

»Das musst du sogar.« Er trennt mit ein paar geschickten Griffen mehrere Rippchen ab und schiebt seinen Teller ein Stück weit zu mir.

Ich koste und nehme mir auch ein paar von seinen Pommes. Die Rippchen sind ziemlich fett und für meinen Geschmack etwas zu süß, aber die Pommes sind mit Abstand die besten, die ich in meinem ganzen Leben gegessen habe. Als wir damit fertig sind, machen wir uns gemeinsam über die Pancakes her, bis auch davon nichts mehr übrig ist.

»Mann, bin ich voll«, klopft Jason sich danach zufrieden auf den Bauch.

»Geht mir genauso«, sage ich und nippe an meinem Kaffee.

»Dann können wir jetzt zum gemütlichen Teil übergehen«, meint er.

»Ich dachte, das wäre schon der gemütliche Teil«, gebe ich überrascht zurück.

»Nicht ganz.« Er deutet auf die Liegen. »Es gibt keinen besseren Platz, um den Sonnenuntergang von Malibu zu genießen.«

Ich zögere. »Also, ich weiß nicht …«

»Was hast du?«

»Es sind *Liegen.*«

Er lacht. »Ja, genau, mit ungefähr dreihundert Menschen rundherum. Komm schon, Lilly, ich beiße nicht.«

Auf einmal komme ich mir ziemlich albern vor. Er hat recht, hier sind überall Leute, am Strand, an den Tischen, und auch auf den Liegen haben es sich andere Gäste bereits gemütlich gemacht, und das sind keineswegs nur verliebte Pärchen, wie ich mit einem schnellen Blick feststelle. Außerdem, was wäre daran eigentlich so schlimm?, zuckt es mir auf einmal durch den Kopf.

»Also gut, von mir aus«, gebe ich nach.

»Prima.« Jason holt schnell ein paar Polster und eine Decke, und nachdem wir die Schuhe ausgezogen und uns auf der weichen Unterlage ausgebreitet haben, serviert der Kellner zwei knallig bunte Cocktails.

»Hast du die bestellt?«, frage ich überrascht.

»Ja, das ist die Spezialität des Hauses. Du magst doch Cocktails?«

»Ja, solange sie süß sind.«

Wir stoßen an und trinken, und der Geschmack ist einfach himmlisch. Dann lehnen wir uns in die Polster zurück und betrachten eine Weile schweigend die Wellen und die Sonne, die weit draußen am Horizont langsam im Meer versinkt. Eine leichte Brise bringt kühle Abendluft heran, und ich nehme die Decke und kuschle mich behaglich hinein. Dabei fällt mein Blick auf Jason, der ganz in Gedanken versunken zu sein scheint.

Wie gut er aussieht. Im Profil kommen sein männliches Kinn und die kräftige Nase noch besser zur Geltung, und unwillkürlich frage ich mich, was ein Mann wie er überhaupt von mir will. Er muss doch ständig von den schönsten Frauen umgeben sein, er sieht gut aus und ist zudem extrem erfolgreich, einer wie er kann doch sicher jede haben, Schauspielerinnen und Models, Frauen wie die beim letzten Mal vor der *Sky Bar* …

Moment mal, wer *war* das überhaupt?

Plötzlich dreht er den Kopf und fängt meinen Blick auf, bevor ich noch weggucken kann. »Woran denkst du?«, fragt er mit einem verträumten Lächeln.

»Diese Frau letztes Mal, vor der *Sky Bar* …«, beginne ich,

und im selben Moment wird mir bewusst, dass ich überhaupt kein Recht habe, ihn danach zu fragen. »Aber das geht mich auch gar nichts an«, füge ich hastig hinzu.

»Ach was, kein Problem«, winkt er ab. »Das war Rita, Rogers Frau ... du weißt schon, mein Produzent, von dem ich den Wagen habe. Roger ist manchmal froh, wenn sie jemand ausführt, damit er seine Ruhe hat.«

»Ach so ... dann hast du also nichts mit ihr?«, sage ich möglichst beiläufig und merke dennoch, wie meine Wangen zu glühen anfangen.

»Eine Affäre?« Er zieht eine nachdenkliche Miene. »Nein, so kann man es nicht nennen. Ich muss nur hin und wieder mit ihr schlafen, um die Finanzierung für meinen nächsten Film zu bekommen, aber das ist rein geschäftlich.«

»Wie bitte?«, fahre ich hoch. Dann sehe ich das Zucken um seine Mundwinkel, und ich boxe ihn mit aller Kraft in die Schulter.

»Au!« Er reibt sich den Oberarm. »Das hat wehgetan.«

»Das sollte es auch, du Schuft!«, rufe ich in gespielter Empörung.

»Apropos *Sky Bar*«, meint er und stützt seinen Kopf in die Hand. »Ich wollte eigentlich nicht fragen, aber nachdem du das Thema erwähnt hast ... was genau ist da eigentlich abgegangen an diesem Abend?«

Klasse, Lilly, gut, dass du das Thema angeschnitten hast. Ich merke, wie mir das Blut ins Gesicht schießt. »Och, nicht Besonderes ...« Ich wedle verlegen mit der Hand herum.

»Nichts Besonderes?«, lacht er ungläubig. »Du warst klitschnass, und gleich danach kam uns George Clooney entgegen – ebenfalls klitschnass –, und die Leute sprachen von drei Frauen, die ihn mit irgendwas beworfen haben und gleich darauf geflüchtet sind ...«

»Na, dann weißt du ja schon alles ...«

»Nicht wirklich. Womit habt ihr ihn denn beworfen?«

»Es war ein Drehbuch, und Emma wollte es ihm nur vor die Füße werfen, damit er es mitnimmt und liest ...«

»... aber stattdessen hat er einen Abgang in den Pool gemacht?«

Ich nicke, und im nächsten Moment prusten wir beide los.

Es dauert eine Zeit lang, bis wir uns wieder beruhigt haben, dann erzähle ich ihm die ganze Geschichte: »... und als ich dann mein Drehbuch wiederhatte, lief ich auch noch klitschnass in dich und diese Sexbombe hinein, die noch dazu ziemlich eifersüchtig wirkte, deswegen dachte ich natürlich ...«

»Rita war wohl eher schockiert, dass wir uns kennen, du sahst ja wirklich aus wie die Punkversion von Arielle, der Meerjungfrau«, schmunzelt Jason. Dann legt er eine Pause ein und sieht mir tief in die Augen. »Nein, im Ernst, Lilly, wegen so was brauchst du dir keine Gedanken zu machen. Ich spiele nicht mit dir, das musst du mir glauben.«

O mein Gott. *Er spielt nicht mit mir.* Und diese Augen. Ich versinke darin. Ohne dass ich etwas dagegen tun kann, hängen plötzlich meine Lippen auf den seinen, und wir verschmelzen zu einem Kuss, der mir beinahe die Sinne raubt. Ich war noch nie so heiß auf einen Mann, ich möchte mehr, viel mehr. Aber hier geht das nicht, nicht an diesem belebten Strand. Wir könnten in das Auto ... nein, können wir nicht, in dieser dämlichen Macho-Cabrio-Mistkarre kann man doch keinen vernünftigen ...

»Jason, lass uns ...«, hebe ich an, als wir uns wieder voneinander gelöst haben, doch er unterbricht mich.

»Lilly, hör mir zu ...«

»Was immer du willst, Jason ...«

»Lilly, ich muss weg!« Obwohl sein Mund nur Zentimeter von mir entfernt ist, dringen seine Worte wie aus einem weit entfernten Nebel zu mir durch, und er muss sie wiederholen, bis ich endlich begreife.

»Hörst du, Lilly, ich muss weg!«

Ich starre ihn an. »Was heißt das, du musst weg?«

»Ich muss nach Rumänien, für eine Woche«, sagt er so einfühlsam wie möglich.

»Was willst du denn in Rumänien?«, frage ich ernüchtert.

»Wir haben dort Dreharbeiten für meinen neuen Film. Die

Firmen drehen häufig in Osteuropa, da gibt es viele antike Gebäude, und es ist auch wesentlich kostengünstiger.«

»Und wann musst du weg?«, frage ich hastig. »Haben wir noch Zeit, ich meine …«

»Mein Flug geht noch heute Nacht. Ich sollte eigentlich längst zurück sein, aber es war so schön hier mit dir …« Er sieht mir wieder tief in die Augen. »Jedenfalls war das vorhin ernst gemeint. Wir kennen uns noch nicht besonders gut, Lilly, aber du bedeutest mir sehr viel, weißt du das?«

Mir kommen fast die Tränen, so gerührt bin ich. Das hat noch nie ein Mann zu mir gesagt, und schon gar nicht *so* ein Mann.

»Aber wieso ich, Jason?«, stammle ich. »Ich bin nur ein einfaches Mädchen, und du könntest so viele haben, schöne, reiche, berühmte Frauen. Was findest du ausgerechnet an mir?«

»Ich weiß es nicht«, sagt er.

Okay, er hätte jetzt auch sagen können, dass er mich zum Beispiel auch schön findet oder so was in der Art …

»Vielleicht liegt es daran, dass du *echt* bist«, fährt er fort, und ich lausche gebannt seinen Worten. »Du hast mich vom ersten Blick an fasziniert, seit ich dich bei Genevieve sah, und du überraschst mich immer wieder aufs Neue. Mit dir zusammen zu sein ist wie ein Abenteuer, das täglich neu beginnt, und ich will, dass es nie zu Ende geht.«

Ich fühle, wie eine dicke Träne meine Wange runterkollert, und schlucke tief. »Ich komme mit dir, Jason«, hauche ich. »Lass mich mitkommen, bitte!«

»Nein, Lilly, das möchte ich nicht«, schüttelt er bestimmt den Kopf. »Rumänien ist kalt und hässlich um diese Jahreszeit, und ich hätte auch gar keine Zeit für dich« Er umfasst mein Kinn und küsst mich noch einmal sanft. »Es ist ja nur für eine Woche, die vergeht wie im Flug, du wirst sehen.«

Er hat recht. Was ist schon eine Woche? Es ist ja nicht so, als würde er für die nächsten Jahre in einen Krieg ziehen oder so. Kein Grund also, gleich hysterisch zu werden.

Eine lächerliche Woche …

O mein Gott, wie soll ich das bloß aushalten?

14

»Wie findet ihr es?« Susans wuschelige Haare stehen steil zu Berge wie immer, und diesmal hat sie noch mehr Schminke aufgetragen als sonst – was etwas heißen will – und trägt eine hellgrüne Latzhose. Susan ist die Visagistin aus unserer neuen WG, und ich frage mich unwillkürlich, wie sie ihre Klienten wohl herrichtet.

Wir sitzen alle zusammen im Wohnzimmer beim Frühstück und bereiten uns bei Kaffee und Keksen auf den Tag vor.

»Kommt darauf an … was hast du denn vor?«, fragt Vanessa diplomatisch.

»Wir haben in der Agentur unsere Schlussbesprechung wegen der *Verleihung*«, versucht Susan sich lässig zu geben, aber das funktioniert nicht ganz, weil sie ständig von einem Bein aufs andere hüpft.

»Susan kriegt vielleicht einen Job bei der Oscar-Verleihung«, erklärt Vanessa.

»Was, ehrlich?« Emma und ich reißen begeistert die Augen auf.

»Ja, sie brauchen noch Leute, um die Schauspieler nachzustylen, bevor sie auf die Bühne gehen, und Susan hat gute Chancen.«

»Wahnsinn. Dann triffst du ja die ganzen Stars …«

»Genau. Das wäre eine Riesenchance für mich, eine bessere Empfehlung kann man sich gar nicht wünschen«, nickt Susan. »Und deswegen muss ich heute auch einen besonders kreativen Eindruck machen.«

»Also, *kreativ* wirkst du auf jeden Fall«, versichere ich ihr. »Sag mal, sind diese Haare eigentlich echt?«, kommt es mir dann über die Lippen.

»Was denkst du denn?«, lacht Susan. »Natürlich nicht. Das ist eine Perücke, ich *liebe* Perücken.«

Ach darum. Ich hatte mich schon gewundert. Kein Mensch hat von Natur aus so viele Haare.

»Sie hat den ganzen Schrank voll davon«, ergänzt Kimberly und verdreht dabei die Augen. Kimberly ist zart und hat eine blasse Haut, und wie immer wirkt sie ein bisschen arrogant.

»Du auch schwarze hast, für Latinas?«, will Emma von Susan wissen.

»Klar, ich habe alles. Ihr könnt euch übrigens gerne was ausborgen, wenn ihr wollt«, nickt Susan. »Also findet ihr mein Outfit gut?«

»Auf jeden Fall, für deine Zwecke ist es optimal«, meint Vanessa.

»Mach sie platt!« Ich recke beide Daumen in die Höhe.

Als Susan weg ist, steht auch Vanessa auf. »So, ich muss dann auch ...«

»Was steht bei dir heute an?«, frage ich sie.

»Ich treffe meinen Dad, er hat Geburtstag ... und bei der Gelegenheit kann ich ihn gleich um ein bisschen Geld anpumpen. Was macht ihr?«

»Lilly und ich haben ein Casting«, platzt Emma aufgeregt heraus.

Ah ja, richtig, das Casting. Emma ist gestern im Internet darauf gestoßen, und sie ist ganz aufgeregt, weil es sich angeblich um eine ziemlich große Produktion handelt.

»Ein Casting?« Vanessa runzelt die Stirn. »Und davon habt ihr mir gar nichts erzählt? Da wäre ich gerne dabei gewesen.«

»Du hättest doch gar keine Zeit gehabt, wegen deines Dads«, wende ich ein. »Außerdem geht das Casting über zwei Tage, sollte es also interessant sein, kannst du auch noch morgen hin, nicht wahr, Emma?«

Emma nickt. »Ja, und du dann auch uns hast, um dich zu empfehlen«, sagt sie aufmunternd zu Vanessa.

»Äh ... ja. Gebt mir dann Bescheid, wie es war, okay? Bis später!«

»Ich zische noch mal kurz ins Bad, und dann machen wir uns auch vom Acker, okay?« Emma verkrümelt sich, und jetzt sind nur noch Kimberly und ich übrig.

Ein paar Augenblicke lang bleibt es unangenehm ruhig. Sie blättert in einer Illustrierten, und ich tunke Kekse in meinen Kaffee und lasse sie mir dann im Mund zergehen.

»So, du bist also auch Drehbuchautorin?«, beginne ich dann, um das Eis zu brechen.

Sie sieht erstaunt hoch, als würde sie mich jetzt erst registrieren. »Ja, bin ich.« Damit vergräbt sie sich wieder in ihre Zeitung.

»Und, schon was verfilmt worden von dir?«, setze ich das Gespräch fort.

Ihre hochnäsige Art nervt mich zwar, aber ich *kann* einfach nicht im selben Raum mit einem Menschen sein, ohne mit ihm zu reden – außerdem bin ich auch neugierig auf ihre Erfahrungen.

»Sicher, schon einiges«, gibt sie beiläufig zurück. »Und von dir?«

»Nein, leider noch nicht. Es ist aber auch mein erstes Drehbuch, und ich biete es ja erst seit ein paar Tagen an«, suche ich schnell nach einer Ausrede.

Ihr Blick ruckt hoch. »Dein erstes Drehbuch, so so. Nur so aus Höflichkeit: Wovon handelt es denn?«

Endlich sind wir beim Thema. Ich fasse in kurzen Worten die Handlung von *Endless Love* zusammen und warte dann neugierig auf ihre Reaktion.

Sie mustert mich nachdenklich, dann sagt sie: »Eine Liebesschnulze also … Na ja, vielleicht fällt dir ja beim nächsten Mal was Besseres ein.«

Ich starre sie verblüfft an und fühle, wie sich ein Gewitter in mir zusammenbraut. Wie kann jemand nur so fies sein? Diese doofe Ziege, der müsste man …

»Können wir?« Es ist Emma, die mich aus meinen Gedanken reißt.

Sie trägt wieder ihre Fransenstiefel, aber diesmal hat sie einen Rock und ein kurzes Bolerojäckchen an, das ihr sogar ziemlich gut steht.

Ich überlege noch, ob ich Kimberly eine scharfe Antwort auf

ihre Unverschämtheit geben soll, lasse es dann aber bleiben. »Die Adresse hast du?«, frage ich stattdessen Emma.

»Klar, die habe ich schon gestern im Navi eingespeichert. Es sind keine zwanzig Minuten von hier.«

»Bist du sicher, dass es hier ist?« Ich werfe einen skeptischen Blick auf die alte Halle, die schon bessere Tage gesehen hat. Das Navigationsgerät hat uns zuerst Richtung Melrose Place gelotst, und da sah, abgesehen von einem Megastau, alles noch ganz manierlich aus, aber nur ein paar Gassen weiter wirkt die Umgebung wie die Kulisse für einen Bandenkrieg.

»Ja, ich habe mir die Adresse direkt vom Computer abgeschrieben. Also, ich finde es gar nicht übel. Sieh mal, da stehen ein paar tolle Schlitten.« Sie deutet zuversichtlich auf den Parkplatz, wo neben unserem Cadillac mehrere riesige Autos mit chromblitzenden Felgen und schrillen Lackierungen stehen. »Und da drüben dürfte der Eingang sein.« Gerade verschwinden drei aufgedonnerte Mädchen in hohen Stöckelschuhen durch eine unscheinbare graue Tür.

Als wir näher kommen, lesen wir auf einem Zettel: *BBM Productions Casting.*

»BBM Productions?« Ich krame in meinem Hinterstübchen, ob ich von denen schon mal was gehört habe. »Die Firma kenne ich gar nicht. Na ja, vielleicht ein neuer Independent.«

»Inde*was*?«, fragt Emma.

»Independents sind Filmfirmen, die unabhängig von den großen Studios produzieren«, kläre ich sie auf.

»Dann ist das also doch keine große Sache?« Sie zieht ein enttäuschtes Gesicht.

»Ach, das sagt gar nicht viel über die Qualität einer Firma aus. In den letzten Jahren hatten die Unabhängigen teilweise größere Erfolge als die arrivierten Firmen mit ihren projektierten Blockbustern. Geld ist nicht alles, manchmal siegt auch die Qualität, und nicht zu vergessen Kreativität.«

»Okay, dann zeigen wir denen mal, was wir draufhaben.« Emma klingt nach meinen Ausführungen wieder richtig motiviert. Voller Schwung stößt sie die Tür auf, und wir gelangen durch einen kahlen Gang zu einer weiteren Tür, hinter der wir auf eine Art Büro stoßen. Eine ältere Frau mit riesigen roten Lippen und pechschwarzen Haaren empfängt uns mit trägem Blick. »Hi, ich bin Katie. Ihr wollt zum Casting?« Sie blickt vorwurfsvoll auf ihre Uhr. »Ihr seid spät dran.«

»Es gab einen Stau an der Ecke Melrose…«, versuche ich schnell eine Erklärung anzubringen.

»Ja, ja, ist auch egal. Füllt das schnell aus, und dann brauche ich noch eure Ausweise.« Sie schiebt uns zwei vorgedruckte Zettel samt Kugelschreiber über den Schreibtisch. Wir händigen ihr unsere Reisepässe aus, mit denen sie sich sofort nach hinten zu einem alten Kopierer verzieht. Ich verfolge sie mit unbehaglichem Blick. Ich habe es nicht so gern, wenn man mein Passfoto kopiert. Den neuen Vorschriften nach muss man dabei ganz ernst gucken, und da ich auf dem Foto auch noch die Haare zurückgebunden habe, sehe ich darauf aus wie ein schmollendes Streifenhörnchen.

»Was steht denn da alles?«, fragt Emma nervös.

Ich werfe einen Blick auf die Zettel. »Mal sehen… in die erste Zeile müssen wir unsere Namen eintragen…« Wir kritzeln in Windeseile unsere Namen hin. »… dann das Geburtsdatum… unsere Adresse…« Wir schreiben so schnell wir können. Als Nächstes kommt eine ganze Reihe von Fragen, die man mit Ja oder Nein ankreuzen muss. »Sind sie im Vollbesitz Ihrer geistigen Kräfte? *Ja!*«, lese ich für Emma laut mit, während ich mein Kreuz mache. »Sind sie gesund? *Ja!* Sind sie volljährig? *Ja!* Sind sie frei von Vorstrafen? *Selbstverständlich!*«

Katie ist inzwischen mit unseren Ausweisen zurück. »Seid ihr immer noch nicht fertig?« Sie beginnt ungeduldig mit ihrem Zeigefinger auf den Schreibtisch zu trommeln.

»Beeilung, Lilly, sonst nehmen sie uns nicht mehr dran!« Emma hat hektische Flecken auf den Wangen bekommen, sie scheint das Ganze ziemlich ernst zu nehmen.

»Okay, soweit ich sehe, können wir hier überall *Ja* ankreuzen«, sage ich, um Zeit zu sparen. Ist schließlich nur irgendein oller Wisch, sollten die wirklich Interesse an uns haben – was ungefähr so wahrscheinlich ist wie ein Marsmännchen im Weißen Haus –, müssten wir die Einzelheiten ohnehin noch einmal in Ruhe durchgehen.

Wir fetzen beinahe zeitgleich unsere Unterschriften auf den unteren Rand und übergeben die Zettel dann der Schwarzhaarigen. Die nimmt sie und wirft einen Blick darauf. Ihre Augenbrauen schießen in die Höhe. »Alle Achtung, ihr geht ja in die Vollen. Habt ihr schon bei anderen Produktionen mitgemacht?«

»Nein, das ist unser erstes Casting«, antworte ich.

»Okay, das könnte Mike interessieren. Geht den Gang runter bis zur letzten Tür, da findet ihr die Umkleide. Ich gebe Mike Bescheid, damit er euch gleich dort abholt.«

»Hast du gehört, Lilly?«, meint Emma aufgeregt, als wir eilig den Gang entlangtrippeln. »Sie hat gesagt, wir könnten diesen Mike *interessieren*!«

»Ja, ich hab's gehört«, gebe ich verhalten zurück. »Sag, findest du das nicht ein bisschen seltsam?«

»Was denn?«

»Na, alles irgendwie. Diese Katie fand ich schon merkwürdig, und wieso sollte dieser Mike Interesse an uns haben? Wir haben keinerlei Referenzen als Schauspieler, und er kennt uns doch noch gar nicht.«

»Diese Katie sieht aber aus, als wäre sie schon lange im Geschäft«, meint Emma, und diesmal muss ich ihr ausnahmsweise zustimmen. »Die kann das wahrscheinlich aufgrund ihrer Erfahrung beurteilen, und sie hat anscheinend etwas Besonderes in uns gesehen. Ich weiß echt nicht, wieso du das jetzt schlechtreden musst«, sagt sie vorwurfsvoll.

»Lassen wir uns einfach überraschen«, beende ich die Diskussion, weil wir jetzt an besagter Tür angekommen sind. Wir treten zögerlich ein. Es ist eine triste Umkleide mit ein paar Metallkästen und Hockern, und an der einen Wand hängt ein Schminkspiegel mit Kosmetika auf dem zugehörigen Beistelltisch. Außer uns befindet sich niemand im Raum, aber während wir uns umsehen, vernehmen wir Geräusche hinter einer zweiten Tür. Emma und ich wechseln einen Blick, dann trippelt sie auf leisen Sohlen zu dieser Tür und legt neugierig ein Ohr daran.

»Kannst du was verstehen?«, flüstere ich.

Sie lauscht angestrengt. »Ich glaube, die drehen was«, murmelt sie. »Es klingt wie Regieanweisungen …« Sie horcht weiter, und ich nutze die Zeit, um mir vor dem Schminkspiegel die Haare ein wenig zu richten. Dabei fällt mein Blick auf das Poster an der Wand. Es gehört zu einem Film mit dem Titel *Big Bang Mike picks the Chicks*, und es zeigt einen muskelbepackten, stoppelhaarigen Mann mit nacktem Oberkörper, der von mehreren großbusigen Mädchen in superknappen Bikinis angehimmelt wird. *Big Bang Mike. BBM*. Ich fühle, wie sich in meinem Nacken ein nervöses Kribbeln einstellt.

»Emma?«, sage ich zaghaft.

Sie hebt den Blick zu mir. »Es muss eine Actionszene sein, ich kann es poltern hören, und die schnaufen so richtig«, teilt sie mir eifrig mit.

»Emma«, starte ich erneut. »Was genau stand in diesem Internetinserat?«

»Tja, weiß nicht …« Sie runzelt die Stirn. »Was da halt so steht. Ich hab's nicht wörtlich verstanden, aber sinngemäß, dass es um ein Filmcasting geht. Wieso?«

Ich versuche es anders. »Und wie kamst du darauf, dass es eine große Produktion sei?«

»Weil da stand, es sei für einen *XXX-Film*. XXX heißt doch groß, nicht wahr?«

Ein jäher Schreck durchzuckt mich. Jetzt wird mir alles klar. Diese schmuddelige Halle. Katie. Das Poster. *Big Bang Mike!*

»Emma, lass uns schnell von hier abhauen!«, sage ich hastig und grapsche nach meiner Handtasche.

Sie nimmt ihr Ohr von der Tür und starrt mich an, als wäre ich völlig verrückt geworden. »Abhauen? Spinnst du? Das ist *die* Chance für uns, Katie hat doch gesagt …«

»Vergiss, was Katie gesagt hat!«, schreie ich sie an, und sie reißt erschrocken die Augen auf.

»Meine Güte, Lilly, was ist denn in dich …«

In diesem Moment öffnet sich die Tür. Ein Mann steht vor uns. Er hat eine kurze Stoppelfrisur und trägt einen Bademantel, durch den sich Berge von Muskeln abzeichnen. »Ihr seid also die Neuen«, grinst er. »Katie hat gesagt, dass ihr *alles* macht. Stimmt das, Ladys?«

Emma ist im ersten Moment einen Schritt zurückgewichen, aber nachdem sie ihren ersten Schreck über sein plötzliches Erscheinen verdaut hat, himmelt sie den Typen jetzt auch noch an.

Kapier's doch, Emma, das ist ein ...

»Katie nix treibt über mit uns, wir alles können, wir wollen wenn«, versichert sie ihm eifrig, und er glotzt sie an wie eine Außerirdische.

»Auch gut«, setzt er dann wieder sein dämliches Grinsen auf. »Probieren wir's einfach aus!« Mit diesen Worten lässt er den Bademantel von seinen Schultern gleiten, und jetzt wird deutlich, warum er den Künstlernamen *Big Bang* trägt.

Ich kreische auf, und auch Emma weicht vor ihm zurück. Ihre Augen weiten sich erschrocken, und dann kapiert sie plötzlich.

Und wie sie kapiert.

»Du hättest es mir früher sagen müssen«, bleibt sie beharrlich.

»Ich hab's doch auch erst geschnallt, als ich dieses Poster an der Wand sah!« Ich weiß eigentlich gar nicht, warum ich mich rechtfertige. *Sie* hat uns doch zu diesem Casting geschleift.

Emma kracht die Rampe zur Parkgarage des H & H Center hinunter, als gäbe es ein Rennen um den besten Stellplatz.

»Ja, aber ab da hättest du nicht so lange warten dürfen.«

»Wie bitte, *lange warten*?« Ich schnappe empört nach Luft. »Habe ich etwa nicht gleich gesagt, dass wir abhauen sollen?«

»Doch, schon, aber du hast es nicht ausreichend *begründet*, und es ist doch wohl klar, dass ich mir nicht ohne triftigen Grund ein wichtiges Casting entgehen lasse«, konstruiert sie krampfhaft eine Erklärung.

Sie will ihr schlechtes Gewissen beruhigen, das kann ich fühlen, aber diese Streiterei bringt uns kein Stück weiter. Also atme ich erst mal tief durch und versuche, wieder ein bisschen herunterzukommen.

Emma rangiert den Wagen mit einem einzigen Schwung in eine Parklücke, donnert dabei mit dem Heck gegen die Mauer, wie wir es mittlerweile schon gewohnt sind, und stellt den Motor ab.

»Glaubst du, du hast ihn verletzt?«, frage ich nach einer kurzen Pause.

»Verletzt? Nein, das glaube ich nicht, so wie der gebaut war ... nicht, dass ich damit viel Erfahrung hätte ... mit *Amerikanern*, meine ich ...« Sie läuft rot an, als sie merkt, dass sie sich ziemlich verhaspelt hat. »Außerdem muss er so was aushalten, ist doch schließlich sein Beruf.«

»Eine Handtasche mit voller Wucht *dahin* zu kriegen gehört wohl kaum zu seinem Beruf«, wende ich ein.

»Selber schuld«, meint Emma trotzig. »Dann hätte er mich eben nicht so erschrecken sollen.«

»Na ja, wahrscheinlich immer noch besser als das Pfefferspray«, überlege ich.

»Mist.« Sie schlägt sich mit der flachen Hand gegen die Stirn. »Das habe ich ganz vergessen, das wäre noch besser gewesen.«

Noch besser? Ich sehe sie überrascht an und hole Luft, um etwas zu sagen, verzichte dann aber lieber darauf. Ich habe keine Lust, mit meiner besten Freundin zu streiten. Hat dieser doofe *Mr. Big Bang* eben eins auf die Glocke gekriegt, kann mir doch egal sein.

»Wie wär's mit einem Eis?«, schwenke ich auf etwas Erfreulicheres um.

»Gute Idee, das wäre jetzt genau das Richtige.« Emmas Laune hebt sich gleich wieder. »Und einen Smoothie will ich auch.«

Wir holen uns große Portionen Eis mit Früchten und frisch gemachte Smoothies vom *Green Earth Café*, dann machen wir es uns auf dem Balkon über dem Haupteingang zum Kodak Theatre gemütlich. Eine Zeit lang sind wir mit dem Eis beschäftigt, dann lehnen wir uns in den Sesseln zurück und betrachten träge die Menschenmenge, die sich unten den Walk of Fame entlangschiebt.

»Hat Jason eigentlich schon einen Stern?«, fragt Emma auf einmal.

»Auf dem Walk of Fame?« Ich denke kurz nach. »Nein, das kann ich mir nicht vorstellen. Dafür ist er noch zu kurz im Geschäft, und Preise hat er auch noch keine gewonnen mit seinen Filmen.«

»Sind die nicht so ähnlich wie die von Quentin Tarantino?«

»Ja, und nein ... Sie sind jedenfalls auch ziemlich brutal.«

»Aber Tarantino hat schon einen Stern?«

»Ich denke schon.«

»Das heißt«, sie schlürft an ihrem Smoothie, »dass Jason eines Tages wahrscheinlich auch da unten verewigt sein wird.«

»Ja, kann sein. Wieso interessiert dich das so?«

Sie wirft mir einen überraschten Blick zu. »Begreifst du nicht, was das bedeutet, Lilly? *Dein Freund* wird vielleicht einmal eine Berühmtheit, eine Legende, für alle Zeiten da unten einzementiert.«

Mein Herzschlag beschleunigt sich, als sie das sagt, aber ich kann nicht sagen, ob vor Stolz oder weil ich gerade daran denken musste, wie Jason und ich uns in Paradise Cove geküsst haben. »Er ist nicht mein Freund, Emma«, bremse ich sie dann zurück.

»Aber ihr habt euch doch geküsst, oder?«, fragt sie überrascht.

»Ja, sicher ...«

»Aber ihr habt noch nicht miteinander geschlafen ...«

»Nein, natürlich nicht.«

»Clever gemacht, Lilly, sehr clever.«

Ja, das war echt clever von mir. Abgesehen davon, dass ich absolut *alles* getan hätte, wenn wir nur ein bisschen mehr Zeit gehabt hätten. Aber rückblickend bin ich froh, dass nichts weiter geschehen ist, denn nüchtern betrachtet wäre es doch ein bisschen voreilig gewesen, mit einem Mann gleich beim ersten richtigen Date in die Kiste zu hüpfen.

Ich kann sehen, wie es in Emmas Oberstübchen arbeitet. »Das heißt, er ist immer noch heiß auf dich und will dich unbedingt wiedersehen«, sagt sie so konzentriert, als würde sie gerade die Taktik für einen gewaltigen Eroberungsfeldzug ausarbeiten. »Jetzt musst du ihn nur noch möglichst lange zappeln lassen, und wenn er es dann gar nicht mehr aushält vor Geilheit, sagst du: ›Nichts da, mein Lieber, vorher wird geheiratet.‹«

Ich muss lachen und verschlucke mich fast an meinem Smoothie. »Emma, hör sofort auf mit dem Mist ...«

»Wieso denn? Das ist doch ein Spitzenplan!«

Ich vergewissere mich mit einem Blick, ob sie das wirklich ernst gemeint hat. »So läuft das nicht, Emma. Jason ist ein Hollywoodregisseur, er könnte eine Million Frauen haben, wenn er nur mit dem Finger schnippt ...«

»Aber er will *dich*, das ist der Unterschied«, sagt sie bestimmt.

»Das ist noch gar nicht sicher, Emma«, schwäche ich ab.

»Aber das hat er doch gesagt, oder nicht?«

»Ja, aber da waren wir gerade in so einer Stimmung ...« Ich lasse die Szene am Strand vor meinem geistigen Auge Revue passieren, und plötzlich überkommt mich solche Sehnsucht, dass sich ein tiefer Seufzer meiner Brust entringt.

»Dich hat's ganz schön erwischt, was?« Emma lächelt mich mit einem verträumten Schimmer in den Augen an.

»Schätze, ja«, nicke ich nachdenklich. »Und gerade deswegen versuche ich Abstand zu bewahren, damit ...«

»Das ist ja ulkig!«

»Nein, ist es nicht! Je stärker ich mich emotional auf Jason einlasse, desto größer würde hinterher die Enttäuschung sein, wenn sich herausstellt ...«

»Das meine ich nicht«, unterbricht sie mich erneut, und jetzt bemerke ich erst, dass ihr Blick starr auf den Zeitungskiosk gerichtet ist, der sich auf der unteren Etage schräg gegenüber befindet. »Das bist du!«

»*Was* bin ich?«, frage ich verwirrt.

»Das da unten auf der Zeitung ...« Sie zeigt auf das Zeitungsregal vor dem Kiosk. »Das bist doch du!«

Okay, scheint so, als hätte meine Freundin soeben den Verstand verloren. Ich folge ihrem Blick und nehme die Zeitungen genauer unter die Lupe.

Im nächsten Moment reiße ich mir fassungslos die Sonnenbrille von den Augen, um besser sehen zu können.

Obwohl wir mindestens fünfzehn Meter entfernt sind, kann man das Foto gut erkennen, das von der Titelseite des *Star Magazine* prangt. Es zeigt tatsächlich mich, fröhlich lachend an der Seite von …

Brad Pitt!

Dann lese ich die Schlagzeile darunter, und es ist, als würde mich der Schlag eines überdimensionalen Vorschlaghammers treffen:

Brad Pitts heimliche Geliebte! Ist er dieser Frau hörig? Alles über die perversen Sexspiele der Stars!

»Was steht da genau? Lies vor!« Als Emma mit dem *Star Magazine* in der Hand wieder zurück ist, ringt sie nach Atem.

Ich schlage mit zitternden Händen die Seiten auf und überfliege den Artikel.

»Komm schon, was steht da?«, quengelt Emma wie ein kleines Kind.

»Da steht …«, ich fühle mich so vor den Kopf geschlagen, dass ich kaum reden kann, »… dass Brad Pitt eine heimliche Geliebte hat, mit der er *perverse Sexspiele* praktiziert … und diese Geliebte soll *ich* sein?!« Ich starre fassungslos auf die Worte, die mir wie Ohrfeigen entgegenspringen.

»Was für *Sexspiele* denn?« Emma schiebt sich näher heran und starrt neugierig auf die Zeitung.

»Er … *wir* mögen strenge Spiele, schreiben sie …« O mein Gott. Das muss ein Albtraum sein. Ich kann gar nicht glauben, dass das hier steht. »… dass er manchmal ins Bett pinkelt und ich dann ganz streng zu ihm bin und dass er mir dann die Füße abschlecken muss …« Ich bringe die Worte fast nicht heraus.

Okay, Lilly, nur die Ruhe. Das ist bloß ein Albtraum. Hundertprozentig. Ich muss mich jetzt nur ganz fest aufs Aufwachen konzentrieren, und dann werden Emma und ich über diesen völlig absurden Traum lachen …

»Aber Lilly …« Scheint so, als hätte das mit dem Aufwachen noch nicht ganz geklappt, denn ich sitze immer noch hier mit dieser Zeitung in der Hand, und Emma will jetzt anscheinend auch noch was loswerden: »… genau das hast du mir doch erzählt!«

»Wie bitte?« Ich habe mich wohl verhört. »Wieso sollte ich …?«

»An diesem Abend im *The Grill*, erinnere dich doch! Da hast du mir genau das erzählt, allerdings von *Little P*, weißt du noch? Dass er ins Bett gemacht hat und du dann ganz streng zu ihm warst und er dir dann so lange die Füße abgeschleckt hat, bis er wieder zu dir durfte. Wundert mich nur, dass sie nicht geschrieben haben, dass du ihn dann immer *Bradley* nennst …«

»Keine Sorge, das steht natürlich auch hier.« Die Gedanken rasen wie ein Wirbelsturm durch mein Gehirn. »Du meinst also, jemand hat uns belauscht …?« Auf einmal rasten die Rädchen in meinem Hinterstübchen ineinander. »Emma, jetzt wird mir alles klar: Dieser Typ vom Nebentisch … weißt du noch, als ich den Namen *Brad Pitt* erwähnte, da hat doch einer vom Nebentisch zu uns herübergesehen …«

»Aber wie kann er uns verstanden haben? Wir haben doch deutsch geredet!«

»Na und, dann versteht er eben unsere Sprache …« Ich werfe noch einen Blick auf den Artikel. »Da steht es sogar: *Unser Informant wurde zufällig Zeuge, wie sich Brads Gespielin einer Freundin anvertraute …*«

»Aber dann ist es doch gar nicht weiter schlimm, Lilly«, meint Emma nach einer kurzen Nachdenkpause. »Es ist nur ein dummer Zufall, ein Irrtum, den wir aufklären werden, und im Nachhinein werden das alle lustig finden, du wirst sehen.«

»Meinst du? Hm.« Ich lasse mir ihre Worte durch den Kopf gehen.

»Ich frage mich nur, wie die zu diesem Foto gekommen sind«, überlegt Emma weiter.

»Das Wachsfigurenkabinett«, fällt mir ein. »Da war ein Mann, der mir bekannt vorkam, und jetzt weiß ich auch, wieso. Es waren seine Augen und die Brille, die ich schon im *The Grill* gesehen hatte. Nachdem er unsere Unterhaltung belauscht hatte, muss er uns nachgeschlichen sein und hat dann diese Fotos geschossen.«

»Der Hintergrund auf diesem Foto sieht aber gar nicht aus wie der im Wachsfigurenkabinett«, wendet Emma ein.

Ich betrachte erneut das Bild. Sie hat recht, das ist ein anderer Hintergrund, der Eingang eines Hotels oder so ähnlich. Außerdem …

»Und im Wachsfigurenkabinett trägt Brad Pitt auch keinen Bart wie auf diesem Foto«, stelle ich fest.

»Dann ist es eine Fotomontage«, ruft Emma empört aus. »Er hat dein Foto aus dem Wachsfigurenkabinett neben ein anderes Bild von Brad Pitt gesetzt.«

»Geht das überhaupt?«, frage ich verblüfft.

»Heutzutage ist das ein Kinderspiel, wenn man die entsprechenden Programme hat«, nickt Emma überzeugt.

»Aber wer ist dieser Mistkerl überhaupt?« Ich mache mich auf die Suche nach einem Namen, aber außer *unser Informant* kann ich keine weiteren Hinweise auf den Urheber dieser absurden Behauptungen finden. »Was soll ich jetzt nur machen, Emma?«, sage ich hilflos.

»Na, was wohl?« Sie ballt kämpferisch die Fäuste. »Du rufst jetzt bei diesem Käseblatt an und verlangst sofort eine Richtigstellung, andernfalls verklagst du sie auf eine Million Dollar.«

»Wieso eine Million Dollar?«

»Das macht man in Amerika so, die verklagen sich immer auf eine Million, wenn's Probleme gibt«, erklärt sie.

»Okay, dann werde ich da anrufen. Die können sich jetzt auf was gefasst machen.« Ich hole tief Luft, dann wähle ich die Nummer der Auskunft und verlange die Redaktion des *Star Magazine*.

»Und, was haben sie gesagt?«, fragt Emma neugierig, nachdem ich mein Gespräch beendet habe.

Ich starre das Handy in meiner Hand an, als hätte es mich gerade gebissen. »Sie haben gesagt, dass sie nur mit absolut zuverlässigen Quellen zusammenarbeiten und deshalb den Wahrheitsgehalt dieses Artikels nicht infrage stellen.«

»Das gibt's doch nicht! Hast du ihnen erzählt, dass alles nur ein Irrtum ist und du nicht *den* Brad Pitt gemeint hast, sondern nur deinen Hund?«

»Ja, klar. Aber der Blödmann hat mich nur ausgelacht und gemeint, dass im Nachhinein *nie der* Promi gemeint gewesen sei und dass ich mir da schon was Besseres einfallen lassen müsse.«

»Und hast du mit einer Klage gedroht?«

»Ja, habe ich ...«

»Und?«

»Er wollte mich gleich zu ihrer Rechtsabteilung durchstellen ...«

»Und was heißt das jetzt?« Emma starrt mich ratlos an.

»Das heißt, dass die gar nicht daran denken, eine Richtigstellung zu drucken«, murmle ich niedergeschlagen.

Betretenes Schweigen macht sich breit. Dann räuspert Emma sich.

»Weißt du was, Lilly?« Sie bemüht sich um einen unbekümmerten Gesichtsausdruck. »Ich glaube, wir nehmen das viel zu ernst. Es ist doch nur ein Artikel, nichts weiter. Niemand kennt dich hier, und in ein paar Tagen ist das schon wieder Schnee von gestern.«

Mein Kinn ruckt hoffnungsvoll hoch. »Ja, meinst du?«

»Ich bin mir sogar ganz sicher«, nickt sie überzeugt. »Und jetzt gehen wir erst mal nach Hause, machen uns eine schöne Tasse Kakao ...«

»Kakao? Wieso denn Kakao? Mir ist jetzt überhaupt nicht nach Kakao!«, falle ich ihr aufgekratzt ins Wort.

»Von mir aus trinken wir auch Sekt, ist doch egal – und dann lassen wir Gras über die Sache wachsen, und morgen werden wir uns köstlich über diese Geschichte amüsieren, du wirst sehen.«

»Hm, wahrscheinlich.« Ich fasse wieder Mut. Emma hat recht. Kein Mensch kennt mich hier in Los Angeles – oder zumindest nur wenige –, und die Wahrscheinlichkeit, dass die ausgerechnet diese Zeitungsausgabe lesen, ist doch wohl mehr als gering, nicht wahr? Kein Grund also, deswegen gleich in Panik zu verfallen.

Ich stehe auf und zupfe meine Kleidung gerade, dann machen wir uns auf den Weg zu den Aufzügen. Auf halber Strecke kommen uns zwei Teenager entgegen, und kaum haben sie mich erblickt, kreischt die eine los: »Ich werd' verrückt, das ist die Schlampe, die mit Brad Pitt vögelt!«

Mich durchläuft es siedend heiß, als sie ein *Star Magazine* aus ihrer Tasche zieht, und ich beschleunige meine Schritte.

»Von wegen, hier kennt mich keiner!«, zische ich Emma beschämt zu.

»Das war bestimmt nur Zufall, Lilly, nichts weiter«, versichert sie mir, gleichzeitig jedoch widerlegt sie ihre eigenen Worte, indem sie panisch auf die Holentaste am Lift hämmert und sich gehetzt umsieht. »Mach schon, mach schon! Verdammte Lifte! Nie sind sie da, wenn man mal einen braucht!«

Die beiden Teenager haben die Köpfe zusammengesteckt und tuscheln, und entsetzt sehe ich, wie die eine jetzt ihr Handy zückt und anscheinend die Kamera bereit macht, um ein Foto von mir zu schießen.

Da, der Lift. Endlich! Die Türen gleiten mit lähmender Langsamkeit auseinander, und Emma und ich pressen uns gleichzeitig hinein, bevor sie noch ganz offen sind. Emma drischt wieder auf die Tastatur ein, und die Türen beginnen sich zu schließen, als von draußen plötzlich ein scharfes Kommando ertönt.

O nein, bitte nicht! Das kann doch nur mir gegolten haben. Ich ziehe ganz automatisch den Kopf ein, dann sehe ich einen Fuß, der sich zwischen die Türen schiebt, sodass diese wieder aufgehen.

Ich kann fast nicht hinsehen, und dann erkenne ich – einen freundlich lächelnden Japaner, der ein leuchtendes Jediritter-Plastikschwert in die Höhe hält, damit ihn seine Reisegruppe, die sich unmittelbar hinter ihm befindet, nicht aus den Augen verliert.

Ich atme erleichtert aus. Es sind bloß Japaner. Gott sei Dank. Japaner sind gut. Japaner sind freundliche Menschen, die sich nur für Kultur interessieren, die lesen keine billigen Ramschblätter, in denen gemeine Lügen verbreitet werden. Wie zur Bestätigung beweisen sie auch gleich ihre Kultiviertheit, indem sie sich höflich verbeugen, als sie den Lift betreten, und Emma und ich erwidern den Gruß.

Als sich die Türen endlich schließen und der Lift sich abwärts in Bewegung setzt, fällt mir ein riesengroßer Stein vom Herzen. Ich zwinkere Emma erleichtert zu, und der japanische Reiseführer schnattert munter drauflos. Nach ein paar Sätzen lacht er sein typisch tiefes japanisches Lachen: »Hahaha!«, und die anderen stimmen mit ein. Dann lächelt er auf einmal mich an, redet weiter, und wieder kommt: »Hahaha!«

Das ist ja mal ein lustiges Trüppchen. Sag ich doch, Asiaten sind die freundlicheren Menschen. Ich stimme als Zeichen der Völkerverbindung mit in ihr Lachen ein, und jetzt strahlen mich alle an.

Dann deutet der Reiseführer auf meine Füße, und ich meine zwischen seinen kehligen Lauten auf einmal den Namen *Brad Pitt* herauszuhören. Plötzlich reißen alle die Augen auf und schlagen sich verschämt die Hände vor dem Mund. Dann brüllen sie auf einmal los, und in ihren Augen spiegelt sich eine Mischung aus Sensationsgier, scheuer Bewunderung und auch Verachtung wider.

»Nanu, was haben die denn?«, fragt Emma erstaunt.

»Na, was wohl, Emma?«, sage ich verbittert. »Dieser kleine Bastard da liest amerikanischen Boulevard, was sonst?« Ich nicke dem Reiseführer zu. »*Star Magazine?*«

Er nickt begeistert und reißt eine Ausgabe davon aus seiner Umhängetasche. »Gute Zeitung«, sagt er in gebrochenem Englisch und hält mir das verdammte Käseblatt unter die Nase. Dann reicht er einen Filzschreiber nach und strahlt mich an. »Du jetzt berühmte Frau, geben Autogramm für mich?«

15

Man kann es ja auch positiv sehen. Die halbe Menschheit träumt davon, es eines Tages auf die Titelseite einer Zeitschrift wie das *Star Magazine* zu schaffen, und mir ist das gelungen. Noch dazu an der Seite eines Halbgottes wie Brad Pitt!

Wobei es natürlich besser gewesen wäre, wenn da nicht so Sachen wie »perverse Sexspiele« und so gestanden hätten... und dann erst die Ausführungen im Artikel selbst...

Okay, das war megapeinlich, ich geb's zu. Wozu lange um den heißen Brei herumreden?

Aber Emma hat recht. Es ist nur ein Artikel, nichts weiter. Tag für Tag werden Millionen von Artikeln in Millionen von Zeitschriften abgedruckt, wen sollte es da überhaupt interessieren, ob irgendein Schauspieler irgendeine Affäre noch dazu mit einer völlig Unbekannten hat? Niemanden – eben.

Ich sage mir das zum hundertsten Mal vor, dann rekle ich mich ausgiebig im Bett. Ein schlaftrunkener Blick zeigt mir, dass Emma schon auf ist. Sie muss im Badezimmer sein, da ich nebenan das Rauschen der Dusche und dazu erbärmlichen Gesang vernehme.

Schwungvoll federe ich aus dem Bett.

»Morgen, Emma!«, rufe ich, als ich das Badezimmer betrete.

»Hi, Lilly!«, kommt es aus der Dusche zurück. Ich putze als Erstes die Zähne, um den widerlichen Geschmack aus meinem Mund zu bekommen. Das erinnert mich wieder an den Wein gestern Abend. Emma und ich hatten uns auf der Heimfahrt mit Rotwein und Knabbergebäck eingedeckt und es uns dann vor dem Fernseher gemütlich gemacht. Von den anderen war niemand zu Hause, und es war noch nicht mal zehn, da lagen wir schon glückselig beduselt im Bett und schliefen wie die Bären im Winter.

»Und, wie geht's dir heute?« Emma rubbelt sich ihr kohlrabenschwarzes Haar ab.

»Erstaunlich gut eigentlich. Und dir?«

»Auch gut. Muss wohl am vielen Schlaf liegen. Den Schock mit der Schlagzeile hast du inzwischen verdaut?«

»Klar, ist gar kein Thema mehr. Wie spät ist es überhaupt?« Ich klettere in die Badewanne und ziehe den Duschvorhang zu.

»Fast neun. Ich mache mir Frühstück, willst du auch was?«

»O ja, für mich Schinken mit Ei, bitte, und Kaffee. Hast du schon mit den anderen geredet?«

»Nein, noch nicht. Kimberly ist, glaube ich, schon weg, aber Vanessa und Susan habe ich vorhin in der Küche reden gehört.«

»Haben sie auch den Artikel erwähnt?«

»Konnte ich nicht verstehen«, gesteht Emma. »Du weißt ja, wenn die schnell miteinander reden, kriege ich nicht viel mit.«

»Okay, ist auch egal.«

Ich dusche ausgiebig, dann föhne ich mir notdürftig die Haare trocken und wickle mich in meinen Bademantel.

Als ich das Wohnzimmer betrete, weht mir bereits der Duft von frischem Kaffee und Rührei entgegen, und mein Magen gibt ein heftiges Knurren von sich. Mann, habe ich Kohldampf.

Emma hat sich schon über ihre Portion hergemacht, und Susan sitzt neben ihr auf dem Sofa und blättert in einer Zeitschrift. Vanessa hockt mit einer Kaffeetasse in der Hand im großen Ohrensessel und strahlt mich aus großen Augen an.

»Morgen allerseits«, sage ich fröhlich.

»*Duuu!*« Das kam von Vanessa.

»Wie bitte?«, sage ich verwirrt.

»*Duuu*«, wiederholt sie mit ehrlicher Bewunderung in ihrer Stimme, und dazu wackelt sie tadelnd mit dem Zeigefinger. »Unsere unschuldige kleine Lilly ist der Vamp von Hollywood! Wie hast du das bloß geschafft?«

»Du meinst die Schlagzeile?«, lache ich unsicher. »Ach, weißt du, das war bloß …«

»Vergiss es, Lilly, ich habe schon versucht, es ihnen zu erklären.« Emma blickt kurz von ihrem Teller hoch.

»Emma hat irgendwas von einem Hund erzählt«, ergänzt Susan. »Aber wir sind daraus nicht schlau geworden.«

»Also, dann hört zu …« Ich erzähle noch einmal schnell, wie

es sich zugetragen hat. »… ein dummer Zufall also, nichts weiter.« Ich schiebe mir eine Gabel Rührei in den Mund.

Vanessa mustert mich skeptisch. »Das soll alles gewesen sein? Das wird dir aber niemand abnehmen.«

»Das denke ich auch«, nickt auch Susan. »Wenn es nur *ein* Artikel gewesen wäre, vielleicht, aber so …«

»Was meinst du damit?«, frage ich alarmiert.

»Na, das hier …« Sie schiebt mir ihre Zeitschrift über den Tisch. Diesmal ist es die *People*, und als ich die Titelseite sehe, verschlucke ich mich fast an meinem Rührei.

Brad Pitt und seine strenge Gespielin!
Alle fragen sich: Was wird nun aus den Kindern?

Das darf doch wohl nicht wahr sein. Und diesmal küsse ich ihn auf dem Foto sogar!

Dieser verdammte, widerliche Mistkerl von einem Reporter! Er hat mit seiner Geschichte anscheinend gleich bei mehreren Zeitungen abkassiert. Mit glühendem Gesicht reiße ich an den Seiten, um zu dem betreffenden Artikel zu gelangen.

»Seite vierzig«, hilft Susan mir.

Mist. Wieder dieselbe Geschichte, und diesmal hat er sogar noch ein paar Einzelheiten dazugepackt.

»Sag mal, Lilly, stimmt das?« Vanessa beugt sich neugierig vor.

»Was denn?«

»Dass er *kleiner* ist als die anderen?«

»Du meinst Brads … woher soll ich das denn wissen?«, schreie ich sie an. »Ich habe von *Little P* geredet, meinem Hund, *er* ist kleiner als die anderen West Highland Terrier!«

»Wieso denn auf einmal *Little P*? Wir dachten, dein Hund heißt Brad Pitt, und daher diese Verwechslung?« Susan und Vanessa nageln mich mit ihren Blicken fest, als säße ich bei einem Verhör.

»Er heißt ja auch Brad Pitt, aber ich nenne ihn Little P, weil der Name Brad Pitt zu auffällig ist, versteht ihr?«, rufe ich verzweifelt aus.

»Siehst du, bei mir haben sie's auch nicht kapiert.« Emma deutet sich vielsagend an die Stirn und schenkt sich Kaffee nach.

Vanessa und Susan ignorieren sie und betrachten mich weiter forschend. »Dann läuft da also gar nichts zwischen dir und Brad Pitt?«, will Vanessa noch einmal wissen.

»Herrgott noch mal, Vanessa, wie sollte zwischen mir und Brad Pitt etwas laufen, denk doch mal nach!« Ich werfe meine Gabel hin vor lauter Wut. »Der Mann ist ein Hollywoodstar, und ich bin ... na, ich eben. Ich *kenne* ihn nicht einmal!«

»Ehrlich?« Auf einmal wirken sie richtiggehend enttäuscht.

»Aber es heißt doch immer, wo Rauch ist, ist auch Feuer«, versucht Susan es noch einmal.

»Aber nicht in diesem Fall«, stelle ich klar. »Hier brennt überhaupt nichts. Das ist alles nur die Schuld von diesem verdammten Reporter, diesem miesen ...« Mir fällt gar kein Wort ein, das meiner überschäumenden Wut gerecht werden würde.

»Arschloch«, springt Emma mir helfend bei.

»Ja, genau!« Ich kaue wütend auf meinem Stück Brot herum, als hätte das etwas mit der Sache zu tun.

Betretenes Schweigen macht sich breit, während Emma und ich die letzten Bissen herunterschlucken.

»Okay, und wie geht es jetzt weiter?«, fragt Vanessa dann.

»Was meinst du?«

»Na, gehst du jetzt auf Tauchstation, oder wendest du dich an die Medien, um die Sache aufzuklären?«

»Weder – noch«, verkünde ich trotzig. »Ich werde diesen Unfug ganz einfach ignorieren. Emma und ich haben das gestern Abend bereits ausführlich diskutiert, und wir sind beide der Meinung, dass es am besten ist, diese Zeitungsente ins Leere laufen zu lassen. Ihr werdet sehen, in ein paar Tagen interessiert das niemanden mehr.«

»Glaubst du wirklich?«, fragt Vanessa skeptisch.

»Ja, ganz sicher«, nicke ich.

»Dann kommst du heute also mit zur Schauspielschule, als ob nichts gewesen wäre?«

»Klar, warum nicht? Es weiß doch niemand, dass ich diese

Schule besuche, und die doofen Artikel interessieren doch in Wirklichkeit niemanden außer diesem einen blöden Reporter, nicht wahr?«

Vanessa zögert mit der Antwort.

»Nicht wahr?«, setze ich noch einmal nach.

»Ja, sicher«, meint sie dann, aber besonders überzeugt wirkt sie dabei nicht.

»Ist er wirklich kleiner als die anderen?«

»Wie lange geht das schon mit Ihnen und Brad?«

»Können Sie das in Zentimetern ausdrücken?«

»Sind Ihnen die Kinder vollkommen egal?«

»Mit welchen anderen haben Sie ihn denn verglichen?«

»Haben Sie gar keine Angst vor Angelina?«

»Heißen Sie wirklich Lilly Tanner, oder ist das ein Künstlername?«

»Ist seine Zunge rau?«

»War es seine Idee, ins Bett zu pinkeln, oder Ihre?«

Die Fragen der Reporter prasseln nur so auf mich ein. Sie haben schon vor dem Eingang auf mich gelauert, und nachdem wir einfach an ihnen vorbeigerannt sind, ist im Hinterhof eine regelrechte Horde über uns hergefallen. Emma, Vanessa und ich schieben uns durch die Mikrofone und Kameras, die uns entgegengestreckt werden. Ich habe mich hinter Emma gehängt, die uns mit kräftigen Stößen einen Weg bahnt, und wir kämpfen uns die Treppe zur Schauspielschule hoch.

»Weg da … kein Kommentar … weg da … kein Kommentar …«, lautet Emmas Text, den sie wie eine hängen gebliebene Schallplatte herunterleiert, während sie immer energischer die gierige Meute zur Seite boxt.

Gott sei Dank, die Tür. Gleich sind wir drinnen. Nur noch ein paar Gestalten, die sich uns in den Weg stellen …

»Hatten Sie auch Gruppensex?«

»Stimmt es, dass Sie aus Deutschland sind?«

»Erregt es ihn, wenn Sie ihn Bradley nennen?«

»Ist Ihre indianische Freundin auch Teil dieser Spiele?«

»Wie viele Kinder wollen Sie mit ihm adoptieren?«

»Leckt er nur Ihre Füße ab?«

Endlich. Emma hämmert gegen die Tür, bis sie von Genevieve geöffnet wird, und wir schlüpfen schnell hinein. Emma knallt die Tür wieder zu, und Genevieve schiebt schleunigst den Riegel vor. Wir gehen gleich weiter in den Unterrichtsraum und schließen auch dort die Tür hinter uns, bis wir die Reporter nicht mehr hören können.

»O mein Gott!« Ich muss mich an die Wand lehnen, um nicht auf der Stelle umzukippen, und atme ein paarmal tief durch. Als ich mich wieder einigermaßen gefasst habe, hebe ich meinen Kopf. Die anderen umringen mich und starren mich erwartungsvoll an. Genevieve, Greg, Janet und absurderweise sogar Vanessa und Emma.

»Was?«, brause ich wütend auf. »Was kann ich denn dafür?«

Ich warte auf eine Antwort – oder vielmehr auf eine Frage.

Moment mal, da ist doch was faul. Wieso fragen die mich gar nichts? Vanessa und Emma wussten Bescheid – aber Genevieve, Janet und Greg, wieso wundern die sich gar nicht über die ganzen Reporter da draußen? Haben sie etwa auch schon die Zeitschriften gelesen ... oder hat ihnen jemand einen Tipp gegeben? Und woher zum Teufel wusste die Presse überhaupt, dass ich heute zu dieser Hinterhofschauspielschule kommen würde?

»Woher wussten die davon?«, frage ich leise.

Sie zucken sofort mit den Schultern und setzen Unschuldsmienen auf, aber ich kann deutlich erkennen, dass ihnen unbehaglich zumute wird.

Okay, Freunde, wie ihr wollt. Ich fasse sie der Reihe nach streng ins Auge. Als ich bei Vanessa ankomme, zuckt sie zusammen. Aha, daher weht der Wind, und jetzt bekommt auch ihr Zögern von vorhin auf einmal eine Bedeutung.

»Vanessa, hast du mir was zu sagen?«

Sie schlägt den Blick nieder und läuft knallrot an. »Ich, wieso? Ich wüsste nicht, was ...«

»Dass du zum Beispiel jemanden angerufen hast, um ihm von diesen sensationellen Schlagzeilen zu erzählen?«

»Na ja, also …« Sie erwidert kurz meinen Blick, dann gibt sie sich geschlagen. »Also gut, ich habe Greg angerufen. Zufrieden?«

»Greg, so so.« Mein Blick schwenkt auf Greg, und der zuckt zusammen wie unter einem Peitschenhieb. »Und wen hast du angerufen, Greg?«

Sein Blick beginnt ängstlich zwischen mir und Genevieve hin und her zu springen. »Nur Genevieve …«

»Nur Genevieve?«

Ich lasse ihn einen Moment lang unter meinen Blicken schmoren, dann wende ich mich Genevieve zu. Die beginnt sich sofort zu winden. »Versteh das doch, Kindchen, diese Publicity konnte ich mir einfach nicht entgehen lassen«, sagt sie und breitet entschuldigend die Arme aus.

»Dann hast du also die Presse darüber informiert, dass ich heute hierherkommen werde?«, frage ich fassungslos.

»Ja, was denn sonst?« Sie hat sich wieder gefangen und erwidert jetzt trotzig meinen Blick. »Was hast du anderes erwartet, Lilly? Wir sind im Showgeschäft, da ist Publicity *alles.*«

»Auch, wenn das bedeutet, dass du mich damit in aller Öffentlichkeit bloßstellst?«

»Ich war es nicht, die die Affäre mit Brad Pitt angefangen hat«, erwidert sie, und ihre Stimme hat jetzt wieder die alte Schärfe zurückgewonnen.

»Wie hast du das überhaupt geschafft, Lilly?«, mischt sich plötzlich Janet ein. Sie strahlt mich an, als wäre ich der Weihnachtsmann. »Kannst du mich ihm mal vorstellen? Wie ist er überhaupt so, hat er …«

»Ich habe keine Affäre mit Brad Pitt, zum tausendsten Mal!«, fahre ich sie an, und sie zuckt erschrocken zusammen. »Das ist bloß eine Zeitungsente, ich *kenne* ihn nicht einmal, geschweige denn …« Ich sehe in ihren Augen, dass sie nicht weiß, was ich meine. »Also gut, dann erzähle ich es eben noch einmal …«

»Dann hast du gar keine Affäre mit ihm?« Janet sieht aus wie ein Kind, dem man soeben mitgeteilt hat, dass es den Osterhasen gar nicht gibt.

»Nein, natürlich nicht. Wie käme ich dazu?«

Wir haben uns gesetzt, und Genevieve hat dem besonderen Anlass entsprechend eine Flasche Champagner geköpft und Gläser verteilt.

»Na dann, Kinder, Prost!« Die anderen nippen nur an ihren Gläsern, während ich meines gleich auf einen Zug hinunterkippe.

»Nicht so hastig, Kindchen!«, schüttelt Genevieve tadelnd den Kopf, während sie mir nachschenkt. »Das ist ein Dom Pérignon, den trinkt man nicht auf ex.«

»Ihr habt gut reden«, murmle ich niedergeschlagen. »Hinter euch ist auch nicht die verdammte Presse her.«

»Ich weiß gar nicht, worüber du dich aufregst«, meint Vanessa.

»Wie bitte? Das liegt doch wohl auf der Hand. Ich werde in den Medien als Flittchen dargestellt, was meinst du, wie angenehm das ist?«, entgegne ich aufgebracht.

»Aber dafür hast du jede Menge Publicity, wie Genevieve schon gesagt hat«, meint sie. »Ich an deiner Stelle wäre froh darüber.«

»Ja, natürlich, als ob es ein Vorteil wäre ...« Das Läuten meines Handys lässt mich zusammenzucken. Seit Jason vorgestern abgeflogen ist, warte ich stündlich auf seinen Anruf. Er hat gesagt, dass er sich meldet, sobald er Gelegenheit dazu hat, und schon gestern habe ich den ganzen Tag vergeblich darauf gewartet. Aber wer weiß, in welches rumänische Nest es ihn verschlagen hat, er hat nur irgendetwas von einem alten Schloss in den Karpaten erwähnt, und wie es dort mit der telefonischen Verbindung aussieht, kann man sich ja vorstellen.

Aber vielleicht ist er das jetzt. Die Nummer auf meinem Display sagt mir zwar nichts, dennoch nehme ich mit fliegenden Fingern das Gespräch an. »Ja, hallo?«

»Bin ich dort richtig bei Lilly Tanner?« Es ist ein Mann, aber zu meiner Enttäuschung nicht Jason. Obwohl mir die Stimme auch irgendwie bekannt vorkommt ...

»Ja. Wer spricht dort?«

»Ich bin's, Barry Gracen, der Drehbuchagent. Ich weiß nicht, ob Sie sich erinnern, Sie waren vor ein paar Tagen bei mir ...«

»Als ob ich das vergessen könnte ...« Ich verdrehe die Augen, während die anderen mich gespannt beobachten.

»Ja ... also, ich habe noch einmal über die Sache nachgedacht, und ich bin untröstlich darüber, wie unser Gespräch geendet hat, wo die Chemie zwischen uns doch grundsätzlich gestimmt hat, nicht wahr?« Er hängt ein Lachen an, das aber mehr wie ein verlegenes Hüsteln klingt.

»Wie bitte? Sie wollten mich ins Strandhaus Ihres Freundes abschleppen, und mein Buch hielten Sie für Schrott«, stelle ich klar. »Und erinnern Sie sich noch an Ihre Prophezeiung, Barry? *Sie werden mit dieser Geschichte niemals Erfolg haben, nicht in tausend Jahren* ... Das waren doch Ihre Worte, nicht wahr?«

»Sie werden damit keinen Erfolg haben, *wenn* Sie keinen guten Agenten haben, das wollte ich sagen, Lilly, aber Sie ließen mich ja nicht mehr ausreden«, säuselt er ins Telefon. »Ich bin durchaus der Meinung, dass *Hopeless Love* ...«

»*Endless* ... es heißt *Endless Love*!«

»Genau, das sagte ich doch ... also, dass die Geschichte enormes Potenzial hat. Es ist nur eine Frage der Vermarktung, wissen Sie, und da Sie jetzt ja einige Beachtung in den Medien ...«

Alles klar. Ich habe verstanden, worauf er hinauswill.

»Ich habe nicht mit ihm geschlafen, Barry«, falle ich ihm ins Wort.

»Wie bitte?«, fragt er irritiert.

»Ich habe nicht mit Brad Pitt geschlafen«, wiederhole ich. »Es gibt gar keine Affäre, das ist alles nur ein Irrtum, und ich werde ihn demnächst aufklären.«

»Wirklich?« Ich kann hören, wie er am anderen Ende der Leitung schwer schluckt.

»Aber wenn Ihnen mein Buch trotzdem gefällt ...«, fahre ich fort.

»Nun ja ... vielleicht sollten wir erst mal die weitere Entwicklung der Dinge abwarten«, rudert er sofort zurück.

»Verstehe«, sage ich knapp. »Wissen Sie was, Barry? Scheren Sie sich doch zum Teufel!« Ich lege auf und starre wütend auf das Telefon.

»Wer war das?«, fragt Greg.

»Das war Barry Gracen, ein Drehbuchagent und Widerling, der vor ein paar Tagen meinte, mein Buch sei nichts wert. Doch jetzt, wo er mich auf den Titelblättern entdeckt hat, wäre er auf einmal interessiert ...«, sage ich verbittert.

»Begreifst du jetzt endlich, was für eine Chance sich da bietet?«, fragt Genevieve.

»Wieso Chance?«

»Na, weil du jetzt eine bekannte Persönlichkeit bist, verstehst du?«

»Aber die halten mich für eine Schlampe!«, heule ich auf.

»Na und? Im Moment ist es nur wichtig, dass sich die Medien für dich interessieren. Wie du das dann umsetzt, ist deine Sache.«

»Also, ich wäre gerne Brad Pitts Schlampe!«, verkündet Janet. »Hey, das wäre überhaupt *die* Idee«, fällt ihr dann ein. »Wenn du dieses Image nicht willst, dann könnten wir doch sagen, dass *ich* in Wirklichkeit mit ihm geschlafen habe ...«

»Halt die Klappe, Janet!«, pfeift Genevieve sie grob zurück, und Janet zieht sofort einen Schmollmund. Dann beugt Genevieve sich zu mir vor und ergreift meine Hand. »Lilly, jetzt mal ernsthaft: Das ist die Chance deines Lebens. Du hast jetzt einen Bekanntheitsgrad, der dir Türen öffnen könnte, die für die meisten Menschen verschlossen sind.«

»Aber ich kann doch nicht so tun, als hätte ich eine Affäre mit Brad Pitt«, wende ich ein. »Das wäre doch eine glatte Lüge!«

»Das macht doch nichts«, wirft Janet ein.

»... und die würden mich dann womöglich verklagen ...«

»Du müsstest gar nicht lügen, Lilly«, ergreift Genevieve wieder das Wort. »Es reicht doch schon, wenn du die Affäre nicht deutlich genug dementierst. Den Rest erledigt dann die Presse für dich, wie du ja gerade siehst.«

»Du meinst also wirklich, ich soll ...«

»Natürlich. Denk nur an diesen Barry Gracen ... solange er einen Skandal witterte, war er an dir interessiert.« Sie sieht mir eindringlich in die Augen. »Glaub mir, Lilly, so eine Chance bietet sich dir nur einmal im Leben, überleg dir also gut, ob du sie wegwirfst oder nicht.«

Ihre Worte hallen in mir nach, und was sie gesagt hat, klang eigentlich ganz vernünftig. Solange die Presse einen Skandal wittert, wird sie sich um mich reißen, was mir wiederum die Möglichkeit gäbe ...

Bleibt nur noch die nicht ganz unbedeutende Frage, wie ich das jetzt genau anstellen soll.

»Und was soll ich denen da draußen jetzt sagen?«, frage ich unsicher.

»Mach's einfach wie diese Typen bei den Kongressbefragungen«, rät Vanessa mir.

»Wieso, was machen die denn?«

»Ganz einfach. Immer, wenn's brenzlig wird, sagen sie: *Ich kann mich nicht erinnern.*«

»Hm, ich weiß nicht«, runzle ich die Stirn. »Das würde ein bisschen doof klingen. Stell dir vor, die fragen mich, ob ich eine Affäre mit Brad Pitt habe, und ich sage: *Ich kann mich nicht erinnern.* Als ob man so etwas vergessen könnte!«

»Mädels, ich habe die Lösung.« Greg rückt auf dem Sofa ein Stück vor. Heute hat sein T-Shirt den Aufdruck *Sexlehrer, erste Stunde gratis!*, und ich stelle mich sicherheitshalber gleich auf ordentlichen Bockmist ein, als er uns seinen Vorschlag präsentiert.

»Du machst es wie Bill Clinton«, verkündet er und strahlt uns an, als hätte er gerade die Urknalltheorie erfunden.

»Keine Ahnung, was du meinst«, gestehe ich.

»Die Lewinsky-Affäre, an die erinnert ihr euch doch noch, oder?«

»Ja, klar, das war doch diese Praktikantin, mit der er es im Oval Office getrieben hat, nicht wahr?«

»Genau«, meint Greg voller Eifer. »Und wisst ihr auch noch, was er gesagt hat, als er zu dieser Affäre befragt wurde?«

»Nein, nicht genau …«

Er zieht konzentriert die Augenbrauen zusammen, und seine Stimme wird verschwörerisch leise. »Also, passt auf …«

16

Genial. Es war schlicht und einfach genial.

Natürlich, von einem Mann wie Bill Clinton war auch nichts anderes zu erwarten gewesen, aber dass seine Aussage so haargenau für meine Zwecke passen würde, damit hatte nun wirklich niemand rechnen können.

»Ich hatte keinen Sex mit Brad Pitt!« Das war alles, was die Reporter gestern von mir zu hören bekamen, als sie mich vor der Schauspielschule mit ihren Fragen überfielen, und wie Greg vorausgesagt hatte, ergingen sie sich daraufhin gleich in den wüstesten Spekulationen.

»Heißt das, dass Sie keinen normalen Geschlechtsverkehr mit ihm hatten?«

»Können Sie den Begriff Sex für uns definieren?«

»Haben Sie ihn anderweitig befriedigt?«

»Hatten Sie Sex mit Angelina, während Brad zusah?«

»War er zu klein dafür?«

Irre, worauf diese Typen alles kamen, aber ich ließ sie mit ihren schrägen Phantasien einfach stehen und machte mich mit Emma und Vanessa aus dem Staub. Fakt ist, dass sie jetzt eine Riesensache wittern, was wiederum bedeutet, dass ich in den nächsten Tagen eine ganz enorme Publicity haben werde.

Und das Allerbeste daran: Ich musste nicht einmal lügen!

Bleibt nur noch die Frage, wie ich diesen Wirbel um meine Person jetzt am besten nutzen kann. Gestern war ich noch zu aufgeregt, um mein Drehbuch ins Spiel zu bringen. Offen gestanden wollte ich nur nach Hause und erst einmal den Schock verdauen, den mir der Presseauflauf vor der Schauspielschule bereitet hat, deshalb bin ich dann auch gleich in mein Bett gekrochen und relativ schnell eingeschlafen.

Aber heute ist ein neuer Tag, und ich habe mir fest vorgenommen, meine plötzliche Berühmtheit zu nutzen. Lilly Tanner ist keine Unbekannte mehr, und sie hat ein Drehbuch zu verkaufen, aus dem man einen Megahit machen könnte, da bin ich mir ganz sicher.

Ich bin ganz beschwingt von dem Gedanken, als ich das Wohnzimmer betrete. Emma und Vanessa sind da, und sie hocken auf dem Sofa und starren gebannt auf den Fernseher.

»Guten Morgen«, flöte ich. »Gibt's Frühstück?«

»Morgen.«

»Nee.«

Nanu. Was ist denn das für eine seltsame Reaktion? Scheint so, als wäre denen die Glotze wichtiger als ihre Freundin.

»Was läuft denn da Besonderes?« Ich geselle mich zu ihnen.

»Sieh doch selbst!« Vanessa stellt den Ton lauter.

Ich sehe einen Reporter, der eine Frau mit abartig aufgespritzten Lippen interviewt. Sie stehen vor einem Pool, und im Hintergrund führt eine Treppe zu einer Bar hinauf ... Ist das etwa ...? Aber klar, das ist die *Sky Bar.* Und was erzählt diese Frau da?

»... und als George, der übrigens ein sehr guter Freund von mir ist, herunterkam, hat sich dieses Flittchen plötzlich halb nackt auf ihn gestürzt und ihn ins Wasser gezerrt ...«

Wie bitte? George? Und welches halb nackte Flittchen überhaupt?

»Wovon redet die?«, frage ich arglos.

»Sie meint dich«, meint Vanessa, ohne den Blick vom Bildschirm zu nehmen.

Wie zur Bestätigung blendet die Regie jetzt ein Foto in den linken oberen Bildrand ein. Es ist unscharf, wahrscheinlich eine Handyaufnahme, aber man kann doch eindeutig eine junge Frau erkennen, die gerade aus dem Pool klettert. Sie hat nasse, nach hinten anliegende Haare, wodurch sie ein bisschen aussieht wie ein schmollendes Streifenhörnchen, und durch den nassen Stoff zeichnen sich ihre Brüste mehr als deutlich ab ...

»Sie sehen also, meine Damen und Herren, dass diese Frau es ganz offensichtlich darauf angelegt hat, sich möglichst viele Hollywoodstars zu angeln, und bei der Wahl ihrer Methoden ist sie dabei nicht zimperlich. Haben wir gestern die Meldung um Brad Pitts Sexaffäre vielleicht noch für überzogen gehalten, so stellt sich nun das Mysterium um diese Person in einem ganz anderen Licht dar. Eines steht jedenfalls fest: Frauen von Hollywood, gebt acht auf eure Männer!«

Nein. Nein. Das stimmt doch alles nicht! Das sind Lügen, nichts als Lügen. Ich habe mich doch nicht auf George Clooney gestürzt, ich wollte nur mein Drehbuch aus dem Wasser holen ...

Es ist, als würde mir jemand den Boden unter den Füßen wegreißen. Mir wird schwindelig, und ich muss mich setzen.

»Lilly, ich beneide dich«, seufzt Vanessa auf einmal.

»Beneiden? Warum denn?«, frage ich schwach.

»Du wirst von Tag zu Tag berühmter. Das ist doch großartig«, ruft sie begeistert aus.

»Ein bisschen Bekanntheit wäre ja ganz gut, aber das wird mir langsam echt zu viel«, murmle ich.

»Dir ist echt nicht zu helfen«, meint Vanessa ohne jedes Verständnis. »Ich an deiner Stelle würde längst eine Pressekonferenz geben und vor aller Welt verkünden, dass ich ein Drehbuch geschrieben habe.«

Mein Drehbuch? Hm. Stimmt schon, das wäre jetzt eine tolle Gelegenheit. Andererseits ...

»Ich würde das nicht durchstehen«, schüttle ich den Kopf. »Die würden mich mit ihren Fragen auseinandernehmen, bis ich heulend zusammenbreche.«

»Na ja, es muss ja nicht gleich eine Pressekonferenz sein«, schwächt Vanessa ab. »Aber wenn du das nächste Mal einem Reporter über den Weg läufst, könntest du ja so nebenbei loswerden, weshalb du überhaupt hier bist, nicht wahr?«

»Vanessa hat recht«, nickt jetzt auch Emma. »Dein Handy hat übrigens auch schon ein paarmal geläutet, vielleicht sind das ja auch Reporter, die dich interviewen wollen.« Sie deutet hinüber zur Ladestation, wo ich es gestern Abend angesteckt habe.

Ein Telefonat? Okay, das würde ich packen. Vor allem, weil ich dann das Gespräch jederzeit abbrechen könnte, falls mir die Fragen zu heiß werden.

»Das wäre eine Möglichkeit.« Ich stehe auf, um das Handy zu holen, als es schon wieder läutet. Ich zucke unwillkürlich zusammen bei dem Gedanken, dass es jemand von der Presse sein könnte, und überlege mir schnell, was ich sagen darf und was nicht. *Ich hatte keinen Sex mit Brad Pitt*, der Satz passt nach wie vor, und ich könnte ihn erweitern, indem ich sage: *Ich hatte weder Sex mit Brad Pitt noch mit ...*

Oh, es ist gar nicht *mein* Handy, sondern Emmas, das läutet. »Emma, es ist deines.« Ich reiche ihr das Handy hinüber.

»Wer ist es denn?«

»Keine Ahnung. Eine deutsche Nummer, aber niemand, den du eingespeichert hast.«

Sie nimmt stirnrunzelnd ab: »Halloo ...? Ja, am Apparat.«

Während sie telefoniert, kümmere ich mich um mein eigenes Handy und sehe die eingegangenen Anrufe durch. Vielleicht hat sich Jason endlich gemeldet. Um das zu erkennen, müsste ich jetzt allerdings wissen, wie die Vorwahl von Rumänien ist. Egal, ich sortiere einfach die Nummern mit amerikanischer und deutscher Vorwahl aus, dann müsste ich eigentlich ...

»Das ist doch wohl ein Witz!«, reißt mich Emmas aufgebrachte Stimme aus meinen Gedanken.

Mein Kopf ruckt herum. Emma ist normalerweise nicht leicht aus der Fassung zu bringen, aber jetzt ist sie ganz rot geworden vor Empörung, und die Gesprächsfetzen, die ich mitbekomme, lassen auch in mir sämtliche Alarmglocken läuten: »Ein unehelicher Sohn ...? Wie soll der heißen ... Josef Baumgartner ...? Nein, nie gehört ... das können Sie doch nicht ... aber wieso ... dann nehme ich mir einen anderen Anwalt ... Sie noch bitter bereuen ... ja, ganz recht, auf eine Million ... Wieso ...? Na, weil das alle so machen ... Sie werden schon sehen, was Sie davon haben!«

Als sie aufgelegt hat, ist sie kreidebleich, und plötzlich beginnt sie am ganzen Leib zu zittern.

»Du meine Güte, Emma!«, rufe ich erschrocken. »Was hast du denn?«

Sie erwidert meinen Blick, scheint mich aber gar nicht richtig wahrzunehmen. »Meine Erbschaft … das Haus«, kommt es stockend über ihre Lippen.

»Was ist damit?«

»Ich bekomme es jetzt doch nicht.«

»Wie bitte? Aber wieso denn?«

»Weil …« Sie schluckt schwer. »… sich ein unehelicher Sohn meiner Tante beim Erbschaftsgericht gemeldet hat, und der will das Testament anfechten.«

»Ach, du meine Güte.« Das sind keine guten Nachrichten. Von dieser Erbschaft hängt doch eine Menge ab, unsere Reise, und überhaupt alles, was wir bisher ausgegeben haben. Und nicht nur bisher … Wie sollen wir denn die Rückflüge bezahlen, wenn Emma gar kein Geld mehr hat?

»Dieser angebliche Sohn … kennst du den?«

»Das ist ja der Witz. Ich höre zum ersten Mal, dass meine Tante überhaupt ein Kind hat. Davon war in unserer Familie nie die Rede.«

»Dann besteht also noch Hoffnung … vielleicht ist er ja nur ein Schwindler«, versuche ich ihr Mut zu machen.

»Meinst du?« Ich kann ihr ansehen, dass sie es glauben will. Ebenso wie ich.

»Ja, warum nicht? So was ist schon oft vorgekommen«, nicke ich überzeugt.

»Weißt du was?« Ihr Gesicht wird wieder entschlossen, wie ich es von ihr gewohnt bin. »Ich werde jetzt gleich meine Eltern anrufen, und die sollen einen anderen Anwalt damit beauftragen, Nachforschungen anzustellen, und dann werden wir ja sehen!«

»Genau, das ist meine Emma«, freue ich mich mit ihr.

»Bleibt nur noch ein klitzekleines Problem«, rudert sie im nächsten Moment zurück.

»Welches denn?«

»Meine Bank. Die haben meinen Kontorahmen doch nur in

Hinblick auf die Erbschaft erweitert, und wenn sie jetzt Wind davon bekommen, wird es vorbei sein mit den Überziehungen.«

»Au weia. Um wie viel hast du denn überzogen?«

»Tja, also ...«, sie beginnt nachzurechnen, »... ich war schon vorher um einen Tausender hinten, dann die Flüge, die Hotelrechnung, das Auto, die sonstigen Spesen, und was ich an Bargeld abgehoben habe ...«

Mir wird ganz schwummrig. In unserem Leichtsinn haben wir geprasst, als gebe es kein Morgen, und als Dank für ihre Großzügigkeit sitzt Emma jetzt auf einem riesengroßen Schuldenberg.

»Was du für mich ausgegeben hast, zahle ich dir natürlich zurück«, biete ich sofort an.

»Ja, wirklich? Hast du denn so viel Geld?« Sie sieht mich voller Hoffnung an.

»Also, nicht im Moment ... aber ich kann mir von meinen Eltern was borgen und es dann abstottern, und wahrscheinlich kann ich auch Eddie einen Vorschuss aus dem Kreuz leiern«, sage ich möglichst zuversichtlich.

»Meinst du, das geht?«

»Ja, da bin ich mir ziemlich sicher.« Abgesehen von dem unbedeutenden Umstand, dass meine Mutter chronisch pleite ist, mein Daddy sich wieder eine neue Familie mit zwei kleinen Kindern zugelegt hat und ich bei Eddie schon mit über 500 Euro im Minus bin ...

So wie es aussieht, sitzen wir ganz schön in der Tinte.

Ich will gerade noch etwas dazu sagen, als plötzlich bei der Eingangstür lautes Getöse entsteht. Wir wechseln überraschte Blicke, dann hören wir mehrere Stimmen, die aufgeregt durcheinanderrufen, und schließlich Susans in voller Lautstärke: »Das ist im Moment alles, was ich dazu sagen kann, tut mir leid!« Es kracht mächtig, als sie die Tür ins Schloss wirft, und nur Sekunden später steht sie bei uns im Wohnzimmer.

»Die sind alle verrückt geworden!«, ruft sie aus. Sie sieht reichlich zerzaust aus, sogar ihre Perücke hängt ein bisschen schief, und die Einkaufstüte in ihrer Hand ist an der Seite eingerissen.

»Wer denn?«, fragt Vanessa mit aufgerissenen Augen.

»Die Reporter da draußen sind völlig aus dem Häuschen wegen Lilly … wenn die überhaupt so heißt«, schiebt sie auf einmal nach und sieht mich dabei ganz seltsam an.

»Vor dem Haus sind Reporter?« Vanessa ist aufgesprungen und läuft zum Fenster. »Du meine Güte, das ist ja der reinste Auflauf!«

»Was meinst du mit: *Wenn die überhaupt so heißt?*«, will ich von Susan wissen.

»Woher die haben unsere Adresse überhaupt?« Emma zieht misstrauisch die Augenbrauen zusammen.

»Na, woher wohl?«, meint Vanessa. »Denk an die Schauspielschule gestern. Da wird wieder jemand geplaudert haben.«

»Susan, was meintest du mit: *Wenn die überhaupt so heißt?*« Ich habe das jetzt geschrien, und die anderen starren mich erschrocken an.

»Damit meinte ich *das hier*!« Susan fasst in ihre Einkaufstüte und wirft eine Zeitschrift vor uns auf den Tisch.

Es ist die *Elle*, und auf der Titelseite bin – traraa – natürlich wieder ich. Ich stehe vor *Edie Britts* Haus in der *Wisteria Lane*, und die dazugehörige Schlagzeile lautet:

Das Luder von Hollywood wird zum Desperate Housewife.
Brad Pitts Geliebte zieht in die Wisteria Lane.
Das Geheimnis um ihren Namen ist gelüftet:
Sie heißt Lillifee Springwater!

Ich fühle, wie mein Kopf zu glühen beginnt. Diese blöden Touristen, verdammt noch mal. Hatten die nichts Besseres zu tun, als gleich zur nächsten Zeitung zu rennen?

»Ich dachte, du heißt *Lilly Tanner*?« Vanessa sieht mich argwöhnisch von der Seite an.

»Du scheinst ja eine Menge Geheimnisse zu haben«, legt auch Susan nach. »Gibt es sonst noch etwas, das wir vielleicht wissen sollten?«

»Ich heiße wirklich Lilly Tanner«, versichere ich ihnen.

»Und wie kommen die dann auf *Springwater*?«, bohrt Susan nach.

»Ich weiß auch nicht… es war auf dem Gelände der Universal Studios, und da waren diese Touristen… die müssen da irgendwas falsch verstanden haben«, versuche ich mich rauszureden.

»Du erwartest doch nicht, dass uns das als Erklärung reicht, oder?« Jetzt nehmen mich Vanessa und Susan in die Zange.

»Leute, ich heiße wirklich Lilly Tanner, ich kann euch meinen Ausweis zeigen«, biete ich an, doch ihre Augen bleiben unerbittlich.

Ich lasse die Schultern sinken. »Also gut, ihr habt gewonnen, ich erzähle euch die Geschichte…«

So, das habe ich nun davon. Kaum bin ich fertig, kringeln die sich vor Lachen, dabei habe ich die Episode von der Produktionshalle noch nicht einmal erwähnt. Sogar Emma amüsiert sich vorzüglich auf meine Kosten.

»Vielen Dank für euer Mitgefühl«, fahre ich sie an.

»Ein dümmerer Name ist dir wohl nicht eingefallen? *Springwater*, hahaha!« Susan kriegt sich gar nicht mehr ein vor lauter Lachen.

»Das stand auf der Wasserflasche, und ich war supernervös«, versuche ich es ihnen begreiflich zu machen.

»Ja, und Lillifee, hihihi, darauf muss man erst mal kommen!« Vanessa klatscht sich auf die Schenkel vor Vergnügen. »Wie bist du denn darauf gekommen, stand das auch irgendwo?«

Sie schauen mich fragend an, und plötzlich entsteht eine kleine Pause.

»Seltsam, ich habe dich das nie gefragt«, meint Emma und wischt sich eine Träne aus dem Augenwinkel. »Wofür steht *Lilly* überhaupt? Ich meine, das ist doch eine Abkürzung, oder?«

Ich zögere den Bruchteil einer Sekunde zu lange.

»Nein!« Emma starrt mich ungläubig an. »Du heißt wirklich so!« Die anderen beiden haben sie nicht verstanden, weil sie das auf Deutsch gesagt hat, aber bevor ich es noch verhindern kann, holt sie das gleich auf Englisch nach: »Lillys Name wirklich Lillifee ist!«

»Vielen Dank, Emma«, zische ich sie an. »Hätte ja sein können, dass sie es sonst nicht mitbekommen hätten.«

Ist echt lustig, wenn ein jahrzehntelang gehütetes Geheimnis plötzlich ans Tageslicht kommt und sich die besten Freundinnen köstlich darüber amüsieren.

»Nur zu eurer Information«, rufe ich aus. »So *habe* ich einmal geheißen, als kleines Mädchen, weil es meinem Daddy so gefallen hat. Aber mittlerweile heiße ich nur noch Lilly, ist das klar? Ich habe es sogar in meinen Papieren ändern lassen. Abgesehen davon weiß ich gar nicht, was ihr habt, es ist doch nur ein Name«, versuche ich sie zu beschwichtigen, aber damit gieße ich nur zusätzlich Öl ins Feuer. Es hat keinen Sinn, sie sind im Moment einfach nicht zu beruhigen, daher beschließe ich, erst mal eine Dusche zu nehmen.

Als ich wieder zurück ins Wohnzimmer komme, sitzen sie auf der Couch und schlürfen Kaffee.

»Na, geht's wieder?«, frage ich.

»Kein Problem, wir sind okay ... *Lillifee*«, meint Vanessa, und sie kichern gleich wieder los.

»Ja, ja, amüsiert euch nur.« Ich lasse sie links liegen und gehe stattdessen zum Fenster. Als ich den Vorhang ein Stück zur Seite schiebe, setzt sofort ein Blitzlichtgewitter ein, und ich sehe, dass sich eine ganze Horde von Paparazzi vor dem Haus niedergelassen hat. Einige lungern auf dem Bürgersteig herum und unterhalten sich, andere sitzen in ihren Wagen, und ein paar haben es sich sogar auf Klappsesseln und Campingliegen gemütlich gemacht. Ich ziehe den Vorhang wieder zu und drehe mich zu meinen Freundinnen um.

»Ich muss euch jetzt um einen Gefallen bitten.«

»Klar, was brauchst du?«, fragt Vanessa. »Einen neuen Namen?«

Sofort setzt wieder Gekichere ein.

»Haha, sehr witzig«, lächle ich matt. »Die Fenster von euren

Zimmern … gibt es da eins, das nach hinten rausführt?«, frage ich dann.

»Ja, das von Kimberly«, antwortet Susan.

»Okay. Und steht dein Angebot noch … dass ich mir eine Perücke borgen kann?«

»Ja, klar.«

»Was hast du vor?«, will Vanessa wissen.

»Ich muss hier weg, weg von den Aasgeiern da draußen und auch weg von Hollywood. Ich brauche eine Auszeit, um ein bisschen nachzudenken, versteht ihr? Aber dazu brauche ich eure Hilfe.«

»Kein Problem. Sag, was du brauchst.«

»Also gut. Vanessa und Susan, ihr beide müsstet denen da draußen ein Interview geben, und Emma, vielleicht könntest du …«

17

Au Backe, es schwappt über.

Die Berichte über meine Affären haben jetzt auch Deutschland erreicht. Nachdem ich mich mithilfe meiner Kolleginnen durchs rückwärtige Fenster verdünnisiert habe und Emma mir den Wagen zwei Blocks weiter übergeben hat, habe ich mich auf den Weg nach Venice Beach gemacht. Zu diesem Zweck habe ich mir von Susan eine blonde Perücke geborgt, damit die Leute mich nicht gleich erkennen, und das hat hervorragend geklappt. Ich erntete zwar viele aufmerksame Blicke und wurde an Kreuzungen mit allerlei Anmachsprüchen bedacht, aber da war zum Glück nichts dabei, was über die durchschnittliche Reaktion auf eine Wasserstoffblondine in einem roten Sechzigerjahre-Cadillac hinausgehen würde.

Die Fahrt dauerte eine knappe Stunde, und mehr als die Hälfte der Zeit habe ich mit Telefonieren verbracht. Als Erstes war Jutta dran, eine Freundin aus der Nachbarschaft zu Hause, die auf die Berichte im Internet gestoßen war, dann meine Mutter, die einen Artikel in der *Bild* gelesen hat, und dann erreichte mich sogar noch meine Oma, die beim Kaffeekränzchen gefragt worden war, ob es möglich sei, dass »ihr süßer Fratz von einer Enkelin bei den Amis plötzlich zu einem ordinären Flittchen mutiert sei«.

Ich hatte eine Menge zu erklären, und unangenehmerweise bin ich mir nicht sicher, ob sie mir alles geglaubt haben, wobei ich aber heraushören konnte, dass bei allen unterschwellig auch ein wenig Stolz mitschwang.

Mittlerweile habe ich den Strand erreicht. Ich parke den Wagen ein und spaziere die Promenade entlang, bis ich zu einem kleinen Café komme. Ich bestelle ein Surferfrühstück mit weißem Rührei, Kartoffeln, Pancakes und Ahornsirup und dazu einen Latte macchiato. Die ersten Bissen schlinge ich gierig in mich hinein, da ich heute noch gar nichts im Magen habe, dann schalte ich einen Gang herunter und beginne zu genießen.

Wie schön es hier ist. Der Himmel ist azurblau, und die Sonne sorgt für angenehme Temperaturen, sodass sich sogar ein paar Surfer ins Wasser gewagt haben und es jetzt mit den kräftigen Wellen des Pazifiks aufnehmen. Am liebsten würde ich den ganzen Tag lang nur hier sitzen bleiben und meine Sorgen Sorgen sein lassen. Nicht daran denken, dass uns demnächst das Geld ausgehen wird, ja, dass wir nicht einmal wissen, wie wir die Rückflüge bezahlen sollen, und dass ich von der Boulevardpresse gejagt werde wie ein Kaninchen von einer hungrigen Meute, dass ich …

O Gott, was soll nur aus uns werden?

Ich fühle, wie mein Herz ganz schwer wird, und auf einmal ist es vorbei mit meiner guten Stimmung. Ich überlege, ob ich einen Strandspaziergang machen soll, das würde mich sicher auf andere Gedanken bringen … Andererseits, es ist nur ein Strand. In Los Angeles gibt es doch noch eine Menge interessanter Sachen außer Hollywood, was stand denn da noch in meinem Reiseführer? Ich ziehe ihn aus der Tasche und beginne darin zu blättern.

Ich werde schnell fündig. Downtown, das ist es, da werde ich jetzt hinfahren. Das Geschäftszentrum mit den Wolkenkratzern, das ist ideal für Sightseeing, und vor allem die *City Hall*, das Rathaus von Los Angeles, über das ich schon so viel gehört und gelesen habe.

Ich habe mich gerade wieder in den Wagen geschwungen, als mein Telefon schon wieder läutet. Diesmal ist es eine amerikanische Nummer. Ob es ein Reporter ist? Schön wär's, dann könnte ich endlich loswerden, dass ich in Wirklichkeit Drehbuchautorin bin. Mit einem bangen Gefühl hebe ich ab.

»Lilly? Hier ist Genevieve.«

»Genevieve? Oh …« Ich bemühe mich, mir meine Enttäuschung nicht anmerken zu lassen. »Was gibt es denn?«

»Lilly, gerade war ein Mann bei mir, der dich sprechen wollte …«

»Ein Reporter?«, frage ich schnell.

»Nein, ein Agent, aber er hat den Tipp von einem Reporter bekommen, mit dem ich vorher gesprochen hatte.«

»Ein Agent? Was für ein Agent?«

»Er vermittelt eigentlich alles, aber hauptsächlich Drehbücher, hat er gesagt …«

»Das ist ja großartig!«, rufe ich aus.

»Ja, das dachte ich mir auch, und deshalb habe ich ihm deine Telefonnummer gegeben. Jetzt bin ich mir aber plötzlich nicht mehr sicher und wollte dich fragen, ob dir das auch recht ist?«

»Aber natürlich, Genevieve. Das ist doch genau das, was ich wollte.«

»Das freut mich, Kindchen. Dann halte dich bereit, ich glaube, er wird sich heute noch bei dir melden.«

»Vielen Dank, Genevieve, du hast was gut bei mir.«

»Kein Problem, Schätzchen. Ach, Lilly, noch etwas …«

»Ja?«

»Wenn du mit diesen Leuten verhandelst, dann sei bitte vorsichtig, ja? Ich kenne diese Branche schon lange, und sie ist ein Haifischbecken, glaub mir.«

»Okay, ich werde daran denken, Genevieve.«

Meine Stimmung schießt schlagartig in die Höhe. Ein Agent, das ist es, was ich brauche. Einen cleveren Burschen, der mit den Machern in Hollywood auf du und du ist, der mir die richtigen Kontakte verschafft und der vor allem weiß, wie wir meine momentane Bekanntheit am besten vermarkten können – mag sie auch noch so anrüchig sein.

Vielleicht ist das überhaupt die Lösung für alles. Ein Drehbuch muss hier in Hollywood doch eine ganze Menge wert sein, und sicher gibt es auch einen Vorschuss. Hervorragend, ganz hervorragend. Schon lustig irgendwie, ich habe mich über diesen fiesen Reporter geärgert, dabei könnte ausgerechnet er der Schlüssel zu meinem Glück sein.

Okay, dann wollen wir mal überlegen: Was sind die Vorteile dieser ganzen Gerüchte?

1) Ich bin plötzlich berühmt.
2) Ich habe gute Chancen, mein Drehbuch zu vermarkten.
3) Ich bekomme darüber hinaus sicher noch eine ganze Menge anderer Angebote.
4) Wenn ich es nicht allzu dumm anstelle, werde ich reich.
5) Alle beneiden mich.

Und die Nachteile:

1) Die ganze Welt hält mich für eine Schlampe.

Und das war's auch schon. *Ein* Nachteil gegen *fünf* Vorteile, und wenn ich erst mal die positiven Punkte umgesetzt habe, kann ich ja den einen negativen wieder aus der Welt schaffen, indem ich ganz einfach mit der Wahrheit rausrücke, nicht wahr?

So, jetzt muss nur noch dieses Superass von einem Agenten anrufen, aber das wird er schon, da bin ich mir ganz sicher. Er wäre doch ein Vollidiot, würde er sich so einen dicken Fisch durch die Lappen gehen lassen.

Meine Hochstimmung hält an, bis mich das Navi präzise zu dem Parkplatz vor der City Hall dirigiert hat. Ich bezahle bei der Einfahrt die Parkgebühr und versuche dann ein paar Minuten lang, mein Schlachtschiff in eine Lücke zu manövrieren, bis der Parkwächter herbeieilt und mir diesen Job abnimmt. Ich bedanke mich mit einem großzügigen Trinkgeld, dann mache ich mich auf den Weg.

Die City Hall liegt direkt gegenüber, und bei ihrem Anblick bleibt mir für einen Moment die Luft weg. Ich schnappe mir schnell die Kamera und schieße ein paar Bilder.

»Ist schon ein imposantes Gebäude, was?« Ein älteres Ehepaar in typischer Touristenaufmachung steht neben mir und fotografiert ebenfalls. »1928 erbaut«, erklärt der Mann. »Damals bedurfte es einer Sondergenehmigung wegen der Erdbebengefahr, deswegen auch die stabile Bauweise. Sehen Sie die Pyramide an der Spitze? Die ist einzigartig, ein ganz besonderes Gebäude.«

»Ja«, stimme ich begeistert ein. »Da oben wurden Batmans Eltern erschossen, wussten Sie das?«

»Wie bitte?« Sie glotzen mich beide an.

»Ja, und da wurde nicht nur *Batman* gedreht, sondern auch *Spiderman* und *Superman*, und auch sonst noch eine ganze Menge Filme.« Das ist auch der Hauptgrund, warum ich dieses Gebäude unbedingt besichtigen wollte.

Das Ehepaar verzieht sich wieder, und ich begebe mich auf meine Erkundungstour. Vorne am Haupteingang verkündet ein Schild, dass hier nur Bedienstete des Rathauses Zutritt haben und dass sich Besucher zur Gebäuderückseite begeben müssen. Ich mache mich also wieder auf die Socken, durchquere einen hübschen kleinen Park und nähere mich von der anderen Seite dem Besuchereingang.

Als ich durch die Glastür schreite, erblicke ich eine Sicherheitsschleuse. Sie erinnert mich an einen Flughafen, Uniformierte kontrollieren die Ausweise und Taschen der Leute, und ich zücke gleich meinen Reisepass, als ich an den Tresen herantrete.

»Sie sind Touristin?«, will eine ziemlich umfangreiche Afroamerikanerin wissen.

»Ja, genau.«

Sie wirft einen Blick in meinen Pass, und plötzlich verengen sich ihre Augen. »Dieser Pass ist ungültig«, sagt sie streng.

»Ungültig?«, frage ich erschrocken. »Unmöglich, den habe ich erst letztes Jahr neu ausstellen lassen, und bei meiner Einreise war auch noch alles in Ordnung.«

»Das mag schon sein«, meint sie ungerührt. »Aber wenn Sie Ihre Haarfarbe verändern, müssen Sie auch das Passbild entsprechend anpassen.«

Mist. Die Perücke. Die hatte ich ganz vergessen. Hastig reiße ich sie mir vom Kopf und stopfe sie in meine Handtasche.

Die Sicherheitsbeamtin zieht überrascht die Brauen hoch.

»Es war nur eine Perücke, sehen Sie? Ich trage gerne Perücken, ist ein Tick von mir, ich finde die Dinger echt *steil*«, lasse ich mir hastig einfallen, da ich ja schlecht erklären kann, dass ich mich verkleidet habe, um nicht als stadtbekannte Schlampe erkannt zu werden.

Sie mustert mich einen Augenblick lang misstrauisch, dann winkt sie einen Kollegen heran. Ich fühle Hitze in mir aufsteigen, während sie ihm meinen Ausweis zeigt und ihm irgendetwas zuflüstert, das ich nicht verstehen kann. Der Mann nickt, dann begutachtet auch er meinen Pass eingehend, bevor er sich an mich wendet.

»Ihr Name ist Lilly Tanner?«

»Ja, Sir!« Beinahe hätte ich salutiert vor lauter Respekt.

»Das ist seltsam«, meint er nachdenklich.

»Falls Sie die Perücke meinen… die habe ich nur so zum Spaß getragen…« Ich ringe mir ein Lachen ab.

»Nein, das meinte ich nicht…« Er mustert mich noch einmal prüfend. »Aber Sie sehen genauso aus wie *Lillifee Springwater*, wissen Sie das?«

»Lilli… *wer*?« Ich verschlucke mich fast an meinen eigenen Worten.

»Lillifee Springwater«, erklärt er ernst. »Das ist so eine Verrückte, die sich an Filmstars ranmacht.«

»Tatsächlich?«, stoße ich hervor. »Nie gehört, den Namen, mir gänzlich unbekannt. Und die soll *mir* ähnlich sehen?«

»Ja, ziemlich sogar. Aber Sie sind es ja nicht, wie ich sehe.« Er klopft auf meinen Pass, bevor er ihn mir zusammen mit einem Besucheraufkleber wieder aushändigt. »Dann wünsche ich Ihnen noch einen angenehmen Tag im Rathaus von Los Angeles«, rattert er freundlich seinen Text herunter.

»Vielen Dank.« Mir fällt ein Stein vom Herzen, und ich atme erleichtert aus. »Können Sie mir vielleicht noch sagen, wie man hier ganz nach oben kommt?«, fällt mir dann noch ein.

»So wie überall«, zuckt er die Achseln. »Mit Arschkriechen.«

»Wie bitte? Nein, ich meinte, hoch zur Aussichtsplattform«, erkläre ich überrascht.

»Weiß ich doch!« Er lacht. »Aber der Witz ist einfach zu gut, finden Sie nicht auch?«

»Äh, ja sicher, außergewöhnlich gut sogar ...«

»Okay, Sie müssen nur den Lift da hinten nehmen«, wird er wieder ernst. »Der bringt Sie hoch bis zum einundzwanzigsten Stock, dort steigen Sie um, und der nächste Lift bringt Sie in den sechsundzwanzigsten.«

»Sechsundzwanzig? Ich dachte, es gibt siebenundzwanzig Stockwerke«, wundere ich mich.

»Stimmt. Aber zum letzten müssen Sie hochlaufen, das ist nämlich der Tom Bradley Room.«

»Alles klar, vielen Dank.«

Der Wachmann hat es gut beschrieben. Als ich im sechsundzwanzigsten Stockwerk ankomme und die Lifttüren sich öffnen, stehe ich direkt vor einer Marmorbüste mit dem Kopf von Tom Bradley, einem legendären Bürgermeister von Los Angeles, wie ich von der Tafel darunter ablesen kann, und breite, geschwungene Treppen führen an beiden Seiten zur nächsten Etage hoch. Außer mir scheint kein Mensch hier oben zu sein, was ein merkwürdiges Gefühl in mir erzeugt.

Ich steige neugierig die Treppe hoch, und als ich oben ankomme, bin ich auf Anhieb begeistert. Der Tom Bradley Room ist ein großer Saal, auf allen vier Seiten eingerahmt von Fenstern und entsprechend hell. Es gibt Sitzreihen für Zuhörer, und vorne an der Wand steht ein Rednerpult, über dem die amerikanische Flagge hängt.

Vor meinem geistigen Auge sehe ich plötzlich den Präsidenten, wie er gerade eine Rede zur Lage der Nation hält, und auf den Sitzreihen vor ihm die Presse mit gezückten Diktiergeräten, und plötzlich läutet ein Handy …

Oh, das ist meines.

»Spreche ich mit Lilly Tanner?«, vernehme ich eine schwungvolle Stimme am anderen Ende der Leitung.

»Ja, am Apparat«, antworte ich gespannt.

»Mein Name ist Jeff Wizzler«, stellt der Mann sich vor. »Ich bin Drehbuchagent und genau der Mann, den Sie jetzt brauchen.«

Wow, der geht aber ran.

»Dann haben Sie vorhin mit Genevieve gesprochen?«, frage ich.

»Allerdings, das war ich. Miss Tanner, ich hätte Ihnen ein paar äußerst interessante Vorschläge zu machen. Wie sieht's aus, können wir uns treffen?«

»Ja, natürlich, Mr. Wiz…«

»Wizzler, Jeff Wizzler. Aber nennen Sie mich doch Jeff, okay? Und ich darf Lilly sagen? Wo sind Sie im Moment?« Wenn der mal redet, ist er schwer zu stoppen.

»Ja, ich meine … gut, Jeff … ich bin gerade im Rathaus.«

»Im Rathaus? Was machen Sie denn da? Hat man Sie schon zu einem Bürgermeisterempfang geladen?« Er lacht ausgiebig über seinen Witz.

»Nein, das nicht, ich bin gerade … in einer Besprechung«, schummle ich, um ein bisschen Eindruck zu schinden.

»In einer Besprechung?« Sofort wird er wieder ernst, und ich höre im Hintergrund ein Geräusch, als wäre er soeben aufgesprungen. »Geht es etwa um Ihr Drehbuch? Hören Sie, Lilly, Sie dürfen auf gar keinen Fall etwas zusagen, bevor wir uns getroffen haben, haben Sie mich verstanden? Mit wem sind Sie überhaupt da? Ist es ein anderer Agent oder eine Filmfirma?«

»Nein, es ist … äh … mein *Team*. Wir beraten gerade über

mögliche Schauplätze für mein nächstes Buchprojekt«, improvisiere ich.

»Sie haben *mehrere* Projekte?«

»Natürlich, ganz viele sogar.«

»Sehr gut, großartig«, lobt er mich, bevor er eilig nachsetzt: »Aber das bringt natürlich alles nichts ohne die entsprechenden Kontakte, das ist Ihnen doch klar? Kontakte, die *ich* Ihnen bieten kann.«

»Ja, Mr. Wizz... *Jeff*, das ist mir klar. Hören Sie, was mein aktuelles Buch angeht, *Endless Love*... also, nur, damit ich mir eine ungefähre Vorstellung machen kann, in welcher Liga Sie überhaupt spielen...« Ich lasse meine Worte nachklingen, um die Wirkung zu erhöhen.

»Jaa...?«

»... an was für eine Größenordnung haben Sie dabei gedacht, finanziell, meine ich?«

»Sie meinen, wie viel ich für uns rausschlagen kann?«, bringt er es auf den Punkt.

»Äh, ja, das meinte ich.« Mir stockt der Atem, während ich auf seine Antwort warte.

»Lassen Sie es mich so ausdrücken, Lilly...« Er legt eine Wirkungspause ein. »Ich war auf der Suche nach einem *Million Dollar Baby*, und mit Ihnen glaube ich es gefunden zu haben.«

Mir bleibt die Luft weg. »Sie glauben tatsächlich, dass wir dafür *Millionen* kriegen können?«

»Keineswegs«, antwortet er, und ich schrumpfe gleich wieder zusammen. »Ich *glaube* das nicht, Lilly, ich *weiß* es. Sonst hätte ich mir gar nicht erst die Mühe gemacht, Sie aufzuspüren, das können Sie mir glauben. Jeff Wizzler gibt sich nicht mit Peanuts ab!«

»Oh, das ist zufällig auch genau meine Devise, Jeff«, höre ich mich sagen, und gleichzeitig pulsiert unbändige Freude durch meinen Körper.

»Schön zu hören, dass wir uns auf der gleichen Wellenlänge befinden. Was halten Sie davon, Lilly, ich organisiere gleich für morgen ein paar Termine, und vorher treffen wir beide uns und besprechen die Einzelheiten, okay?«

»Ja, sehr gut, einverstanden.«

»Gut, ich rufe Sie dann an. Und vergessen Sie nicht, Lilly, nur Jeff Wizzler kann Sie zum *Million Dollar Baby* machen, verstanden?«

»Ja, klar, Mr. … *Jeff*! Bis dann also …«

Als ich aufgelegt habe, klingen Jeff Wizzlers Worte in meinem Kopf nach. Wie in Trance wandle ich durch eine Glastür nach draußen auf die Aussichtsplattform. Die atemberaubende Skyline von Downtown Los Angeles liegt direkt vor mir, und als ich nach unten blicke, ahne ich zum ersten Mal in meinem Leben, wie sich ein zugedröhnter Junkie fühlen muss. Die Situation ist vollkommen surreal. Ich werde Millionen verdienen, Jeff Wizzler wird mich zum richtig großen Geld führen. Für den Bruchteil einer Sekunde habe ich das aberwitzige Gefühl, dass ich fliegen kann. Diese wunderbare Stadt liegt mir zu Füßen, und ich stehe hier oben wie ihre Königin und genieße mein Glück. Ich bin wie betäubt und versuche, die Gedanken in meinem Kopf zu ordnen und wieder halbwegs klar denken zu können, dann erwacht auf einmal das unbändige Bedürfnis in mir, mich jemandem mitzuteilen.

Als Erstes werde ich natürlich Emma anrufen, die Ärmste macht sich bestimmt die größten Sorgen wegen ihrer Erbschaft, und dann meine Mutter, und meinen Daddy, mit dem habe ich sowieso schon ewig nicht mehr geredet … Während ich mein Handy zücke und Emma anwähle, setze ich mich ganz automatisch in Bewegung und beginne den Tom Bradley Room von außen zu umrunden. Kaum ist jedoch die Verbindung zu Emma hergestellt, schaltet sich ihre Mobilbox ein.

Okay, versuche ich es eben später noch einmal. Als mein Blick zufällig auf die Ladeanzeige meines Akkus fällt, sehe ich, dass der Speicher bald zur Neige geht, also beschließe ich kurzerhand, die anderen Telefonate auf später zu verschieben.

Stattdessen könnte ich eigentlich ein paar Fotos machen, die Aussicht ist ja wirklich atemberaubend. Während ich in meiner

Tasche nach der Kamera wühle, biege ich um die nächste Ecke, und plötzlich sehe ich ein paar Meter vor mir eine kleine, graue Metalltür, die einen Spalt breit offen steht.

Spontan erwacht die Neugierde in mir. Wo die wohl hinführt? Es sieht aus wie ein kleiner Turm, der sich an der Außenseite des Gebäudes befindet. Ich nähere mich, und als ich die Tür vorsichtig ein bisschen weiter aufdrücke, erkenne ich in dem Halbdunkel eine Treppe. Wobei die Bezeichnung Treppe nicht ganz stimmt, es ist eher eine Art Hühnerleiter aus Metall, die sich nach oben windet, zudem ist es in dem kleinen Turm abschreckend düster und feucht. Ich will mich schon zurückziehen, als ich das kleine Schild neben der Treppe entdecke: *Aufgang zu Stockwerk dreißig.*

Stockwerk dreißig? Das gibt es offiziell doch gar nicht.

Sofort wächst meine Neugierde wieder. Ich muss da unbedingt hinauf, wer weiß, vielleicht haben sie da oben ja auch irgendwelche Filmszenen gedreht. Ich nehme all meinen Mut zusammen, dann betrete ich die Leiter und klettere vorsichtig höher. Auf den ersten Stufen fühlt es sich noch sehr wackelig an, und ich klammere mich ängstlich an den kalten Handlauf, doch mit der Zeit gewöhne ich mich daran und auch an die Dunkelheit und schreite zügig nach oben. Der Aufstieg kommt mir lange vor, viel höher als drei Stockwerke, und als ich mich dem Ende nähere, sehe ich eine schmale Tür, durch die das Sonnenlicht hereinfällt. Als ich endlich wieder ins Freie trete, muss ich ein paarmal blinzeln, um mich wieder an das gleißende Tageslicht zu gewöhnen, dann sehe ich mich um. Es scheint eine Art Balkon zu sein, der anscheinend um die Spitze des Turmes herumgeht. Er ist von einer Balustrade eingefasst, und als ich an sie herantrete und in die Tiefe gucke, wird mir ein bisschen schwindelig.

Wie vorhin auf der unteren Etage beginne ich den Turm zu umrunden und Fotos zu schießen. Ich entdecke im Norden die Hollywood Hills mit dem berühmten Schriftzug, im Osten erstreckt sich eine Gebirgskette, auf deren Spitze ich sogar Schnee erkennen kann, und wieder zurück auf der westlichen Seite glaube ich fern am Horizont sogar den Pazifik ausmachen zu können. Als ich schwungvoll die letzte Ecke nehme, um zum Südteil zu gelangen, pralle ich auf einmal gegen eine kräftige Gestalt. Das Zusammentreffen ist so unerwartet, dass mir ein Schrei entfährt, und auch der fremde Mann wirkt ziemlich überrascht.

»Was machen Sie denn hier oben?«, fragt er stirnrunzelnd. Ich sehe, dass er von stämmiger Statur ist, und er hat einen schwarzen Vollbart und trägt einen Werkzeuggürtel um die Hüfte.

»Oh, tut mir leid, ich wollte nicht ...«, suche ich schnell nach einer Rechtfertigung. »Die Tür stand offen, und als ich las, dass es hier ein dreißigstes Stockwerk gibt ...« Ich zucke hilflos mit den Achseln. »Aber ich werde natürlich gleich wieder verschwinden, wenn Sie das wollen.«

»Hm.« Er streicht sich über seinen Bart, dann schmunzelt er. »Ist ja kein Kapitalverbrechen, hier hochzuklettern. Ich muss mir angewöhnen, die verdammte Tür besser zuzumachen, schätze ich.«

»Heißt das, ich darf noch ein bisschen bleiben?«

»Ja, von mir aus ... Sie haben aber keinen Liebeskummer oder so?« Er deutet in die Tiefe.

»Nein, gar nicht, ganz im Gegenteil, es geht mir großartig«, versichere ich ihm. »Er ist nur so schön hier oben, und das würde ich gerne noch ein bisschen genießen, wenn es Ihnen recht ist.«

»Klar, kein Problem. Ich habe noch eine halbe Stunde an der Antenne zu schrauben, Sie können es sich inzwischen gemütlich machen, wenn Sie wollen. Kleiner Tipp übrigens: Im Verschlag neben dem Aufgang ist ein Klappstuhl, den da anscheinend mal jemand vergessen hat ...« Er zwinkert mir zu.

»Oh, das ist aber nett. Sie sind wohl auch gerne hier oben?«

Er nickt lächelnd. »Stimmt. Es gibt in ganz Los Angeles keinen ruhigeren Ort. Ich nenne es meinen *Stairway to Heaven.*«

»Das trifft es ganz genau, hier ist es wirklich wie im Himmel. Ich heiße übrigens Lilly Tanner.« Ich strecke ihm meine Hand hin, und er quetscht sie mit seiner harten Handwerkerpranke.

»John Sorell, freut mich.« Dann runzelt er auf einmal die Stirn. »Sie kommen mir übrigens bekannt vor.«

Ach nein, nicht *das* schon wieder. Ich hätte die Perücke wieder aufsetzen sollen ...

»Jetzt hab ich's«, nickt er bestimmt, und ich fühle, wie mir das Blut in den Kopf steigt. »Sie sehen aus wie meine Tante Gertrud auf ihren Jugendfotos.«

»Ihre Tante Gertrud?« Ich stoße ein krächzendes Lachen hervor. »Was Sie nicht sagen, das ist ja ulkig.«

»Ja, nicht wahr? Zufälle gibt's. Okay, ich werde mich dann mal um die Antenne kümmern.«

»Nur zu, lassen Sie sich nicht aufhalten.«

Erleichtert tripple ich wieder zurück zum Aufgang, und im Verschlag daneben finde ich wirklich einen Klappstuhl, wie John es versprochen hat. Ich klappe ihn auf, und kaum habe ich mich gesetzt, läutet mein Handy erneut.

Das muss Emma sein, die mich zurückruft. Die wird vielleicht Augen machen, wenn ich ihr von Jeff Wizzler erzähle ...

»Lilly, hier ist Jason.«

Jason?

Es ist *Jason*!!!

Mein Herz macht einen Überschlag vor Freude. »Jason, was für eine Überraschung. Ich habe schon auf deinen Anruf gewartet. Wie geht es dir?«, rufe ich überschwänglich aus.

»Mir geht's gut, den Umständen entsprechend ...«

»Was meinst du mit *den Umständen entsprechend*?«

»Na ja, wir sind hier in einem Karpatenschloss, das angeblich mal dem Grafen Vlad Dracul gehört hat ...«

»War das nicht der, nach dem sie die Dracula-Legende erfunden haben?«

»Genau. Ich habe allerdings den Verdacht, dass diese Schlitzohren das von jeder Ruine behaupten, ansonsten hätte der Typ hier in der Gegend mindestens dreihundert Schlösser besitzen müssen.«

»Und, wie ist es so? Schon irgendwelchen Vampiren begegnet?«

»Nicht direkt, aber letzte Nacht hat jemand unseren Vorrat an Filmblut gestohlen.«

Ich kichere. »Das wird ihm jedenfalls eine Lehre sein, wenn er es kostet.«

»Ganz sicher. Nein, jetzt mal im Ernst, wir sind hier komplett ab vom Schuss, und deswegen konnte ich dich auch nicht anrufen. Handyempfang gibt's hier draußen so gut wie gar nicht, und sogar das Festnetz macht in den umliegenden Dörfern immer wieder Probleme.«

»Und mit den Dreharbeiten kommt ihr gut voran?«

»Ja, da liegen wir im Plan.«

»Das heißt, du wirst am Sonntag wieder zurück sein?«

»Ich hoffe es. Anschließend muss ich aber gleich zur Oscar-Verleihung, mein Produzent will da unbedingt mit mir hin, um bei der anschließenden Gala ein paar Geldquellen für unsere nächsten Projekte anzuzapfen.«

»Das heißt, wir sehen uns dann gar nicht?«, frage ich enttäuscht.

»Keine Ahnung, vielleicht klappt es vorher, mal sehen ...«, weicht er aus. »Aber sag, wie geht es dir, Lilly? Was treibst du gerade?«

»Mir geht es großartig, du errätst nie, wo ich gerade bin.«

»Tja, keine Ahnung.«

»Ich bin im Rathaus, oder eigentlich *auf* dem Rathaus, und zwar im dreißigsten Stock ...«

»Die City Hall hat aber nur siebenundzwanzig Stockwerke, soviel ich weiß.«

»Ja, das dachte ich auch, aber es gibt noch einen Aufgang für Reparaturarbeiten, und als der zufällig offen stand, bin ich natürlich gleich rauf ...«

»Das ist doch entsprechend gesichert, hoffe ich?« Ich kann hören, wie er sich um mich sorgt, und mir wird ganz warm ums Herz.

»Ja, kein Problem, es gibt hier eine breite Balustrade ... und ein Handwerker namens John Sorell hat mir sogar seinen Klappstuhl geliehen, stell dir nur vor.«

»Ohne dass du mit ihm schlafen musstest?«

»Ja ... glaube ich zumindest, genau haben wir das noch nicht besprochen«, kichere ich. »Hier oben ist es wirklich wunderschön, Jason, John nennt es sogar seinen Stairway to Heaven.«

»Tatsächlich? Also, für mich wäre das wohl eher der Stairway to *Hell.*«

»Aber du weißt doch gar nicht, wie schön der Ausblick hier ist ...«

»Das mag ja sein, aber ich habe Höhenangst.«

»Echt? Und was machst du dann im Flugzeug?«

»Das geht, solange ich nicht am Fenster sitze und ausreichend mit Whiskey versorgt werde. Aber auf ein hohes Gebäude im Freien wie bei dir jetzt würden mich keine zehn Pferde bringen, da könntest du mich ebenso gut erschießen.«

»Wirklich? Schade ... dann ist es ja gut für dich, dass es in Los Angeles nicht viele hohe Gebäude gibt, nicht wahr?«

»Du sagst es. Deswegen bevorzuge ich allgemein Erdbebengebiete als Wohnort«, meint er, und ich muss lächeln. »Und was treibst du sonst noch, hat sich mit deinem Drehbuch schon etwas ergeben?«, will er dann wissen.

»Ja, und wie, das muss ich dir unbedingt erzählen, Jason. Heute hat mich ein Agent kontaktiert, und der ist fest überzeugt, dass er mich gut vermarkten kann.«

»Das ist ja großartig«, freut er sich mit mir. »Aber wie kommt das so plötzlich?«

»Weißt du, das hat sich so ergeben, weil ...« Ich stoppe gerade noch rechtzeitig.

Er weiß es nicht, oder? Nein, natürlich nicht, das wäre sonst wohl das Allererste gewesen, worauf er mich angesprochen hätte. Aber wie soll ich ihm jetzt über Telefon begreiflich machen, was in den letzten Tagen alles geschehen ist? Ein ziemlich sinnloses Unterfangen, daher ist es wohl am besten, wenn er vorerst gar nichts mitkriegt von dieser absurden Kampagne gegen meine Person.

»... Genevieve ihre Kontakte hat spielen lassen«, kratze ich also elegant die Kurve.

»Genevieve?«, sagt er erstaunt. »Die alte Lady kann einen manchmal echt überraschen.«

»Woher kennst du sie eigentlich?« Das habe ich mich damals schon gefragt, als er in ihrer Schauspielschule aufgetaucht ist. Irgendwie passt das für mich nämlich überhaupt nicht zusammen, eine alternde Diva, die davon lebt, Nichtskönnern wie uns vorzugaukeln, wir könnten ernsthaft das Schauspielen erlernen, und der erfolgreiche Regisseur, der sich doch längst auf ganz anderen Ebenen bewegt.

»Sie ist meine Großtante«, antwortet er. »Aber das ist ein Geheimnis, und du darfst es niemandem verraten. Sie befürchtet nämlich, dass die Leute dadurch auf ihr wahres Alter schließen könnten.«

»Ach, darum. Übrigens, Jason, wie ist das so bei euch da drüben, was bekommt ihr denn so mit von der Welt?«

»Was meinst du damit?«

»Ach, nur so. Gibt es da zum Beispiel Internet oder Satellitenfernsehen?«, frage ich so beiläufig wie möglich.

»Ja, zum Teil ... in unseren Hotelzimmern gibt es Fernseher, aber der Empfang ist extrem schlecht, und Internet haben sie unten in der Lobby. Aber wir arbeiten ohnehin von früh bis spät, sodass wir am Abend wie tot ins Bett fallen, deswegen bekommen wir nicht viel mit. Wieso, gab es etwas Besonderes in der Zwischenzeit?«

»Nein, nein, überhaupt nicht«, sage ich hastig und atme insgeheim auf. »Ich meinte nur so ... dann muss es für euch ja ziemlich öde sein da drüben.«

»Na ja, wie man's nimmt. Wir sind derart eingedeckt mit Arbeit, dass gar keine Zeit für Langeweile bleibt.«

Gott sei Dank. Gott sei Dank. Dann wird er also gar nichts mitbekommen von meinen angeblichen Affären, und bis er wieder zurück ist, haben wir schon längst den Vertrag für mein Drehbuch unter Dach und Fach, und dann werde ich eine Pressekonferenz geben oder so was in der Art und endlich reinen Tisch machen.

Erstaunlich, wie sich auf einmal alles zum Guten gewendet

hat. Besser könnte es eigentlich gar nicht laufen. Ich habe einen großartigen Mann kennengelernt, ich bin drauf und dran, mein Drehbuch zu verkaufen, und werde damit viel Geld verdienen ... Wie es aussieht, habe ich echt das große Los gezogen. Unwillkürlich seufze ich vor lauter Glück.

»Was hast du denn?«, wundert sich Jason.

»Ach, gar nichts, Jason, ich bin nur so glücklich«, sage ich schwärmerisch. »Und gleichzeitig kann ich es kaum erwarten, bis du wieder zurückkommst. Ich muss ständig an Paradise Cove denken.«

»Ja, das war wirklich schön«, meint er mit einem weichen Unterton in der Stimme, der mich ganz kribbelig macht. »Und ich freue mich auch schon auf dich, Lilly.«

»Dann sieh zu, dass du bald fertig wirst«, ermahne ich ihn. »Und lass dich bloß nicht von irgendwelchen Vampiren verschleppen, hörst du?«

»Die Vampire sind nicht das Problem, aber die Werwölfe sind ziemlich hartnäckige Biester«, gibt er zurück. »Notfalls werfen wir ihnen Ned, unseren Kameraassistenten, zum Fraß vor. Bis sie den weggefuttert haben, sind wir längst über alle Berge.«

Wir müssen beide lachen, doch dann meldet sich mein Handyakku, und ich muss mich von ihm verabschieden.

Als ich aufgelegt habe, lehne ich mich zurück und betrachte verträumt die weißen Schäfchenwolken, die gerade über mich hinwegziehen. John Sorell, der Handwerker, hatte recht. Das hier *ist* der Stairway to Heaven.

Ich bin nämlich gerade im Himmel angekommen.

18

»Lilly, das musst du dir ansehen!«, ruft Vanessa aufgeregt.

»Keine Zeit, ich habe eine Verabredung mit meinem Agenten!« Ich flitze wie ein Wirbelwind durch unser Apartment und raffe alles zusammen, was ich brauchen könnte.

»Lilly, das solltest du dir wirklich ansehen!«, ruft jetzt auch Emma, und der Tonfall in ihrer Stimme lässt mich nun doch meine Aktivitäten unterbrechen.

»Was gibt es denn?« Ich marschiere ungeduldig ins Wohnzimmer, wo die beiden vor der Glotze hocken.

»Erkennst du ihn wieder?« Emma deutet auf den Bildschirm.

Mein Blick schwenkt hinüber zum Fernseher … und ich erstarre augenblicklich. Ein muskelbepackter Mann mit kahl rasiertem Schädel hockt auf der Couch einer Fernsehsendung, und im Hintergrund ist ein unscharfes Foto eingeblendet. Aber nicht irgendein Foto, sondern *mein* Reisepass-Streifenhörnchen-Schmollmund-Foto!

»Das ist doch dieser Mike, oder?«, sage ich mit belegter Stimme.

»Hey, ein cooler Typ. Wer ist das?« Die Frage kam von Susan, die direkt hinter mir ins Zimmer gekommen ist und sich jetzt auch aufs Sofa fallen lässt.

»Das ist *Big Bang Mike*«, erklärt Emma.

»Big Bang Mike? Lustiger Name. Und was hat der mit Lilly zu schaffen?«, will sie wissen.

»Hör doch selbst!«

Vanessa stellt den Ton lauter, und wir verfolgen gebannt, wie die Interviewerin in die Kamera sagt: »Für unsere Zuschauer, die eben erst eingeschaltet haben: Ich bin Jessica Newman, und mein heutiger Gast ist Mr. Big Bang Mike, Boss der Filmproduktionsfirma BBM. Mike hat uns ein paar interessante neue Fakten zu der Frau mitgebracht, die momentan ganz Hollywood in Atem hält: *Lillifee Springwater!*«

Sie deutet theatralisch auf mein Foto im Hintergrund, und als der Name fällt, kichern meine Freundinnen natürlich gleich wieder los.

Dann wendet Jessica sich wieder an ihren Gast: »Mike, Sie produzieren also Filme, Erwachsenenfilme, um genau zu sein …«

»*Sehr* erwachsen sogar, Jessica.« Mike grinst anzüglich und fasst sich dabei an den Schritt.

»Äh, ja …« Jessica blinzelt verlegen. »Würden Sie unseren Zuschauern nun mitteilen, wie Sie die Bekanntschaft dieser Lillifee Springwater gemacht haben?«

»Aber klar doch.« Er sieht direkt in die Kamera. »Wir hatten vor ein paar Tagen ein Casting für meinen neuen Film, und wir waren beinahe fertig, als sie mit ihrer Freundin bei uns auftauchte …«

»Ihr wart bei einem *Porno-Casting*?«, fragt Susan ungläubig, aber im nächsten Moment muss sie heftig niesen und hat damit zu tun, sich die Nase zu putzen.

»Wie darf man sich so ein Casting vorstellen?«, stellt Jessica Newman im Fernsehen eine Zwischenfrage.

»Nun, wir nehmen als Erstes die Daten der Teilnehmerinnen auf und überprüfen ihre Ausweise, um sicherzustellen, dass sie auch volljährig sind, dann müssen sie unseren Fragebogen ausfüllen …«, holt Mike aus.

»Und damit kommen wir auch schon zum interessanten Teil«, übernimmt Jessica Newman wiederum und hält ein Blatt Papier in die Kamera. »Mike, können Sie uns erklären, was dieser Fragebogen beinhaltet?«

O mein Gott. Der Fragebogen! Emma und ich tauschen hektische Blicke aus.

»Aber sicher«, grinst Mike. »Also, hauptsächlich geht es darum zu erfahren, welche Praktiken unsere Bewerberinnen bevorzugen …«

»Sie meinen *Sex*praktiken?«, ergänzt Jessica.

»Ja, klar, das ist für uns natürlich besonders wichtig.«

»Und was hat diese Lillifee Springwater da alles angekreuzt?«, fragt Jessica scheinheilig, als ob sie es nicht ohnehin schon wüsste.

»Das ist ja der Witz …« Mike grinst genüsslich in die Kamera, während er die nächsten Worte ausspricht. »*Alles*. Sie und ihre Freundin haben alles mit *Ja* angekreuzt.«

»Und da sind auch ein paar ziemlich heftige Sachen darunter«, ergänzt Jessica eifrig und beginnt aus dem Formular zu zitieren: »Sado-Maso, lesbischer Sex, Gruppensex und sogar noch Schlimmeres, was wir im Fernsehen gar nicht nennen dürfen.«

»Genau«, nickt Mike stolz. »So etwas hatten wir noch nie.«

»Und was bedeutet das?«

»Das bedeutet, dass diese Lady ganz schön versaut ist«, schlussfolgert Mike mit einer Miene, als würde er gerade eine hochwissenschaftliche Expertise abgeben.

Ich fühle, wie eiskalte Schauer über meinen Rücken jagen, und gleichzeitig bricht mir der Schweiß aus. Plötzlich merke ich, dass Vanessa und Susan mich mit offenen Mündern anstarren.

»Stimmt das, Lilly?«, fragt Vanessa. »Hast du dich wirklich bei dieser Firma beworben?«

»Nein, nicht wirklich ...«

»... und dass du *alles* machen würdest?«, fügt Susan an, um im nächsten Moment gleich wieder loszuniesen.

»Nein, das stimmt nicht!«, jaule ich auf. »Das war alles nur ein Irrtum. Emma und ich dachten, es wäre ein ganz normales Casting, und weil wir so spät dran waren, haben wir diesen Zettel gar nicht richtig durchgelesen ...«

»Und noch etwas Interessantes ist mir dabei aufgefallen: der Name«, nimmt Jessica Newman den nächsten Faden auf. »Wir haben hier eine Kopie des Reisepasses dieser Frau, und darin steht als Name *Lilly Tanner.* Wie können Sie uns das erklären?«

O nein, mein Name. Sie nennt meinen echten Namen im Fernsehen.

»Ach, das wundert mich gar nicht, Jessica«, meint Mike. »In unserer Branche sind Künstlernamen gang und gäbe, und nicht selten besorgen sich die Darsteller auch falsche Dokumente.«

»Sie glauben also, dass es sich bei diesem Namen um einen Künstlernamen handelt?«

»Ja, und das ist auch gar kein Wunder, Jessica. Stellen Sie sich vor, Sie hießen *Lillifee Springwater*, was würden Sie denn machen?«

»Mir schleunigst einen Künstlernamen suchen natürlich!« Jessica Newman findet das offenbar so witzig, dass sie sofort in wieherndes Gelächter verfällt, und auch Mike stimmt mit ein.

»Wie heißt du denn nun wirklich?« Vanessa betrachtet mich argwöhnisch von der Seite.

»Lilly Tanner natürlich!«, rufe ich aus. »Ihr müsst mir glauben, das ist alles völliger Schwachsinn!«

»Und wie ging es dann weiter mit dem Casting, Mike?«, bleibt Jessica Newman am Ball. »Nachdem Sie diesen Fragebogen gelesen haben, was geschah dann?«

»Also, das war dann seltsam«, meint Mike und wird jetzt ein bisschen nachdenklich. »Normalerweise teste ich die Kandidatinnen, die für mich infrage kommen, persönlich, aber in diesem Fall kam es nicht dazu.«

»Ach, und wieso nicht?«

»Diese Lillifee war nicht alleine, sie hatte eine Freundin mit ...«

»... die auch den Bewerbungsbogen ausgefüllt hat und ebenfalls kein Kind von Traurigkeit ist ...« Jessica wedelt mit Emmas Fragebogen herum.

»Genau, und ich war natürlich entsprechend neugierig auf die beiden, aber als ich dann die Hüllen fallen ließ, wurde diese Kampflesbe plötzlich hysterisch ...«

»Mit Kampflesbe meinen Sie die Freundin?«

»Ja, das war so eine kräftige Indianerin«, nickt Mike.

»Indianerin? Auf dem Passfoto sieht sie gar nicht aus wie eine Indianerin, sondern eher wie eine Landpomeranze.« Jessica betrachtet stirnrunzelnd die Kopie von Emmas Ausweis.

»Eine Indianerin?«, wundert sich auch Vanessa, doch dann fällt ihr Blick auf Emma. »Ach so ...«

»Was sagen die da?« Emmas Blick springt nervös zwischen dem Fernseher und mir hin und her. Bloß gut, dass sie nicht alles verstanden hat.

»Er erzählt, dass ich mit einer Freundin beim Casting war, einer sehr hübschen Freundin«, liefere ich eine ziemlich freie Übersetzung.

»... ja, wie auch immer, jedenfalls ging die mit ihrer Handtasche wie eine Verrückte auf mich los«, berichtet Mike mit wehleidigem Blick weiter.

»Und wieso? Sie hatte sich doch auch beworben, dachte ich?«, fällt Jessica ihm ins Wort.

»Ich kann mir nur vorstellen, dass sie plötzlich eifersüchtig wurde …«

»Eifersüchtig?«

»Ja, auf meinen *Bing Bang*, Sie verstehen?« Er deutet auf seine unteren Regionen und nickt Jessica bedeutungsvoll zu. »Für eine Lesbe ist das eine Konkurrenz, gegen die sie nicht ankommt, und deswegen hat sie wohl so aggressiv reagiert.«

»Wir halten also fest«, übernimmt Jessica wieder schwungvoll das Wort. »Das Luder von Hollywood, Lillifee Springwater, kennt sexuell keinerlei Tabus und hat zudem eine lesbische Freundin, die äußerst eifersüchtig ist. Dabei stellt sich mir noch eine Frage, Mike: Wenn diese indianische Freundin so eifersüchtig ist, wieso duldet sie dann Lillifees Affäre mit Brad Pitt?«

»Das liegt doch auf der Hand, Jessica.« Mike grinst wieder selbstgefällig. »Diese Lillifee hat doch selbst gesagt, dass Brad kleiner ist als der Durchschnitt, nicht wahr? Folglich ist er auch keine so große Konkurrenz für ihre Freundin. Hätte er einen *Big Bang Brad*, dann wäre das was anderes.«

»Ah ja, das wäre natürlich eine Erklärung. So viel also zu den Neuigkeiten um Lillifee Springwater, verehrtes Publikum …« Jessica verabschiedet sich von Big Bang Mike und moderiert die Sendung ab.

Als der Werbeblock startet, macht sich für ein paar Sekunden betretenes Schweigen breit, und ich stehe da wie vor den Kopf geschlagen.

»So übel ist der Typ eigentlich gar nicht«, meint Emma dann. »Zumindest hat er Geschmack, was Frauen angeht.«

Vanessa räuspert sich, und ich kann ihr ansehen, dass ihr eine Frage auf der Zunge brennt.

»Schieß los, Vanessa, du willst mich doch was fragen«, fordere ich sie auf.

Sie erwidert unsicher meinen Blick. »Ja, also, eines würde mich schon interessieren … stimmt das mit dir und Emma? Nicht, dass es mir was ausmachen würde«, fügt sie schnell hinzu.

»Nein, Vanessa, natürlich nicht. Emma hat dem Kerl nur eins mit der Handtasche verpasst, weil wir ja nicht wussten, dass das *so* ein Casting ist und er auf einmal nackt vor uns stand mit seinem ... na, du weißt schon ...«

»Und das war alles?«, mischt sich auch Susan ein.

»Ja, das war alles, ich schwöre es euch«, versichere ich ihnen.

»Tja, dann ...«, murmelt sie. Wir starren betreten den Boden an, und ich bin heilfroh, als sie dann auf ein anderes Thema umschwenkt: »Hey, ich habe übrigens Neuigkeiten: Ich hab den Job bei den Oscar-Verleihungen.«

»Wow, Susan, das ist ja super!« Ich freue mich ehrlich mit ihr. »Das musst du mir später unbedingt genauer erzählen. Jetzt muss ich leider dringend weg, ich bin schon verdammt spät dran. Schläft Kimberly noch?«

»Ich glaube, ja«, nickt Vanessa.

»Hm.« Ich trete schnell ans Fenster und spähe hinaus. Vanessa und Susan haben den Reportern vorgestern auf meine Bitte hin erzählt, dass ich schon längst wieder aus der WG ausgezogen bin, und die meisten haben daraufhin wirklich ihre Zelte abgebrochen. Aber ein paar hartnäckige Gestalten treiben sich trotzdem noch vor dem Haus herum. »Es hilft nichts, ich muss durch ihr Zimmer. Bis später dann!«

Ich stülpe mir schnell die blonde Perücke über, ohne die ich das Haus nicht mehr verlasse, und schnappe mir meine Handtasche.

Ich lausche kurz an Kimberlys Zimmertür, bevor ich sie vorsichtig aufdrücke und mich auf Zehenspitzen hineinschleiche.

»Was soll das denn werden?«, ertönt ohne jede Vorwarnung eine strenge Stimme aus dem Halbdunkel, und ich erleide fast einen Herzinfarkt, als Kimberly mich so unvermutet anspricht. Sie liegt im Bett und stützt den Kopf in ihrer Hand auf, während sie mich argwöhnisch mustert.

»Tut mir leid, ich wollte dich nicht aufwecken, Kimberly«, sage ich schnell. »Ich muss nur wieder durch dein Fenster, weil vor dem Haus die Reporter lauern.«

»Ist mir echt ein Rätsel, was die von einer wie dir wollen«, meint sie trocken. »Wo willst du denn hin?«

»Ich treffe mich mit einem Agenten«, sage ich.

»Ein Agent, tatsächlich? Wie heißt er denn?«

»Jeff Wizzler. Kennst du ihn?«

Ihr Blick ruht kurz auf mir. »Nein, nie gehört«, antwortet sie dann.

»Okay, also bis später dann.«

Von ihr kommt nichts, was mich aber auch nicht weiter wundert, und ich zwänge mich schnell durch ihr Fenster ins Freie.

Ich blicke mich rasch nach allen Seiten um. Kein Mensch weit und breit. Ich schlüpfe in meine Schuhe, dann zupfe ich meinen Rock zurecht und mache mich schleunigst auf den Weg zum Wagen. Eile ist angesagt. Ich will Jeff Wizzler keinesfalls verärgern, ist er doch der Mann, der mir aus meinem Elend helfen kann, und der Fernsehbericht hat wieder deutlich gemacht, dass wir uns dabei nicht zu viel Zeit lassen sollten, sonst geht mein Image endgültig den Bach runter.

Höchstwahrscheinlich ist er groß und schlank, geschmackvoll gekleidet und insgesamt ein Mann von Welt, der seine Kunden allein schon durch seine Erscheinung immens beeindruckt.

Wir hätten ein Erkennungszeichen ausmachen sollen, eine Rose im Knopfloch oder dergleichen, schießt es mir durch den Kopf, als ich wie vereinbart beim *Ummba Grill* in der Westfield Century City ankomme. Vor dem Restaurant befindet sich eine große Terrasse mit Tischen und Sonnenschirmen, und dort starte ich meine Suche nach einem Mann, der wie ein erstklassiger Literaturagent aussehen könnte. Außer einigen Pärchen und einem kleinen, dicken Glatzkopf, der anscheinend jemand anderem winkt, kann ich aber niemanden ausmachen, also steuere ich auf den Eingang zu.

»Lilly Tanner?« Nanu, habe ich Halluzinationen, oder hat tatsächlich gerade jemand meinen Namen gerufen? Ich sehe mich um, kann aber noch immer niemanden entdecken, der meinen Vorstellungen entspricht, dafür kommt jetzt der kleine Dicke auf mich zugewieselt. »Sind Sie Lilly Tanner?«, fragt er noch einmal.

»Ja?«, gebe ich erstaunt zurück.

»Ich bin Jeff Wizzler!« Er schüttelt energisch meine Hand, und das gibt mir Gelegenheit, ihn einer kleinen Musterung zu unterziehen. Okay, er entspricht nicht hundertprozentig meinen Vorstellungen, mit seiner feisten Statur und diesem unmöglichen Pferdeschwanz im Nacken, und sein Sakko hat auch schon bessere Tage gesehen. Aber das sagt natürlich gar nichts über seine Fähigkeiten als Agent aus, rede ich mir ein. Nehmen wir zum Beispiel nur mal Danny DeVito, der ist sogar noch kleiner und dennoch einer der ganz Großen in Hollywood, nicht wahr? Ich beschließe also, gänzlich unvoreingenommen an unser Gespräch heranzugehen.

»Hi, Jeff. Freut mich, Sie kennenzulernen«, gebe ich freundlich lächelnd zurück.

Er wirft einen irritierten Blick auf meine Perücke. »Ich dachte, Sie wären dunkelhaarig. Neue Frisur?«, fragt er.

»Oh, nein, das ist nur ...«, ich senke meine Stimme ein bisschen und zwinkere ihm zu, »... eine Perücke. Die Reporter sind in letzter Zeit wie die Höllenhunde hinter mir her, und so verschaffe ich mir ein bisschen Freiraum, Sie verstehen?«

»Ah, sehr clever. Kommen Sie, setzen wir uns doch.« Er geleitet mich zu seinem Tisch. »Einen Drink, oder wollen Sie was essen?«, bietet er mir an.

»Nur etwas zu trinken, ein Mineralwasser wäre gut, vielen Dank.«

Er bestellt beim Ober eine Flasche Wasser für mich, dann beugt er sich vertraulich vor. »Ihr Drehbuch haben Sie mit, nehme ich an?«

»Selbstverständlich.« Ich ziehe eine Kopie aus meiner Tasche und schiebe sie ihm über den Tisch.

Er wirft einen schnellen Blick auf den Umschlag. »*Endless Love*. Das klingt ja äußerst vielversprechend Aber lassen Sie uns vorher noch die Formalitäten erledigen.« Er zieht ein zusammengefaltetes Stück Papier aus seiner Sakkotasche und reicht es mir.

»Was ist das?«, frage ich.

»Das ist unser Agenturvertrag«, meint er.

»Oh, ja, den brauchen wir natürlich ... Und was steht da alles drinnen?«, frage ich zögernd.

»Ach, bloß das Übliche.« Er macht eine wegwerfende Handbewegung.

»Und wie schnell brauchen Sie meine Unterschrift?« Ich beginne die Zeilen zu überfliegen.

»Jetzt gleich natürlich. Sie werden verstehen, dass ich mich vertraglich absichern muss, bevor ich meine hochprofessionelle und äußerst erfolgsorientierte Arbeit in unser Projekt investiere, nicht wahr?«, lächelt er breit.

»Ach so, ja ...« Ich lese hastig, aber ehrlich gesagt verstehe ich einiges davon nicht wirklich. Egal, wichtig sind doch nur die zentralen Punkte. »Und wie hoch wäre Ihre Provision?«, frage ich vorsichtig.

»Dreißig Prozent, das ist der übliche Satz.«

»Dreißig Prozent, so viel?«, entfährt es mir.

»Ja, was dachten Sie denn?«, meint er mit hochgezogenen Augenbrauen, sodass ich mir gleich reichlich dumm vorkomme wegen meiner Frage. »Wie ich sehe, haben Sie noch keine Erfahrung in dieser Branche, aber ich kann Ihnen versichern, das ist ein äußerst fairer Satz«, fügt er hinzu, und ein paar Schweißtropfen bilden sich auf seiner Stirn.

»Ja, wirklich?« Das geht alles ein bisschen schnell für mich. Wenn ich doch nur etwas Zeit hätte, um mir alles in Ruhe durchzulesen oder um jemanden anzurufen. Jason kennt sich doch aus bei solchen Sachen, aber den kann man ja nicht erreichen in seiner verdammten Pampa.

»Hören Sie, Lilly ...« Jeff Wizzler fixiert mich mit einem eindringlichen Blick. »Ich muss das nicht machen. Es gibt genügend andere Autoren, die für so einen Agenturvertrag *alles* tun würden.«

»Tatsächlich?«, hauche ich eingeschüchtert.

»Ja, klar«, nickt er. »Erst gestern wollte eine Autorin mit mir ins Bett steigen, damit ich sie vertrete … und sie hätte sogar ihre Zwillingsschwester mitgebracht.«

»Wow. Ja, also, wenn das so ist …«

»Ich will Sie aber zu nichts überreden«, fuchtelt er abwehrend mit den Händen. »Wenn Sie sich nicht sicher sind, dann lassen wir das Ganze, und ich sage den Produzenten, die in …«, er wirft einen schnellen Blick auf seine Uhr, »… fünf Minuten hier sein sollten, dass die Sache geplatzt ist.«

»Aber nicht doch, Jeff, das haben Sie ganz falsch verstanden«, stoße ich mit brennendem Gesicht hervor. »Ich will natürlich sehr gerne mit Ihnen zusammenarbeiten.«

»Sind Sie sicher?«

»Absolut. Wo muss ich unterschreiben?«

»Im freien Feld rechts unten, und in die leeren Zeilen am Anfang müssten Sie noch ihre persönlichen Daten eintragen.« Er reicht mir einen Stift, und ich mache mich hastig ans Werk.

Nachdem ich alles ausgefüllt und unterschrieben habe, gebe ich ihm das Papier zurück. »So, bitte sehr.«

»Gut, dass wir das geklärt haben.« Er stopft den Zettel achtlos in seine Sakkotasche, dann zündet er sich eine Zigarette an und inhaliert tief. »Auch eine?«, fragt er.

»Nein, danke, ich rauche nicht«, wehre ich ab, stattdessen nehme ich einen Schluck von dem Wasser, das der Kellner inzwischen gebracht hat.

»Dann zählt das also nicht zu Ihren Lastern«, grinst er mich mit einem merkwürdigen Gesichtsausdruck an. »Im Gegensatz zu manch anderen, wie mir zu Ohren gekommen ist …«

»Was soll das heißen?«, frage ich überrascht.

»Na, die Meldungen über Sie …« Er bringt sein Gesicht näher an meines heran, und bei der Gelegenheit stelle ich fest, dass er sich bei nächster Gelegenheit einen Nasenhaartrimmer zulegen sollte. »Jetzt, wo wir beide ein Team sind, können wir doch ganz offen miteinander sein. Also, Lilly, was ist dran an diesen Gerüchten? Ihre Affäre mit Brad Pitt und diese Sache im Pool mit George Clooney oder heute das Interview mit diesem *Big Bang irgendwas*… Sie liefern wirklich eine Menge Gesprächsstoff, Lilly, das müssen Sie zugeben.«

»Ach, haben Sie das auch gesehen im Fernsehen?«, lache ich verlegen auf. Natürlich, wer hat es nicht gesehen? Vermutlich zerreißt sich inzwischen schon ganz Hollywood das Maul über meine Pornokarriere. »Das stimmt alles nicht, Jeff, da können Sie ganz beruhigt sein. Im Grunde genommen ist alles zusammen nur ein einziger großer Irrtum…«

»Aber Sie waren doch bei diesem Casting, oder?«, hakt er nach. »Und verstehen Sie mich bitte nicht falsch, Lilly, ich habe nichts gegen aufgeschlossene Menschen, ganz im Gegenteil, ich finde, es würde vieles erleichtern, wenn alle so wären.« Er leckt sich über die Lippen, und jetzt schwitzt er noch ein bisschen mehr.

»Ja, äh… das finde ich sehr großzügig von Ihnen, Jeff, aber ich kann Ihnen versichern, dass in Wirklichkeit überhaupt nichts dran ist an diesen Meldungen.«

»Ehrlich nicht?« Kommt es mir nur so vor, oder wirkt er jetzt enttäuscht?

»Nein, absolut nicht, und ich kann mir vorstellen, dass das auch nicht die beste Empfehlung wäre für eine Drehbuchautorin, nicht wahr?«, versuche ich eine Überleitung auf mein Buch.

»Aber ganz im Gegenteil«, entgegnet er. »Denken Sie an Diablo Cody, die war Stripperin, und dann hat sie den Oscar für *Juno* gekriegt. Ein paar kleine Skandale können für eine Hollywoodkarriere durchaus hilfreich sein. Ein kleiner Tipp von mir, Lilly: Wenn wir anschließend mit diesen Produzenten reden, sollten wir sie besser in dem Glauben lassen, dass an den Gerüchten etwas dran ist, okay?«

»Ja, wenn Sie meinen… aber ich werde nicht sagen, dass diese Pornogeschichte stimmt«, stelle ich klar.

»Von mir aus. Aber die Affäre mit Brad Pitt könnten wir doch wenigstens als Möglichkeit stehen lassen, oder?«, fragt er eindringlich.

»Ja, gut, von mir aus.« Bleibe ich eben bei meinem supercleveren Bill-Clinton-ich-lüge-nicht-und-sage-trotzdem-nicht-die-Wahrheit-Satz. »Aber sagen Sie, Jeff, wer sind überhaupt diese Produzenten, mit denen wir uns gleich treffen? Ist es eine bekannte Firma?«

»Im Moment noch nicht, aber das ist nur eine Frage der Zeit«, meint er. »Es ist ein aufstrebender Independent, der eine große Zukunft vor sich hat, da bin ich mir hundertprozentig sicher. Abgesehen davon ist das auch nur ein erster Kontakt, um ein bisschen vorzufühlen ...«

»Dann haben Sie auch noch andere Firmen an der Angel?«

»Aber sicher, eine ganze Menge, und da sind wirklich stattliche Kaliber darunter, das können Sie mir glauben ... Ah, da sind sie ja schon!«, ruft er auf einmal und springt von seinem Stuhl hoch. »Jim, Pete, hier sind wir!«, schreit er quer über den Platz, woraufhin zwei schlaksige Gestalten in Jeans und Fliegerjacken herangelatscht kommen. »Was läuft, Männer?«, begrüßt er die beiden salopp, dann macht er uns bekannt: »Das ist Lilly Tanner, von der ihr sicher schon gehört habt, und das sind Jim Dolan und Pete Wallace von *No Illusion Films.*«

»Hi.«

»Was geht ab?«

»Lilly Tanner, sehr erfreut!« Die beiden schütteln schlaff meine Hand, dann lümmeln sie sich auf die Stühle wie zwei angeödete Teenager und begutachten mich mit trägen Blicken von Kopf bis Fuß.

Okay, nach Multimillionenfilmproduzenten sehen die nicht gerade aus, aber wer kann das schon sagen in dieser Branche, da scheffeln oft gerade die größten Freaks die meisten Moneten, weiß doch jeder.

»Du hüpfst also mit Brad Pitt in die Kiste?«, will Pete als Erstes wissen, und das ist exakt der Gesprächsverlauf, den ich mir als Allerletztes gewünscht habe.

»Nein, also ...« In den Augenwinkeln registriere ich einen flehenden Blick von Jeff. »Ich hatte *keinen* Sex mit ihm, falls Sie das meinen«, sage ich dann in möglichst gezwungenem Tonfall, damit sie mir das nur ja nicht abnehmen.

»Alles klar«, grinst er dann auch prompt. »Kannste natürlich nicht zugeben, schon klar.«

»Hey, Kellner, bring uns zwei Bier«, schreit Jim über mehrere Tische hinweg, dann wendet er sich an mich: »Jeff hat gemeint, du hättest 'n Buch anzubieten?«

Endlich kommen wir zum Thema. »Genau, deswegen sind wir ja hier, nicht wahr?«, sage ich eifrig.

»Dann schieß mal los, worum geht's bei deiner Story?«

Ich hole tief Luft und sammle mich, dann trage ich möglichst eindrucksvoll die Geschichte von *Endless Love* vor.

Als ich fertig bin, glotzen sie mich ein paar Sekunden lang wortlos an.

Dann sagt Pete: »Schätze, du hast mächtig Sex eingebaut, wie?«

»Sex? Wieso? Nein, also nicht *explizit*«, führe ich aus. »Nur andeutungsweise an Stellen, wo es die Handlung verlangt.«

»Und den ganzen Film lang kratzt gar keiner ab?«, fragt Jim, und es klingt, als wäre eine Geschichte ohne Tote die allergrößte Zumutung, die ihm jemals widerfahren ist.

»Nein, natürlich nicht«, stoße ich hervor, und es kommt mir vor, als müsste ich mich schon wieder dafür rechtfertigen. »*Endless Love* ist ein romantisches Drama, in dem es um die Liebe zweier ...«

»Ein *romantisches Drama*?« Pete spukt die Worte aus wie etwas extrem Widerwärtiges. »Und wegen so 'nem Scheiß holst du uns her, Jeff?«

»Beruhigt euch, Freunde, wir können doch in Ruhe über alles reden.« Jeff macht eine beschwichtigende Geste, dann wendet er sich hastig an mich. »Hören Sie, Lilly, ich dachte ehrlich gesagt auch, dass Ihr Buch ein bisschen mehr Pep hätte ...«

»Was meinen Sie mit *ein bisschen mehr Pep*?«, entgegne ich aufgebracht.

»Na, Sex eben, und ein bisschen Action«, fuchtelt er mit den Armen herum. »Nach allem, was ich von Ihnen gehört habe ... Aber das lässt sich ja alles noch ändern, nicht wahr?« Ohne meine Reaktion abzuwarten, wendet er sich wieder Jim und Pete zu. »Wir werden die Story einfach an Lillys Image angleichen, das ist gar kein Problem, und mit ihrem Namen können wir den Stoff sicher topp vermarkten, was meint ihr, Freunde?« Er sieht die beiden Beifall heischend an.

»Moment mal, Jeff…«, hebe ich an.

»Das klingt schon besser«, nickt Jim zufrieden.

»Und der Titel ist auch scheiße«, mault Pete auf einmal. »Wir brauchen was mit mehr Power, *Fucking Love* könnte ich mir zum Beispiel vorstellen…«

»Yeah, *Fucking Love*, das ist cool, Mann!«, stimmt Jim begeistert zu. »Und dann lassen wir die beiden den ganzen Film lang rammeln, was das Zeug hält…«

»… und am Schluss gehen *beide* drauf!«, komplettiert Pete ihre gemeinsame Vorstellung von einem perfekten Film.

»Du sagst es, Mann!«, überschlägt sich Jim beinahe vor Begeisterung. »Eine hammerharte Geschichte von einer hammerharten Schlampe, das ist es, was die Leute wollen.«

Wie bitte? *Hammerharte Schlampe?* Ich habe mich wohl verhört. Ich starre sie ungläubig an, und jetzt machen die Blödmänner auch noch High five!

»Würdet ihr jetzt bitte alle mal die Klappe halten!«, schreie ich sie an, und jetzt glotzen sie mich mit offenen Mündern an. »Okay, irgendetwas läuft hier völlig verkehrt«, bringe ich mühsam beherrscht hervor. »Um das ein für allemal klarzustellen: *Endless Love* ist eine Liebesgeschichte, und sie hat ein Happy End…«

»Können wir nicht wenigstens *ihn* am Schluss abknallen?«, schlägt Pete vor.

»Niemand wird hier abgeknallt, nicht mal eine klitzekleine Maus!«, verliere ich gleich wieder die Beherrschung, und die anderen Gäste reißen die Köpfe herum. Ich springe hoch. »Jeff, auf ein Wort!«

»Ja?« Er sieht mich erwartungsvoll an.

»Nicht hier!« Ich packe ihn am Arm und ziehe ihn ein Stück von den anderen weg. »Jeff, was soll das hier?«, zische ich ihn an. »Ich weiß nicht, was diese beiden Schießbudenfiguren da normalerweise für Filme machen, aber eines weiß ich jetzt schon: Mein Drehbuch und die zwei, das wird niemals klappen.«

»Jetzt beruhigen Sie sich erst mal«, meint er beschwichtigend. »Ich kenne Ihr Buch ja noch nicht, deswegen konnte ich auch nicht wissen, wem ich es als Erstes anbieten sollte. Und ich habe Ihnen vorhin schon zu erklären versucht, dass Jim und Pete nur ein erster Versuchsballon sind, um das ganze Ding ein bisschen auszuloten, verstehen Sie?«

Hm. Was er sagt, klingt eigentlich ganz vernünftig. »Also gut, Jeff, vielleicht habe ich gerade ein bisschen überreagiert ...«, lenke ich ein. »Aber mir ist dennoch ein Rätsel, wie Sie mich mit solchen ...«, ich suche nach der passenden Bezeichnung, »... *Freaks* zusammenspannen konnten.«

Plötzlich wirkt er überrascht. »Ist das ein Wunder? Ich kannte Sie bisher nur aus den Medien, Lilly, da *musste* ich doch annehmen, dass Sie ... na ja ...«

Er will es nicht aussprechen, das kann ich ihm von der Nase ablesen. »... dass ich eine Schlampe bin, das wollten sie doch sagen, nicht wahr?«, murmle ich verbittert.

»Ja ... nein ...«

»Ist schon gut, Jeff, Sie haben ja recht. Nach allem, was über mich berichtet worden ist, mussten Sie mich so einschätzen, das verstehe ich.« Ich senke beschämt meinen Blick.

»Lilly, kommen Sie ...« Jeff schlägt einen versöhnlichen Tonfall an. »Es ist doch noch nichts verloren. Jim und Pete sind nicht die einzigen Produzenten auf diesem Planeten, und wir haben immer noch Ihren enormen Bekanntheitsgrad, nicht wahr?«

»Ja, meinen Sie?« Mein Kinn ruckt hoffnungsvoll nach oben.

»Aber sicher.« Er lächelt gönnerhaft. »Ich werde jetzt erst mal Ihr Buch lesen, und dann überlegen wir, wie wir weiter vorgehen, einverstanden?«

»Ja, okay. Dann denken Sie also, dass es nach wie vor eine Chance gibt?«

»Aber hundertprozentig. Sie sind im Moment die verruchteste Person in ganz Hollywood, Lilly, da wäre ich doch eine Vollniete, wenn ich daraus kein Kapital schlagen könnte.«

»Gut. Also dann … wann werde ich wieder von Ihnen hören?«

»Bald schon. Ach, und noch ein Tipp …«

»Ja?«

»Falls Sie mit der Presse in Berührung kommen … verraten Sie denen bloß nicht dasselbe wie vorhin Jim und Pete, ja?«

»Was meinen Sie?«

»Na, dass alles bloß ein Irrtum war und so weiter. Um Sie entsprechend vermarkten zu können, brauche ich ein Produkt, das im Gespräch ist.«

»Schon klar, ich habe verstanden«, nicke ich. »Ich werde den Reportern einfach aus dem Weg gehen.«

»Ja, das wäre hilfreich. Und vielleicht sollten Sie auch noch einmal über Ihre Geschichte nachdenken …«

Nicht das schon wieder. Was haben die denn alle gegen eine gute Liebesgeschichte? »Jeff, das Thema hatten wir doch schon …«

Er unterbricht mich, indem er die Hand hebt. »Ich nenne Ihnen nur ein Beispiel, Lilly: *Basic Instinct* kennen Sie doch?«

»Ja, klar, wer kennt den nicht?«

»Wissen Sie, wie viel Joe Eszterhaz damals für das Drehbuch bekam?«

»Keine Ahnung.«

»Drei Millionen Dollar.« Er lässt sich die Worte genüsslich auf der Zunge zergehen.

»Wow!«

Drei Millionen? Für ein Drehbuch? Ich bin platt.

»Sie sagen es: *Wow!* Denken Sie in Ruhe darüber nach, Lilly!«

»Ja, das werde ich, Jeff.«

Drei Millionen. Das sind wirklich eine Menge Gründe, um sich ein bisschen den Kopf zu zerbrechen.

19

»Ja, hallo?«

»Lilly, hier ist deine Mutter!«

»Hi, Mami, wie geht's?«

»Wie es mir geht, ist im Moment wohl egal. Kind, sei jetzt bitte ganz ehrlich zu mir: Fühlst du dich zu Frauen hingezogen?«

»Was meinst du damit?«

»Na ja, du weißt schon … bist du lesbisch?«

»Nein, natürlich nicht. Wie kommst du darauf?«

»Eine Freundin ist im Internet auf einen Bericht gestoßen, und der würde auch erklären, warum du lieber mit Emma rumhängst, anstatt dir endlich einen vernünftigen Mann zu suchen.«

»Unsinn, Mami, Emma ist einfach meine beste Freundin, nichts weiter.«

»Schwörst du mir das?«

»Ja, ich schwör's, bei allem, was mir heilig ist.«

»Was ist dir denn heilig?«

»… okay, das ist vielleicht nicht die beste Phrase. Dann schwör ich's eben einfach nur so, das muss auch reichen. Aber sag, wie geht es Little P? Vermisst er mich?«

»Ihm geht's gut, und natürlich vermisst er dich.«

»Kannst du ihm mal den Hörer ans Ohr halten?«

»Ja, klar. Warte … soo … jetzt!«

»Hallo, Little P, mein Süßer, hier ist Frauchen … wie geht's denn meinem Wauzilein …?«

»Er ist schon wieder weg.«

»Echt, so schnell? Denkst du, er hat meine Stimme übers Telefon erkannt?«

»Weiß nicht … vielleicht war nur der Schmerz zu groß für ihn …«

»Ja, das wird's sein. Gib ihm ein Küsschen von mir. Mami, ich muss jetzt Schluss machen, ich krieg gerade einen anderen Anruf rein …«

»Wann kommst du denn wieder nach Hause, Kind?«

»Kann ich noch nicht sagen, ein paar Tage werde ich sicher noch hierbleiben. Ich will ja nicht vorgreifen, aber mit meinem Drehbuch wird's im Moment richtig spannend, weißt du?«

»Das ist toll. Und du bist wirklich nicht lesbisch?«

»Nein, nicht mal ansatzweise. Bis bald, Mami.«

»Ich hab dich lieb, Kind.«

»Ich dich auch, Mami.«

»Ja, hallo?«

»Hier spricht Michael Callagher. Bin ich dort richtig bei *Lillifee Springwater*?«

»Äh ... jaa ...?«

»Also, ich habe noch einmal über alles nachgedacht, und ich denke, dass ich eine Lösung gefunden habe, die für uns beide zufriedenstellend wäre.«

»Wovon reden Sie überhaupt?«

»Na, Ihre Geschichte, aus der könnten wir eine richtig fette Sache machen.«

»Das ist ja großartig, Mr. ...«

»Michael Callagher. *Mike* für Sie.«

»Gut, *Mike*. Sie interessieren sich also für *Endless Love*? Hat Jeff es Ihnen angeboten?«

»Welcher Jeff, und was für ...? Ich meine Ihre Geschichte mit Brad Pitt, *die* interessiert mich.«

»Ach. Hören Sie, Mike ... *Mr. Callagher* ... dazu habe ich Ihren Kollegen doch schon alles gesagt. Arbeiten Sie eigentlich für eine Zeitung oder fürs Fernsehen?«

»Weder – noch. Ich arbeite für mich selbst, für meine Firma, und ich dachte, wir könnten gemeinsam einen Film machen. Ich hätte auch schon einen genialen Titel: *In Bed with Brad*. Was halten Sie davon? Und Sie müssten die Rolle auch nicht selber spielen, falls Ihre Freundin was dagegen hat, es würde schon genügen, wenn Sie uns die Geschichte über Ihre Affäre liefern und wir Ihren Namen nur für die Vermarktung einsetzen können.«

»Wie heißt denn Ihre Firma überhaupt?«

»Sie nehmen mich wohl auf den Arm? BBM, wie denn sonst? Sagen Sie nicht, Sie hätten *Big Bang Mike* schon vergessen?«

»*Big Bang Mike?* Wieso sagen Sie nicht gleich, dass sie *dieser* Mike sind?«

»Ich sagte doch, ich bin Michael Callagher ...«

»Woher zum Teufel soll ich wissen, dass Sie so heißen? Hören Sie, ich bin an Ihren Angeboten nicht interessiert, und sollten Sie mich noch einmal belästigen ... dann hetze ich Ihnen meine Freundin auf den Hals, haben Sie verstanden?«

»Ja, hallo?«

»Lilly, hier spricht deine Großmutter.«

»Hi, Omi, was gibt's denn?«

»Kindchen, ich wollte dir nur sagen, dass du dich deiner Sexualität nicht zu schämen brauchst.«

»Was meinst du damit?«

»Du weißt schon, dass du dich in letzter Zeit mehr für Frauen interessierst ...«

»Das tu ich gar nicht, Omi.«

»Du musst mir nichts vormachen, Kindchen, die Oberhubers von nebenan haben einen Bericht über dich gesehen ...«

»Den habe ich auch gesehen, Omi, aber das ist alles nur ein Irrtum.«

»Kindchen, glaub mir, ich weiß, wie schwer es für dich ist, das zuzugeben, aber heutzutage ist das überhaupt kein Grund mehr, sich zu schämen. Zu meiner Zeit war das noch ganz anders, wir hätten niemals zugeben dürfen, dass wir ...«

»Omi, hör mir zu: Ich bin nicht lesbisch!«

»Und wie erklärst du mir dann deine indianische Freundin?«

»Diese indianische Freundin ist Emma!«

»Emma ist eine Indianerin? Das wusste ich gar nicht.«

»Nein, Emma ist keine Indianerin, und sie ist auch nicht meine Freundin ... also, sie ist *schon* meine Freundin ...«

»Sehr gut, Kindchen, lass es nur heraus. Es erfordert eine Menge Mut, reinen Tisch zu machen, aber danach fühlt man sich umso besser, das kannst du mir glauben.«

»Omi, ich bin nicht lesbisch, ganz im Gegenteil, ich habe hier sogar einen ganz wunderbaren Mann getroffen.«

»Dann stimmen diese anderen Gerüchte also doch? Bei unserem letzten Telefonat hast du noch alles abgestritten, erinnerst du dich?«

»Ja, Omi, *diese* Gerüchte waren auch Unsinn, aber ich habe einen Regisseur kennengelernt …«

»Einen Regisseur? Ich dachte, er wäre Schauspieler.«

»Nein, der Schauspieler war nur ein Gerücht, aber der Regisseur ist echt. Er ist im Moment zwar in Rumänien …«

»Ein rumänischer Regisseur? Kindchen, allmählich gerate ich doch ein wenig in Sorge deinetwegen, ein rumänischer Regisseur, und dazu eine Indianerin, ist das nicht ein bisschen viel auf einmal?«

»Omi, du musst dir echt keine Sorgen um mich machen. Mein Liebesleben ist völlig normal, glaub mir!«

»Ja, wenn du das sagst. Weißt du, Lilly, für Menschen meines Alters ist es nicht einfach zu akzeptieren, dass *das* heutzutage normal ist. Aber versprich mir wenigstens eines, Kind …«

»Was denn, Omi?«

»Mit wem immer du auch … *zusammenkommst* … verwende immer einen Schutz, ja?«

»Bist du dann beruhigt, Omi?«

»Ja, das wäre eine große Erleichterung für mich.«

»Gut, Omi, dann verspreche ich es: Keine *Zusammenkunft* ohne Schutz. Zufrieden?«

»Ja, Kindchen. Und egal, was die anderen über dich reden, ich hab dich trotzdem lieb.«

»Danke, ich dich auch, Omi.«

»Ja, hallo?«

»Hatschieh!«

»Wie bitte? Wer spricht da?«

»Tut mir leid, Lilly, hier ist Susan … hatschieh!«

»Du meine Güte, Susan, ist deine Erkältung immer noch nicht weg?«

»Nein, im Gegenteil, jetzt hab ich auch noch Fieber bekommen … hatschieh!«

»Gesundheit! Kann ich irgendetwas für dich tun?«

»Ja, du könntest mir Medikamente besorgen. Wo steckst du denn gerade?«

»Im H & H Center. Gibt's hier eine Apotheke?«

»Keine Ahnung, aber falls du eine findest, musst du die stärksten Mittel kaufen, die sie haben … hatschieh … ich muss übermorgen ja wieder fit sein.«

»Wieso übermorgen?«

»Wegen meines Jobs bei der Oscar-Verleihung, schon vergessen?«

»Ist das schon übermorgen? Junge, Junge, wie die Zeit vergeht. Okay, Susan, ich werde sehen, was ich bekomme, und bringe dir die Sachen dann gleich vorbei, okay?«

»Ja, super … hatschieh!«

»Hi, Emma.«

»Hi, Lilly. Du hast mich angerufen?«

»Ja, Susan hat mich gebeten, Medikamente gegen ihre Erkältung zu besorgen. Ist Vanessa zufällig in deiner Nähe?«

»Ja, sie steht neben mir. Wir sind gerade in der Schauspielschule.«

»Kannst du sie fragen, wo ich die nächste Apotheke finde? Ich bin gerade im H & H Center, aber hier gibt's anscheinend keine.«

»Warte, ich gebe sie dir am besten gleich selbst.«

»Hi, Lilly.«

»Hi, Vanessa. Ich soll für Susan Medikamente gegen ihre Erkältung besorgen. Kannst du mir sagen, wo die nächste Apotheke ist?«

»Bist du noch zu Hause?«

»Nein, im H & H Center.«

»Hm. Dort gibt es keine Apotheke, soviel ich weiß, aber im Westfield Century Center ist ganz sicher eine.«

»Im Westfield Center? Okay, dann werde ich dorthin fahren.«

»Geht es ihr denn so schlecht?«

»Ja, sie hat mich gerade vorhin angerufen und klang gar nicht gut.«

»Kann Kimberly sich nicht darum kümmern, die kennt sich in der Gegend doch besser aus?«

»Die war vorhin schon weg, als ich durch ihr Fenster raus bin.«

»Die macht sich ziemlich rar in letzter Zeit, findest du nicht auch?«

»Ja, schon, aber ich dachte, das liegt an Emma und mir.«

»Hm, kann schon sein, sie ist ein bisschen eigen.«

»Okay, dann düse ich mal rüber ins Westfield Center, Susan muss übermorgen nämlich wieder fit sein für die Oscar-Nacht.«

»Ist das schon übermorgen? Junge, Junge, die Zeit vergeht!«

»Ja, bis später dann. Und grüß die Kollegen von mir.«

»Mach ich.«

»Ja, Emma?«

»Hier ist nicht Emma, sondern Greg. Ich bin gerade gekommen, und als ich mitbekam, dass Vanessa mit dir redet, hatte sie schon aufgelegt.«

»Hi, Greg. Was gibt's denn?«

»Hast du schon die neuesten Sachen über dich im Internet gesehen?«

»Welche Sachen?«

»Zum Beispiel du und Emma vor dem *Spago* ... was für ein Tanz war *das* denn?«

»Das war Schuhplatteln ... du meine Güte, *das* ist im Internet?«

»Ja, es ist so ein Amateurfilm bei YouTube. Ihr zwei seht echt zum Schießen aus!«

»Freut mich, dass du deinen Spaß dran hattest. Sonst noch was?«

»Na ja, ich habe auch noch Fotos gefunden, da bist du mit Emma in Beverly Hills unterwegs, und nach deiner Vorgeschichte mit Brad Pitt legen die Leute das jetzt so aus, dass du da auch auf Promifang unterwegs warst.«

»Na, super. War's das?«

»Ja ... abgesehen von den Diskussionen ...«

»Was denn für Diskussionen?«

»Na ja, wegen deiner Pornogeschichte ... es gibt Leute, die behaupten, schon früher mit dir gedreht zu haben ... Ach ja, und eine Engländerin namens Madeleine Wickerham hat ein Interview in der *Sun* gegeben. Sie behauptet, du wärst auf der Uni mit ihr gegangen.«

»Ich kenne weder eine Madeleine Wickerham, noch war ich auf einer englischen Uni, und solche Filme habe ich schon gar nicht gedreht!«

»Na ja, wie auch immer ... auf jeden Fall bist du im Moment eine heiße Aktie.«

»Großartig, da bin ich echt stolz drauf. Ich hoffe, das war's jetzt mit neuen Horrormeldungen?«

»Ähm ... noch nicht ganz ... da ist noch diese Sache mit dem Drehbuch ...«

»Mit welchem Drehbuch?«

»Mit *deinem* Drehbuch.«

»Mit *Endless Love*?«

»Ja, eine andere Autorin hat sich bei *Good Day LA* gemeldet. Sie behauptet, du hättest die Geschichte von ihr gestohlen.«

»*Nein!* Wer ist diese Frau?«

»Das weiß man noch nicht. Aber sie will morgen in der Show auftreten und dann alle Fakten auf den Tisch legen.«

»Ja, hallo?«

»Hi, Jeff, ich bin's, Lilly Tanner. Haben Sie schon von dieser anderen Autorin gehört?«

»Also, Lilly, ich muss schon sagen ... Sie haben echt Nerven, mich jetzt noch anzurufen.«

»Wie bitte? Was soll das denn heißen?«

»Ich dachte nicht, dass Sie die Unverschämtheit besäßen, sich noch mal bei mir zu melden, jetzt, wo die Wahrheit draußen ist.«

»Zum Teufel, Jeff, welche *Wahrheit* denn?«

»Die Wahrheit, dass Sie Ihre Geschichte *gestohlen* haben, und nicht nur das, Sie haben sie auch noch verändert und um einiges *schlechter* gemacht.«

»Aber das… *stimmt doch gar nicht*! *Endless Love* ist von mir und von sonst niemandem. Wie kommt diese Person überhaupt dazu, so etwas zu behaupten? Und wie kommen *Sie* dazu, ihr das auch noch so ohne Weiteres zu glauben?«

»Ich glaube ihr das, weil ich das Originaldrehbuch in meinen Händen halte, Lilly, und weil diese *Person* gerade hier bei mir ist.«

»Das darf doch alles nicht wahr sein! Wer *ist* diese Frau überhaupt?«

»Tun Sie nicht so, Lilly, Sie kennen sie doch.«

»Nein, ich kenne sie nicht! Also sagen sie schon, wer ist sie!«

»Na schön, wie Sie wollen: Sagt ihnen der Name *Kimberly Thomas* etwas?«

»Hatschieh!«

»Susan, du musst mir einen Gefallen tun! Geh sofort in mein Zimmer und sieh nach, ob mein Laptop noch da ist. Er müsste auf dem Schreibtisch liegen und, falls nicht, in der Lade darunter.«

»Muss das sofort sein? Hatschieh… was ist mit meinen Medikamenten?«

»Die habe ich bei mir, und ich bin bereits auf dem Weg nach Hause… trotzdem musst du sofort nach meinem Laptop sehen. Es ist wirklich wichtig!«

»Na gut, wenn du meinst… Lilly, bist du noch dran…?«

»Ist er da?«

»Ja, er liegt auf dem Schreibtisch, wie du gesagt hast… hatschieh.«

»Gott sei Dank! *Gott sei Dank!*«

»Bist du bald da? Ich könnte jetzt wirklich dringend ein paar Tabletten brauchen… hatschieh…«

»Nur noch ein paar Minuten. Ach, noch was: Ist Kimberly da?«

»Nein, die habe ich heute den ganzen Tag nicht gesehen. Muss schon früh außer Haus sein. Wieso ... hatschieh?«

»Das erzähle ich dir gleich ...«

»Oh, da kommt gerade wer ... es sind Emma und Vanessa, glaube ich ... hi, Leu... tschieh!«

20

»Was hast du denn, Lilly?«

»Diese verdammte Kimberly behauptet, ich hätte *Endless Love* von ihr gestohlen.« Ich knalle die Tüte mit Susans Medikamenten auf den Wohnzimmertisch und marschiere gleich weiter in mein Zimmer.

Mein Laptop, Gott sei Dank, er ist da.

»Also das hat Greg vorhin gemeint«, sagt Vanessa, die mir gemeinsam mit Emma ins Zimmer gefolgt ist. »Wo ist sie überhaupt?«

»Wer, Kimberly? Keine Ahnung. Aber nachdem sie diese Bombe hat hochgehen lassen, wird sie sich hier wohl nicht mehr blicken lassen, schätze ich.«

»Ich sehe mal in ihrem Zimmer nach«, meint Vanessa.

»Damit kommt sie doch nicht durch, oder?«, fragt Emma, als sie weg ist.

»Nein, das kann ich mir kaum vorstellen«, antworte ich nachdenklich. Ich gehe zum Schreibtisch und klappe den Laptop auf, um mich zu vergewissern, dass mein Glücksengelsticker noch an seinem Platz ist. Er ist da, es ist wirklich mein Laptop. Alles okay.

»Ich glaube, sie ist ausgezogen.« Vanessa kommt ganz aufgewühlt wieder zurück. »Alle ihre Sachen sind weg. Sie hat sich klammheimlich aus dem Staub gemacht, ohne ein Wort zu sagen.«

»Was ja nur beweist, dass sie ein schlechtes Gewissen hat«, schlussfolgere ich.

»Aber das ist doch total verrückt. Wie kann sie behaupten, dass *Endless Love* ihr Buch ist, wo doch jeder weiß, dass *du* es geschrieben hast? Das glaubt ihr doch kein Mensch.«

»Doch, mein eigener Agent glaubt es ihr zum Beispiel.« Ich berichte von meinem Telefonat mit Jeff Wizzler.

»Das gibt's doch gar nicht«, schüttelt Vanessa fassungslos den Kopf. »Aber hast du nicht noch die Kopien und die Dateien auf deinem Computer?«

»Ja, natürlich«, nicke ich. »Sag mal, Emma, wo sind eigentlich die Kopien?«

»Ich habe sie gestern in die Schublade gelegt, damit ich sie beim Schminken nicht verschmiere.« Sie deutet auf den Schreibtisch.

»Wie viele hatten wir denn noch?«

»Oben lagen drei, und in der Schublade war auch noch eins, also vier insgesamt.«

Ich öffne sie. Sie ist leer. »Meintest du *diese* Schublade?«

»Ja«, nickt sie stirnrunzelnd.

»Da ist aber nichts.« Hastig reiße ich die Schubladen darunter und auch die Tür auf der anderen Seite auf. Nirgendwo ein Buch. »Hast du sie möglicherweise woandershin gelegt, in die Kommode vielleicht?« Ein Anflug von Panik mischt sich in meine Stimme, und als Nächstes reiße ich die Kommode auf und beginne, hysterisch darin herumzustöbern. »Wie wär's, wenn ihr mir mal helfen würdet!«

»Da sind sie bestimmt nicht, Lilly«, schüttelt Emma den Kopf.

»Du meinst ...«

»Sie hat sie mitgenommen«, spricht Vanessa es aus. »Dieses Miststück hat sie einfach mitgenommen. Aber was bringt ihr das, solange du die Datei auf deinem Computer hast?«

Kaum hat sie das ausgesprochen, halten wir alle drei den Atem an. Als würden wir an unsichtbaren Fäden hängen, drehen sich unsere Köpfe gleichzeitig in Richtung Schreibtisch. Mein Laptop liegt immer noch in aller Unschuld da, und dennoch strahlt er plötzlich eine Faszination aus, als wäre er eine dreitausend Jahre alte Mumie, die sich plötzlich bewegt hat.

Vanessas Worte hallen noch in meinem Kopf nach, während ich regelrecht hinüberhechte und auf den Powerknopf dresche. Atemlos starren wir auf den Bildschirm, während der Computer hochfährt.

»Hast du eine Passwortsicherung?«, fragt Vanessa.

»Klar, was denkst du denn?«

»Dann kann sie das Programm doch gar nicht aufgemacht haben, es sei denn, sie wäre eine Hackerin.«

»Stimmt.« Ich schöpfe wieder Hoffnung. Das Startbild erscheint, und ich hämmere blitzschnell mein Passwort in die Tastatur.

»Sag jetzt nicht, dass du gerade *Lilly* eingegeben hast!« Vanessa starrt mich ungläubig an.

»Doch, das ist mein Passwort.« Oh, oh. Jetzt kapier ich, was sie meint. Es gibt wahrscheinlich raffiniertere Passwörter als den eigenen Vornamen. »Ich konnte doch nicht ahnen, dass sich jemand daran zu schaffen macht«, rechtfertige ich mich mit glühendem Gesicht.

Das Hauptmenü öffnet sich, und mit zitternden Fingern rufe ich das Schreibprogramm auf. Ich gehe auf *Dateien öffnen*, blättere in den vorhandenen Spalten, bis ich beim Anfangsbuchstaben *E* bin, blättere weiter, suche fieberhaft … und spüre, wie sich plötzlich alles in mir verkrampft.

»Sie sind weg«, hauche ich fassungslos. »Die Dateien von *Endless Love*, sie hat sie gelöscht!« Meine Knie werden plötzlich ganz weich, und ich sinke auf den Bürosessel nieder.

Zähe Sekunden des Entsetzens vergehen, und wir starren ungläubig auf den Bildschirm.

»Aber du hast doch sicher zu Hause in Deutschland noch eine Datei auf deinem Computer«, versucht Vanessa mir zu helfen.

»Nein, eben nicht. Ich habe gar keinen PC, ich arbeite immer nur auf dem Laptop.« Dann habe ich plötzlich eine Idee. »Kann man gelöschte Daten nicht wiederherstellen?«

»Das kommt darauf an«, meint sie. »Wenn sie ein Shredderprogramm zum Überschreiben der Dateien verwendet hat, wird es schwierig.«

»Glaubst du, das hat sie? Dazu müsste sie sich doch ziemlich gut mit Computern auskennen, nicht wahr?«

»Tja, ich will dir nicht die Hoffnung rauben, aber sie ist nicht schlecht, soweit ich das mitbekommen habe«, antwortet sie zögernd.

»Dann heißt das also, dass ich keinen Beweis dafür habe, dass *Endless Love* von mir ist«, murmle ich, und ohne es verhindern zu können, kullert eine dicke Träne über meine Wange.

»Komm schon, Lilly, so schnell geben wir nicht auf«, bringt sich Emma ein. »Wir trinken erst mal was, und dann überlegen wir in Ruhe, wie wir gegen diese Ratte vorgehen.«

»Ja, meinst du?«, blicke ich sie hoffnungsvoll an.

»Klar. In solchen Fällen muss man vor allem cool bleiben, dann die Fakten auseinandersortieren und sich schließlich eine gute Strategie überlegen. Damit kriegen wir die Sache wieder in den Griff, glaub mir.«

Eine Stunde später haben wir jede zwei Gläser Rotwein intus, und beim Sortieren der Fakten ist folgendes Zwischenergebnis zustande gekommen:

1) Ich habe weder eine Computerdatei noch eine Kopie von meinem Buch.
2) Kimberly hat beides.
3) Mein eigener Agent glaubt mir nicht.
4) Kimberly dagegen glaubt er schon.
5) Kimberly wird morgen in einer Fernsehshow auftreten und dort der ganzen Welt ihre Lügen auftischen.
6) Wir haben keine Ahnung, was wir dagegen tun könnten.
7) Der Rotwein ist alle.
8) Emma ist gerade losgefahren, um Nachschub zu holen.

»Das war's dann wohl, Kimberly hat gewonnen«, sage ich verbittert und nippe am letzten Rest in meinem Glas.

»Aber hast du das Manuskript nicht schon in Deutschland irgendjemandem angeboten?« Vanessa gibt noch nicht auf.

»Ja, natürlich ...«

»Dann müsste doch die eine oder andere Produktionsfirma noch ein Manuskript von dir rumliegen haben. Du bräuchtest sie nur zu kontaktieren und …«

»Nein, die sind alle zurückgekommen«, schüttle ich den Kopf.

»Wirklich alle?«

»Na ja, nicht alle, aber von denen, die sie aus Kostengründen nicht retourniert haben, erhielt ich eine Nachricht, dass sie das Manuskript ungelesen vernichtet haben. Die machen das aus rechtlichen Gründen so«, erkläre ich.

»Aber deine Freunde und deine Familie wissen doch, dass du das Buch geschrieben haaa…tschieh!«, springt auch Susan mir bei. Sie schnäuzt sich und pumpt sich in jedes Nasenloch mehrere Portionen Schnupfenspray.

»Ja, aber die kennen die Geschichte größtenteils gar nicht richtig. Wer liest schon ein Drehbuch, und wie du gerade gesagt hast, sind das meine Leute, die wären also nicht besonders glaubwürdig vor einem amerikanischen Gericht, kann ich mir vorstellen.«

»Okay, damit kommen wir anscheinend nicht weiter«, überlegt Vanessa. »Aber du und Emma, ihr wart doch auch bei mehreren Drehbuchagenten, nicht wahr?«

»Ja, wir haben einige abgeklappert.«

»Wann war das?«

»Warte mal …« Ich denke nach. »Das war an unserem dritten Tag hier.«

»Hast du bei denen keine Manuskripte hinterlassen?«

»Nein, natürlich nicht«, antworte ich. »Als mich keiner unter Vertrag nehmen wollte, habe ich sie natürlich wieder mitgenommen, damit mir niemand meine Geschichte klauen kann. Rückblickend schon irgendwie witzig, oder?«

»Aber von denen müsste sich doch jemand an dich erinnern, glaubst du nicht?«

»O ja, ganz bestimmt sogar. Dieser Barry Gracen zum Beispiel, der mich in ein Strandhaus abschleppen wollte, der hat sogar noch einmal angerufen, als meine Brad-Pitt-Affäre in die

Medien kam… oder Barbara Bowen, mit der habe ich mich auch lange über mein Buch unterhalten«, krame ich in meiner Erinnerung.

»Okay, das ist doch schon ein guter Ansatz, damit kannst du argumentieren. Du hast mehrere Zeugen, die bestätigen können, dass du ihnen *Endless Love* angeboten hast, und zwar, *bevor* du Kimberly überhaupt kanntest, was ja nichts anderes beweist, als dass du es gar nicht von ihr geklaut haben kannst, nicht wahr?«

»Ja, genau, so ist es.« Ich richte mich kerzengerade auf vor Begeisterung.

»Nein, ist es nicht… hatschieh!« schnieft Susan neben mir.

»Wieso nicht? Wir sind doch erst eine Woche später in eure WG gekommen.«

»Vergesst nicht den Abend nach der Schauspielschule. Erinnert euch, Kimberly und ich sind nachgekommen, und wir haben dann dieses Filmquiz gespielt, bei dem du gewonnen hast.«

Sie hat recht. Mist. Das war an unserem zweiten Abend in Los Angeles, und erst am Tag darauf machten wir uns auf die Agententour.

»Aber dann müsste ich die Geschichte schon an diesem Abend von ihr geklaut haben, und das klingt doch wohl ziemlich unwahrscheinlich, nicht wahr?«, wende ich ein.

»Zugegeben, aber theoretisch wäre es möglich… Hatschieh!«

»Außerdem bin an diesem Abend direkt von diesem Café mit Emma in unser Hotel gefahren«, bringe ich als zusätzliches Argument.

»Emma zählt als Zeugin nicht viel, sie ist deine Freundin«, gibt Vanessa zu bedenken. »Schlimmer noch, den Medien nach ist sie sogar deine Liebhaberin.«

»Genau«, übernimmt Susan wieder. »Und wann Kimberly gegangen ist, weiß ich ehrlich gesagt auch nicht mehr. Ich weiß nur, dass sie an diesem Abend ziemlich spät nach Hause gekommen ist.«

»Das heißt, *theoretisch* könntet ihr euch später noch getroffen haben …«, führt Vanessa ihre gemeinsamen Überlegungen weiter.

»Hört auf!«, rufe ich aus. »Ich habe schon verstanden. Wir sind also gleich weit wie vorhin, das wollt ihr doch sagen.«

Vanessa legt beruhigend ihre Hand auf meine Schulter. »Nicht unbedingt. Wir sollten erst mal abwarten, was Kimberly morgen in dieser Show erzählt.«

»Vanessa hat recht«, schnieft Susan. »Wenn sie behauptet, dass du ihr die Geschichte erst hier in der WG gestohlen hast, können wir ihre Aussage widerlegen.«

Mein Kopf ruckt hoch. »Ihr habt recht, davon hängt jetzt alles ab. Aber das bedeutet auch, dass wir bis morgen früh nichts weiter tun können als abwarten.« Ich blicke auf die Uhr. »Erst halb sechs«, murmle ich. »Wie soll ich diese Ungewissheit bloß so lange aushalten?«

»Wie wär's zum Beispiel damit?« Vanessa deutet zum Vorzimmer hin.

Ich drehe den Kopf. Emma schnauft gerade zur Tür herein. Sie schleppt an zwei großen braunen Tüten, durch die sich deutlich die Konturen mehrerer Flaschen abzeichnen.

Okay, das wäre eine Möglichkeit.

Verdammt, ist die gut.

Es ist wie bei einem Katastrophenbericht. Man will gar nicht hinsehen, und doch kann man den Blick nicht abwenden. Mit der zusätzlichen Erschwernis, dass diese Katastrophe im Moment gerade *mir* widerfährt.

Kimberly ist noch einen Tick blasser geschminkt als sonst, wodurch sie umso zerbrechlicher wirkt, und sie hat eine Miene aufgesetzt, als würde sie jeden Moment in Tränen ausbrechen. Während sie ganz in ihrer Opferrolle aufgeht, gibt Jeff Wizzler neben ihr den coolen Topagenten, und diese doofe Jessica Newman scheint den beiden auch noch alles abzunehmen, was sie ihr an Lügen auftischen.

»Sagen Sie, Kimberly, wie haben Sie überhaupt bemerkt,

dass diese Lillifee Springwater *Ihr* Buch anbietet?« Sie haben sich zu Beginn der Sendung gleich auf meinen *aller Wahrscheinlichkeit echten* Namen geeinigt, und offen gestanden ist mir das im Moment gar nicht so unrecht.

»Wissen Sie, Jessica, die ersten Tage habe ich es gar nicht mitbekommen«, antwortet Kimberly. »Was auch daran lag, dass sie die Geschichte ziemlich stark verändert hat ...«

»*Verschlechtert*, nennen wir es ruhig beim Namen«, baut sich Jeff-*die-Mistratte*-Wizzler gleich energisch ein.

»Inwiefern verschlechtert?«, will Jessica wissen.

»Nun, sie hat so gut wie alle Sexszenen herausgestrichen, und dann hat sie auch noch den Schluss zu einem *Happy End* umgestaltet«, betont er mit einer gehörigen Portion Verachtung in der Stimme.

»Unfassbar«, stimmt Jessica in seinen Tonfall ein, als hätten sie mich gerade eines widerwärtigen Verbrechens überführt.

»Blöde Kuh«, befindet Vanessa.

Wir sitzen alle zusammen mit einem leichten Brummschädel von gestern Abend vor dem Fernseher und verfolgen gespannt den Verlauf von *Good Day LA* mit.

»Ich habe sie von Anfang an nicht besonders gemocht, aber ich hätte nie gedacht, dass Kimberly so etwas machen wür...tschieh!« Susan hat einen hochroten Kopf, und ihr Fieber ist seit gestern Abend trotz der Medikamente weiter angestiegen. Dennoch hat sie es sich nicht nehmen lassen, aufzustehen und sich die Sendung mit uns anzusehen.

»Wenn die noch einmal meine Straße überläuft, sie ihr Wunder blau kann erleben«, verkündet Emma mit grimmiger Miene in die Runde.

»Und Jeff, stimmt das, dass Miss Springwater die Erste war, die Ihnen das Buch angeboten hat?«, setzt Jessica Newman ihr Interview fort.

»Ja, so war es«, nickt Jeff. »Sie war auf der Suche nach einem Agenten, und da ich als eine der ersten Adressen in der Stadt bekannt bin, hat sie natürlich gleich bei mir angeklingelt«, erzählt er großspurig.

»Das stimmt gar nicht«, empöre ich mich. »Der Kerl lügt, *er* hat *mich* angerufen!«

»Beruhige dich, Lilly, das wissen wir doch.« Vanessa tätschelt beruhigend meinen Arm, aber ich kann ihr ansehen, dass auch sie sich gewaltig über Jeff Wizzler ärgert.

»Und wie haben Sie als einer der führenden Experten in der Filmbranche das Buch eingeschätzt, ich meine, die von Miss Springwater abgeänderte Version?«, setzt Jessica nach.

»Nun, Jessica …«, Jeff legt die Fingerspitzen aneinander wie ein weiser Guru, »… ich habe natürlich sofort erkannt, dass der Geschichte die entscheidenden Szenen fehlen, aber mir war auch auf Anhieb klar, dass die Grundsubstanz vielversprechend ist.«

»… damit meint Jeff die Teile, die diese Lilly *nicht* verändert hat«, betont Kimberly.

»Ja, genau, und deswegen blieb ich auch am Ball«, fährt Jeff fort. »Ich war neugierig, ob es uns gelingen würde, diesen guten Ansatz zu einer Geschichte zu formen, aus der man einen echten Blockbuster machen kann.«

»Sie haben sich also auf Ihre untrügliche Spürnase verlassen«, schmiert ihm Jessica Newman jetzt auch noch Honig ums Maul. »Und wie kam es dann später zur Bekanntschaft mit Miss Thomas?«

»Sie hat sich gestern selbst bei mir gemeldet«, antwortet Jeff.

»Ja, weil ich durch Zufall entdeckt habe, dass Lilly *mein* Buch anbietet«, übernimmt Kimberly wieder mit leidvoller Opfermiene. »Und da sie damit angegeben hat, dass Jeff sie unter Vertrag genommen hat, wollte ich diesen gemeinen Diebstahl natürlich sofort aufklären.«

»Diese gemeine Lügnerin … diese miese … hinterhältige … miese …« Mir verschlägt es fast die Stimme vor Empörung.

»Nun, nach allem, was wir über diese Frau schon gehört haben und gleich noch hören werden …«, holt Jessica Newman jetzt noch einmal aus, »… wundert es uns eigentlich gar nicht mehr, dass sie sich solcher Methoden bedient, um ihrer Karriere auf die Sprünge zu helfen. Was uns aber in Ihrem konkreten Fall noch interessiert, Miss Thomas … *wie* hat sie ihre Geschichte denn nun gestohlen?«

»Jetzt wird's interessant!« Susan stupst mich an, und wir spitzen alle gebannt die Ohren.

»Ach, wissen Sie, Jessica, rückblickend betrachtet war das gar nicht schwer für sie, weil ich einfach zu naiv war und mir gar nicht vorstellen konnte, dass ein Mensch zu so etwas fähig ist«, antwortet Kimberly mit einer hilflosen Geste.

»Das bedeutet konkret …?«, hakt Jessica Newman nach.

»Nun, als Lilly und ich uns kennenlernten …«

»Wann war das?«

»Genau weiß ich es gar nicht, schätzungsweise vor zwei Wochen. Eine Mitbewohnerin hat sie mir vorgestellt, und als Lilly erfuhr, dass ich Drehbuchautorin bin, hat sie sich sofort an mich rangehängt und mich den ganzen Abend lang mit Fragen zu meinen Projekten gelöchert …«

»… die Sie ihr leichtsinnigerweise beantwortet haben?«

»Sie sagen es«, nickt Kimberly zerknirscht. »Ich dachte mir nichts dabei, weil mir unsere Rollen eindeutig verteilt erschienen. Ich meine, ich als renommierte Autorin und sie als blutige Anfängerin, die bis auf ein paar vage Vorstellungen überhaupt nichts vorweisen konnte … wie konnte ich da ahnen, dass sie die Frechheit besitzen würde, mir einfach mein Buch zu klauen?«

»Ja, darauf kann ein redlicher Mensch natürlich nicht kommen«, pflichtet Jessica Newman ihr bei. »Aber wie hat sie sich Ihre Geschichte dann letztendlich angeeignet?«

»Nun, so weit wir das später rekonstruiert haben, ging sie dabei in mehreren Schritten vor«, lügt Kimberly, ohne mit der Wimper zu zucken. »Zunächst hat sie allen von *ihrem* Buch erzählt – das in Wirklichkeit natürlich nichts anderes war als eine abgeänderte Version *meiner* Geschichte –, und um auch noch an meine Computerdatei zu gelangen, hat sie dann ein Mitglied unserer WG überredet, bei uns einziehen zu dürfen. Na ja, und der Rest war dann nicht weiter schwer, sie hat sich meinen Computer geschnappt, als ich nicht da war, die Datei kopiert, alles ein bisschen umgeschrieben, und plötzlich hatte sie ein fertiges Drehbuch.«

»Unfassbar.« Jessica Newman schüttelt voller Entrüstung den Kopf. Dann blickt sie in die Kamera. »Und damit wäre die skandalträchtige Chronik von Lillifee Springwater wieder um ein unrühmliches Kapitel reicher. Wir gehen kurz in die Werbung, verehrtes Publikum, und danach haben wir noch weitere Neuigkeiten zu dieser mysteriösen Person. Bleiben Sie dran!«

Als sie vom Bildschirm verschwunden ist, tauschen wir betretene Blicke aus.

»Ach, Lilly, das tut mir so leid für dich«, sagt Vanessa mitfühlend.

»Habt ihr schon jemals so etwas Fieses erlebt?«, fragt Susan, und wir schütteln einhellig die Köpfe. Sie niest und putzt sich die Nase, bevor sie weiterredet: »Und sie hat sich das alles auch noch ziemlich gut ausgedacht. Theoretisch könnte es wirklich so gewesen sein.«

»Ja, und ich bin nach wie vor die Dumme«, ergänze ich niedergeschlagen.

»Wie wär's, wenn du selber in *Good Day LA* auftrittst?«, schlägt Vanessa vor.

»Was, ich?« Ich denke kurz über ihren Vorschlag nach, aber dann schüttle ich den Kopf. »Nach allem, was diese Jessica Newman über mich losgelassen hat, bezweifle ich, dass sie mir eine faire Chance geben würde.«

»Aber wir könnten mitkommen und alles bestätigen, was du sagst«, bietet sie an.

»Trotzdem, Vanessa, ich habe nichts in den Händen. Ich habe weder ein Drehbuch noch eine Datei, ich habe absolut gar nichts außer einem verdammt schlechten Image. Die würden mich in der Luft zerreißen, wenn ich mich dort blicken lasse, und euch wahrscheinlich gleich mit. Wahrscheinlich würden sie uns als die versauten vier aus der Lesben-WG präsentieren oder so was in der Art.«

Susan prustet los, als ich das sage. »Entschuldigung«, schiebt sie dann sogleich schuldbewusst hinterher.

»Macht nichts«, murmle ich, und als ich in die Gesichter der anderen gucke, müssen wir alle ein bisschen kichern.

»Nein, bei *Good Day LA* kann ich unmöglich auftreten, obwohl es mir ein Bedürfnis wäre, endlich einmal in aller Öffentlichkeit die Wahrheit zu erzählen. Langsam habe ich genug davon, dass die ganze Welt über mich herzieht und ich als Einzige nicht zu Wort komme.«

»Wie wäre es mit einer anderen Talkshow, oder einer Zeitung… hatschieh?«, kommt es von Susan.

Ich schüttle wieder zweifelnd den Kopf. »Ich weiß nicht… es hätte nur einen Sinn, wenn ich irgendwas in Händen hätte, wenigstens *ein* Drehbuch…«

Das Läuten meines Handys reißt mich aus meinen Gedanken.

»Jetzt geht das wieder los«, lasse ich resigniert den Kopf hängen. Immer, wenn es neue Berichte über mich gibt, setzt im Anschluss daran gleich der Telefonterror ein. Einen Augenblick lang erwäge ich, es einfach auszuschalten, aber dann kann ich mich nicht dazu durchringen. Was, wenn meine Mutter dran ist, oder Omi?

Also nehme ich das Handy hoch, und als ich auf das Display blicke, durchzuckt es mich wie ein gewaltiger Stromschlag.

Es ist Jason! Und er ruft mich von seinem Handy aus an, was ja nur bedeuten kann…

Ist er womöglich schon wieder *zurück*?

Mein Herz macht einen wilden Hüpfer, und freudige Erregung macht sich in meinen ganzen Körper breit.

»Jason! Ich freue mich so, dich zu hören. Bist du schon wieder in LA?«, rufe ich ins Telefon.

»Nein, ich bin am Flughafen in Bukarest«, antwortet er.

Ich bemerke sofort den Unterton in seiner Stimme. Da ist keine Fröhlichkeit wie beim letzten Mal, keine Wärme, keine Sehnsucht.

Er klingt im Gegenteil sachlich und nüchtern.

»Jason, ist alles in Ordnung? Du klingst so… *anders*«, sage ich vorsichtig.

Ein paar Sekunden verstreichen. »Ich weiß nicht, ob alles in Ordnung ist, Lilly. Sag du es mir. Unser Flug hat Verspätung, und um die Zeit totzuschlagen, habe ich ein bisschen im Internet gestöbert.« Es hört sich an, als kämen ihm die Worte nur schwer über die Lippen, und ich fühle, wie eine eiskalte Hand nach meinem Herzen greift. »Diese Gerüchte über dich … kannst du mir sagen, was ich davon halten soll?«

»Jason, du darfst das nicht glauben!«, rufe ich verzweifelt aus. Vanessa, Susan und Emma werfen mir erschrockene Blicke zu, als ich aufspringe und aus dem Zimmer renne. »Das sind Lügen, nichts als Lügen!«

»Das alles soll gelogen sein?« Die Zweifel in seiner Stimme sind unüberhörbar, und sie dringen tief und schmerzhaft in meine Seele. »Lilly, sämtliche Medien berichten über dich, und die lügen *alle*? Ich weiß im Moment wirklich nicht, was ich glauben soll. Deine angebliche Affäre mit Brad Pitt, und dass du dich an George Clooney rangemacht hast … Lilly, du warst damals wirklich in der *Sky Bar*, und du und George wart die einzigen, die durchnässt waren, und vor Kurzem hat ein Wachmann von den Universal Studios bekannt gegeben, dass du auch auf dem Studiogelände versucht hast, an George ranzukommen.«

»In diesem Studio wusste ich gar nicht, dass George dort dreht, und in der *Sky Bar* wollte ich mich auch nicht an ihn ranmachen, sondern nur mein Drehbuch aus dem Pool holen, weil Emma es nach ihm geworfen hatte«, falle ich ihm verzweifelt ins Wort.

»Auch so eine Sache, das mit deinem Drehbuch. Diese Kimberly Thomas … wieso behauptet sie, dass du die Geschichte von ihr gestohlen hast?«

»Kimberly ist eine ganz gemeine Lügnerin, Jason. Sie ist auch Autorin, und bis gestern hat sie in unserer WG gewohnt. Als sie mitbekam, dass ich … na ja, dass so viel über mich berichtet wird, da muss sie wohl gedacht haben, dass sie über meine Bekanntheit ins Rampenlicht rücken kann. Was ihr übrigens auch gelungen ist, wie du siehst!«, füge ich verbittert an.

»Das heißt also, *sie* hat das Buch von *dir* gestohlen?«

»Aber natürlich, Jason! Du weißt doch, dass *Endless Love* meine Geschichte ist, wir haben doch darüber gesprochen!«

»Ja, stimmt. War das, bevor du diese Kimberly kanntest?«, fragt er.

»Nein, war es nicht«, gebe ich widerstrebend zu. »Aber ich hatte sie bis zu diesem Zeitpunkt erst einmal getroffen, und du hast doch selbst gesehen, dass ich bei der Directors Guild Abzüge von meinem Buch dabei hatte.«

»Ja, kann sein, allerdings steckten sie da in diesen Umschlägen, und du wolltest mir hinterher keines zum Lesen geben ... Aber abgesehen davon, Lilly, da ist noch so viel anderes, und alles passt irgendwie ins Bild, das musst selbst du zugeben. Die Fotos, wie ihr in Beverly Hills unterwegs seid, du und deine Freundin, und diese Tanzeinlage vor dem *Spago*, und die vielen Menschen, die sich in der Zwischenzeit gemeldet haben, diese Engländerin zum Beispiel ... und was zum Teufel hattest du bei einem Pornocasting verloren?«, fällt ihm auf einmal ein. »Das kann doch nicht alles nur gelogen sein, Lilly!«

»Ja, ich meine, *nein* ... Also, zum Teil! Emma wollte unbedingt zu diesem Casting ...«

»Dann solltest du vielleicht mal über deinen Freundeskreis nachdenken«, meint er trocken.

»Aber Emma wusste doch nicht, dass das ein Pornocasting ist, sonst hätte sie doch niemals ...«, schreie ich empört. Plötzlich merke ich, wie meine Verzweiflung in Wut umschlägt. »Zu deiner Information, Jason, Emma ist eine *gute* Freundin. Sie hat Charakter, und sie vertraut mir, und sie hat vor allem den Mut, zu mir zu stehen, selbst wenn die ganze Welt behauptet, ich wäre schlecht. Das sind Eigenschaften, die dir leider fehlen«, schließe ich aufgebracht, und es gibt mir einen Stich, als ich das ausspreche.

Eine Pause entsteht, und einen schrecklichen Moment lang befürchte ich, er habe einfach aufgelegt.

»Lilly, versteh das doch. Ich kenne dich zu wenig, um diese ganzen Gerüchte einfach ignorieren zu können«, sagt er dann, und seine Stimme klingt dabei ganz rau.

»Dann hör doch auf dein Herz, Jason«, sage ich leise. »Denk an den Abend in Paradise Cove.«

»Paradise Cove«, meint er nachdenklich, und für einen kurzen Augenblick ist da wieder diese Wärme in seiner Stimme, nach der ich mich so sehne. »Würde ich nur nach meinen Gefühlen gehen, dann könnte ich diese Meldungen einfach beiseiteschieben ...«

»Dann tu das doch! Was hält dich davon ab?«

»Mein Verstand, Lilly. Was, wenn an diesen Gerüchten doch etwas dran ist? Dann wäre unsere Romanze bloß eine weitere Episode, die sich nahtlos in das Bild einfügen würde, das im Moment nun mal von dir existiert.«

Ich brauche ein paar Sekunden, bis ich die volle Bedeutung seiner Worte begreife, und als es so weit ist, trifft es mich wie ein Schlag in die Magengrube.

»Du glaubst, ich hätte mich bloß an dich rangemacht, weil du ein Hollywoodregisseur bist?«, hauche ich fassungslos.

»Nein, Lilly, das habe ich nicht behauptet, es wäre nur eine Möglichkeit«, entgegnet er schnell.

Doch es ist bereits zu spät.

»Weißt du was, Jason?«, sage ich mit erstickter Stimme. »Wenn du so wenig Vertrauen zu mir hast, dann sollten wir das Ganze vielleicht besser beenden ...«

»Lilly, so hör doch, ich wollte nicht ... Herrgott noch mal, das musst du doch verstehen. Ich bin kaum eine Woche weg, und plötzlich kursieren die wildesten Gerüchte über dich, und sämtliche Behauptungen gehen in die Richtung, dass du um jeden Preis Karriere im Filmgeschäft machen willst. Was würdest du denn an meiner Stelle denken?«

»Wahrscheinlich hast du recht«, sage ich erschöpft. »Ich würde mir kein Wort glauben.«

»Lilly, wir sollten in Ruhe darüber reden. Wir könnten übermorgen ...«

»Hätte das einen Sinn, Jason? Würdest du mir glauben, obwohl die ganze Welt das Gegenteil behauptet?«

»Lilly, das kann ich so nicht beantworten, dazu müsste ich mir erst mal anhören, was du zu sagen hast.«

»Ich weiß nicht, ob das noch einen Sinn hätte, Jason«, höre ich mich sagen.

»Dann willst du es also wirklich einfach so beenden?«

»Ich weiß nicht, Jason. Im Moment weiß ich überhaupt nichts mehr. Ich muss jetzt aufhören. Mach's gut, Jason.«

»Lilly …«

Er will noch etwas sagen, doch ich lege auf. Ich könnte gar nicht mehr weiterreden, weil die Tränen plötzlich ungehemmt aus meinen Augen schießen und ich losschluchze, ohne es verhindern zu können. Ich lege das Telefon zur Seite und sehe mich blind vor Tränen nach Taschentüchern um, als ich die Silhouetten von Emma und den anderen im Türrahmen stehen sehe.

»Du meine Güte, Lilly, was ist denn jetzt schon wieder?« Emma zieht schnell ein Taschentuch aus der Schublade und gibt es mir, dann drückt sie mich fest an sich.

»War das Jason?« Vanessa hat ebenfalls die Arme um mich gelegt, und auch Susan gesellt sich zu unserer Kuschelrunde, was ich daran merke, dass mir jemand heftig ins Ohr niest.

Ich nicke. »Ja, er hat die ganzen Berichte im Internet entdeckt, und jetzt ist er sich nicht mehr sicher …« Ich schlucke schwer.

»… ob du hetero bist?«, rät Susan.

»Ob er mir noch vertrauen kann«, schniefe ich.

»Das wird sich sicher alles aufklären.« Vanessa tätschelt meinen Hinterkopf.

»Das kann ich mir nicht vorstellen«, sage ich ohne jede Hoffnung. »Im Moment hat sich doch die ganze Welt gegen mich verschworen.«

»Nein, nicht die ganze Welt.« Vanessa hält meinen Kopf fest und sieht mir in die Augen. »*Wir* halten zu dir, Lilly, und wir werden nicht zulassen, dass dir alle wehtun.«

»Genau, Lilly, du darfst jetzt nicht aufgeben«, sagt auch Emma entschlossen. »Komm, wir trinken was, und dann sehen wir weiter.«

Wir gehen wieder zurück ins Wohnzimmer und setzen uns. Vanessa holt Rotwein, und wir trinken ein paar Schlucke.

»Na, geht's wieder?«, fragt Vanessa dann.

»Muss es wohl«, nicke ich und kämpfe gleichzeitig wieder gegen meine Tränen an. Ich bekomme Jasons Stimme nicht aus dem Kopf, den Vorwurf darin, seine Zweifel an mir. »Es ist so unfair«, murmle ich.

»Die Welt ist nicht immer fair«, meint Susan neben mir mitfühlend. »Nimm mich …« Sie niest schon wieder und putzt sich schnell ihre Nase, die mittlerweile knallrot vom vielen Schnäuzen ist, ebenso wie ihre Augen. »Ich habe immer von diesem Job bei den Oscar-Verleihungen geträumt, und ausgerechnet jetzt, wo dieser Traum endlich in Erfüllung geht, werde ich krank. Ich bin normalerweise *nie* krank!«

»Wir müssten eine Möglichkeit finden, wie du dich an die Öffentlichkeit wenden kannst, ohne dass dich irgendein fieser Moderator fertigmacht«, überlegt Vanessa.

»Davon würde ich auch nicht gesund werden«, widerspricht Susan.

»Nicht du, Susan, ich meinte natürlich Lilly. Das mit deinem Job ist zwar auch ärgerlich, aber im Vergleich zu Lillys Problemen doch der reinste Kindergeburtstag, nicht wahr?«

»So verheult seht ihr aus wie Zwillingsschwestern, wusstet ihr das?« Emmas Blick wechselt zwischen Susan und mir hin und her.

»Es müsste etwas im Fernsehen sein«, zerbricht sich Vanessa weiter den Kopf für mich, »und wir müssten irgendwo eines deiner Bücher auftreiben. Du hattest doch so viele davon, die können doch nicht auf einmal alle verschwunden sein, Lilly, oder?«

»Für mich ist das mit dem Job jedenfalls ein *Riesen*problem«, stellt Susan vorwurfsvoll klar.

»Fehlt nur noch die gleiche Perücke, dann könnten euch eure eigenen Mütter nicht mehr auseinanderhalten, jede Wette«, behauptet Emma fasziniert.

»Hm, ich weiß nicht …«, sage ich nachdenklich zu Vanessa. »Diese Bücher, die Emma und ich verteilt haben …«

»Bei den Agenten?«

»Nein, bei den Häusern der Promis in Beverly Hills – wir haben sie bei denen über den Zaun geworfen.«

»Über den Zaun, echt?« Vanessa kichert.

»Ja, aber wir können jetzt ja schlecht dort klingeln und eben mal fragen, ob sie beim Rasenmähen zufällig über ein Drehbuch gestolpert sind, oder? Das ist ja das Problem: Wie sollen wir an diese Leute herankommen?«

»Es war mein *Traum*, versteht ihr?«, hängt Susan trübsinnig ihren Gedanken nach. »Das sind die Oscar-Verleihungen, da sind alle dort, absolut *alle.*«

Vanessa wirft ihr einen genervten Blick zu. »Ja, Susan, wir haben's kapiert, es sind alle dort außer dir.«

... es sind alle dort ...

Plötzlich klingelt etwas in meinem Hinterstübchen.

... müsste etwas im Fernsehen sein ...

Es ist ein vager Gedanke, der wie aus einem dichten Nebel kommt und ganz langsam Gestalt annimmt.

... an diese Leute herankommen ...

Die Nebelschwaden driften mehr und mehr auseinander.

... ihr seht aus wie Zwillingsschwestern ...

»Das ist es!« Ich springe hoch wie von der Tarantel gestochen und ramme dabei mit dem Knie den Tisch, sodass sämtliche Gläser umfallen.

»Mensch, Lilly, pass doch auf!«, beschwert sich Susan. »Jetzt hast du den ganzen Wein umgeschüttet.«

»Vergiss den blöden Wein«, rufe ich. »Ich habe die Lösung!«

»Echt? Du weißt, wie ich bis morgen wieder gesund werden kann?«

»Nein, Susan, dir könnte nur noch ein Wunder helfen, sieh dich doch nur an ... Entschuldige, das wollte ich jetzt nicht so hart sagen ... Nein, ich weiß jetzt, wie ich vielleicht der Öffentlichkeit mitteilen kann, dass all diese Gerüchte über mich gelogen sind, und wie ich dabei auch noch an eines meiner Drehbücher rankommen könnte.«

»Ehrlich?«

»Bist du dir sicher?«

»Wie denn?«

Alle drei hängen gebannt an meinen Lippen, und ich hole tief Luft, um ihnen meinen absolut sensationellen Plan darzulegen.

21

Okay, genau genommen ist mein Plan nicht wirklich bis ins allerletzte Detail ausgearbeitet.

Ganz genau genommen verhält es sich nämlich so: Susan hätte einen Job bei der Oscar-Verleihung, kann aber dort nicht antreten, weil sie eine Mördererkältung hat und man eine Bazillenschleuder wie sie nicht mal auf zehn Kilometer an die ganzen Stars ranlassen würde. Andererseits sehe ich ihr ähnlich (was ich eigentlich nicht so finde, aber mit ihrer Wuschelperücke und der bei ihr üblichen halben Tonne Schminke kommt es doch einigermaßen hin), und da die Oscar-Verleihung *das* Medienereignis der Filmindustrie ist, könnte ich an ihrer Stelle dort aufkreuzen und dann ...

Okay, ab da beginnt der unpräzise Teil meines Plans, aber wenn ich erst mal dort bin, wird mir schon was einfallen, nicht wahr?

Ich habe die ganze Nacht lang kein Auge zugetan, was ich einerseits auf die Aufregung zurückführe, weil ich mich heute ins Kodak Theatre einschleichen werde, andererseits aber auch auf meine Enttäuschung über Jason. Es hat so wehgetan. Nicht nur, dass ich mit der Schmach der ganzen letzten Woche zurechtkommen muss, mit der Anschuldigung, *Endless Love* gestohlen zu haben, und den völlig absurden Gerüchten über meine Person, fällt mir dann auch noch Jason in den Rücken, indem er an mir zweifelt.

Dabei kann ich ihm nicht einmal einen Vorwurf machen. Er kennt mich doch kaum, und wenn ihm jetzt auf einmal von jedem Bildschirm und von jeder Titelseite Meldungen und Aussagen entgegenspringen, ich sei ein karrieregeiles, bisexuelles, schuhplattelndes und Drehbuch klauendes Luder, wie, bitte schön, sollte er mir da glauben, dass das alles bloß ein dummer Zufall ist und ich in Wahrheit unschuldig wie ein frisch geborenes Lämmchen bin?

Und dennoch – oder vielleicht gerade *deswegen* – sitzt der Schmerz dramatisch tief, und ich werde mit Sicherheit sehr, sehr lange brauchen, um darüber hinwegzukommen.

Und ich muss mich endlich wehren. Ich muss einen Weg finden, um diesen haltlosen Anschuldigungen entgegenzutreten, um die Gerüchte und Mythen, die sich mittlerweile in einem beängstigenden Ausmaß um meine Person ranken, ein für allemal zu entkräften. Um mich reinzuwaschen von der mir zugeteilten Schuld, die ich so ganz einfach nicht verdient habe.

Als erste und grundlegendste Vorbereitung haben mir meine Freundinnen mit vereinten Kräften zu einem Susan-Outfit verholfen, will heißen, sie haben mein Gesicht unter einer Make-up-Lawine begraben und dann aus dieser Rohform mittels Mascara, Eyeliner, falschen Wimpern und knallrotem Lipgloss ein lebensechtes Abbild von Susan geschaffen, das in Kombination mit ihrer Starkstromlook-Perücke so täuschend echt wirkt, dass ich vorhin »Hi, Susan« gesagt habe, als ich am Spiegel im Vorraum vorbeiging. Dazu haben sie mich in Jeans und ein gelbes T-Shirt mit der Aufschrift *AAS* gesteckt, was für *Academy Award Styling* steht (als ich ihnen die Bedeutung auf Deutsch erklärte, haben wir natürlich ausgiebig gekichert), und sicherheitshalber habe ich mir von Susan die halbe Nacht und den heutigen Vormittag lang bis ins Detail erklären lassen, was man als Visagistin bei so einer Großveranstaltung überhaupt zu tun hat.

Im Grunde genommen ist es gar nicht schwer. Susan hat mir erzählt, dass die meisten Stars ohnehin ihre persönlichen Stylisten dabeihaben, und falls nicht, sind sie bereits perfekt geschminkt und frisiert, wenn sie vor Ort erscheinen. Somit brauchen Hilfskräfte wie Susan nur noch eine letzte Kontrolle vor dem jeweiligen Bühnenauftritt vorzunehmen und gegebenenfalls hier und da ein Strähnchen geradezuzupfen oder mit ein bisschen Puder den Glanz vom Gesicht abzunehmen. Im Grunde genommen nichts, was eine durchschnittliche Frau nicht tagtäglich zu Hause vor dem Spiegel praktiziert, nur dass sie da keine Hollywoodstars vor den Pinsel und auch nichts bezahlt kriegt.

»So, da wären wir.« Emma lässt den Wagen vor der Absperrung am Highland Boulevard, die man extra für die Preisverleihung errichtet hat, ausrollen.

»Bist du sicher, dass du das durchziehen willst?«, fragt Vanessa mit besorgtem Blick vom Rücksitz aus.

»Ja, Vanessa, ich muss es tun. So eine Chance kriege ich nie wieder«, antworte ich mit grimmiger Entschlossenheit.

»Hast du alles dabei?«, meint Susan. Sie hat heute die blonde Perücke aufgesetzt, damit uns nicht womöglich im Vorfeld jemand sieht und durch die Ähnlichkeit misstrauisch wird, und sie hat es sich trotz ihrer Verkühlung nicht nehmen lassen, mich bis hierherzubegleiten. »Schminkkoffer, Akkreditierung, Ausweis?«, zählt sie auf.

»Jep, hab ich alles.« Ich klopfe auf den Koffer zu meinen Füßen und halte die Akkreditierungskarte hoch, die samt Susans Personalausweis an einer Kordel um meinen Hals hängt. Und noch etwas habe ich mit, das mir helfen soll, meine Unschuld zu dokumentieren, falls es mir gelingen sollte, vor eine Kamera zu kommen: Ein Foto von Little P, damit endlich alle kapieren, dass es nicht der Filmstar ist, mit dem ich gelegentlich mein Bett teile.

»Mir ist noch immer nicht klar, was du eigentlich vorhast«, meint Emma mit tiefen Sorgenfalten auf ihrer Stirn.

»Genau weiß ich es auch noch nicht«, gestehe ich. »Ich will einfach nur sehen, ob ich mit ein paar Leuten reden kann. Vielleicht läuft mir ja einer von unserer Postwurfliste über den Weg, oder vielleicht ergibt sich eine Möglichkeit, vor eine Fernsehkamera zu gelangen, da wird es ja sicher nur so wimmeln vor lauter Reportern … Wir werden sehen, ich lasse mich einfach überraschen«, zucke ich die Achseln. »Höchstwahrscheinlich werde ich nur ein paar Promis den Angstschweiß von der Stirn wischen, und das war's dann auch schon. Egal, den Versuch ist es wert.«

Emma dreht sich nach Vanessa und Susan um. »Eines du ihr lassen musst – sie verdammt ist mutig!«

»Ja, unsere Lilly ist wirklich ein tapferes Mädchen«, nickt Vanessa. Dann beugt sie sich über die Sitzlehne zu mir vor und umarmt mich. »Also dann, Lilly, mach sie fertig!«

»Danke, Vanessa. Danke euch allen, ihr seid die besten Freunde, die man sich vorstellen kann.« Rührung überkommt mich, und ich muss einen Moment lang gegen meine Tränen ankämpfen, als mich auch Emma und Susan drücken.

Als ich aussteige und die ersten Schritte Richtung Absperrung mache, komme ich mir vor wie ein Selbstmordattentäter, der sich soeben von seiner Familie verabschiedet hat und weiß, dass er sie nie wiedersehen wird. Ich drehe mich noch einmal um und winke ein bisschen zaghaft, dann hole ich tief Luft und marschiere zielstrebig auf die Sicherheitsbeamten zu.

»Ma'am?« Der Älteste von ihnen stellt sich mir in den Weg.

»Hi, mein Name ist Susan Plummer«, leiere ich meinen Text wie besprochen herunter. »Ich bin Visagistin und soll mich in zehn Minuten vor dem Seiteneingang auf der unteren Etage des Kodak Theatre einfinden.«

Der Uniformierte wirft einen aufmerksamen Blick auf meine Akkreditierungskarte, dann gibt er den Namen in ein Notebook ein.

»Susan Plummer, aja«, nickt er. Dann fasst er noch einmal mein Ausweisfoto ins Auge und vergleicht es mit meinem Gesicht. Ich fühle, wie meine Kopfhaut unter der Perücke wie wild zu kribbeln beginnt, und bemühe mich um einen möglichst souveränen Ausdruck. »Gehen Sie weiter zu meiner Kollegin da vorne, Miss Plummer«, sagt er dann, und ich atme insgeheim auf.

Unglaublich. Es funktioniert. Sie halten mich tatsächlich für Susan.

Ich bin sofort ein bisschen lockerer, als ich zu der Kollegin hinübermarschiere.

»Hi, ich bin Susan Plummer«, lege ich erneut los. »Ich bin Visagis…«

»Ist mir egal«, unterbricht sie mich unsanft. »Mich interessiert nur, ob Sie irgendetwas mit sich führen, womit Sie anderen Leuten Schaden zufügen können. Was haben Sie da in Ihrem Koffer?«

»Schminksachen. Ich bin Visagis…«

»Öffnen!«, befiehlt sie unbeeindruckt.

»Ja, natürlich.« Ich stelle den Koffer auf dem Beistelltisch neben ihr ab und reiße den Deckel hoch. »Sie sehen ja, alles nur Schminksachen.«

»Okay, dann wollen wir mal…« Sie beginnt in den Sachen herumzuwühlen, öffnet Fläschchen, schnüffelt daran, taucht dann sogar den Finger in eine Feuchtigkeitscreme und kostet sie. Dann ruft sie: »Pete, bring mal *Sir Lancelot* hier rüber!«

Ein anderer Beamter mit einem Schäferhund an der Leine gesellt sich zu uns. Die strenge Beamtin stellt meinen Schminkkoffer auf dem Boden vor dem Tier ab. »Lancelot, mein Guter, schnüffel mal ein bisschen für Tante Loretta«, fordert sie den Schäferhund dann freundlich auf.

»Was macht der da?«, frage ich verwundert, als der Hund seine Schnauze in den Koffer steckt.

»Sir Lancelot ist ein ausgebildeter Fährtenhund, er erkennt Sprengstoffe, Säuren und neunundneunzig Prozent aller Gifte«, erklärt der Hundeführer nicht ohne Stolz.

»Wow! Dumm nur, wenn einer mit dem restlichen Ein-Prozent-Gift daherkommt«, versuche ich einen Witz zur Auflockerung, aber sie reagieren darauf nur mit säuerlichen Mienen.

»Würden Sie bitte die Arme heben?«, fordert die strenge Beamtin mich auf, und als ich dem nachkomme, tastet sie mich mit routinierten Griffen von oben bis unten ab. Donnerwetter, die gehen ja wirklich auf Nummer sicher. Fehlt nur noch, dass sie mir in den Mund schauen will.

»Und jetzt noch den Mund auf…«

Als ich endlich weitergehen darf, bin ich heilfroh, dass sie nicht auch noch die Nummer mit dem Gummihandschuh abgezogen haben, wie man sie in den Filmen immer sieht. Bis zum vereinbarten Treffpunkt beim Kodak Theatre muss ich noch weitere drei Kontrollen durchlaufen, die sich jedoch wenigstens nur auf kurzes Ausweisvorzeigen beschränken, und als ich um die Ecke zur Vorhalle biege, erkenne ich schon von Weitem die kleine Gruppe, die sich dort eingefunden hat. Sie tragen alle die gleichen T-Shirts wie ich, und direkt vor ihnen wuselt eine spindeldürre Frau mit lila Haaren aufgeregt herum und hält gerade eine Ansprache oder so was in der Art.

»Entschuldigen Sie, Miss«, wende ich mich an sie. »Mein Name ist Susan Plummer. Ich soll mich hier bei Mr. Jerome Jackleby melden.«

»Ich *bin* Jerome Jackleby«, weist er mich pikiert zurecht, und bei der Gelegenheit kann ich sehen, dass er mindestens ebenso viel Schminke im Gesicht hat wie ich. Er guckt auf seinen Block in der Hand und macht einen Haken. »Susan Plummer, Visagistin. Gut, dann wären wir also vollzählig. Ich nehme an, Sie werden den einen oder anderen Kollegen hier bereits kennen«, holt er aus, und ich zucke im selben Moment zusammen. Mist. Das haben wir gar nicht bedacht. Was, wenn ich einem Bekannten von Susan über den Weg laufe? Ich werfe schnell einen Blick in die fremden Gesichter, aber zum Glück macht niemand Anstalten, mich als alte Bekannte zu begrüßen und mich dann zum Beispiel zu fragen, warum ich plötzlich einen englischen Akzent habe.

»Hi, Leute«, grüße ich erleichtert in die Runde, und zustimmendes Gebrabbel kommt als Antwort zurück.

»Schön, nachdem wir uns jetzt alle bekannt gemacht haben«, meint Jerome schwungvoll, »wollen wir uns gleich an die Stätte unseres Wirkens begeben. Folgt mir!« Er setzt sich in Bewegung, und wir hasten ihm hinterher. Er führt uns zu einer weißen Metalltür, die er aufstößt, dann stöckelt er hüftschwingend einen langen Gang entlang bis zu einer weiteren Tür, dann wieder einen Gang entlang, noch eine Tür, erneut ein Gang, und wieder eine Tür, bis ich schon völlig die Orientierung verloren habe, und dann endlich gelangen wir zu einem breiten Korridor mit zahlreichen nummerierten Türen zu beiden Seiten.

»So, meine Lieben«, setzt Jerome an. »Wir befinden uns hier bei den Garderoben, ein paar von euch werden sie ja schon kennen. Ihr wisst, was zu tun ist. Sämtliche Arbeitsutensilien, die ihr braucht, findet ihr an euren Plätzen, und diejenigen unserer verehrten Gäste, die ihre eigenen Stylisten mithaben, verfügen ohnehin über getrennte Garderoben. Was von euch erwartet wird, ist ganz einfach die übliche Vorbereitung für einen Bühnenauftritt, alles klar?« Er blickt in die Runde, und als alle nicken, mache ich es ihnen nach. »Ich verlese jetzt die Aufteilung, und ihr begebt euch dann bitte gleich in die jeweiligen Räume, ja?« Er schaut auf seine Liste. »Macy Peacock, Jim Stetson, Marsha Brown …«, die drei Genannten treten vor, »… Garderobe vier. Worauf wartet ihr? Ab mit euch, husch, husch!«, setzt er nach, als sie sich nicht gleich bewegen. »Amanda Sealing, Rosalie Peterson, Susan Plummer … Garderobe fünf!« Diesmal treten nur zwei junge Frauen vor. Jerome zieht ungeduldig die Augenbrauen in die Höhe, dann fixiert er mich mit seinem Blick. »Susan Plummer, bist das nicht *du*?«

Oh, das bin ja wirklich ich. Ist gar nicht so einfach, sich an einen neuen Namen zu gewöhnen. Ich mache hastig einen Satz nach vorn. »Entschuldigen Sie, ich wusste nicht, dass sie *die* Susan Plummer meinen … also mich«, stottere ich herum und merke, wie mir das Blut ins Gesicht schießt.

Er schüttelt tadelnd den Kopf. »Okay, ab mit euch, los, los!«

Ich folge den anderen beiden in die uns zugewiesene Garderobe. Sie ist enger, als ich erwartet hatte. Eigentlich ist es nur ein kleiner, kahler Raum mit drei Schminktischen und einer Reihe von Kleiderständern an der Rückseite sowie einer kleinen Getränkebar an der Stirnwand. Die anderen zwei stürzen sich sofort auf den ersten Schminktisch. »Das ist meiner!«, keift die Kleinere von ihnen und klammert sich an dem Sessel fest. Sie hat kurzes schwarzes Haar und auffällig große Augen, die jetzt aber grimmig zusammengekniffen sind.

»Wer sagt das?«, entgegnet die andere. Sie ist groß und blond mit einer üppigen Oberweite und versucht die Dunkelhaarige beiseitezudrängen.

Seltsam. Das kapier ich nicht. Ich kann bei diesen Plätzen beim besten Willen keinen Unterschied erkennen.

»Ich war zuerst da«, behauptet die Schwarzhaarige mit trotzig vorgeschobenem Kinn.

»Stimmt gar nicht!«, widerspricht die Blonde energisch.

»Du meine Güte!«, mische ich mich ein. »Es ist doch völlig egal, wer welchen Tisch bekommt! Ihr benehmt euch wie kleine Kinder.«

Ihre Köpfe rucken herum, und jetzt nehmen sie mich gemeinsam ins Visier.

»Von wegen egal!«, keift die Blonde. »Der erste Platz ist der beste, das weiß doch jeder.«

»Wieso denn?«, frage ich verwundert.

»Na, weil das die erste Anlaufstelle für die Leute ist, die hereinkommen!«

»Und was soll das bringen? Das bedeutet doch nur mehr Arbeit, oder?«

Sie starren mich an, als wäre ich völlig bekloppt.

»Was heißt hier *mehr Arbeit*?«, ruft die Schwarzhaarige aus. »Heute ist die Oscar-Verleihung, da kommt ein Filmstar nach dem anderen hier hereinspaziert. Ist dir das völlig schnuppe?«

Oh, jetzt kapier ich's. *Das* ist natürlich schon ein Grund.

»Nein, natürlich nicht.« Ich setze ein Lächeln auf, das überlegen wirken soll, bin mir aber nicht sicher, ob es funktioniert. »Ich wollte nur sagen, dass wir uns immer abgewechselt haben mit dem ersten Tisch«, lasse ich mir schnell einfallen. »Ich bin übrigens Susan«, schiebe ich dann schnell nach, um das Eis zu brechen.

»Amanda«, murmelt die Blonde.

»Ich bin Rosi«, meint die kleine Schwarzhaarige. »Ihr habt euch abgewechselt? Wie denn genau?«

»Also, immer wenn die am ersten Tisch mit ihrem Kunden fertig war, sind alle um einen Platz nachgerückt«, erkläre ich.

»Und wenn die anderen gerade jemanden in Arbeit haben?«, wendet Amanda ein.

»Ist doch egal, die übernimmt man dann eben der Reihe nach«, zucke ich die Schultern.

Die beiden wechseln einen Blick.

»Was meinst du?«, fragt Rosi.

»Hm, wir könnten es versuchen«, erwidert Amanda. »Ich bleibe dann gleich mal hier.«

»Wieso du? Ich war zuerst hier«, geht Rosi gleich wieder auf Kollisionskurs.

»Ich würde mich am Anfang ja gar nicht so um den ersten Tisch reißen«, füge ich möglichst beiläufig an und setze mich langsam in Richtung des letzten Tisches in Bewegung.

Ihre Blicke heften sich sofort wieder auf mich.

»Und warum nicht?«, fragt Amanda schmallippig.

»Na, weil die wichtigen Gäste immer als Letzte kommen, ist doch klar«, gebe ich lässig zurück.

Kaum habe ich das ausgesprochen, sprinten sie los. Rosi ist um den entscheidenden Wimpernschlag schneller und lässt sich auf den dritten Sessel fallen. Als Amanda ihre Niederlage erkennt, wuchtet sie sich schnell auf den zweiten Sessel.

»Du nimmst den ersten«, sagt sie zu mir.

»Echt? Na ja, kann man nichts machen.« Ich simuliere ein bisschen Enttäuschung und mache mich dann auf Platz eins breit. Nachdem ich die Schminkutensilien aus Susans Schminkkoffer neben den vorhandenen Sachen ausgebreitet habe, setze ich mich auch.

»Dann hast du also schon öfter auf Großveranstaltungen gearbeitet?«, will Amanda wissen.

»Äh … ja, klar. Ziemlich oft sogar«, gebe ich zurück.

»Cool. Erzähl mal, wen hast du da schon alles geschminkt?«

Sie warten beide neugierig auf meine Antwort. Ich hätte wohl besser meinen Mund halten sollen. Aber gut, dann muss ich eben meine Phantasie ein bisschen bemühen, wozu bin ich schließlich Autorin?

Eine Viertelstunde später himmeln mich beide mit strahlenden Augen an, weil sie denken, ich hätte bereits halb Hollywood auf meinem Schminkstuhl gehabt. Da ich aus der Showszene ja nur die großen Namen kenne, ist mir gar nichts anderes übrig geblieben, als eine ganze Reihe von Berühmtheiten aufzuzählen, und jetzt glauben sie, ich sei so eine Art Visagistenguru der Superpromis.

»Und wieso bist du nicht bei einem dieser Stars geblieben?«, fragt Amanda mit großen Augen. »Madonna, zum Beispiel, oder Janet Jackson, die hätten dich doch bestimmt engagiert, nachdem sie so zufrieden mit dir waren.«

»Oh, ja, sicher, die haben mich sogar angebettelt, dass ich bei ihnen bleibe«, nicke ich selbstbewusst. »Aber ich wollte mich nicht fest an jemanden binden. Ich arbeite lieber freiberuflich … ziehe mein eigenes Ding durch, ihr versteht?«

Natürlich verstehen sie das nicht – niemand würde das –, und Rosi holt schon Luft für die nächste Frage, als plötzlich die Tür aufgeht. Wir springen erschrocken hoch, aber dann sehen wir, dass es nur Jerome ist.

»So, Mädchen, macht euch startklar«, sagt er, und jetzt kann man auch ihm die Aufregung deutlich anmerken. »Da draußen ist schon mächtig was los, und ich schicke euch gleich die ersten Leute rein. Ach ja, wer von euch hat denn die meiste Erfahrung?«

»Susan«, antworten Amanda und Rosi wie aus einem Mund. »Die hat sogar schon Madonna geschminkt«, fügt Amanda an.

»Madonna?«, nickt er beeindruckt. »Dann kann ich dir also auch schwierigere Fälle anvertrauen?«

»Aber sicher, kein Problem«, murmle ich, und dabei wird mir ein bisschen flau im Magen.

»Alles klar, dann haltet euch bereit.« Er stöckelt wieder davon.

Durch die Tür können wir jetzt deutlich hören, dass sich draußen auf dem Korridor anscheinend wirklich eine Menge Leute tummeln, und plötzlich wird unsere Nervosität beinahe greifbar.

»Gleich geht's los«, meint Amanda und beginnt auf ihrer Unterlippe herumzukauen. »Was glaubt ihr, wer wird der erste Promi sein, der hereinkommt?«

»Gute Frage. Sind *Brangelina* hier?«, fragt Rosi aufgeregt.

»Nein, die kommen nicht«, winkt Amanda ab. »Angeblich hat Angelina abgesagt, weil sie Angst hat, dass Brad sich wieder mit dieser Lillifee Springwater treffen will.«

»Würde mich echt interessieren, wie die es geschafft hat, ihn rumzukriegen«, meint Rosi. »Hast du die Fotos von der gesehen? An der ist doch gar nichts dran.«

»Sie ist total pervers, das ist es«, behauptet Amanda. »Und die großen Stars stehen auf solchen Schweinkram.«

»Das ist doch alles Quatsch!« Ich kann mich nicht mehr zurückhalten, und sie glotzen mich erschrocken an. »Niemand weiß, ob diese Gerüchte überhaupt stimmen, und es kann tausend andere Gründe geben, warum Brad und Angelina heute nicht erscheinen. Und jetzt sollten wir uns besser auf unseren Job konzentrieren, findet ihr nicht?«

»Susan hat recht«, meint Rosi nach kurzem Nachdenken. »Gleich kommen die ganz großen Namen hier herein, ich bin ja so was von aufgeregt.«

Ich merke, wie es auch in meinem Magen noch heftiger zu rumoren beginnt. Meine Hände sind ganz kribbelig, und meine Kopfhaut beginnt unter der Perücke gleich wieder fürchterlich zu jucken. Es wäre schon aufregend genug zu wissen, dass jeden Moment irgendein Superstar, den man normalerweise nur aus dem Fernsehen kennt, zu uns hereinmarschieren wird, aber bei mir geht es noch um einiges mehr. Wenn ich einen dieser Leute in die Hände kriege, muss ich ja auch noch versuchen, das Gespräch auf mein Drehbuch zu bringen, natürlich nur unter der Voraussetzung, es ist jemand, dem wir es über den Zaun geworfen haben.

Jetzt, wo ich mittendrin im Geschehen bin, kommen mir auf einmal Bedenken, ob das gelingen kann. So ein Megastar hat kurz vor seinem großen Auftritt sicher andere Sorgen, als sich mit irgendeiner dahergelaufenen Visagistin über ihr dämliches

Buch zu unterhalten, und ich kann auch nicht riskieren, mich als die berüchtigte Lillifee Springwater zu outen, sonst werfen sie mich wahrscheinlich gleich hochkant hinaus. Auf einmal macht sich Panik in mir breit, und ich merke, wie ich am ganzen Körper zu zittern beginne.

Okay, nur die Ruhe. Aufregung bringt nichts. Tief durchatmen und möglichst ruhig bleiben, das ist jetzt das Wichtigste. Panik hat noch nie jemandem geholfen, außer man ist vielleicht auf der Flucht und kann dadurch ungeahnte Kräfte freisetzen …

Plötzlich wird die Tür aufgestoßen, und wir zucken zusammen. Mit einer Mischung aus Neugierde und Ängstlichkeit starren wir auf den Eingang … und ein völlig unbekannter junger Mann in einem weißen Anzug betritt den Raum.

»Hi, Leute.« Er lächelt uns an. »Ich bräuchte ein kleines Bühnentuning. Wer kann mir behilflich sein?«

An den Mienen von Amanda und Rosi kann ich ablesen, dass sie ihn auch nicht kennen, und sie wenden sich schnell ab und tun so, als wären sie furchtbar beschäftigt mit irgendwelchen Vorbereitungen.

»Okay, von mir aus«, zucke ich die Schultern. »Nehmen Sie gleich hier vorne Platz.«

»Super. Ich bin Paul«, stellt er sich vor, während er sich setzt.

»Ich bin Li… *Susan.*« Ich räuspere mich. »Also, Paul, was kann ich für Sie tun?«

Er mustert mich überrascht durch den Spiegel. »Keine Ahnung, ich dachte, das wüssten Sie. Ja, was man eben so macht vor einem Bühnenauftritt … ein bisschen Schminke, schätze ich, und vielleicht die Frisur noch etwas in Form bringen?«, schlägt er vor.

»Ja, sicher, logisch, das sowieso. Was genau machen Sie denn auf der Bühne?«, erkundige ich mich, während ich nach dem Make-up greife.

»Ich bin Tänzer«, antwortet er. »Wir haben gleich unseren großen Auftritt.« Er blickt auf die Uhr. »In genau fünfzehn Minuten.«

»Tänzer? Interessant.« Ist es natürlich nicht, aber ich bin froh darüber. Bei einem Tänzer kann ich wenigstens nicht viel verhauen, den sieht man ohnehin nur aus der Ferne. Ich beginne schwungvoll Make-up aufzutragen, als erneut die Tür aufgeht. Wir drehen alle die Köpfe in Erwartung eines echten Filmstars, aber es ist nur ein junges Mädchen in einem weißen, hautengen Glitzerkostüm.

»Hi, allerseits«, grüßt sie. »Hi, Paul.«

»Hi, Jess«, gibt der zurück.

Amanda weist mit genervtem Blick auf ihren Stuhl. »Bitte schön. Sie sind auch Tänzerin, nehme ich an?«

»Ja, woher wussten Sie das?«

»Ach, war nur so geraten.« Sie fragt erst gar nicht nach Jess' Wünschen, sondern beginnt gleich routiniert an ihrem Gesicht herumzudoktern.

Währenddessen hantiere ich an Paul herum, so gut ich kann, und zwischendurch werfe ich immer wieder verstohlene Blicke zu Amanda hinüber, um mir ein bisschen was von ihr abzugucken. Sie zückt jetzt einen schwarzen Kajalstift und zieht Jess mit einer einzigen schnellen Bewegung einen Lidstrich unter jedes Auge. Wie es aussieht, gehört das zu einer professionellen Bühnenmaske. Ich schnappe mir also auch einen Kajal, bringe meine Augen näher an Pauls Gesicht heran und ziehe dann flott eine Linie unter jedes Auge.

Ups. Scheint so, als bräuchte man dazu doch ein bisschen Übung. Paul sieht jetzt aus wie eine deprimierte Transe, die Striche sind viel zu dick geraten und seitlich auch noch ein gutes Stück zu lang. Ich überlege, ob ich sie wieder wegwischen soll, aber da hat er sie schon im Spiegel entdeckt.

»Was soll *das* denn sein?«, fragt er erschrocken.

Auch die anderen drehen die Köpfe und starren ihn an.

»Was meinen Sie?«, frage ich in aller Unschuld zurück.

»Na, dieses ... *Geschmiere* unter meinen Augen!«

»Ach, Sie meinen den Lidstrich ... das ist der neueste Trend aus Europa, den tragen jetzt alle großen Tänzer so bei ihren Auftritten«, erkläre ich schnell.

»Wirklich? Wer zum Beispiel?«, fragt er misstrauisch.

Mist. Welche Tänzer gibt es denn überhaupt? Moment, dieser eine Typ, bei dem sie immer in Reih und Glied herumhopsen, als wären sie beim Militär, wie hieß der schnell noch?

»Michael Flatley zum Beispiel«, fällt mir dann gerade noch rechtzeitig ein.

»Michael Flatley, der *Lord of the Dance*?«, haucht Paul ungläubig. »Hast du gehört, Jess? Michael Flatley trägt das jetzt so!«

Jess starrt ihn an, dann herrscht sie Amanda an: »Ich will das auch! Machen Sie schon, wir müssen gleich raus, und ich will gut aussehen!«

Amanda glotzt Paul an. »Ja, äh ... von mir aus.« Dann sieht sie mich an: »Wie hast du das gemacht, Lilly?«

»Ach, das ist gar nicht schwer, du musst nur den ganz dicken Kajal nehmen und dann die Hand nicht zu ruhig halten, damit es ... *natürlicher* aussieht.«

Amanda gibt sich alle Mühe, und ich kann ihr ansehen, wie viel Überwindung es sie kostet, Jess derart hässliche schwarze Kleckse unter die Augen zu malen. »Passt es so?«

Jess betrachtet sich kritisch im Spiegel. »Ja, super«, befindet sie dann. »Und jetzt noch die Haare ein bisschen in Schwung bringen, okay?«

Amanda greift nach dem Haargel, verteilt es auf ihren Handflächen und fährt damit ein paarmal gekonnt durch Jess' dichte Locken, bis sie wunderschön volumig zur Seite fallen.

Ich sehe aus den Augenwinkeln, dass Paul mich erwartungsvoll ansieht, und versuche es Amanda gleichzutun. Was aber bei Pauls kurzen Haaren nicht so ganz funktioniert, denn jetzt kleben sie seitlich hinter den Ohren und stehen am Scheitel kerzengerade in die Höhe. »Tja, also ...«, hebe ich an.

»Nein, sagen Sie nichts!«, fällt Paul mir mit leuchtenden Augen ins Wort. »So trägt es der *Lord of the Dance*, stimmt's?«

»Äh ... ja, genau, exakt so!«

»Hast du gehört, Jess?«

»Worauf warten Sie noch?« Jess scheint allmählich die Geduld mit Amanda zu verlieren, und die beeilt sich, ihren Wünschen nachzukommen.

»Super. Vielen Dank«, strahlt Jess danach, und sie sieht jetzt aus wie Woody Woodpecker.

»Wir werden euch weiterempfehlen«, pflichtet Paul ihr bei.

»Ja, macht das. Und toi toi toi für euren Auftritt.« Ich recke die Daumen hoch, bis sie durch die Tür sind. Aber die hat sich noch nicht ganz geschlossen, als sie gleich wieder aufgeschubst wird und ein kleiner, alter Mann mit O-Beinen hereinkommt. Er trägt einen schwarzen Smoking, ist braun gebrannt und grinst über sein ganzes faltiges Gesicht.

»Ladys!« Er macht eine Geste mit den Armen, als würde er gerade ein riesiges Publikum begrüßen.

Mir bleibt die Luft weg. Das ist *Jerry Stiller*! Der *Arthur* aus *King of Queens*, einer meiner Lieblingsserien.

»Mr. Stiller!«, quieke ich und reiße meinen Stuhl herum, dass er gar nicht mehr daran vorbei kann. »Nehmen Sie doch Platz!«

»Danke, Schätzchen.« Er lässt sich in den Stuhl fallen, und ich drehe ihn wieder herum, sodass er vor dem Spiegel zu stehen kommt.

Amanda und Rosi drängen sich heran, während sie mich gleichzeitig mit ihren Blicken regelrecht ermorden.

»Was darf's denn sein, Mr. Stiller?«, frage ich aufgeregt.

»Wie wär's mit einem flotten Vierer?«, grinst er. Als er unsere bedröppelten Gesichter sieht, lacht er schallend auf. »Haha, guter Witz, was? Jetzt guckt nicht so erschrocken, Mädchen.« Er dreht den Kopf nach der Getränkebar. »Aber im Ernst, einen kleinen Scotch könnte ich vertragen, mit Eis, wenn's recht ist, und dann pudert mir diesen verdammten Glanz von der Nase, okay?«

»Natürlich, Mr. Stiller!« Rosi flitzt rüber zur Getränkebar, und ich greife nach dem Puderpinsel.

»Mr. Stiller, ich bin ein Riesenfan von Ihnen«, haucht Amanda begeistert.

»Wer nicht, Schätzchen?«, lächelt er generös.

»Dürfte ich Sie um ein Autogramm bitten, aber natürlich nur, wenn es Ihnen keine Umstände macht.«

»Aber klar doch, kein Problem.« Als hätte er nur darauf gewartet, zieht er einen ganzen Packen Autogrammkarten aus seiner Sakkotasche. »Hier, bitte sehr.« Er drückt Amanda eine in die Hand, dann sieht er mich fragend an. »Sie wollen doch sicher auch eine, nicht wahr?«

»Sehr gerne, Mr. Stiller.« Ich stecke schnell die Karte ein, dann verteile ich weiter großzügig Puder in seinem Gesicht.

»Ah, sehr gut, vielen Dank.« Er nimmt den Whiskey von Rosi entgegen. »Hier, auch eine Karte für Sie.«

»Wow! Danke!« Rosi macht einen Knicks vor Begeisterung.

Jerry nimmt einen Schluck, dann betrachtet er sich kritisch im Spiegel. »Sagt mal, Mädchen, ihr seid doch Profis. Habt ihr nicht irgendeinen geheimen Trick auf Lager, mit dem man um zwanzig Jahre jünger aussieht?«

»Also, wissen Sie ...«, hebe ich unsicher an.

»Wie wär's mit dem Michael-Flatley-Look?«, nickt Amanda mir auf einmal aufmunternd zu.

Wie bitte? Ich höre wohl nicht richtig. »Ich glaube nicht, dass das für Mr. Stiller ...«

»Was ist der Michael-Flatley-Look?« Jerry sieht uns neugierig an.

»Der ist total irre, es ist der neueste Schrei in Europa«, begeistert sich Amanda. »Und Michael Flatley hat ihn erfunden.«

»Worauf wartet ihr dann noch?« Jerrys Augen leuchten. »Ich habe zwar keine Ahnung, wer dieser Michael Flatley ist, aber wenn das der neueste Schrei aus Europa ist, dann legt mal los!«

Drei Minuten später sieht er aus wie ein altersschwacher Waschbär, und da sein Haupthaar zu dünn ist, um es hochzugelen, haben wir einfach die Haare an den Schläfen seitlich ausgestellt. Ich wage es kaum, zur Seite zu treten, damit er sich im Spiegel sehen kann, und als es so weit ist, halte ich ängstlich die Luft an. Eine Sekunde vergeht, dann noch eine, und ich befürchte schon ein Donnerwetter, da klatscht er auf einmal in die Hände, dass ich vor Schreck zusammenfahre.

»Großartig«, grinst er. »Mal ganz was anderes, und sogar die Krähenfüße sind wie weggezaubert. Ladys, es war mir eine Ehre.« Er schwingt sich erstaunlich flott hoch, deutet noch galant eine Verbeugung an, und dann macht er sich vom Acker.

»Wow, Jerry Stiller!« Amanda ist immer noch ganz weg. »Ich habe gerade Jerry Stiller gestylt.«

»Und ich habe ihm einen Whiskey eingeschenkt«, schwärmt Rosi mit glänzenden Augen.

Auch ich brauche ein paar Augenblicke, um das zu verdauen. Jerry Stiller gehört zu meinen Lieblingsschauspielern, und ich habe ihn soeben ... in einen Waschbären verwandelt! Andererseits, es hat ihm gefallen, und das ist doch die Hauptsache, nicht wahr?

Ich schüttle den Gedanken an ihn schnell wieder ab und versuche mich zu sammeln. Langsam beschleicht mich das ungute Gefühl, dass ich hier in einer Sackgasse gelandet bin. Wenn nicht bald ein Wunder geschieht und jemand bei uns hereinschneit, der damals auf unserer Drehbuch-Adressatenliste stand, dann war diese ganze Aktion umsonst. Ich werde weder zu einem meiner Drehbücher gelangen noch irgendeine Möglichkeit finden, vor laufender Kamera mein Herz auszuschütten.

Ich muss hier raus!, zuckt es durch mein Gehirn. Raus aus diesem Verlies und zusehen, dass ich jemanden aus unserer Liste aufstöbern und nach meinem Buch fragen kann, oder einen Societyreporter samt Kamerateam, der gerade eine Programmlücke mit einer exklusiven und sensationellen Enthüllungsstory füllen möchte.

»Sagt mal, gibt's hier drinnen eigentlich eine Toilette?«, frage ich.

»Ich glaube nicht, die sind wahrscheinlich irgendwo draußen«, schüttelt Amanda den Kopf.

»Echt, keine Toilette?« Ich setze ein verwundertes Gesicht auf. »So was aber auch. Ich bin gleich wieder zurück, schnappt mir inzwischen nicht alle Stars weg, okay?«

»Apropos Stars, wir müssen die Plätze tauschen«, fällt Amanda plötzlich ein, und sie schmeißt sich auf meinen Sessel.

»Hey, Moment mal, Susan hat gesagt, dass wir der Reihe nach tauschen, das heißt, dass ich jetzt den ersten Platz kriege. Nicht wahr, Susan?«, empört sich Rosi sofort.

»Äh, ja, stimmt. Aber ihr könnt das ja in Ruhe diskutieren, während ich weg bin«, sage ich, dann husche ich zur Tür hinaus.

Kaum habe ich sie hinter mir geschlossen, zucke ich erschrocken zurück. Auf dem Korridor wimmelt es nur so von Menschen, und alle sind furchtbar aufgeregt und rennen und schreien durcheinander. Andererseits ist das aber auch ganz gut, denn so achtet wenigstens niemand auf mich. Wie praktisch. Ich kann mich in diesem Chaos frei bewegen, ohne dass es jemandem auffällt. Diese Erkenntnis stimmt mich gleich wieder etwas zuversichtlicher.

Also gut, dann wollen wir mal sehen. Wo sind denn jetzt die ganzen Schauspieler? Mein Blick tastet wie ein Radarstrahl den Raum ab.

Ich werd verrückt. Ist das da hinten nicht Jennifer Lopez? Natürlich, sie ist es, diesen Hintern würde ich unter Tausenden erkennen. Sie unterhält sich gerade mit einem Mann, der ihr anscheinend erklärt, wie ihr Mikro funktioniert.

Und da! Penelope Cruz, natürlich, das ist sie. Die ist aber niedlich, viel kleiner, als sie auf der Leinwand wirkt, und supersexy in ihrem langen, engen Kleid.

Wie in Trance setze ich mich in Bewegung. Ich bin ganz benommen von der Vorstellung, dass ich mich hier inmitten all dieser Superstars befinde, und kann kaum glauben, dass das hier alles wirklich geschieht.

Nein. Nein! Ganz hinten an der Treppe steht Alec Baldwin und redet auf einen jungen Mann ein, der immer wieder nickt und sich eifrig Notizen macht, und gleich daneben entdecke ich Demi Moore in einem umwerfenden weißen Traum, perfekt geschminkt und wunderschön, als wäre sie eben erst zwanzig geworden. Ich bekomme ganz feuchte Handflächen vor Aufregung. Diese Menschen sind Megastars, und sie sind hier, und ich bin hier …

Bloß, was hilft mir das? Die standen nicht auf unserer Liste, von denen hat niemand ein Lilly-Tanner-Drehbuch über den Gartenzaun gedonnert bekommen. Mein Herz sinkt sofort wieder ein bisschen.

Was, wenn die alle schon draußen im Saal sitzen und gar nicht mehr hierherkommen? Wenn die Preisverleihung erst mal vorbei ist, komme ich nie mehr an sie ran, dann werden sie Bodenpersonal wie uns einfach nach Hause scheuchen, und das war's dann für mich.

Ich schiebe mich langsam durch die aufgeregte Menge, und irgendwie bin ich jetzt gar nicht mehr richtig bei der Sache vor lauter Enttäuschung. Ganz beiläufig registriere ich Miley Cyrus, die sich an mir vorbeidrängt, doch sie interessiert mich gar nicht mehr. Aus einer anderen Garderobe kommt Cameron Diaz und eilt zum Bühnenaufgang, aber so umwerfend sie auch aussieht, sie könnte mir im Augenblick auch nicht weiterhelfen.

Auf einmal taucht Jeromes Gesicht vor mir auf, und ich zucke unwillkürlich zurück. Bestimmt ist es den Visagisten nicht gestattet, sich hier draußen herumzutreiben. Ich will schnell mein Gesicht zur Seite drehen, doch dann merke ich, dass er mich gar nicht beachtet. Stattdessen lauscht er mit gefurchter Stirn der Stimme eines anderen Mannes, der ein Headset auf dem Kopf trägt und einen Notizblock in der Hand hält: »… wenn wir das mit der Angel nicht hinkriegen, ist der ganze Gag im Eimer, dann geht Ben bloß in einem affigen Kostüm auf die Bühne, und hinterher wird er uns den Kopf abreißen, weil wir seine Pointe versaut haben …« Der Mann ist ziemlich aufgebracht, und Jerome ist das Gespräch sichtlich unangenehm.

»Ich verstehe Ihren Ärger ja, John, aber für die Bühnenhelfer bin ich nicht zuständig«, rechtfertigt er sich. »Die Leute, die *ich* engagiert habe, sind vollzählig angetreten, und sie machen ihren Job zur vollsten Zufriedenheit.«

Sagte er gerade *Bühnenhelfer*? Neugierig rücke ich näher heran.

»Das ist mir klar, Jerome, und ich weiß Ihre gute Arbeit auch sehr zu schätzen«, beschwichtigt John ihn. »Aber was soll ich jetzt machen? Mir sind fünf Leute ausgefallen, können Sie sich das vorstellen, *fünf*! Das ist eine Katastrophe. Verdammte Mexikaner!« Er fährt sich verzweifelt durchs Haar. »Könnten Sie uns nicht wenigstens mit *einem* Ihrer Mitarbeiter aushelfen?«

»Ich weiß nicht, dann geraten meine Leute mit ihren eigenen Aufgaben ins Hintertreffen«, ziert Jerome sich.

»Es wäre doch nur für diesen einen Auftritt, das dauert keine zehn Minuten«, drängt John weiter.

»Und ich weiß auch nicht, wer von meinen Leuten mit der Bühnentechnik zurechtkommen würde, so etwas muss doch sicher geübt werden ...«

»Aber keineswegs, derjenige muss nur mit einer Angelrute umgehen können, das ist alles«, setzt John nach. »Ich würde es ja selber machen, aber ich kann hier nicht weg. Oder könnten *Sie* vielleicht ...?«

»Nein, ausgeschlossen, ich habe zwei linke Hände«, wehrt Jerome sofort ab.

Habe ich das richtig verstanden? Sie brauchen jemanden, der irgendetwas mit einer Angel auf der *Bühne* machen soll?

»Jerome, entschuldigen Sie, ich habe zufällig Ihr Gespräch mitbekommen ...«, baue ich mich schnell ein.

Er sieht mich überrascht an. »Nanu, was machst du denn hier? Ich habe doch ausdrücklich gesagt, ihr sollt in den Garderoben bleiben ...«

»Ich weiß, aber ich musste auf die Toilette ... egal, ich habe mitbekommen, dass Sie jemanden brauchen, der mit einer Angelrute umgehen kann ...«

»Stimmt«, antwortet John. »Kennen Sie so jemanden?«

»Ja, mich.«

»*Sie* haben Angelerfahrung?«, fragt Jerome mit hochgezogenen Augenbrauen. »Woher denn?«

Was soll denn die blöde Frage? Als ob das jetzt jemanden interessieren würde! Okay, ich muss mir schnell etwas einfallen lassen. Was weiß ich übers Angeln? Überhaupt nichts. Nein, stimmt doch gar nicht. Ich habe *Aus der Mitte entspringt ein Fluss* gesehen. Da ging es doch ums Fischen, genau.

»Im Sommer gehe ich immer zum Fliegenfischen«, stöbere ich aus meinem Gedächtnis hervor. »Nach Montana ... mit meinem Vater.«

»Zum *Fliegenfischen*?« John fallen fast die Augen aus dem Kopf. »Das ist ja großartig«, strahlt er dann. »Wer das Fliegenfischen beherrscht, kann *definitiv* mit einer Angel umgehen. Dann würden Sie uns also helfen, Miss ...?«

»Li... *Susan*, Susan Plummer.«

»Okay, Susan, ich bin John. Das geht doch klar, dass ich mir Susan für ein paar Minuten ausborge, Jerome?«

»Natürlich«, gibt Jerome überrumpelt zurück.

»Gut. Also, Susan ...« John fasst mich an der Schulter und geleitet mich durch die Menge in Richtung Bühnenaufgang. »Es geht um Folgendes: Ben wird in einem *Avatar*-Kostüm ...«

»*Welcher* Ben?«, frage ich dazwischen.

»Welcher Ben? Ben Stiller natürlich«, lächelt er, und ich muss mich zusammenreißen, damit ich mich nicht auf den Hintern setze. »Macht Platz, Leute«, scheucht er eine kostümierte Gruppe auseinander. Einige von ihnen haben ganz verschmierte Augen und völlig zerzauste Frisuren. »... ja, Michael Flatley war der Erste, und in Europa treten sie jetzt *nur* noch so auf ...«, schnappe ich einen Gesprächsfetzen auf.

»Also, Susan ...« Wir haben die Stufen erreicht, die zur Bühne hinaufführen. John zieht mich beiseite und nimmt eine Angelrute von einem Requisitenbord, die er mir in die Hand drückt. »Sie gehen jetzt da hoch, und dann halten Sie sich ganz rechts an der Wand, bis Sie auf Erik treffen. Den erkennen Sie an seinem blauen Overall, und er trägt ebenfalls ein Headset ...«

»Und was soll ich mit der Angel machen?«

»Damit müssen Sie Bens Schwanz halten.«

»*Wie bitte?!*«

»Ben hat einen langen Schwanz an seinem Kostüm, und den müssen Sie mit dieser Angel dirigieren. Erik wird Ihnen noch genau erklären, wie. Alles klar?«

»*Ach so* … Ja, alles klar.« Ich recke siegessicher einen Daumen hoch.

»Na, dann viel Glück. Ich muss mich jetzt um die anderen Auftritte kümmern.« Er verkrümelt sich.

Ich mache unsicher die paar Schritte zur Bühne hinauf, und als ich oben ankomme, wird mir plötzlich ganz mulmig zumute. Ich bin hier wahrhaftig auf der Bühne des weltberühmten Kodak Theatre. Hier im Hintergrund ist es ziemlich düster, aber ich kann doch erkennen, dass sie riesengroß ist. Einige Dutzend Personen befinden sich hier hinten, zum Teil scheinen sie Techniker zu sein, wie man an den Overalls erkennen kann, aber einige sind auch schick in Schale geworfen und bereiten sich auf ihre Auftritte vor. Ein paar Schritte weiter erkenne ich Demi Moore wieder, und wenn mich nicht alles täuscht, ist der Mann dort ganz hinten Steve Martin, der konzentriert einen Zettel durchliest. Trennwände und Vorhänge schützen uns vor den Blicken des Publikums, aber als ich vorsichtig ein paar Schritte zur Bühnenmitte hin mache, erkenne ich durch einen Spalt einen Teil der Sitzreihen im Theater. Da draußen ist sie also, die Elite von Hollywood, und nicht nur das, vor den Fernsehschirmen sitzen weltweit Hunderte Millionen Menschen und verfolgen das Spektakel. Bei dem Gedanken nimmt meine Nervosität auf einmal beängstigende Ausmaße an, und ich muss gegen die Panik ankämpfen, die mich erfasst, sodass ich am liebsten auf der Stelle kehrtmachen und davonrennen würde.

»Was tun Sie da, Miss?« Wie aus dem Nichts ist ein uniformierter Sicherheitsmann neben mir aufgetaucht und mustert mich mit wachsamen Blicken.

»Ich soll mich um Ben Stillers Schwanz kümmern«, erkläre ich hastig und halte zur Bestätigung die Angel in die Höhe. »Damit.«

»Wie bitte?«, fragt er ungläubig.

»Oh, nicht, was Sie jetzt denken …«, füge ich schnell an, als ich seinen Blick sehe. »Er trägt ein Kostüm mit einem Schwanz daran, und den soll ich irgendwie dirigieren. John hat gesagt, ich soll mich an Erik wenden. Wo finde ich den?«

»Ach so, verstehe. Erik ist dort drüben beim anderen Aufgang, aber bleiben Sie bloß von der Bühne fern, okay?«

»Ja, mach ich, vielen Dank.«

Ich gehe vorsichtig ein paar Schritte weiter, bis ich auf einen Mann treffe, der angespannt auf einen Monitor vor ihm starrt.

»Entschuldigen Sie, können Sie mir sagen, wo ich Erik finde?«, spreche ich ihn an.

»Was wollen Sie denn von ihm?«, fragt er mürrisch zurück, ohne den Blick von seinem Monitor zu nehmen.

»Ich bin Ben Stillers Schwanzdompteuse«, versuche ich eine andere Formulierung, aber kaum habe ich es ausgesprochen, merke ich, wie dämlich das erst klingen muss.

Sein Kopf ruckt herum. »Was, *während* der Verleihung? Kann er nicht wenigstens warten, bis alles vorbei ist?«

»Nein, nicht *das* ... es geht um sein Kostüm, da ist ein Schwanz dran«, stelle ich schnell klar.

»Ach so, wieso sagen Sie das nicht gleich? Erik ist dort drüben beim anderen Aufgang.«

»Vielen Dank.« Bevor ich weitergehe, werfe ich schnell einen Blick auf seinen Monitor. Er zeigt die Hauptbühne, und ich sehe einen Mann im Smoking und eine beleibte Frau im Abendkleid, die einen Oscar in der Hand hält und gerade ihre Dankesrede vorträgt.

Dann entdecke ich endlich den Mann, der Johns Beschreibung entspricht.

»Hi, sind Sie Erik? Ich soll hier als Ben Stillers Schwanzassistentin aushelfen.« Mann, das ist echt ein blöder Job. Wie soll man den bloß beschreiben, ohne dabei zweideutig zu klingen?

Aber Erik weiß wenigstens, wovon die Rede ist. »*Schwanzassistentin?* Okay, so kann man es auch nennen«, grinst er. »Gut, dass Sie da sind. Hat John Ihnen erklärt, was Sie machen müssen?«

»Nur ungefähr.«

»Okay. Also, es ist ganz einfach. Ben Stiller wird jetzt gleich die Gewinner für das beste Make-up verkünden. Er wird da herauskommen …«, er zeigt auf den Aufgang hinter uns, »… und er trägt eine Avatar-Maske, zu der ein langer blauer Schwanz gehört. Den hängen Sie an diese Angelschnur, und wenn Ben nach vorn zum Mikro geht, lassen Sie die Leine so lange laufen, bis er dort angekommen ist, okay? Dann brauchen Sie vorerst nichts weiter zu tun als den Schwanz ein bisschen hochzuhalten …« Bei diesen Worten muss er selber grinsen, und auch mir entfährt ein albernes Kichern. »… und wenn die Einspielung der Nominierten vorbei ist und Ben den Gewinner verkünden will, ziehen Sie den Schwanz hoch und wedeln ihm damit vor der Nase herum. Ben wird Ihnen daraufhin die Angel aus der Hand reißen, damit das Publikum den simplen Trick erkennt, und dann sagt er: *Schon erstaunlich, wie weit es die Technik gebracht hat*. Das ist der Gag. Haben Sie alles verstanden?«

»Ja, sicher, klingt gar nicht schwer«, nicke ich überzeugt.

»Ist es auch nicht«, atmet er erleichtert auf. »Also, ich kann mich auf Sie verlassen? Ich muss nämlich dringend weg, bei den Nebelwerfern gibt es Probleme, habe ich gehört …«

»Ja, kein Problem, gehen Sie nur. Ich kriege das schon hin.«

»Super. Und … *danke*!« Er verzieht sich in Windeseile.

Ich atme auf, als er weg ist. Das läuft ja hervorragend. Ben Stiller hat einen Auftritt, das heißt, dass seine Redezeit im Programm eingeplant ist. Wenn es mir jetzt noch gelänge, ihn von seinem Auftritt abzubringen, dann könnte ich an seiner Stelle …

Aber wie soll ich ihn dazu bringen, seinen großen Auftritt bei der Oscar-Verleihung sausen zu lassen? Das ist sicher auch für einen Star wie ihn etwas Besonderes, da müsste ich mir schon etwas wirklich Dramatisches einfallen lassen …

Hm. Ein Drama. Was gäbe es denn da? Sein Vater Jerry, vielleicht könnte ich den irgendwie ins Spiel bringen, da er doch gerade in unserer Garderobe war …

Das ist es! Ich hab's. Das ist genial, einfach genial!

»Ich nehme an, Sie sollen mir zur Hand gehen?« Vor lauter Nachdenken habe ich gar nicht auf den Ausgang geachtet, und jetzt steht völlig unvermutet ein Wesen mit blauem Gesicht, weit abstehenden Ohren und leuchtend gelben Augen vor mir. Ein kleiner Schrei entfährt mir, und ich brauche eine Sekunde, bis ich begreife, dass das Ben Stiller in seinem Avatar-Kostüm ist.

»Du meine Güte, haben Sie mich erschreckt«, sage ich, während seine gelben Augen lächelnd auf mir ruhen. Ein kleines Schaudern geht durch meinen Körper. Ich stehe hier wahrhaftig vor Ben Stiller! Doch dann besinne ich mich wieder auf mein eigentliches Ziel.

»Ja, stimmt«, antworte ich auf seine Frage, »ich soll Ihren Schwanz steuern …« Menno, das klingt jetzt schon wieder so bescheuert. Sofort erscheint ein Grinsen auf seinem Gesicht, doch ich setze eine todernste Miene auf und schwenke mit verschwörerischer Stimme auf ein anderes Thema um: »Mr. Stiller, man hat mir eigentlich streng verboten, es Ihnen vor Ihrem Auftritt mitzuteilen, aber da ich so ein großer Fan von Ihnen und Ihrem Vater bin …« Ich wische mir effektvoll übers Auge, als müsste ich gegen eine Träne ankämpfen.

»Ja, was denn mitteilen?« Er zieht interessiert die Augenbrauen zusammen.

»Ihr Vater … er war vorhin bei uns in der Maske, und dann hatte er … er hatte …« Ich stocke, und es gelingt mir, ein Schluchzen zu produzieren.

»*Was* hatte er?«, fragt er alarmiert und packt mich an den Schultern.

»Er hatte einen Herzinfarkt«, würge ich hervor.

»Einen Infarkt?«, ruft er erschüttert aus. »Ist er …?« Er kann es gar nicht aussprechen.

»Nein, er ist nicht tot«, versichere ich ihm schnell, und das schlechte Gewissen überkommt mich. So heftig wollte ich ihn auch nicht erschrecken. »Der Arzt hat gesagt, dass es ihm den Umständen entsprechend gut geht …«

»Gott sei Dank«, stößt er hervor.

»… aber er will Sie unbedingt sehen«, ergänze ich schnell. »Und der Arzt hat ausdrücklich betont, dass das von entscheidender Bedeutung für den Heilungsverlauf ist und keinen Aufschub duldet …«

»Okay, ja …« Er fasst sich verwirrt an die Stirn. »Dann verkünde ich nur noch schnell den Gewinner …«

»Mr. Stiller, haben Sie nicht gehört? Der Arzt sagte *keinen Aufschub*«, wiederhole ich eindringlich.

»Sie meinen, ich soll *sofort* …?« Er starrt zweifelnd auf den Umschlag in seiner Hand.

»Ja, wenn Ihnen am Leben ihres Vaters etwas liegt …«, zucke ich die Schultern.

»Verdammt, Sie haben recht, ich muss zu ihm. Wo ist er denn jetzt?«

»Sie haben ihn ins Krankenhaus gebracht.«

»In welches?«

»Ins *Beverly Medical Center.*« Das ist die einzige Klinik, die mir auf die Schnelle einfällt, weil wir auf unserer Celebrity-Tour dort vorbeigekommen sind.

»Ins BMC?«, fragt er verwundert. »Ich dachte, die machen da nur Schönheits-OPs … habe ich jedenfalls *gehört.*«

»Ja, äh … das stimmt schon …«, improvisiere ich schnell. »Aber im Moment haben sie da gerade besonders viele Betten frei, weil alle ihre Kunden hier sind.« Ich deute auf den Saal hinter mir.

»Ach so, deswegen … Okay, ich muss jetzt zu meinem Vater …« Er drückt mir den Umschlag in die Hand. »Können Sie ihn jemand anderem geben? Da drüben steht Demi, oder vielleicht möchte Cameron … egal, Sie kümmern sich darum, ja? Und vielen Dank für Ihre Aufrichtigkeit, Sie haben was gut bei mir!«

»Keine Ursache, Mr. Stiller. Ach, übrigens …«

»Ja?«, fragt er nervös.

»Ihre Perücke, und die Ohren … die sollten Sie vielleicht besser hier lassen.«

»Gute Idee.« Er reißt sich beides vom Kopf, dann dreht er sich um und stürmt davon. Hm, den Schwanz hätte er vielleicht auch besser dagelassen … Egal, jetzt ist es ohnehin zu spät.

Ich stülpe mir schnell die Perücke und die großen blauen Ohren über den Kopf, dann trete ich gespannt an die Stelle hinter der Trennwand, die Erik mir vorhin als den mir zugedachten Platz gezeigt hat. Als ich vorsichtig um die Ecke spähe, sehe ich das Paar vom Monitor vorhin, das gerade unter donnerndem Applaus von der Bühne abgeht. Als sich das Publikum wieder beruhigt hat, entsteht eine kleine Pause, und auf einmal beginnt direkt über mir ein kleiner Monitor zu blinken.

Als die Schrift erscheint, setzt mein Herzschlag beinahe aus: *Ben Stiller, Best Make-up*.

Es ist so weit. Ben Stiller ist an der Reihe.

Ich bin an der Reihe.

Ich atme ein letztes Mal tief durch, dann betrete ich die Bühne.

22

Es ist wie in dem Traum, den ich schon so oft geträumt habe. Ich betrete die Bühne, und sie sind alle da. Ich entdecke auf Anhieb Meryl Streep, Matt Damon, Orlando Bloom, Hellen Mirren, James Cameron und Quentin Tarantino, und das da oben ist doch Jack Nicholson, und Jake Gyllenhall, und Zac Efron, und – ach du meine Güte – George Clooney, und … einfach alle, sie sind wahrhaftig *alle* da!

Es ist wie in meinem Traum, und sie sehen mich auch genauso erwartungsvoll an. Mit dem klitzekleinen Unterschied, dass ich in meinem Traum soeben den Oscar für das beste Originaldrehbuch gewonnen und mich dagegen jetzt unter Vorspiegelung falscher Tatsachen auf die Bühne geschummelt habe und gleich für den größten Skandal sorgen werde, den es in der Geschichte der Oscar-Verleihungen jemals gegeben hat.

Die Scheinwerfer blenden mich, und augenblicklich umfängt mich die Hitze, die sie ausstrahlen. Ich werfe schnell einen Blick über meine Schulter, und dabei sehe ich, wie der Sicherheitsmann von vorhin aufgeregt in sein Mikrofon spricht.

Verdammt. Ich darf keine Zeit verlieren, deshalb trete ich schnell an das Mikrofon heran.

»Meine Damen und Herren«, beginne ich wackelig, und die Blicke dieser Menschen, die ich in ihren Filmen immer so bewundert habe, lassen meine Stimme beinahe versagen. »Ben Stiller sollte jetzt hier erscheinen und die Gewinner der Kategorie *Bestes Make-up* verkünden, aber er konnte leider nicht kommen, weil er ... einen dringenden Termin im *Beverly Medical Center* hat.«

Gemurmel geht durch den riesigen Saal, und vielsagende Blicke werden ausgetauscht.

»Deswegen hat er mich gebeten, die Gewinner an seiner Stelle zu verkünden«, fahre ich fort. Dann fasse ich all meinen Mut zusammen und sage: »Aber vorher muss ich noch etwas loswerden!« Ich fasse mir ins Haar und reiße mir mit einer einzigen schnellen Bewegung die Perücke vom Kopf, und zwar nicht nur die von Ben Stiller samt den Ohren, sondern auch noch Susans Wuschelkopf. Ein erschrockenes Raunen brandet durch den Saal.

»Ja, ich bin es«, rufe ich aus. »*Lilly Tanner* oder, wie viele mich fälschlicherweise nennen, *Lillifee Springwater*!« Jetzt verwandelt sich das Raunen in einen Aufschrei, als hätte ich verkündet, ich wäre Godzilla oder so was. »Bitte schenken Sie mir nur eine Minute Ihrer Zeit!«, flehe ich. »Damit ich endlich zu all den Gerüchten und Verleumdungen um meine Person Stellung nehmen und die Dinge richtigstellen kann.«

Die Unruhe setzt sich fort, und Stimmen werden laut: »*... unerhört ... infame Person ... hat sie sich auch noch hier eingeschlichen ... hat wohl gehofft, Brad zu treffen ... nur Glück, dass Angelina nicht hier ist, die würde ihr den Kopf abreißen ... sieht man doch gleich, dass das eine Lesbe ist ...*«

Ich merke, wie mir der Schweiß ausbricht, und blicke mich hastig um. Hinter den Trennwänden hat sich jetzt ein gutes Dutzend Sicherheitsmänner eingefunden, und ich sehe auch Erik und John, die aufgeregt in ihre Mikros sprechen und mit den Händen herumfuchteln.

»Bitte«, setze ich erneut an. »Hören Sie mich an! Zuallererst: Ich habe *keine* Affäre mit Brad Pitt! Ich kenne ihn nicht einmal, und als ich beim Gespräch mit meiner Freundin von einem Reporter belauscht wurde, sprach ich von *ihm*!« Ich fasse schnell in meine Gesäßtasche und ziehe das Foto von Little P hervor. Dann halte ich es in die Höhe, sodass alle es sehen können. »*Er* ist meine große Liebe, mit *ihm* habe ich mein Bett geteilt!«, verkünde ich und blicke erwartungsvoll in die Menge.

Zu meiner Überraschung reißen sie jetzt die Augen noch weiter auf, und auf einmal vernehme ich Sätze wie: »*... macht wohl vor gar nichts halt ...*« und »*... schamloseste Person in ganz Hollywood, und das will was heißen ...*« und »*... Engländerinnen macht das Alter nichts aus, die kriegen von ihren Männern sowieso keinen Sex ...*«.

Nanu. Was haben die denn auf einmal? Verwundert drehe ich das Foto um. Mist. Das ist die Autogrammkarte von Jerry Stiller, die ich vorhin eingesteckt hatte. Kein Wunder, dass die so von der Rolle sind. Schnell werfe ich die Karte weg und fasse noch einmal in meine Tasche. Diesmal vergewissere ich mich, dass es das richtige Foto ist, bevor ich es hochhalte.

»Verzeihen Sie, das war nur ein Missverständnis«, rufe ich mit glühenden Wangen. »*Das* ist jetzt wirklich meine große Liebe: *Little P,* mein West Highland Terrier, den ich ursprünglich *Brad Pitt* getauft hatte, weil ... na ja, Sie wissen schon ... weil er ja doch ziemlich cool ist«, gestehe ich. »Aber ich habe keine Affäre mit ihm, mit dem echten Brad Pitt, meine ich, ich habe überhaupt keine Affäre mit irgendjemandem hier in Hollywood, Sie müssen also gar keine Angst um Ihre Männer haben, die interessieren mich gar nicht!« Plötzlich fällt mir auf, wie abwertend das klingt. »... also, nicht, dass das nicht tolle Männer wären«, füge ich deshalb schnell hinzu. »Es ist nicht so, dass ich grundsätzlich mit *niemandem* aus Hollywood schlafen würde ... also, wenn die Voraussetzungen passen, meine ich ...« Ich stoppe, weil ich merke, in welchen Schlamassel ich mich da hineingeredet habe.

Ich blicke wieder ängstlich hinter mich, und zu meinem Entsetzen sehe ich, dass die Sicherheitsleute jetzt mit grimmigen Mienen auf mich zusteuern. Gleich werden sie mich von der Bühne schleifen, dabei bin ich doch noch gar nicht fertig. Ich hebe abwehrend die Hände. »Bitte, geben Sie mir nur noch eine Minute, ich flehe Sie an!«, bettle ich, doch es hat keinen Sinn. Sie sind schon bis auf wenige Meter heran, und ich lasse verzweifelt den Kopf sinken. Es ist aus. Alles ist aus.

»*Lasst sie reden!*« Die Stimme donnert so machtvoll durch den Raum, dass sie alles übertönt. Schlagartig verstummen alle, und als ich hochblicke, sehe ich, dass die Wachleute wie festgefroren stehen geblieben sind und nicht wissen, was sie jetzt tun sollen, und auch die Gäste im Saal haben erstaunt die Köpfe *zu ihm* umgedreht.

Er ist ganz lässig sitzen geblieben, und sein Lächeln ist so souverän, dass mir das Herz aufgeht. »Lasst sie reden!«, wiederholt er, diesmal etwas ruhiger, aber doch mit einer Bestimmtheit, die keinen Widerspruch duldet. »Was sie uns zu sagen hat, ist vermutlich interessanter als das meiste, was wir heute noch hören werden, und auf die paar Minuten kommt es auch nicht mehr an, was meint ihr?« Seine Begleitung, eine dunkelhaarige Schönheit, feuert einen wütenden Blick auf ihn ab, wagt es aber Gott sei Dank nicht, zu widersprechen.

Ich verharre ein paar Sekunden atemlos, und als sich keiner rührt, rufe ich: »Danke, vielen Dank, Mr. Clooney – ich bin übrigens ein Riesenfan von Ihnen …« Er hält lächelnd den Daumen hoch und gibt mir dadurch zusätzlich Sicherheit. »Ich bin jedenfalls *kein* männermordender Vamp, das wollte ich hiermit klarstellen, und ich bin auch nicht lesbisch. Meine Freundin und ich haben diese Fragebögen ausgefüllt, ohne sie richtig durchzulesen, weil wir so spät dran waren an diesem Tag und wir dachten, es wäre ein ganz normales Casting«, sprudelt es aus mir heraus. »Und noch etwas besonders Wichtiges: Mein Drehbuch … *Endless Love* … ich habe es nicht gestohlen, im Gegenteil, Kimberly hat es von mir geklaut, und ich könnte das auch beweisen, wenn ich nur eine Kopie davon hätte …« Ich werfe einen hilfesuchenden Blick in die Menge. »Vielleicht können Sie mir ja helfen ... letzte Woche haben meine Freundin Emma und ich Kopien meines Buches in Beverly Hills verteilt, indem wir sie in Kuverts über die Zäune von prominenten Persönlichkeiten warfen ...«

Lachen ertönt.

»Ja, ich weiß, das klingt naiv, aber so war es nun mal, und jetzt wollte ich fragen, ob sich vielleicht jemand unter Ihnen befindet, der so ein Kuvert auf seinem Rasen gefunden hat ...«

»Glauben Sie, Sie wären die Erste mit dieser Idee?«, schüttelt ein korpulenter Mann aus der zweiten Reihe mitleidig lächelnd den Kopf. »Ich könnte ein eigenes Kraftwerk betreiben mit den Büchern, die auf meinem Grundstück landen.«

»Wirklich?« Mein ganzer Schwung zerbröselt von einem Moment auf den anderen. »Aber es waren fünfzig Bücher, da muss doch wenigstens *eines* ...«

»Hören sie, Miss ...« John ist neben mich getreten und fasst mich beim Arm. »Es reicht jetzt. Sie hatten Ihre Zeit. Kommen Sie!«

»Aber Mr. Clooney hat gesagt ...«, versuche ich einen Einwand.

»Es ist egal, was Mr. Clooney gesagt hat. Nicht mal Oscar-Gewinner bekommen mehr als eine Minute.« Sein Griff verstärkt sich, und auch die anderen Sicherheitsmänner machen jetzt Anstalten, mich zu ergreifen.

»Lassen Sie sie zu Ende reden, John!« Wieder ist es eine kraftvolle Stimme, die für mich in die Bresche springt, doch diesmal ist es nicht George Clooney. Ich reiße den Kopf hoch, und jetzt sehe ich ihn da oben stehen. Er befindet sich auf einem der hinteren Balkone, und selbst auf die Entfernung hin kann ich erkennen, dass er unrasiert ist und dunkle Schatten unter den Augen hat, die jetzt in ihrem intensiven Grün zornig schimmern. Bei seinem Anblick werden meine Knie ganz weich, und am liebsten würde ich auf der Stelle zu ihm laufen und mich in seine Arme werfen.

»Tut mir leid, Mr. Griffin, ich habe meine Anweisungen ...«, versucht John ihn abzuwimmeln.

»Lassen Sie sie zu Ende reden, oder ich komme zu Ihnen hinunter, und das wird dann beträchtlich länger dauern als diese paar Sätze, glauben Sie mir!« Jasons Tonfall lässt keinen Zweifel darüber aufkommen, dass er es ernst meint, und John lässt unschlüssig meinen Arm los.

»Okay, ich gebe Ihnen noch eine Minute, dann ist aber Schluss«, murmelt er widerwillig. »Na los, machen Sie schon.«

»Danke, vielen Dank … also, wegen meines Buches«, wende ich mich wieder ans Publikum, »es muss doch irgendjemand unter Ihnen …«

»Vergessen Sie es, junge Lady.« Wieder ist es der dicke Mann, der mich zurechtweist. »Niemand würde ein Buch lesen, das jemand auf sein Grundstück geworfen hat. Das wäre schon aus rechtlichen Gründen idiotisch, dann könnten wir nie mehr einen Stoff verfilmen, der einem dieser Bücher ähnelt, selbst wenn es der größte Schrott war, verstehen Sie?«

»Dann glauben Sie also, meine Bücher wurden alle vernichtet?«, frage ich enttäuscht.

»Ja, so leid es mir für Sie tut«, nickt er.

»Keineswegs, ein Buch existiert noch«, ertönt plötzlich eine Stimme. Sie gehört einem hageren Mann aus einer der hinteren Reihen im Parterre, der sich jetzt von seinem Sitz erhoben hat.

»Wie bitte?« Mein Herz beginnt vor Freude wie verrückt zu pumpen. »Sie haben noch ein Exemplar von *Endless Love*?«

»Nicht wir, sondern unser Anwalt«, antwortet er.

»Ja, genau«, mischt sich jetzt die voluminöse Frau ein, die neben ihm sitzt. »Weil wir Sie verklagen werden.«

»Mich verklagen?«, hauche ich verblüfft. »Aber weshalb denn?«

»Weil Sie mit ihrem Buch beinahe unsere *Daisy* ermordet hätten«, ruft sie anklagend.

Meine Gedanken rotieren. Ich kenne die beiden nicht, also gehören sie nicht zu den Prominenten, die wir aus unserer Karte ausgesucht haben. Und wenn Daisy kein auf Spanisch fluchender Gärtner ist …

»Ist Ihre Daisy etwa ein weißer Pudel?«, rate ich.

»Allerdings, und zwar ein *Königs*pudel, und sie hat durch ihren feigen Anschlag ein schweres Trauma erlitten und muss jetzt für den Rest ihres Lebens psychologisch betreut werden«, ruft die Frau anklagend.

»Blödsinn, Marcy, die Töle hatte doch schon vorher nicht alle Tassen im Schrank«, fährt ihr Mann ihr grob dazwischen.

»Theo, wie *kannst* du nur …?«, empört sie sich.

»Weil es doch stimmt, und das weißt du auch. Welchem normalen Hund gefällt es schon, nachts ein rosarotes Babydoll zu tragen?«

»Daisy hat eben *Stil* …«

»Nenn es, wie du willst, für mich hat sie einen Dachschaden, und ich war von Anfang an gegen diese Klage. Wie auch immer, Miss Tanner, wir haben noch ein Exemplar Ihres Buches, und falls Sie es brauchen, können Sie es morgen bei uns abholen. Die Adresse kennen Sie ja«, bietet er an.

»Ich bin Ihnen ja so dankbar, und es tut mir wirklich leid wegen Daisy, wir wollten ihr bestimmt nicht wehtun«, rufe ich überschwänglich.

»Gut, Miss Tanner, dann wäre das also auch geklärt. Kommen Sie jetzt!« Es ist wieder John, der die Lippen schmal zusammengepresst hat.

»Ja, natürlich«, murmle ich. »Und ich wollte Ihnen auch keine Umstände machen …«

»Lilly, warte!« Es ist Jason. Er steht noch immer auf dem Balkon und sieht mich an. Mein Puls beschleunigt sich augenblicklich wieder. »Wir müssen reden«, sagt er.

Alles in mir schreit danach, einfach Ja zu sagen und mich in seine Arme zu werfen … aber dann fällt mir wieder unser letztes Telefonat ein, der Vorwurf in seiner Stimme und sein Misstrauen, mit dem er mich so verletzt hat.

»Ich weiß nicht, Jason, ob das noch einen Sinn hätte«, sage ich mit brüchiger Stimme. »Du hast diesen Lügen mehr geglaubt als mir.«

»Lilly, das stimmt doch gar nicht. Ich war mir nur nicht sicher, nach all den Berichten …«

»Das ist es ja, Jason. Du hast an mir gezweifelt, weil alle mit dem Finger auf mich gezeigt haben.« Ich atme tief durch, bevor ich weiterrede: »Jason, ich habe dir erzählt, dass die City Hall dreißig Stockwerke hat, obwohl alle Welt behauptet, es wären nur siebenundzwanzig, erinnerst du dich noch? Bin ich deshalb eine Lügnerin, nur weil alle das Gegenteil behaupten? Liebe erfordert manchmal Mut, Jason, den Mut, zu jemandem zu stehen, auch wenn sich die ganze Welt gegen ihn verschworen hat, und diesen Mut hattest du nicht.« Es tut unheimlich weh, das auszusprechen, und doch empfinde ich es so, und ich habe Angst, dass das ewig zwischen uns stehen würde.

Jason sieht mich wortlos an, und ich sehe, wie sehr ich ihn getroffen habe. Dann sagt er: »Dann gibt es also keine Chance mehr für uns?«

»Ich weiß es nicht, Jason. Ich habe noch für keinen Mann so viel empfunden wie für dich, aber solange du mir nicht bewiesen hast, dass du den Mut hast, hundertprozentig hinter mir zu stehen, würde ich wahrscheinlich immer Zweifel haben, verstehst du?«

»Und wie kann ich dir das beweisen?«, fragt er.

»Keine Ahnung«, zucke ich die Achseln. »Ehrlich, ich weiß es selbst nicht.«

»Miss Tanner ...« Johns Miene zeigt mir, dass seine Geduld am Ende ist, und ich kann ihn gut verstehen.

»Schon gut, John, ich gehe ja.« Dann fällt mir noch etwas ein. Ich ziehe schnell den Umschlag mit den Gewinnern aus meiner anderen Gesäßtasche und reiße ihn auf.

»Bevor ich es vergesse: Der Gewinner für das beste Makeup ist *Startreck*. Herzlichen Glückwunsch, Leute!« Ein Raunen geht durch die Menge, und ein paar beginnen zu klatschen. »Also, dann ... vielen Dank für Ihre Geduld ... vielen Dank an Sie alle!«, rufe ich noch ins Mikrofon. Dann nehmen mich die Sicherheitsleute in ihre Mitte, und ohne mich noch einmal umzudrehen, verlasse ich die Bühne, die mir vor ein paar Stunden noch so viel bedeutet hat.

Sie geleiten mich durch die endlosen Gänge bis nach draußen, und ich bin sogar froh darüber, weil so niemand mehr die Gelegenheit bekommt, mich anzusprechen.

Ich will jetzt nur noch allein sein, allein mit meinen Gedanken, die in heillosem Durcheinander durch mein Gehirn rasen, und allein mit meinem Schmerz darüber, Jason nicht verzeihen zu können.

Ein Sicherheitsbeamter geleitet mich auf Johns Anweisung hin noch ein Stück den Sunset Boulevard hinunter, bis ich weit genug weg vom Kodak Theatre bin, um keinen Schaden mehr anrichten zu können, dann verabschiedet auch er sich mit einem verlegenen Gruß und kehrt um.

Ich trotte langsam weiter, aber ich weiß gar nicht, wohin ich überhaupt soll, und ich habe auch nicht die geringste Ahnung, wie ich mit dem, was gerade geschehen ist, umgehen soll.

Eine Stimme in meinem Inneren sagt mir, dass sich meine Situation entscheidend verbessert hat.

Aber ganz weit hinten, leise und doch unüberhörbar, ist noch eine andere Stimme zugange – und die flüstert mir mit schockierender Hartnäckigkeit wieder und wieder zu, dass ich soeben alles verloren habe.

23

Okay, Zeit für eine kleine Kapitulation … Rekapitulation, *das* meinte ich natürlich.

Obwohl jetzt beinahe ein ganzer Tag vergangen ist, kann ich immer noch nicht glauben, was gestern geschehen ist. Was *ich* getan habe.

Es kommt mir vor wie ein völlig surrealer Traum oder ein Film, dessen Handlung man so verinnerlicht hat, dass es sich anfühlt, als hätte man darin mitgewirkt oder, mehr noch, sogar die Hauptrolle gespielt.

Ich meine, das waren die Oscar-Verleihungen! Das größte Ereignis des ganzen Jahres in der Filmwelt, *der* Höhepunkt schlechthin, dem alle entgegenfiebern, mit Millionen und Abermillionen von begeisterten Zuschauern weltweit, die alle begierig mitverfolgen, wer die allerhöchste Auszeichnung für Filmschaffende erhält.

Und dann komme ich, Lilly Tanner, und dringe in diesen Festakt ein und entweihe ihn eben mal so, weil ich in eigener Sache dringend was loswerden musste.

Verrückt. Es war absolut verrückt, was ich mir da geleistet habe.

Aber es hat auch gutgetan, verdammt gut sogar. Endlich hat die ganze Welt die Wahrheit erfahren, die reine Wahrheit und nichts als die Wahrheit – und zwar aus meinem Mund, unverfälscht und echt, und ich glaube, die Menschen haben gespürt, dass ich nicht gelogen habe.

Und mein Drehbuch: Ich habe es wieder. Ich bin heute gleich in der Früh bei den Petersons – so heißt die Königspudelfamilie – vorbeigefahren und habe es abgeholt, natürlich nicht ohne mich bei Daisy mit einem riesigen Hundekuchen und einem putzigen rosaroten Babydoll zu bedanken, woraufhin sie regelrecht ausgeflippt ist vor Freude.

Als Nächstes habe ich dann Jeff *Mistratte* Wizzler angerufen und ihm ordentlich Dampf gemacht. Er hat meinen Auftritt gestern natürlich mitbekommen und versuchte anfangs noch abzublocken, von wegen, ich hätte das Buch zu diesem Zeitpunkt bereits von Kimberly geklaut gehabt, aber wir hatten das vorher in der WG besprochen und dementsprechend einen guten Plan geschmiedet. Dem zufolge habe ich Jeff erklärt, dass ich das betreffende Manuskript bereits vor meiner Abreise in Deutschland kopiert hatte und Experten das auch jederzeit beweisen könnten, und drohte ihm und Kimberly dann gleich mit einer Millionen-Dollar-Klage – woraufhin er zusammenbrach und mir anbot, Kimberly rauszuschmeißen und großzügigerweise wieder mit mir zusammenzuarbeiten. Was ich daraufhin antwortete, will ich hier lieber nicht wiedergeben, aber grob vereinfacht könnte man sagen, dass ich sein Angebot abgelehnt habe.

Ich bin mir im Moment ja nicht mal sicher, ob ich überhaupt

einen Agenten brauche. Mein Handy hat seit gestern Abend gar nicht mehr aufgehört zu läuten, alle reißen sich um die Verrückte, die es geschafft hat, bei den Oscar-Verleihungen mehr Zeit am Mikro zu kriegen, als sie den allergrößten Stars zugestanden wird, und ich könnte mir vorstellen, dass da auch der eine oder andere seriöse Kontakt für vernünftige Gespräche über mein Buch darunter ist.

Doch so verlockend es auch wäre, sich sofort in das Getümmel zu stürzen und den Medienhype um meine Person in meinem Interesse zu nutzen, habe ich doch letzte Nacht nach reiflicher Überlegung einen unwiderruflichen Entschluss gefasst: Ich werde noch heute Abend nach Deutschland zurückfliegen. Ich will Abstand gewinnen, um mir über einiges klar zu werden. Zu frisch sind noch meine Eindrücke, um sie vernünftig ordnen zu können, und meine bisherigen Erfahrungen mit der Glitzerwelt von Hollywood haben mich gelehrt, dass man mit den Medien äußerst vorsichtig umgehen muss, will man nicht Gefahr laufen, über Nacht zum medialen Monster zu mutieren, ohne im Geringsten dafür verantwortlich zu sein. Deswegen will ich zurück nach Hause, um erst einmal zur Ruhe zu kommen und dann mit der nötigen Distanz die richtigen Entscheidungen für meine Zukunft zu treffen.

Emma und die anderen waren natürlich ganz weg, als ich ihnen das mitgeteilt habe. Sie konnten nicht begreifen, warum ich ausgerechnet jetzt, wo ich mich in aller Öffentlichkeit rehabilitiert habe, zurückziehen will, anstatt meine Trümpfe auszuspielen und in die Offensive zu gehen. Sie ergingen sich auch gleich in den ausgefallensten Phantasien, in welchen Shows ich jetzt auftreten könnte und was mir für Möglichkeiten offenstünden, um mich und meine Bücher zu vermarkten. Womit sie auch zweifellos recht haben, doch schließlich gelang es mir, sie davon zu überzeugen, dass ich das auch noch in ein paar Wochen tun könnte, wenn ich mir selbst im Klaren darüber bin, was ich überhaupt will.

Wobei ich eines jetzt schon weiß: Ich werde das Konzept von *Endless Love* unter keinen Umständen verändern. Ich werde keinen Sexthriller daraus machen, und auch am Happy End gibt es nichts zu rütteln. Mag sein, dass altmodische Liebesgeschichten nur schwer vermarktbar sind, aber dennoch halte ich an meiner Meinung fest, dass die Geschichte nur so funktioniert und auch ausreichend Publikum finden würde, wenn man sie entsprechend umsetzt.

Der Abschied von Emma, Vanessa und Susan ist mir alles andere als leichtgefallen. Emma will vorerst noch hierbleiben. Sie will den Schauspielkurs beenden und ausloten, ob es nicht doch noch eine Chance für sie gibt, in der Filmwelt Fuß zu fassen. Zu meiner Beruhigung hat Vanessa angeboten, sie unter ihre Fittiche zu nehmen, da sie doch schon über einige Erfahrung verfügt und vermeiden kann, dass Emma wieder an Typen wie diesen Big Bang Mike gerät.

Und zu meiner Erleichterung hat Susan mir auch verziehen, dass ich ihren Schminkkoffer nicht wieder zurückgebracht habe. Sie meinte, dass sie die Sachen ohnehin in mehrfacher Ausführung hat, aber ich habe mir fest vorgenommen, ihr eine entsprechende Summe als Entschädigung zu überweisen, hat sie es doch ohnehin schon schwer, zu erklären, wie eine WG-Kollegin an ihre Oscar-Akkreditierung und ihren Ausweis gelangen konnte.

Apropos Geld: Ich werde auch Emma die Kosten für meine Reise zurückerstatten, das habe ich mir fest vorgenommen. Da sie nicht weiß, ob überhaupt und wie viel sie erben wird, halte ich das nur für fair, obwohl ich im Moment noch gar nicht weiß, wie ich das bewerkstelligen soll. Aber vielleicht kann ich ja meine Mutter um einen kleinen Kredit anpumpen oder Omi, die immer einen Notgroschen auf der Seite hat, und die Summe dann abstottern, indem ich die nächsten Monate Doppelschichten in der Videothek fahre oder mir einen zusätzlichen Job suche. Die beiden waren übrigens die Einzigen, bei denen ich das Telefon abgenommen habe, um ihnen mitzuteilen, dass ich nach Hause komme und dass sie sich um mich keine Sorgen zu machen brauchen. Alle anderen Anrufe ließ ich unbeantwortet, weil mir die Geschehnisse der letzten Tage noch so in den Knochen stecken, dass ich im Moment außerstande bin, Fragen von Reportern oder sonst wem zu beantworten.

Auch bei Jason habe ich nicht abgenommen. Er hat es bereits letzte Nacht mehrmals versucht, und auch heute Vormittag tauchte sein Name immer wieder auf meinem Display auf, bis er es schließlich aufgab. Es hat mir jedes Mal einen Stich versetzt, wenn ich seinen Namen las, und stets war ich knapp davor, abzunehmen, doch sosehr ich mich auch nach seiner Stimme sehne, so habe ich doch auch Angst, dass unser Gespräch gleich wieder ins Negative umschlagen könnte wie am Samstag und wir uns in gegenseitigen Schuldzuweisungen ergehen, bis schließlich auch noch der letzte Funke erloschen ist.

Um ehrlich zu sein, ist er einer der Hauptgründe, warum ich zurück nach Deutschland will. Es würde nicht lange dauern, bis er mich erneut zur Rede stellen würde, und ich weiß nicht, ob ich so einem Gespräch in meiner momentanen Verfassung gewachsen wäre. Zu tief sitzt noch der Schmerz über sein Misstrauen mir gegenüber.

Wie sehr hätte ich mir gewünscht, dass er einfach über seinen Schatten gesprungen wäre und mir vertraut hätte. Dass er den Mut gefunden hätte, die Gerüchte beiseitezufegen oder zumindest abzuwarten, bis er mit mir gesprochen und sich von meiner Unschuld überzeugt hat.

Allein der Gedanke daran löst sofort wieder dieses Ziehen in meiner Brust aus, und es bestätigt nur, dass ich den richtigen Entschluss gefasst habe, um endlich zur Ruhe zu kommen.

Zum Abschied haben wir noch ein letztes Mal bei The French Crepe Company frische Waffeln mit Erdbeeren und Schlagsahne verspeist, dann haben wir uns tränenreich verabschiedet, und ich musste versprechen, so bald wie möglich wiederzukommen.

Dann bin ich in unseren roten Riesen gestiegen und in Tränen aufgelöst davongebraust. Emma und ich haben beschlossen, dass ich den Wagen heute zurückgeben soll, da sie ihn nicht zwingend braucht und in Zukunft ein bisschen auf ihr Budget achten muss.

Ich habe mich dann aber nicht direkt auf den Freeway Richtung Flughafen begeben, sondern bin den Santa Monica Boulevard entlang bis zum Pacific Coast Highway und dann weiter nach Malibu gefahren. Ich wollte ein letztes Mal an den Ort zurückkehren, der mir das schönste Erlebnis hier in den Staaten beschert hat: Paradise Cove. Die kleine paradiesische Bucht, in der Jason mich geküsst hat und in der ich der festen Überzeugung gewesen bin, die Liebe meines Lebens gefunden zu haben.

Nachdem ich den Wagen geparkt habe, schlendere ich ein Stück auf den Pier hinaus. Die Sonne steht bereits tiefer, aber ihre Strahlen sind noch stark genug, um mir ein wenig tröstende Wärme zu spenden. Ich halte meine Augen einen Moment lang geschlossen und lausche dem Rauschen der Brandung und dem Kreischen der Möwen. Als ich sie wieder öffne, fällt mein Blick auf die Terrasse des *Beach Café*, wo wir an jenem Abend auf den Liegen gelegen und uns geküsst haben. Ein tiefer Seufzer entringt sich meiner Brust, und obwohl ich weiß, dass sich die Erinnerung dadurch nur noch tiefer einprägen und noch schmerzlicher wird, setze ich mich wie unter einem inneren Zwang in Bewegung und schlendere zu dem Café hinüber.

Ein paar verliebte Paare kuscheln sich auf den Liegen aneinander, und ich entdecke noch freie Plätze, fände es aber seltsam, mich allein auf einen zu legen, deshalb entscheide ich mich für einen Tisch am Rand der Terrasse. Als der Kellner kommt, bestelle ich eine Margarita, und nachdem ich von dem bittersüßen Nektar gekostet habe, lehne ich mich zurück und lasse meine Gedanken schweifen.

Es ist wieder so warm wie damals, und ich spüre Jasons Hand auf der meinen. Seine grünen Augen sind ganz nahe über meinem Gesicht, als er sagt: »Was auch immer andere über dich reden, Lilly, ich vertraue dir …«

Ach nö, nicht jetzt. Das bescheuerte Handy läutet schon wieder.

Ob das Jason ist?, durchzuckt es mich im nächsten Moment. Hat er gerade eine telepathische Botschaft von mir empfangen?

Aber selbst wenn, ich werde nicht abheben, nehme ich mir schnell vor. Es hat sich doch nichts geändert zwischen uns, nur weil ich einen sentimentalen Traum hatte, nicht wahr?

Während ich noch hin und her überlege, fällt mir plötzlich auf, dass das gar nicht mein Klingelton ist. Verwundert ziehe ich das Handy hervor. Es summt tatsächlich, aber ganz anders als bei einem normalen Anruf. Und als ich auf das Display gucke, merke ich auch, warum. Es ist eine MMS, eine Bildnachricht, und sie kommt von einer unbekannten Nummer.

Okay, das macht mich jetzt doch neugierig. Und es ist ja auch nur eine Nachricht und kein Gespräch, das heißt, ich kann sie mir ansehen und muss trotzdem mit niemandem reden. Ziemlich praktisch eigentlich. Ich drücke auf *öffnen*, und gespannt verfolge ich mit, wie sich ein Bild aufbaut, das – eine Stadt zeigt.

Hm, das könnte Los Angeles sein, aber was soll ich jetzt damit anfangen? Ich drücke weiter, und das nächste Bild baut sich auf. Diesmal zeigt es nur den Teil einer Stadt, und jetzt kann ich auch den Schriftzug auf einem der Gebäude erkennen: *Los Angeles Times*. Ich stutze.

Moment mal. Dieses Gebäude habe ich schon einmal gesehen, und zwar aus genau derselben Perspektive wie auf diesem Foto. Aber wo war das noch? Dann fällt es mir ein, und meine Nackenhaare schießen kerzengerade in die Höhe. Das war auf dem Rathaus, auf der Aussichtsterrasse oder, genauer, im dreißigsten Stock …

Ein Adrenalinstoß jagt durch meinen Körper. Von wem kommen diese Fotos? Mit zitternden Fingern rufe ich das nächste Bild ab, und als ich erkenne, was es darstellt, stockt mir der Atem.

Es zeigt Jason. Er steht an der Brüstung ganz oben auf der City Hall, im Hintergrund kann man deutlich die Skyline von Downtown Los Angeles erkennen, und obwohl man ihm ansehen kann, dass er Riesenängste aussteht, hat er einen Daumen hochgestreckt und ein verkrampftes Lächeln aufgesetzt.

O mein Gott. Was macht er denn da? Er hat doch Höhenangst, wie kommt er da auf die völlig bescheuerte Idee, sich ausgerechnet auf den höchsten Punkt der Stadt zu begeben, um mir Fotos davon zu schicken?

Blöde Frage. Weil er mir etwas beweisen will, natürlich. Weil ich blöde Kuh einen Beweis für seinen Mut von ihm verlangt habe!

Mein Herz beginnt zu rasen. Was habe ich nur getan! Wozu habe ich ihn getrieben! Er steht in diesem Moment da oben in schwindelnder Höhe, und wer weiß, vielleicht gerät er mit seiner Höhenangst in Panik, dreht total durch, glaubt womöglich, dass er fliegen kann oder so was in der Art!

Ich muss ihn auf der Stelle anrufen, ihm sagen, dass er schleunigst von da runterkommen soll, bevor er sich noch den Hals bricht …

»Lilly Tanner, du bist wahrhaft die sturste und verrückteste Person, die mir jemals über den Weg gelaufen ist!«, ertönt es auf einmal.

»Ja, ich weiß, und es tut mir auch leid«, antworte ich automatisch, während ich mit bebenden Händen Jasons Nummer wähle.

Dann erst schalte ich. Ich reiße den Kopf herum, und das Handy entgleitet meiner Hand.

Jason steht vor mir. Er hat dunkle Schatten unter den Augen, und er hat sich anscheinend immer noch nicht rasiert. Aber obwohl er so fertig aussieht, leuchtet eine wilde Entschlossenheit in seinen Augen.

»Jason«, hauche ich fassungslos.

»Ich hatte gehofft, dich hier zu finden«, sagt er. »Und beinahe hätte ich dich gar nicht erkannt mit den blonden Haaren«, fügt er dann erstaunt an.

»Oh, das ist nur eine Perücke«, erkläre ich, während ich mir automatisch an den Kopf fasse. »Ohne die hätte ich mich heute nicht auf die Straße wagen können.«

»Verstehe«, nickt er.

»Aber das ist jetzt nicht wichtig. Diese Bilder dagegen, Jason … ich dachte, du wärst gerade da oben …«, stammle ich.

»Die Fotos stammen von John Sorells Handy«, sagt er.

»Nachdem du nicht abgehoben hast, war ich mir nicht sicher, ob du die MMS lesen würdest, wenn sie von mir kommt. Also habe ich John gebeten, sie mit einer Stunde Verzögerung von seinem Handy abzuschicken, damit ich schon hier bin, wenn du sie bekommst.« Er greift sich einen Stuhl und setzt sich mir gegenüber. »Lilly, ich habe die ganze Nacht lang nachgedacht …«

»Nachgedacht? Worüber denn?«

»Darüber, was du gestern Abend gesagt hast …« Er unterbricht sich selbst, und ein flüchtiges Lächeln huscht über sein Gesicht. »Übrigens, die Nummer, die du da abgezogen hast, war klasse. Das war der größte Skandal der Oscar-Geschichte, noch größer als damals der Nacktflitzer während David Nivens Rede …«

»Es gab einen Nacktflitzer bei der Oscar-Verleihung?« Bei der Vorstellung muss ich kichern. »Das muss ich mir fürs nächste Mal merken.«

»Das würde ich dir sogar zutrauen«, lächelt Jason, aber dann wird er gleich wieder ernst. »Wieso hast du nicht abgehoben, Lilly? Ich wollte unbedingt mit dir reden, weil ich inzwischen eingesehen habe, dass du recht hattest.«

»Ich konnte nicht, Jason.« Ich weiche seinem Blick aus. »Ich hatte Angst, dass unser Gespräch wieder so endet wie damals.« Ich schlucke schwer. »Es hat so wehgetan, weißt du?«

»Lilly!« Er fasst mich am Kinn und zwingt mich, ihn anzusehen. »Es tut mir leid, dass du das durchmachen musstest. Ich wollte das gar nicht, aber als ich diese ganzen Berichte sah, wusste ich einfach nicht, was ich glauben sollte.«

»Ich weiß, Jason, und ich hatte auch kein Recht, von dir zu verlangen …«

»Doch, Lilly, das hattest du, und das ist mir nachträglich bewusst geworden«, sagt er eindringlich. »Liebe erfordert manchmal Mut, das waren deine Worte, und die Wahrheit bleibt die Wahrheit, auch wenn alle das Gegenteil behaupten.«

»Bist du deswegen auf die City Hall gestiegen, um zu sehen, ob es dieses dreißigste Stockwerk gibt?«, frage ich beklommen.

»Nein, es ging nicht darum, ob du die Wahrheit gesagt hast,

Lilly«, versichert er mir eindringlich. »Das wusste ich zu diesem Zeitpunkt schon längst. Ich bin da hochgeklettert, weil du einen Beweis für meinen Mut wolltest.«

»Du bist verrückt«, hauche ich. »Völlig verrückt. Dir hätte wer weiß was zustoßen können …«

»Jetzt mach mal halblang …« Seine Mundwinkel zucken. »Wenn du da rauf konntest, ohne dir den Hals zu brechen, werde ich das wohl auch noch zustande bringen. Ich bin der Mann von uns beiden, schon vergessen?«

»Ich weiß, aber du bist auch der Mann mit der Höhenangst«, sage ich, und eine Woge der Zärtlichkeit durchflutet mich. »Man konnte das übrigens auch sehen, auf dem Foto«, füge ich hinzu.

»*Was* konnte man sehen?«, fragt er mit hochgezogener Augenbraue.

»Na, deine Angst, wegen der Höhe«, gebe ich zurück.

»Lilly, ich hatte keine Angst wegen der Höhe«, schüttelt er den Kopf. Dann fasst er in seine Jackentasche und zieht eine Handvoll Tabletten hervor.

»Was ist das?«, frage ich ängstlich.

»Das ist *Xanax*«, antwortet er. »Das Zeug nehmen Schauspieler vor ihren Auftritten. Was meinst du, warum die immer so cool sind? Wenn man die richtige Menge davon schluckt, hat man keine Höhenangst mehr, das kannst du mir glauben.«

»Ja, aber … du *hattest* Angst, das sieht man auf dem Bild ganz deutlich«, sage ich verunsichert.

»Ja, stimmt«, nickt er, und sein Blick geht mir durch und durch. »Aber das war keine Höhenangst. Das war meine Angst, dich zu verlieren, Lilly, und dagegen gibt es keine Tabletten.«

Meine Augen beginnen plötzlich zu schwimmen, ohne dass ich etwas dagegen tun könnte. »Du meinst …«, hebe ich an.

»Ja, Lilly Tanner«, nickt er und fasst mich an den Händen. »Ich liebe dich, und es gibt kein Gefühl auf der Welt, das damit vergleichbar wäre. Ich verspreche dir, dass ich nie mehr an dir zweifeln werde, wenn du mir nur noch eine Chance …«

Ich kann ihn nicht mehr ausreden lassen, sosehr ich seine

Worte auch genieße. Aber noch mehr genieße ich seine Lippen, die jetzt mit den meinen verschmelzen, und dieser Kuss ist noch schöner und intensiver als bei unserem ersten Mal.

Als wir uns nach einer gefühlten Ewigkeit wieder voneinander lösen, ist mein Gesicht tränenüberströmt vor Glück, und auch Jasons Augen schimmern feucht.

»Lilly, du machst mich zum glücklichsten Mann auf der ganzen Welt«, sagt er eindringlich. »Ich hätte nie an dir zweifeln dürfen, und was dein Buch angeht, habe ich mir auch etwas überlegt. Ich möchte es lesen, und wir werden uns dann gemeinsam überlegen, was wir damit machen, einverstanden?«

»Das musst du nicht, Jason«, widerspreche ich schnell. »Du musst mir deine Liebe nicht beweisen, indem du dich für ein Projekt einsetzt, von dem du nicht überzeugt bist.«

»Du weißt doch noch gar nicht, ob ich davon überzeugt sein werde. Lass es mich erst einmal lesen. Wer weiß, vielleicht bin ich ja ganz von den Socken und will in Zukunft nur noch romantische Filme machen.«

»Du wärst also wirklich bereit, etwas völlig Neues auszuprobieren?«

»Ja, warum nicht?«, lächelt er. »Anscheinend bin ich der Typ dafür. Man balanciert nicht mit Höhenangst auf einer Brüstung im dreißigsten Stock, wenn man nicht bereit ist, etwas Neues auszuprobieren.«

»Du hast doch gar nicht auf der Brüstung balanciert«, wende ich ein.

»Dann hast du anscheinend nicht alle Fotos gesehen.«

»Du bist verrückt, Jason Griffin«, sage ich, während ein wohliger Schauer durch meinen Körper rieselt.

»Ja, verrückt nach dir, Lilly Tanner.« Er beugt sich wieder vor und küsst mich sanft. Dann sagt er: »Wie wär's, nehmen wir uns eine Liege?«

Ich schüttle den Kopf, und ein Anflug von Enttäuschung huscht über sein Gesicht. »Nein, keine Liege«, murmle ich benommen. »Ich denke, jetzt wäre es an der Zeit, deine Hotelsuite kennenzulernen.«

»Du meinst …?«, fragt er mit einem freudigen Glitzern in den Augen.

Ich nicke. »Ja. Unter einer Bedingung …«

»Und die wäre?«

»Du musst mich über die Schwelle tragen.«

Er lächelt. »Wenn's weiter nichts ist. Ich befürchtete schon, ich müsste dich bis zum Hotel tragen.«

»Wäre das ein Problem für dich? Du hältst mich doch nicht für fett, oder?«

»Nein, überhaupt nicht«, versichert er mir schnell. »Aber ich bin nicht mehr der Jüngste, weißt du? Ich habe sogar schon ein graues Haar entdeckt.«

»Echt? Wo denn? Ich kann keines sehen.«

»Es ist auch nicht am Kopf.«

»Wo denn sonst?«

»Das musst du schon selbst herausfinden.«

»Das werde ich, Jason Griffin, verlass dich drauf. Und wehe, du hast mich angeschwindelt …«

»Was wäre dann?«

»Das wirst du dann schon sehen!«

»Ich kann's kaum erwarten …«

Epilog

Vier Wochen sind seither vergangen, und in der Zwischenzeit haben sich einige Nebel gelichtet.

Ich weiß jetzt zum Beispiel, woran ich mit Jason bin. Müsste ich ihn beschreiben, würde ich sagen, er ist der wunderbarste, liebevollste und warmherzigste Mensch, den ich kenne.

Und er ist ein verdammt schlechter Lügner. Nachdem er *Endless Love* durchgelesen hatte, wollte er mir weismachen, dass er noch nie etwas so Bewegendes gelesen habe und sich in Zukunft öfter mit solchen Stoffen befassen wolle. Aber ich konnte ihm natürlich an der Nasenspitze ansehen, dass er das nur mir zuliebe behauptete, und ich war auch gar nicht enttäuscht darüber.

Ich meine, was soll's? Jason ist ein Mann, und Männer haben nun mal keinen besonderen Sinn für Romantik. Als ich ihm das auf den Kopf zusagte, wollte er es natürlich abstreiten, bis ich ihm klarmachte, dass das okay für mich ist. Ich erwarte von ihm nicht, dass er meine Geschichte selbst umsetzt, ich erwarte mir nur, dass er mir hilft, jemanden zu finden, der ähnlich denkt wie ich.

Und Jason hat sich dabei auch schon mächtig ins Zeug gelegt. Ich habe auf seine Vermittlung hin eine Agentin kennengelernt, Sarah Cherbaum, und die ist wirklich große Klasse. Ihr ist es innerhalb einer Woche gelungen, eine Vorkaufsoption für mein Buch an eine Investorengruppe zu verkaufen. Nicht schlecht, was? Ich bekomme zwar keine Millionen dafür, aber doch immerhin stattliche 50 000 Dollar, und das nur für eine *Option*.

Was natürlich praktisch ist, denn dadurch habe ich in der nächsten Zeit keinen finanziellen Druck, und wir können uns in aller Ruhe nach geeigneten Partnern für eine Verfilmung umsehen. Abgesehen davon kann ich mich nun auch weiteren Projekten widmen. Mir schwebt da nämlich so eine Geschichte vor, sie handelt von einer jungen Frau, die in Hollywood allerlei Abenteuer erlebt... Es soll eine Komödie werden, und ich könnte da die eine oder andere Erfahrung einfließen lassen, Sie verstehen?

Apropos Geld: Auch von Emma gibt es gute Neuigkeiten, und zwar sogar mehrfach. Ihr vermeintlicher Vetter hat sich als Schwindler herausgestellt. Emmas Anwalt hat einen DNA-Test beantragt, und es stellte sich heraus, dass dieser Typ gar nicht mit Emma verwandt ist. Sie wird jetzt also doch noch ihr Häuschen erben, und wir haben uns natürlich alle riesig mit ihr gefreut.

Meine Reisekosten werde ich ihr selbstverständlich trotzdem zurückzahlen. Ich kann es mir jetzt ja leisten, und es wird schließlich auch noch ein bisschen dauern, bis Emma das Haus übernehmen und dann auch verkaufen kann. Sie hat sich anfangs mit Händen und Füßen dagegen gewehrt, aber schließlich hat sie sich dann doch darüber gefreut, und gleich am nächsten Tag ist sie zu Alamo gefahren und hat ihnen unseren Roten Riesen, der ihr in der Zwischenzeit richtig ans Herz gewachsen ist, für 5000 Dollar abgekauft.

Und nicht nur das. Emma hat inzwischen auch einen Job ergattert. Eine Firma für Dirndlmoden hat unser Schuhplattlervideo im Internet entdeckt, und deren Marketingexperten waren sich sofort einig, dass Emma die perfekte Verkörperung von europäisch-rustikaler Retromode à la *Sound of Music* sei, sofern man ihren dunklen Teint und die Haarfarbe den aktuellen Erfordernissen anpasst. Emma war damit einverstanden, und jetzt trägt sie blonde Zöpfe und verzichtet für eine Weile aufs Solarium, bis ihr natürlicher Allgäulook wiederhergestellt ist.

Übrigens: Ich bin im Moment wieder in Deutschland, und zwar ohne Jason. Nein, keine Sorge, wir haben keinen Streit, ich pendle nur gerade zwischen Deutschland und den Vereinigten Staaten hin und her. Nach meiner Versöhnung mit Jason habe ich meinen Aufenthalt in LA um drei Tage verlängert, aber dann hielt ich es nicht mehr aus ohne Little P. Der kleine Kerl ist regelrecht ausgeflippt vor Freude, als er mich wiedersah (ich wusste doch, dass er nur so *getan hatte*, als würde ihm meine Abwesenheit nichts ausmachen), und in seiner Begeisterung riss er das rosarote Babydoll, das ich ihm mitbrachte, gleich in tausend Stücke.

Nur zwei Tage später kam dann das Angebot für die Kaufoption, und ich musste wieder nach Los Angeles. Gott sei Dank war Sarah so clever, die Übernahme meiner Reisespesen als kleinen Bonus auszuhandeln, und es gelang ihr sogar, Businessclass für mich herauszuschlagen. Der Zufall wollte es dann, dass derselbe Flugbegleiter wie bei meinem ersten Flug mit an Bord war, und der wollte mich natürlich gleich wieder aus der Businessclass hinausschmeißen, bis ich ihm nicht ohne Genugtuung mein Ticket unter die Nase hielt und er sich im Anschluss mindestens hundertmal entschuldigte und mich als kleine Entschädigung während des ganzen Fluges mit Champagner abfüllte.

Ach ja, und die Schlagzeilen nach meinem Oscar-Auftritt hatten es natürlich in sich. Von da an war die Presse gleich noch heißer auf mich als zuvor, und es dauerte nicht lange, da hatten mich die Reporter auch unter meiner blonden Perücke enttarnt. In der Folge musste Susan mich manchmal sogar mehrmals täglich umstylen, damit ich mich unbehelligt in der Öffentlichkeit bewegen konnte, was Jason seltsamerweise ziemlich cool fand.

Und die Schlagzeilen galten nicht nur mir. Auch Ben Stiller bekam sein Fett weg, als Bilder von ihm auftauchten, wie er mit seinen gelben Augen und dem blauen Gesicht und dem langen Schwanz beim *Beverly Medical Center* aufkreuzte. Es ging auch das Gerücht, dass er mich dafür verklagen wolle, aber nach ein paar Tagen wurde es still darum, und ich werde den Verdacht nicht los, dass Jason dahintersteckt. Immer wenn ich das Thema anspreche, reagiert er so seltsam, aber er leugnet nach wie vor hartnäckig, etwas damit zu tun zu haben.

Übrigens, von Jason gibt es tatsächlich ein Foto, auf dem er auf der Brüstung der City Hall balanciert. Als ich es sah, geriet ich dermaßen aus der Fassung, dass er mir sofort gestand, dass sich gleich unterhalb der Brüstung noch ein breiter Mauersims befindet, sodass er gar kein lebensbedrohliches Risiko eingehen musste, um mich zu beeindrucken, was mich im Nachhinein ziemlich erleichterte.

Ach ja, und bevor ich's noch vergesse: Jason hat mich ein weiteres Mal angeschwindelt. Sein graues Haar, das war glatt gelogen, das weiß ich mittlerweile mit hundertprozentiger Sicherheit. So gewissenhaft ich auch gesucht habe, ich konnte es nicht finden, dafür entdeckte ich aber ein ganz entzückendes …

Aber das werde ich jetzt besser nicht verraten, sonst bekommt womöglich noch irgendein Reporter Wind davon …

Danksagung

Es gibt so viele, bei denen ich mich an dieser Stelle bedanken müsste.
Bei folgenden ist es mir aber ein besonderes Anliegen:
Bei dem großartigen Team von Piper, diesmal vor allem bei Michaela Kenklies für ihr herausragendes Engagement und bei Cornelia Niere für die neue Coverlinie, die mir sofort ein Lächeln auf die Lippen gezaubert hat.
Bei Antje Steinhäuser für ihre Präzision und Harmonie beim Lektorat.
Bei meiner Agentin Petra Hermanns, die zusammenbringt, was zusammengehört.
Bei meiner Familie, wie immer, für ihre Geduld, für ihre Unterstützung und dafür, dass sie immer für mich da ist.
Bei meinen Freunden, die auch trübe Tage zu sonnigen machen.
Bei Sally Parker vom Kodak Theatre dafür, dass sie mir die Abläufe bei den Oscar-Verleihungen so geduldig erklärt hat.
Bei John Sorell von der City Hall of LA, ohne den mir der »Stairway to Heaven« für immer verborgen geblieben wäre.
Und wie immer bei meinen Lesern, ohne deren Unterstützung es meine Bücher gar nicht gäbe.

Leseprobe

aus dem Roman von

Kim Schneyder: »Hilfe, ich bin reich!«

Erschienen im Piper Verlag

Glaubt ihr, das geht? Millionen gewinnen und es niemandem sagen?

Ob ich schon mal davon geträumt habe, reich zu sein?

Klar, habe ich. Hat doch jeder mal. Vermutlich ist das überhaupt die meistgeträumte Phantasie der Welt. Ist also ganz normal, schätze ich.

Was ich dann machen würde?

Also, ganz spontan fällt mir da ein:

1. Ich würde unsere Firma übernehmen und meine Chefin Clarissa dazu verdonnern, jeden Tag die Klos zu putzen.
2. Ich würde in meine Bank gehen, mein Konto vom gegenwärtigen Minus in ein sattes Plus bringen und es nur unter der Bedingung weiterführen, dass der Filialleiter hundert Mal »Molly Becker hat ihre Finanzen fest im Griff« auf die Anschlagtafel schreibt.
3. Ich würde meine sämtlichen falschen Designerklamotten wegschmeißen und mir stattdessen echte kaufen. (Na ja, die meisten jedenfalls – mit Ausnahme des sandfarbenen Prada-Kostüms und der Gucci-Stiefel aus der Türkei, die sehen nämlich fast besser aus als die Originale.)
4. Ich würde das Haus kaufen, in dem Lissy, Tessa und ich wohnen. (Jetzt gehört es Tessas Vater, aber der will es verkaufen.)
5. Ich würde mein Auto volltanken. (Und dadurch seinen Wert glatt verdoppeln.)
6. Ich würde mich auf einer monegassischen Spendengala als äußerst großzügig erweisen und danach sämtliche Titelseiten, auf denen mir Albert die Hand küsst, an Frankie Grossauer schicken, der mich in der siebten Klasse abblitzen ließ.
7. Ich würde mir das Hydrostar-Wasserbett kaufen, in dem ich letzte Woche im Möbelhaus zwei Stunden lang geschlafen habe, bis mich das Kichern der anderen Kunden weckte.

8. Ich würde unter Vollnarkose ein paar klitzekleine kosmetische Veränderungen an mir vornehmen lassen.
9. Nein, keine Brustvergrößerung!
10. Ich würde ein paar Pflanzen kaufen und sie heimlich in Frederics Penthousewohnung platzieren, wenn er auf Geschäftsreise ist.
11. Und ein gemütlicher Flokati könnte auch nicht schaden.
12. Ich würde jeden Tag bis mittags schlafen und *kein* schlechtes Gewissen deswegen haben.
13. Ich würde einen Butler mit englischem Akzent engagieren, der mich mit »Mylady« anspricht.
14. Ich würde mit meinen Freundinnen alle Länder dieser Erde bereisen. (Na ja, zumindest die, wo es schön sonnig und warm ist.)
15. Bei genauer Überlegung: Punkt drei würde ich wieder streichen. Wenn ich reich bin, glauben nämlich sowieso alle, dass die Sachen echt sind.
16. Ich würde mir ein neues Auto kaufen. (Womit sich Punkt fünf auch erledigt hätte.)
17. Auf jeden Fall würde ich alles anders machen als Lissys Onkel Franz, denn der hat echt Mist gebaut.

»Drei Millionen hat dein Onkel in den Wind geschossen, und das in nicht mal einem Jahr?«, fragt Tessa mit ungläubigem Staunen nach.

Lissy nickt.

»Das gibt's doch gar nicht!« Tessa kann es nicht fassen. »Wie bescheuert muss man denn dafür sein?«

Wir haben es uns auf der riesigen Ledergarnitur gemütlich gemacht und uns bei einer Flasche Prosecco unseren Phantasien über unverhofften Reichtum hingegeben. Lauter wunderschöne Träume – bis Lissy erwähnte, dass ihr Onkel Franz durch einen Lottogewinn zum unglücklichsten Menschen der Welt geworden ist.

»Onkel Franz ist überhaupt nicht bescheuert«, beeilt sich Lissy zu sagen. »Er war nur zu gutmütig, und er hat auf die falschen Leute gehört.«

»Wie meinst du das?«, frage ich.

»Ganz einfach …« Lissy knabbert an einem Keks. »Sobald die Leute erfahren haben, dass er die Millionen gewonnen hat, haben ihn alle angeschnorrt. Er konnte keinen Schritt mehr tun, ohne dass nicht irgendwer was von ihm wollte. Wenn er in die Kneipe ging, erwarteten alle, dass er sie einlädt, und dann kamen sie auch noch mit allen möglichen Geldproblemen daher. Stellt euch vor, die haben ihm sogar ihre offenen Rechnungen nach Hause geschickt. Und gutmütig, wie Onkel Franz war, konnte er einfach nicht nein sagen. Eine Zeit lang hat er praktisch das ganze Dorf finanziert.« Sie zuckt mit den Schultern.

»Trotzdem, drei Millionen wird man doch nicht los, indem man ein paar Runden schmeißt und einigen Leuten aus der Patsche hilft«, wendet Tessa ein.

»Das alleine war es natürlich nicht«, schüttelt Lissy den Kopf. »Aber dann kam ja noch die Scheidung …«

»Er hat sich scheiden lassen?«, unterbreche ich sie. »*Nachdem* er reich geworden ist? Das ist ja fies.«

»Nicht er hat sich scheiden lassen, sondern meine Tante Gertrud.«

»Warum denn das?«

»Ich glaube, es lag daran, dass Onkel Franz nach seinem Gewinn nicht mehr so richtig nüchtern wurde …«

»Er wurde Alkoholiker?«

»So krass würde ich das jetzt nicht ausdrücken, aber er hat schon ausgiebig gefeiert …«, sucht Lissy nach einer Entschuldigung für Onkel Franz.

»Dann war er also doch Alkoholiker«, bringt Tessa es auf den Punkt.

»Hm, mag sein.« Lissy wirkt einen Moment lang deprimiert. »Trotzdem ist er ein guter Mensch geblieben, und er war immer total nett«, stellt sie dann trotzig fest.

»Das ist ja auch das Wichtigste«, räume ich ein. »Und wie ging es dann weiter mit ihm?«

»Wie gesagt, die Hälfte des Geldes war durch die Scheidung weg, und ein paar Hunderttausend hat er durch seine … übrige Großzügigkeit verloren.«

»Waren auch andere Frauen im Spiel?«, bohrt Tessa neugierig weiter.

»Also, nicht wirklich *konkret*«, windet sich Lissy. »Da war nur diese eine Assistentin von der Lottogesellschaft, die ihm zur Seite stand ...«

»Wie sah die aus?«, hakt Tessa nach.

»Na ja, noch relativ jung für diesen verantwortungsvollen Beruf, und sie hatte so einen Akzent, russisch, glaube ich ...«

»Soso, relativ jung mit Akzent«, fällt Tessa ihr ins Wort. »Und sie war nicht zufällig auch noch ein Flittchen, oder?«

»Aber Onkel Franz hat gesagt, dass ...«

»Onkel Franz hat gesagt«, äfft Tessa sie nach. »Eine aufgedonnerte Assistentin von der Lottogesellschaft, da lachen ja die Hühner. Dein lieber Onkel Franz hatte eine Freundin«, stellt sie dann unbarmherzig fest.

»Was konnte er denn dafür, dass die Frauen auf einmal ...« Lissy fehlen sichtlich die Worte. »Außerdem hat er auch ganz viel gespendet«, fällt ihr dann ein. »An die Kinderkrebshilfe und an ganz viele wohltätige Organisationen in Afrika, und eine neue Kirchenglocke in seiner Heimatgemeinde hat er auch bezahlt, die war ziemlich teuer, und der Pfarrer brauchte dann auch noch ein neues Auto, um seine Schäfchen besser betreuen zu können ...«

»Ein neues Auto für den Pfarrer?«, echot Tessa ungläubig.

»Und danach war er pleite?«, frage ich fassungslos.

»Nein, da noch nicht. So richtig bergab ging es erst, als er auf die Idee kam, sein verbliebenes Geld zu investieren.«

»Aber das ist doch nur vernünftig«, wundere ich mich.

»Ja, das dachte Onkel Franz auch.«

»Und?«

»Dann war das Geld weg.«

»Wie, weg? Alles auf einmal?«

»Das meiste jedenfalls«, nickt Lissy.

»In was hat er denn investiert?«, will Tessa wissen.

»In wirtschaftliche Entwicklungsländer.«

»An sich eine clevere Strategie«, sage ich. »Frederic sagt auch immer, dass in aufstrebenden Ländern am meisten zu holen ist, und der muss es schließlich wissen.« Frederic ist nämlich Anlageberater und hat sich erst vor Kurzem mit seiner eigenen Firma selbstständig gemacht.

»Ja, schon, und das hat irgend so ein Typ Onkel Franz damals auch vorgerechnet. Das Problem war nur, dass die aufstrebenden Länder, in die Onkel Franz investierte, die Vereinigten Honduranischen Emirate waren.«

»Die Vereinigten Honduranischen Emirate?«, fragt Tessa ungläubig nach.

»Aber die gibt's doch gar nicht«, sage ich erstaunt.

»Nein, eben …«

»Dann ist er also einem Betrüger aufgesessen?«, hauche ich atemlos.

Lissy nickt. »Sieht so aus.«

»Wie konnte er denn auf so was reinfallen?« Tessa tippt sich vielsagend an die Stirn.

»Kapier ich ehrlich gesagt auch nicht«, gesteht Lissy. »Aber wahrscheinlich war er da auch nicht ganz nüchtern.«

Okay, ich habe gerade dazugelernt.

18. Ich würde keinen Tropfen Alkohol mehr trinken.

»Und jetzt ist er pleite?«, frage ich.

»So ziemlich. Mit dem Rest machte er dann eine Reise nach Indien, um seine Seele wiederzufinden, wie er sagte, und danach hat er sich einen kleinen Bauernhof zugelegt, wo er jetzt Rinder züchtet.«

»Dann hat er wenigstens wieder eine Existenz«, sage ich erleichtert.

»Na ja, besonders gut funktioniert das auch nicht«, schränkt Lissy ein. »In Indien ist er zum Hinduismus konvertiert, und deswegen kann er die Kühe jetzt nicht schlachten.«

»Aber warum züchtet er dann Kühe und nicht was anderes, Schweine zum Beispiel?«, ruft Tessa aus.

»Schweine stinken ihm zu sehr.«

»Und Hühner?«, biete ich eine andere Alternative an.

»Die gackern ihm zu laut.«

Für ein paar Sekunden schweigen wir. Also, so ein richtiges Finanzgenie scheint der gute Onkel Franz ja nicht zu sein.

»Und wovon lebt er jetzt?«, frage ich dann.

»Er hält Seminare ab. Yoga, Selbstfindung und so'n Zeug. Damit kommt er ganz gut über die Runden, soviel ich weiß.«

»Wow! Daran sieht man mal wieder, wie schnell man ins Verderben rennen kann«, sinniere ich und nehme einen Schluck von meinem Prosecco, der inzwischen warm ist und scheußlich schmeckt.

»Ja, und dass Geld eben doch nicht alles ist«, fügt Tessa weise hinzu, woraufhin Lissy und ich einen schnellen Blick wechseln.

Die Wahrheit ist nämlich die: Tessa hat Geld. Oder besser gesagt, ihr Vater. Der ist Immobilienmakler, und theoretisch arbeitet Tessa bei ihm. Wir dagegen haben den Verdacht, dass sie sich die meiste Zeit in irgendwelchen Schönheitssalons und beim Shopping herumtreibt, wenn sie außer Haus ist.

Was aber jetzt kein Vorwurf sein soll. Tessa ist zwar manchmal ein bisschen überspannt und nervt mit ihrer ständigen Angst vor dem Älterwerden (sie ist fünfundzwanzig!), aber trotzdem können wir sie gut leiden. Und so ganz nebenbei hat die Freundschaft mit ihr den Vorteil, dass wir immer so lange gratis in irgendwelchen Wohnungen oder Häusern wohnen dürfen, bis Tessas Vater einen Käufer dafür gefunden hat. Einzige Bedingung dabei ist, dass wir ein bisschen bei der Renovierung helfen. (In Wirklichkeit scheuchen wir nur die Handwerker rum, und manchmal flirten wir auch mit ihnen. Einmal hat Lissy sogar irrtümlich mit einem Klempner geschlafen – irrtümlich deswegen, weil der sie danach gar nicht heiraten wollte, wie er ihr versprochen hatte.) Und außerdem meint Tessas Vater, dass man die Objekte besser verkaufen kann, wenn sie von modernen jungen Menschen bewohnt werden. So hat er was davon und wir auch. Seit Jahren brauchen wir keine Miete zu zahlen und haben trotzdem immer eine Bleibe. So wie jetzt in dieser Supervilla, für die er aber mysteriöserweise schon seit Monaten keinen Käufer findet.

»Hm«, sage ich nachdenklich. »Ich glaube, es lag weniger am Geld als vielmehr am Alkohol. Immerhin hat er damit Tante Gertrud vertrieben, und seine übrigen Entscheidungen waren ja auch nicht gerade die cleversten.«

»Schon wahr«, stimmt Tessa mir zu. »Apropos Alkohol: Der Prosecco ist ganz warm geworden. Haben wir noch eine Flasche im Kühlschrank?«

Lissy zögert. »Meinst du nicht, wir sollten ein bisschen vorsichtiger damit umgehen? Ich meine, wenn man bedenkt, was sich Onkel Franz mit der Trinkerei eingehandelt hat ...«

Tessa guckt sie einen Moment lang erstaunt an, dann macht sie eine wegwerfende Handbewegung. »Das kannst du doch nicht mit uns vergleichen. *Etwas* trinken oder sich *be*trinken ist ein Riesenunterschied. Außerdem sind wir ja nicht reich, also kann uns gar nichts passieren.« Sie strahlt, als hätte sie uns gerade an einer ganz enormen Erkenntnis teilhaben lassen.

Nachdem wir unsere Gläser mit frischem Prosecco aufgefüllt haben, beugt sich Tessa auf einmal mit verschwörerischer Miene vor.

»Wisst ihr was? Er hätte es nicht verraten dürfen«, sagt sie.

»Was denn?« Ich habe keine Ahnung, was sie meint.

»Seinen Lottogewinn. Onkel Franz hätte es niemandem sagen dürfen.«

»Niemandem? Auch nicht Tante Gertrud?«, sagt Lissy zweifelnd.

»Kann Tante Gertrud denn ein Geheimnis bewahren?«, fragt Tessa zurück.

Lissy denkt einen Moment lang nach, dann schüttelt sie den Kopf. »Nein, ich glaube nicht. Tante Gertrud ist eher ... kommunikativ.«

»Du meinst, sie ist eine Klatschtante.«

Lissy nickt widerstrebend.

»Ich glaube, Tessa hat recht«, sage ich nachdenklich. »Hätte dein Onkel geschwiegen, wäre ihm all das erspart geblieben. Die Leute hätten ihn nicht angebettelt, keiner wäre neidisch gewesen, und die Betrüger wären dann gar nicht erst auf ihn gekommen.« Ich nippe an meinem Glas. »Er hätte einfach die Klappe halten müssen.«

Einen Moment lang hängen wir unseren Gedanken nach.

»Glaubt ihr, das geht?«, sagt Lissy dann plötzlich. »Millionen gewinnen und es niemandem sagen? Ich meine, man kann sich dann auf einmal alles Mögliche leisten, und das würde doch auffallen. Wozu hat man denn das ganze Geld, wenn man es nicht ausgeben kann?«

Gute Frage.

»Seht ihr, mit so einem Gewinn hat man nichts als Scherereien«, verkündet Tessa. »Außerdem: Uns geht's auch so nicht schlecht, oder?« Sie nickt uns aufmunternd zu.

Lissy und ich wechseln wieder einen Blick.

»Also, ich könnte schon ein bisschen Geld gebrauchen«, meint Lissy dann wehmütig. »Ihr wisst ja, was man als Anwaltsgehilfin verdient, und mein Studium …« Sie seufzt. »… das wird noch Jahre dauern.«

Ich kann Lissy gut verstehen. Sie ist superfleißig und studiert neben ihrem Job auch noch Jura, und dass jemand mit ihrem Arbeitspensum so wenig verdient, ist einfach nicht gerecht.

»Ach was, du wirst deinen Weg schon machen«, meint Tessa fröhlich. »Und wenn du erst mal selbst Anwältin bist, verdienst du dich sowieso dumm und dämlich.«

Lissy ringt sich ein gequältes Lächeln ab und will etwas erwidern, doch Tessa macht gleich bei mir weiter.

»Und Molly hat sogar doppelt ausgesorgt: einen Superjob *und* einen Traummann, was will man mehr?«

Wie? Was? Ich?

Ah ja, genau. Ich habe doch beides.

Allein mein neuer Job bei Winners only. Endlich, nach sechs oder sieben (auf die Schnelle weiß ich es gar nicht mehr so genau) begonnenen und wieder abgebrochenen Studiengängen, nach gefühlten siebenhundert verschiedenen Jobs (ich habe alles gemacht, wirklich *alles*: ich war Ticketabreißerin im Theater, Immobilien/Kochgeschirr/Dessous/Staubsauger/Kosmetik/Schuh/Busenstraffungswunderbalsam-und-was-weiß-ich-noch-alles-Verkäuferin, Dönerbudenaushilfskraft, Lebensberaterin, Bürokraft, Raumkosmetikerin-ist-gleich-Putzfrau und und und …), und nach unzähligen Vorträgen meines Vaters, mir endlich etwas mit Zukunft zu suchen, habe ich nun endlich das Richtige gefunden. Seit drei Monaten bin ich nämlich – halten Sie sich fest – First Image Consulting Executive bei Winners only. Nicht schlecht, was?

Worum es da geht?

Also, ganz kurz: Winners only ist eine international expandierende Kette mit einem absolut umwerfenden zukunftsweisenden Konzept. Wir beraten Menschen in Sachen Image, also wie sie ihr Outfit gestalten sollen und wie sie zur nötigen seelischen und körperlichen Balance finden und sich insgesamt besser präsentieren können, um ihre Ziele zu erreichen und zum gewünschten Erfolg zu kommen.

Wie sie zum Gewinner werden können.

Und jetzt kommt der Clou: Bei Winners only werden die Leute nicht nur beraten, sondern auch gleich mit allem Nötigen versorgt. Bei uns im Haus gibt es nämlich alles, was man für ein besseres Image brauchen kann: Friseur, Modeboutique (ausschließlich Designermode), Schuhsalon, Personal Training, Solarium, Kosmetikerin, Massagen, Rhetorikkurse, autogenes Training, Zahnarzt mit dem Schwerpunkt auf optischer Verbesserung, Schönheitschirurg, ja sogar eine Psychotherapeutin für die leicht Bekloppten haben wir im Haus. Hammer, echt.

Und in diesem Wahnsinnsbetrieb spiele ich eine Schlüsselrolle. Ich bin nämlich die erste Ansprechperson, wenn sich ein neues Mitglied bewirbt. Richtig gehört, zu Winners only geht man nicht einfach und sagt: »Hi, ich möchte bei euch Kunde werden«, bei Winners only *bewirbt* man sich. Das bedeutet, dass die neuen Bewerber sich bei mir vorstellen müssen und wir dann erst mal einen Bewerbungsbogen durchgehen. Auf dieser Basis erfolgt dann die Erstselektion (der Aspirant muss mindestens zwanzig von dreißig möglichen Punkten erreichen), und zu guter Letzt muss meine Chefin Clarissa endgültig entscheiden, ob der oder die Neue bei uns aufgenommen wird.

Cool, was? Und darum heißen wir auch Winners only, weil jeder, der bei uns aufgenommen wird, damit automatisch schon ein Gewinner ist.

Und mein Einkommen erst. Ich kann da Unsummen verdienen. Es läuft nämlich so: Wenn jemand Mitglied bei uns geworden ist, wird er von mir gecoacht. Das bedeutet, ich arbeite mit ihm sein ganz persönliches Lifestyle-Programm aus. Das wiederum heißt, dass die Leute bei uns im Regelfall ein völlig neues Outfit bekommen und je nach Bedarf verschiedene Trainings und Kurse absolvieren, und das kostet dann natürlich auch ordentlich. Und jetzt kommt's: Ich bin an allem, was die Leute bei uns konsumieren, prozentual beteiligt.

Clarissa hat es mir bei meinem Bewerbungsgespräch vorgerechnet: Wenn ich es nach einer gewissen Anlaufzeit auf zum Beispiel tausend Kunden bringe, die im Monat jeweils fünfhundert Euro bei Winners only verkonsumieren (das ist der Durchschnitt, wie sie mir versichert hat), dann ergibt das fünfhunderttausend Euro Umsatz. Und wenn ich davon durchschnittlich, sagen wir, fünf Prozent abkriege, dann sind das ... also, ganz genau ... eine *ganz enorme* Summe jedenfalls. Ich werde mich bei diesem Job sprichwörtlich dumm und dämlich verdienen, so viel steht jetzt schon fest.

Wobei das natürlich ein bisschen dauern wird. Während der ersten beiden Monate musste ich ja noch eingeschult werden und bekam nur ein kleines Festgehalt, und ich musste mich natürlich auch neu einkleiden und die Sachen ausprobieren, die wir im Angebot haben, was dann später alles mit meinen Provisionen verrechnet wird.

Aber deswegen mache ich mir keine Sorgen. Man muss in seine Zukunft investieren, wenn man es zu etwas bringen will, und ich bin jetzt immerhin schon seit einem ganzen Monat voll im Einsatz. Ich habe viele neue Mitglieder verpflichtet, die bei uns jede Menge Geld ausgeben, und ich kann förmlich hören, wie es auf meinem Konto täglich klingeling macht.

Dabei fällt mir ein: Montag ist es so weit. Dann bekomme ich meine erste Monatsabrechnung.

Augenblicklich hebt sich meine Stimmung. Wie viel es wohl sein wird? Ich habe absichtlich nicht mitgerechnet, weil ich mich überraschen lassen will. Ich werde auf jeden Fall einen fetten Gehaltsscheck kassieren, und wahrscheinlich wird Clarissa mich ausdrücklich loben (was bei ihr übrigens selten der Fall ist). Ja, wer weiß, vielleicht werde ich sogar zur Mitarbeiterin des Monats gewählt?

Und das Beste an der ganzen Sache: es wird mit jedem Monat mehr, weil ja immer neue Kunden dazukommen. Ich will nicht vorgreifen, aber ich glaube, ich habe da echt das große Los gezogen.

Und dazu noch Frederic.

Tessa hat völlig recht: er ist ein Traummann. Groß, gut aussehend, immer wie aus dem Ei gepellt. Er fährt einen schnittigen BMW, und er wohnt in einem Penthouse, ein echter Karrieretyp. Erst vor einem halben Jahr hat er seine eigene Firma gegründet. Anlageberatung. Ich verstehe nicht viel von diesen Dingen (eigentlich erstaunlich – bei einem meiner Millionen Jobs habe ich nämlich auch Lebensversicherungen verkauft; was habe ich den Leuten da überhaupt erzählt?), aber soviel ich mitbekommen habe, geht es da um das ganz große Geschäft.

Es stimmt wirklich: Ich habe doppelt ausgesorgt.

Ich, die kleine Molly Becker. Wer hätte das gedacht, damals, als ich noch diese riesige Zahnspange trug und sich alle Lehrer erschütternd einig darüber waren, dass ich es in meinem ganzen Leben garantiert zu nichts bringen würde?

Aber so kann sich das Blatt wenden. Die Letzten werden die Ersten sein, und die Ärmsten die Reichsten, und die Kleinsten … Okay, klein bin ich immer noch.

Aber dafür gibt es ja hochhackige Pumps, nicht wahr?

Kim Schneyder

Frauen rächen besser

Roman. 224 Seiten.
Piper Taschenbuch

Als Heike ihren Freund Robert in flagranti mit seiner Sekretärin erwischt, steht eines fest: So einfach kommt er nicht davon! Heike schmiedet einen infamen Racheplan und flüchtet mit ihren beiden besten Freundinnen in einen All-inclusive-Ferienclub. Dort trifft sie zwar schräge Leute und erlebt – eher peinliche – Abenteuer, vor allem aber will sie eines wissen: Gibt es noch Männer auf der Suche nach ihrer Traumfrau, am besten eine Blondine mit gesundem Appetit? Die Antwort liegt näher, als sie gedacht hätte …

05/2017/02/L

Kim Schneyder

Ich und Er und null Verkehr

Roman. 272 Seiten.
Piper Taschenbuch

Erst ein Jahr ist Sandra mit Martin zusammen, und schon gibt es eine Krise. Beim Lesen eines Ratgebers kommt Sandra die zündende Idee: Ab sofort werden sie und Martin die guten Tipps darin befolgen, dann wird es schon klappen mit der Beziehung. Martin lässt sich auf das Experiment ein – mit ungeahnten Folgen. Während er sich auf seine Wurzeln als steinzeitlicher Jäger besinnt, denkt sich Sandra: Das kann ich auch – werde ich eben Nesthüterin! Martin ist nicht begeistert, als Sandra kündigen und möglichst bald schwanger werden will. Und was ist mit dem Porsche, den sie sich demnächst hätten leisten können? Temporeich und witzig erzählt Kim Schneyder, Autorin des Überraschungserfolgs »Frauen rächen besser«, von einem Paar im Beziehungsdschungel, der jede Menge Stolperfallen bereit hält.

05/2469/01/R